Bella Higgin
BELLE MORTE – ROT WIE LIEBE

BELLA HIGGIN

BELLE MORTE

ROT WIE LIEBE

Aus dem amerikanischen Englisch
von Doris Attwood

Der Verlag behält sich die Verwertung der urheberrechtlich geschützten Inhalte dieses Werkes für Zwecke des Text- und Dataminings nach § 44 b UrhG ausdrücklich vor.
Jegliche unbefugte Nutzung ist hiermit ausgeschlossen.

Penguin Random House Verlagsgruppe FSC® N001967

2. Auflage
Erstmals als cbt Taschenbuch Juni 2024
Copyright © 2023 by Bella Higgin
The author is represented by Wattpad.
Die amerikanische Originalausgabe erschien 2024
unter dem Titel »Revelations« bei Wattpad, USA.
© 2024 für die deutschsprachige Ausgabe cbj Kinder- und Jugendbuchverlag
in der Penguin Random House Verlagsgruppe GmbH,
Neumarkter Straße 28, 81673 München
Alle deutschsprachigen Rechte vorbehalten
Aus dem amerikanischen Englisch von Doris Attwood
Lektorat: Catherine Beck
Cover design: © Ysabel Enverga
Bildmotive: Shutterstock.com (Valerii_k, klee048), iStockphoto
(PitakAreekul), AdobeStock (larisabozhikova, pit3dd)
Umschlaggestaltung: © Carolin Liepins
skn • Herstellung: AW
Satz: KCFG – Medienagentur, Neuss
Druck und Bindung: GGP Media GmbH, Pößneck
ISBN 978-3-570-31582-8
Printed in Germany

www.cbj-verlag.de

KAPITEL 1

Renie

Ich schwebte in Dunkelheit, blind und taub für alles, bis auf die nagenden Schmerzen in meinem Magen. Hin und wieder floss eine warme, süße Flüssigkeit meine Kehle hinunter, und die Hungerqualen klangen ab, aber nie für lange. Die schreckliche Gier flammte immer wieder von Neuem auf, brennend wie Feuer.

Nur gelegentlich erhaschte ich einen Moment des Bewusstseins: das Gefühl kühler Hände, die mein Gesicht berührten; das schwache Murmeln einer Männerstimme. In der hintersten Ecke meines fiebrigen Geists wusste ich, ich kannte diese Stimme, liebte diese Stimme. Doch dann kehrte das gewaltige Knurren des Hungers zurück und alles war wieder verloren.

Als ich schließlich die Augen wieder aufschlug, konnten Tage, Monate oder gar Jahre vergangen sein. Eine stuckverzierte Decke nahm über mir Gestalt an, grelle Lichtpunkte formten sich zu einem Kronleuchter.

Erinnerungsfetzen filterten zurück in meinen geschundenen Geist.

Belle Morte.

Ich lag in schwarze Satinlaken verheddert in einem riesigen

Himmelbett, die Wände um mich herum indigoblau, viel dunkler als das blassgoldene Zimmer, das ich mir mit Roux teilte. Das Licht des Kronleuchters blitzte auf einem Paar an der Wand hängender Schwerter.

Ich kannte dieses Zimmer – es war Edmonds Zimmer.

Und neben dem Bett stand Edmond Dantès höchstpersönlich, der Vampir, in den ich mich verliebt hatte. Er sah aus wie ein dunkler Engel, mit kohlrabenschwarzem Haar und Elfenbeinhaut, die Augen funkelnd wie Diamanten – und eigentlich hätte mir angesichts seiner unglaublichen Schönheit der Atem gestockt ... aber ich musste nicht mehr atmen.

Ich legte eine Hand an meine Kehle und drückte die andere auf meine Brust. Kein Herzschlag.

Erinnerungen rauschten zurück, machten mich schwindelig: Junes Flucht aus dem Westflügel; der Angriff auf Belle Morte; mein letzter Versuch, meiner Schwester zu helfen, der damit geendet hatte, dass sie mir ein Messer in die Brust stieß und ...

»Etienne«, keuchte ich. Meine Lunge fühlte sich rostig an, meine Lippen ganz trocken.

Der Vampir, der vorgegeben hatte, mein Freund zu sein – der mir geholfen hatte, die Wahrheit über June herauszufinden, nur um mir dann zu enthüllen, dass er derjenige gewesen war, der sie getötet und in ein Ungeheuer verwandelt hatte.

Edmond ließ sich neben mir auf das Bett sinken, so anmutig und geschmeidig wie eine Katze. »Ruhig, *mon ange*. Mach dir darüber keine Gedanken.«

Ich wich instinktiv vor ihm zurück und Edmond versteifte sich.

Emotionen tobten durch meinen Kopf, machten es mir schwer, klar zu denken.

Ich war tot.

Ich war dort draußen im Schnee gestorben.

Ich war nur nach Belle Morte gekommen, um mich zu vergewissern, dass es June gut ging, aber nun konnte ich noch nicht einmal begreifen, wie meine Zukunft aussehen würde. Ich würde nie älter als achtzehn sein. Ich würde nie einen Beruf ausüben. Es würde Jahre dauern, bis ich eine ausreichende UV-Toleranz entwickelte, um längere Zeit in der Sonne verbringen zu können. All die Dinge, die ich als Mensch für selbstverständlich erachtet hatte, waren nun für mich verloren.

Der Schmerz über die unzähligen verlorenen Möglichkeiten blieb in meiner Kehle stecken und brannte mir in den Augen, aber es strömten keine Tränen.

Ich presste die Hand weiter auf meine Brust, wo sie vergeblich darauf wartete, den Schlag eines Herzens zu spüren, das nie wieder schlagen würde. Ich fuhr mir mit der Zunge über die Zähne und zuckte zusammen, als ich die scharfen Spitzen von Reißzähnen spürte. Als ich zum ersten Mal die Augen als Vampirin geöffnet hatte – während Edmond mich im schneebedeckten Garten von Belle Morte in seinen Armen wiegte –, war ich mir über diese Veränderungen zwar bewusst gewesen, aber eher auf abstrakte Weise.

Nun traf mich die Realität wie ein Hammerschlag im Gehirn.

Ich war eine Vampirin.

Für den Rest meines Lebens war ich auf Menschenblut angewiesen, um zu überleben.

Ich hatte mich in genau das verwandelt, was ich einst gefürchtet hatte.

»Was hast du mir angetan?«, flüsterte ich.

Ein Schatten des Schmerzes huschte über Edmonds perfektes Gesicht.

Übelkeit rumorte in mir, krampfte mir den Magen zusammen. Diese süße Flüssigkeit, die ich getrunken hatte, als ich mich in Dunkelheit verloren hatte – das Einzige, was die Hungerqualen im Zaum gehalten hatte –, war Blut gewesen.

Ich hatte Menschenblut getrunken.

»Ich bin ein Monster«, krächzte ich heiser.

Edmond rührte sich nicht, sagte nichts, doch aus seinen Augen sprach pure Verzweiflung, so als würde etwas in ihm zerbrechen.

Ich hatte ihm die Erlaubnis gegeben, mich zu verwandeln, das wusste ich, aber ich hatte trotzdem keine Ahnung, wie ich mit der gewaltigen Veränderung fertigwerden sollte, die dies für meinen Körper und mein Leben bedeutete. Ich war verängstigt und hungrig und wusste nicht, was ich mit mir anfangen sollte.

Eine quälende Woge des Hungers rauschte durch mich hindurch und ich stieß ein lautes Stöhnen aus. Meine Reißzähne bohrten sich in meine Unterlippe und mein Zahnfleisch pulsierte.

Edmond ignorierte meine harschen Worte und zog mich sanft an seine Brust. »Der Hunger wird vorübergehen. Du hast es fast geschafft«, flüsterte er.

Seine Stimme war wie Samt, hüllte mich in Wärme und Sicherheit, während der Raum um mich verblasste und erneut Schwärze über mich hinwegschwappte. Mein letzter Gedanke war, wie froh ich trotz meiner Worte war, dass Edmond bei mir war und mich festhielt.

Edmond

Auf der Bettkante sitzend, sah Edmond zu, wie Renie sich in unruhigem Schlaf hin und her warf. Er wünschte, es hätte eine andere Möglichkeit gegeben, sie zu retten.

Er hatte ihr einmal gesagt, wenn er in der Zeit zurückreisen könnte – selbst wenn er über all die schrecklichen Dinge Bescheid wüsste, die ihn in seinem Leben als Vampir erwarteten –, würde er dieses Leben wieder wählen. Aber er hätte es niemals für *sie* gewählt.

Etiennes Verrat hatte Edmond gegeben, was er sich so verzweifelt gewünscht hatte: dass Renie bei ihm blieb. Nun würde sie niemals alt werden und sterben, während er hilflos dabei zusah. Sie hatten eine Chance, wirklich zusammen zu sein.

Aber all das bedeutete nichts, wenn Renie mit der Wahl, die sie getroffen hatte, nicht glücklich war.

Die Zimmertür öffnete sich, und Ysanne Moreau rauschte herein, zögernd gefolgt von Ludovic. Die Lady von Belle Morte ließ den Blick über Renies schlafende Gestalt schweifen, doch ihr kühler Ausdruck veränderte sich nicht.

»Wie geht es ihr?«, erkundigte sie sich.

»Besser«, antwortete Edmond und streichelte über Renies verworrenes rotbraunes Haar, leuchtender denn je auf ihrer vampirblassen Haut.

Ysanne wusste nun von seinen Gefühlen für Renie, nachdem Edmond sie anfangs diesbezüglich angelogen hatte – und *er* wusste, sie würde diese Lüge nicht vergessen. Ihre Freundschaft war im Lauf vieler Jahrzehnte gewachsen. Er und Ysanne waren durch Liebe und Verlust miteinander verbunden, und

Edmond hatte es gehasst, die Person anzulügen, die ihn länger kannte als irgendjemand sonst. Doch Beziehungen zwischen Vampiren und Spendenden waren streng verboten, und als Edmond erkannt hatte, dass er nicht gegen seine Gefühle für Renie ankämpfen konnte, hatte er seine älteste Freundin anlügen müssen.

»Glaubst du, sie hat das Schlimmste überstanden?«, fragte Ysanne. »Der Vampirrat wird bald in Belle Morte erscheinen, und du kannst nicht hier sein, wenn sie eintreffen.«

Edmond schloss die Augen. Einen Menschen zu verwandeln, noch dazu ohne Erlaubnis des Vampirrats – des Gremiums, das sich aus den über die britischen und irischen Vampirhäuser Regierenden zusammensetzte, – gehörte zu den schlimmsten Verbrechen, die ein Vampir begehen konnte. Ysanne hätte Edmond sofort dafür bestrafen müssen, hatte sich jedoch zurückgehalten, damit er Renie durch ihre Verwandlung helfen konnte. Niemand sonst hätte ihm diese Galgenfrist gewährt. Doch noch nicht einmal Ysanne konnte seine Bestrafung für immer aussetzen, vor allem, weil sie selbst auf gravierende Weise gegen die Regeln des Vampirrats verstoßen hatte.

Unter ihrer Obhut war June Mayfield getötet und verwandelt worden, doch anstatt als Vampirin wieder aufzuwachen, war sie als Rasende zurückgekehrt. Die Vampirgesetze stuften Rasende als zu gefährlich ein, um sie am Leben zu lassen, deshalb hätte Ysanne June sofort töten sollen, als sie sie gefunden hatte. Aber das hatte sie nicht.

Stattdessen hatte sie June im Westflügel der weitläufigen Villa versteckt und Renie nach Belle Morte geholt – offiziell als ganz normale Spenderin, – in der Hoffnung, sie könnte Ysanne dabei helfen, Junes geistige Gesundheit wiederherzustellen.

Aber Renie hatte keinen Erfolg gehabt – Rasende konnten nicht gerettet werden. Doch als auch Ysanne dies endlich eingesehen hatte, war es zu spät gewesen – Etienne hatte June im selben Moment auf das Haus losgelassen, als Belle Morte von feindlichen Mächten angegriffen worden war.

Die Leichen der bei diesem Kampf Gestorbenen waren längst fortgeschafft worden, aber es roch noch immer im ganzen Haus nach Blut.

Edmonds gesetzwidrige Verwandlung Renies war nur einer der vielen düsteren Schatten, die über Belle Morte hingen.

»Edmond?«, drängte Ysanne, und ihm wurde bewusst, dass er ihre Frage nicht beantwortet hatte.

Er blickte erneut auf Renie hinunter, zusammengekrümmt auf seinem Bett, in dem sie seit drei Tagen lag, ihr Haar über das Kopfkissen ergossen wie ein Schauer aus Herbstlaub. Er hätte Ysanne erklären können, dass er noch mehr Zeit mit ihr brauchte, aber es wäre eine Lüge gewesen. Renie hatte den schlimmsten Teil der Verwandlung hinter sich – wenn sie das nächste Mal erwachte, dann als wahre Vampirin. Edmond hatte ihr geholfen, so gut er konnte, und er würde die Zeit, die Ysanne ihm gegeben hatte, nicht mit der respektlosen Bitte um mehr herabwürdigen. Er würde sie nicht noch einmal anlügen.

»Ja«, antwortete er schließlich, und sein Herz lag wie ein Stein in seiner Brust. Er hatte keine Ahnung, welche Strafe ihn dafür erwartete, die Frau, die er liebte, verwandelt zu haben.

Ysannes eiskalte Maske verschwand für eine Sekunde. »*Vieil ami*, du weißt, mir bleibt keine andere Wahl.«

Edmond erhob sich vom Bett und näherte sich ihr – der Frau, die ihm als Erste die Augen für die Welt der Vampire geöffnet hatte, die er einst als Partnerin geliebt hatte und noch immer als Freundin liebte. »Ich würde dir niemals die Schuld geben«, versicherte er ihr. »Es war meine Entscheidung, und ich würde sie wieder treffen, ungeachtet der Konsequenzen.«

Ysanne küsste ihn auf die Wange, ein sanfter Hauch ihrer Lippen, dann kehrte ihre kühle Maske zurück.

»Zeit, zu gehen«, sagte sie.

Edmond blickte noch mal zu Renie zurück, prägte sich jede Linie ihres Gesichts, jede Strähne ihres Haars genau ein. Er erinnerte sich daran, wie sich ihre Lippen bogen, wenn sie ihn anlächelte, daran, wie ihre Augen vor Wut blitzen oder vor Lachen strahlen konnten. Er brannte sich jedes Detail von ihr in sein Gedächtnis ein, weil er nicht wusste, wann er sie wiedersehen würde.

Ysanne verließ den Raum, und Edmond folgte ihr, blieb jedoch noch einmal stehen, als Ludovic eine Hand auf seine Schulter legte.

»Ich kümmere mich um sie«, versprach Ludovic.

Edmond legte eine Hand auf die seines Freunds. »Danke«, erwiderte er.

Dann, mit einem letzten Blick auf die Frau, die sein uraltes Herz gestohlen hatte, entfernte Edmond sich, um den Preis für ihre Rettung zu bezahlen.

Renie

Als ich das nächste Mal erwachte, war Edmond fort. Ludovic und Isabeau standen an der Tür und unterhielten sich leise. Ich war nun eine Vampirin und konnte jedes ihrer Worte hören. Zu dumm nur, dass ich kein Französisch sprach.

Sie blickten zu mir herüber, als ich mich langsam aufsetzte, und Ludovic kam zu mir. Seine Miene war unlesbar. »Wie fühlst du dich?«

»Ich … ganz gut.« Die lähmenden Hungerqualen waren zu einem dumpfen Schmerz in meiner Magengrube verebbt.

Ich stieg aus dem Bett und erwartete, dass meine Beine zittern würden, aber sie waren kräftig genug. Mein ganzer Körper fühlte sich kräftig an.

Das war es also. Ich war wirklich eine Vampirin.

Unmittelbar nach meiner Verwandlung hatte ich keine Zeit gehabt, um wirklich zu verarbeiten, wie gewaltig das alles war. Schließlich war ich gerade gestorben. In meinen wachen Momenten während der Verwandlung hatte ich dann nur die schlimmsten Auswirkungen bemerkt. Nun fühlte ich mich jedoch deutlich ruhiger und war besser in der Lage, über die Entscheidung nachzudenken, die ich getroffen hatte.

Ja, ich war eine Vampirin, und auch wenn ich nicht mehr *lebendig* war, würde ich trotzdem weiter*leben*. Möglicherweise für immer. Ich hätte mir niemals vorgestellt, dass das mit mir passieren könnte und es würde definitiv eine Weile dauern, mich daran zu gewöhnen: Mit dem Messer, das June mir in die Brust gerammt hatte, war nicht alles zu Ende gewesen.

June …

Ein scharfer Schmerz schnitt sich durch mein Herz, und ich schnappte nach Luft, die ich zum Atmen nicht mehr brauchte.

»Was ist passiert?«, fragte ich.

»Woran kannst du dich noch erinnern?«, wollte Isabeau wissen und faltete die Hände vor ihrem Körper. Ihre dichten haselnussbraunen Locken waren zu einem tief sitzenden Pferdeschwanz zusammengefasst und ihre Miene wirkte ernst.

»Ich kann mich noch sehr gut daran erinnern, dass Etienne das Arschloch ist, das meine Schwester umgebracht hat«, antwortete ich mit leiser, harter Stimme. »Wo ist er?«

Ludovic und Isabeau wechselten einen Blick.

»Wir wissen es nicht«, gestand sie.

»Was?«

Ludovic übernahm. »Nachdem June dich erstochen hat, sind sie und Etienne geflohen. Als Edmond und ich in den Garten kamen, waren sie bereits weg. Wir haben keine Ahnung, wo sie hin sind.«

»Roux? Jason?«, fragte ich.

Ich war nicht nach Belle Morte gekommen, um Freundschaften zu schließen, aber meine Zimmergenossin, Roux Hayes, und Jason Grant, ein weiterer Spender, der am selben Tag wie wir hierhergekommen war, hatten schnell den Weg in mein Herz gefunden. Sie waren die besten Freunde, die ich mir je hätte wünschen können.

»Es geht ihnen gut«, versicherte Isabeau mir, aber etwas in ihrer Stimme ließ mich aufhorchen.

»Wie lange bin ich schon hier?«, fragte ich.

»Drei Tage.«

»Wo ist Edmond?«

Die beiden älteren Vampire wechselten erneut einen Blick, und Ludovics Miene verfinsterte sich.

»Renie, du musst verstehen, dass Edmond etwas sehr Gravierendes getan hat, als er dich verwandelt hat«, erklärte Isabeau mir sanft.

Mein Magen erstarrte zu Eis. Irgendetwas stimmte hier nicht.

»Wo ist er?«, wiederholte ich.

»Er wurde gestern inhaftiert, weil er dich ohne Erlaubnis verwandelt hat«, verkündete Ludovic mir.

Seine Augen waren starr auf mich gerichtet, und ich fragte mich, ob er mir die Schuld dafür gab, was passiert war. Edmond war sein bester Freund – jemand, mit dem er die Hölle des Kriegs überlebt hatte –, und er wäre nun nicht eingesperrt, wenn ich nie nach Belle Morte gekommen wäre.

Doch dann verwandelte sich das Eis in meinem Magen in Feuer.

Nein, Edmond wäre jetzt nicht eingesperrt, wenn *Etienne* meine Schwester nicht *ermordet* hätte.

»Hat Ysanne ihn eingesperrt?«, fragte ich.

Ich wollte, dass Ludovic mit Nein antwortete, wünschte mir, es wäre auf Befehl eines anderen Mitglieds des Vampirrats geschehen. Erst vor wenigen Tagen hatte Ysanne Edmond mit Silber auspeitschen lassen, weil er mich gegen einen anderen Vampir verteidigt hatte. Ich konnte den Gedanken nicht ertragen, dass sie ihn erneut bestraft hatte.

»Ja, hat sie«, antwortete Ludovic.

Ich schloss die Augen.

Hier gingen noch bedeutendere Dinge vor sich als die Sache mit Edmond und mir, das wusste ich. Aber die Vorstellung, er müsste – *schon wieder* – meinetwegen leiden, war beinahe mehr, als ich ertragen konnte.

Edmond liebte Ysanne nicht mehr auf romantische Weise, aber er liebte sie noch immer als Freundin. Er vertraute ihr und respektierte sie. Zählte das denn gar nichts?

»Kann ich ihn sehen?«, bat ich.

Isabeau schüttelte den Kopf. »Ich fürchte nicht.«

Das war nicht fair. Edmond hatte mich nur verwandelt,

um mein Leben zu retten. Wie konnte Ysanne ihn dafür bestrafen?

»Ich muss mit Ysanne sprechen«, sagte ich.

Isabeaus Miene war mitfühlend, aber fest. »Ich glaube, das ist keine gute Idee.«

Plötzliche Wut loderte in mir auf, schneller, als ich sie im Zaum halten konnte. »Mir ist *egal*, was du glaubst. Vielleicht unterstützt *du* ja blind alles, was Ysanne tut, weil du mit ihr schläfst oder was immer zwischen euch beiden auch läuft. Aber *ich* werde nicht einfach tatenlos zusehen, wie sie ihm das antut. Nicht noch einmal.«

Isabeaus Augen flackerten rot, und ihre zurückgezogenen Lippen enthüllten ihre Reißzähne. »Pass auf, was du sagst«, warnte sie mich.

»Was will Ysanne denn tun – meinen Vertrag kündigen? Ich bin keine Spenderin mehr.«

Während ich sprach, spürte ich ein eigenartiges Gefühl der Macht in mir anschwellen. Es war keine physische Macht, sondern etwas anderes. Ich war jetzt eine *Vampirin*, und Ysanne konnte mich nicht mehr einfach so abspeisen, wie sie es getan hatte, als ich noch ein Mensch gewesen war.

Ich durchquerte das Zimmer und riss die Tür so schwungvoll auf, dass sie gegen die Wand knallte und eine Delle in der edlen Tapete hinterließ.

Isabeau eilte mir hinterher. Das Rot in ihren Augen war wieder verblasst, aber ihr Gesicht war zu straffen Linien verzerrt. »Sei nicht so töricht, Renie.«

Sie legte eine Hand auf meine Schulter, aber ich schüttelte sie ab. Ich wirbelte herum und starrte sie an, meine Füße in dem dicken Teppichboden versinkend, der sich durch Belle

Mortes zahlreiche Korridore zog. Wut loderte in mir, so heiß und wild, dass ich das Gefühl hatte, auf der Stelle zu verbrennen. Mein Kiefer schmerzte, als meine Reißzähne in voller Länge hervorglitten.

Hier ging es nicht nur um Edmond. Es ging auch um meine geliebte Schwester, die in diesem Haus durch die Hände eines Mannes, dem ich vertraut hatte, gestorben und als blutrünstiges Ungeheuer zurückgekehrt war. Es ging darum, dass dieser Mann seiner gerechten Strafe entkommen war, während Edmond dafür bestraft wurde, dass er *mir das Leben gerettet* hatte.

Isabeau betrachtete mich, ihre Miene so ungerührt, dass es mich nur noch wütender machte. Wenn ich geglaubt hatte, als Vampirin könnte ich endlich besser entschlüsseln, was Vampire dachten, dann hatte ich mich geirrt.

Ludovic stand direkt hinter Isabeau, den Blick auf mich gerichtet. Als Edmond mich gegen Adrian verteidigt hatte – den Vampir, der mich bei einer Willkommensparty für die Besucher aus dem Haus Nox begrapscht hatte, – hatte Ludovic dafür gesorgt, dass mich nicht noch mal jemand belästigte, während Edmond und Adrian aus dem Ballsaal entfernt worden waren. Er hatte mich außerdem vor Adrian abgeschirmt, als dieser kurz darauf zurückgekehrt war, und dann nur wenige Stunden später gegen die Regeln von Belle Morte verstoßen, indem er mich heimlich in den Nordflügel geschmuggelt hatte – in dem die Vampire schliefen und in dem Spendenden der Zutritt eigentlich verboten war –, damit ich bei Edmond sein konnte, der kurz zuvor ausgepeitscht worden war. Ich war mir nicht sicher, wie Ludovic im Augenblick über mich dachte, aber ich hoffte, er verstand, dass ich nur um Edmonds willen so wütend war.

Erinnerungsbruchteile setzten sich langsam in meinem Kopf zusammen, und mir fiel wieder ein, was ich zu Edmond gesagt hatte, als ich das letzte Mal aufgewacht war. Ein Teil meiner Wut verebbte und wurde durch brennende Scham ersetzt. Ich hatte mich selbst als Monster bezeichnet – und damit indirekt auch ihn. Ich hatte Edmond die Schuld gegeben, weil ich – so schrecklich und ungerecht es auch war – sie in jenem Moment *irgendjemandem* hatte geben müssen. Es war schon eine ganze Weile her, seit ich Vampire als Monster betrachtet hatte, doch als ich das Bohren meiner Reißzähne gespürt hatte und mir bewusst geworden war, dass ich Menschenblut getrunken hatte, waren meine alten Ängste zurückgekehrt und mir in grausamen Worten über die Lippen gekommen.

Ich *musste* Edmond sehen, und Ysanne war die Einzige, die mir diesen Wunsch erfüllen konnte.

»Ich habe Edmond versprochen, mich um dich zu kümmern«, sagte Ludovic und durchbohrte mich weiter mit seinem Blick.

»Du kannst mich nicht davon abhalten, zu Ysanne zu gehen.«

Konnte er sehr wohl, aber das hielt mich nicht davon ab, es zu behaupten. Genauso wenig, wie es ihn davon abhielt, zu erwidern: »Ich weiß.«

Ich kehrte den beiden anderen Vampiren den Rücken zu und ging davon, um Ysanne zu finden. Ich hatte keine Ahnung, was ich tun würde, wenn ich sie fand, aber ich konnte Edmond nicht einfach so zurücklassen.

Er hatte mich gerettet. Und jetzt würde ich ihn retten.

KAPITEL 2

Edmond

Edmond Dantès lehnte den Kopf gegen die Steinmauer zurück, während Renies Worte in einer grauenvollen, endlosen Schleife durch seinen Kopf wirbelten.

Das Verlies von Belle Morte – so gut versteckt, dass die Spendenden und selbst die meisten Angestellten keine Ahnung hatten, dass es überhaupt existierte – war meilenweit vom Luxus des restlichen Anwesens entfernt. Die Zellen waren nichts weiter als kahle steinerne Räume, beinahe mittelalterlich in ihrer Kargheit, ohne Möbel oder sonstige Annehmlichkeiten – nichts, was den soliden Stein durchbrochen hätte, abgesehen von tief in die Mauern getriebenen Eisenringen.

Edmond hatte schon in schlimmeren Gefängnissen gesessen – die Tage, die er während der Französischen Revolution in der Conciergerie verbracht hatte, gehörten zu den trostlosesten seines Lebens –, doch das Verlies von Belle Morte hielt eine Grausamkeit bereit, die der Conciergerie fehlte.

Edmond war mit Silber gefesselt.

Seine Handgelenke hingen in silbernen Schellen und Ketten an den Ringen an der Wand und das Metall brannte sich durch seine Haut und sein Fleisch. Kleine Pfützen aus Blut sammelten sich auf beiden Seiten seines Körpers, und schon die kleinste Bewegung war pure Folter.

Er konnte nicht sagen, wie lange er sich schon hier befand.

Die Tür ging auf und Ysanne kam herein. Auf jeden anderen hätte sie genauso gewirkt wie immer – ganz die eiskalte Lady von Belle Morte. Aber Edmond kannte sie. Ihm fiel auf, wie sie sich bewegte, ein klein wenig langsamer als gewöhnlich, ihre Haltung ein wenig zu steif, dunkle Schatten in ihren Augen.

Das Klicken ihrer hohen Absätze hallte von den Steinmauern wider, erstarb in völliger Stille, als sie vor ihm stehen blieb.

»Oh, *mon garçon d'hiver*«, sagte sie leise. »Das habe ich gewiss niemals für dich gewollt.«

»Ich mache dir keine Vorwürfe«, erwiderte Edmond.

Ysanne zog ihre Schuhe aus und kniete sich vor ihn, die Hände in ihrem Schoß gefaltet. Einen langen Moment sagte keiner von ihnen ein Wort.

»Renie hat sich selbst als Monster bezeichnet«, sagte Edmond. »Auch nach alldem betrachtet sie uns noch immer so. Ich habe oft darüber nachgedacht, wie hart es wäre, zusehen zu müssen, wie sie aus Belle Morte fortgeht und nie wieder zurückkehrt. Dort draußen im Schnee musste ich der grauenvollen Realität ins Auge blicken, sie sterben zu sehen. Aber ich hätte niemals geglaubt, dass sie sich gegen mich wenden könnte.«

»Hör auf«, sagte Ysanne mit fester Stimme. »Renie ist nicht Charlotte. Das hier ist eine völlig andere Situation.«

Vor mehreren Hundert Jahren hatte Edmond einer anderen Frau, die er liebte, gestanden, ein Vampir zu sein. Charlotte hatte darauf reagiert, indem sie ihn als Ungeheuer bezeichnet und einen Lynchmob versammelt hatte, um ihn zu töten. Ihr Verrat hatte eine tiefe Narbe auf Edmonds Herz hinterlassen.

Ysanne neigte den Kopf zur Seite, und ihr blondes Haar fiel ihr über die Schulter. »Ich weiß, wie das ist«, sagte sie. »Vor langer Zeit wandte sich eine Frau, die mir sehr viel bedeutete, auf dieselbe Weise gegen mich, als sie herausfand, was ich war. Aber ich glaube nicht, dass Renie dich wirklich als Monster betrachtet.«

Edmond brachte ein halbes Lächeln zustande, das sich in ein schmerzerfülltes Zischen verwandelte, als er seine gefesselten Handgelenke nur ganz leicht bewegte. »Ich hätte niemals geglaubt, dass ich eines Tages erleben würde, wie du sie verteidigst.«

»Das tue ich nicht. Ich rate dir nur, die Vergangenheit loszulassen.«

»Was passiert jetzt mit Renie?«

Ysanne dachte darüber nach. »Ich weiß es nicht. Das hängt davon ab, was passiert, wenn der Vampirrat hier eintrifft.«

Edmond versuchte, nicht darüber nachzudenken, dass Renies unerlaubte Verwandlung nicht sein einziges Vergehen war: Er hatte Ysanne auch dabei geholfen, June zu verstecken und – zusammen mit Isabeau und später auch Ludovic – Junes Ermordung zu vertuschen. Der Vampirrat würde von ihnen allen Antworten erwarten.

»Die Vampire, die das Haus angegriffen haben, müssen für Etienne gearbeitet haben«, sagte er.

Ysannes Lippen verzogen sich zu einer dünnen Linie. »Das erscheint mir die wahrscheinlichste Erklärung.«

»Aber warum? Was wollte er damit erreichen?«

Ysanne erwiderte nichts, ihre Miene nachdenklich.

Edmond rührte sich, streckte instinktiv die Hand nach seiner alten Freundin aus und kniff die Augen zusammen, als eine Flut der Qualen über ihn hinwegrauschte. Wahrscheinlich wäre niemand sonst in der Lage gewesen, zu ertragen, was sie ihm antaten, aber Ysanne wandte den Blick keine Sekunde von ihm ab, zuckte nicht zusammen, entschuldigte sich nicht. Er wusste auch so, wie weh es ihr tat, dass sie die Ursache für sein Leiden war, aber sie würde sich nicht davor verstecken. Sie würde nicht so tun, als passierte es nicht.

»Du hast lange Zeit behauptet, du würdest dein Herz nie wieder jemandem schenken«, sagte Ysanne. »Was hat sich verändert? Was ist an Renie so besonders?«

»In den letzten zehn Jahren sind so viele Spenderinnen und Spender nach Belle Morte gekommen, dass ich mich gar nicht an alle erinnern kann, aber sie haben mich stets auf dieselbe Weise behandelt: Sie betrachteten mich voller Ehrfurcht und wollten mit mir zusammen sein, nur weil ich ein Vampir war. Sie versuchten mit ihren besten Verführungskünsten, in meinem Bett zu landen, in der Hoffnung, ich würde sie unsterblich machen. Sie alle haben mich als Kuriosität betrachtet, als unerreichbare Trophäe, die sie sich trotzdem irgendwie holen wollten.«

»Aber nicht Renie«, vermutete Ysanne.

»Von dem Moment an, als sie hier ankam, hat sie sich geweigert, sich von meiner Berühmtheit beeindrucken zu lassen. Sie war die erste menschliche Frau seit sehr langer Zeit, die mich ganz normal und nicht wie eine Trophäe behandelt hat – und darauf war ich schlicht nicht vorbereitet.«

Renie war wie eine Abrissbirne in sein Leben geplatzt, mit all ihrem Temperament, ihrer Schönheit und ihrer Renitenz, und hatte den Mauern, die er schon vor so langer Zeit um sich herum errichtet hatte, immer neue Risse zugefügt, bis sein altes, verwundetes Herz wieder zu *fühlen* begonnen hatte.

Er hatte sich nie wieder verlieben wollen, aber genau das war passiert.

Er liebte Renie.

Sosehr er auch versucht hatte, dagegen anzukämpfen, er hatte ihr sein Herz geschenkt, ein winziges Stück nach dem anderen. Nun gehörte es ihr, genau wie jeder andere Teil von ihm.

Und trotz Ysannes Bekräftigungen war Edmond nicht davon überzeugt, dass Renie ihre Entscheidung nicht doch bereute und ihm Vorwürfe machte, weil er sie verwandelt hatte. In seinem mehrere Jahrhunderte langen Leben hatte er so viel gesehen und getan und durchlitten, aber die Vorstellung, Renie zu verlieren, *zerstörte* ihn völlig.

»Warum hast du mir nichts von Isabeau erzählt?«, fragte er Ysanne, bemüht, sich auf etwas anderes zu konzentrieren.

Er hatte gewusst, dass Ysanne und Isabeau in den 1960ern ein Paar gewesen waren, aber in den zehn Jahren, seit sie in Belle Morte lebten, hatte Ysanne nie auch nur angedeutet, dass sie und Isabeau ihre Beziehung wieder hatten aufleben lassen.

Ysanne blickte auf ihre Hände hinunter. »Ich habe es niemandem erzählt.«

»Normalerweise hältst du nichts vor mir geheim.«

»Wie du Renie vor mir geheim gehalten hast?«

Edmond kniff die Augen gegen eine neue, von den Silberfesseln ausgelöste Schmerzwelle zusammen. »Das ist etwas anderes«, erwiderte er. »Renie und ich *durften* nicht zusammen sein. Wir mussten es geheim halten.«

»Ein berechtigtes Argument«, erwiderte Ysanne. »Isabeau und ich sind zu dem Schluss gekommen, unsere Beziehung sollte ein Geheimnis bleiben, weil meine oberste Priorität immer Belle Morte sein wird. Das Haus muss stets an erster

Stelle stehen, ganz gleich, was passiert. Ich kann es mir nicht leisten, mir nachsagen zu lassen, ich würde irgendjemanden bevorzugen.«

»Noch nicht mal die Frau, die du liebst?«

Stille.

»Noch nicht mal sie«, antwortete Ysanne schließlich.

»So muss es aber nicht sein.«

Ysannes leises Lächeln wirkte ein wenig traurig. »Doch, muss es. Wenn ich damit durchkommen würde, diejenigen zu bevorzugen, die mir am meisten bedeuten, dann wärst du jetzt nicht hier eingesperrt.«

»Ich wusste, ich würde den Preis für Renies Verwandlung bezahlen müssen, und ich würde ihn noch tausendmal bezahlen.«

»Du liebst sie wirklich, nicht wahr?«, fragte Ysanne mit weicher Stimme.

»Mehr als alles andere.« Edmond spreizte die Finger, als er erneut das grauenvolle Brennen der Silberketten spürte. »Versprich mir, dafür zu sorgen, dass ihr nichts passiert. Etienne ist immer noch da draußen. Wir haben keine Ahnung, was er will, aber er hat schon einmal versucht, sie zu töten, und nichts deutet darauf hin, dass er es nicht erneut versuchen wird.«

»Ich werde nicht zulassen, dass ihr etwas passiert«, versicherte Ysanne ihm.

Sie erhob sich, strich ihr eng anliegendes Kleid glatt und schlüpfte in ihre Schuhe. »Ich sollte jetzt gehen, bevor der Rest des Vampirrats eintrifft. Wir haben eine Menge zu besprechen.«

Edmond hätte Renie zur Seite stehen sollen, wenn sie sich dem Vampirrat stellte, aber stattdessen saß er hier unten fest, angekettet und hilflos. Seine Hände schmerzten vor Verlangen, sich zu Fäusten zu ballen, aber das hätte die Schmerzen nur noch schlimmer gemacht.

Ysanne küsste ihn sanft auf die Stirn, verließ seine Zelle, schloss die Tür hinter sich und ließ ihn allein zurück.

Edmond lehnte den Kopf wieder an die Wand, schloss die Augen und dachte an Renie.

Renie

Als ich den Nordflügel verließ, wäre ich beinahe mit Tamara zusammengeprallt, einer Spenderin, die gleichzeitig mit mir nach Belle Morte gekommen war. Ihre Augen weiteten sich, und ich fragte mich, wie viele im Haus wussten, was vor ein paar Nächten wirklich im Garten passiert war. Wie ich Ysanne kannte, hatte sie so viel wie möglich unter Verschluss gehalten, deshalb konnte ich mir nur allzu gut vorstellen, was für Gerüchte inzwischen die Runde machten.

Tamaras Herzschlag dröhnte wie ein Hämmern in meinen Ohren und lockte meinen Blick auf die Wölbung ihrer Kehle, auf die Adern unter ihrer Haut. Ich war *durstig*, wie mir mit plötzlichem Entsetzen bewusst wurde. Ich gierte danach, Tamara zu beißen und ihr Blut zu trinken.

Sie schreckte zurück, und ich fragte mich, wie ich für sie aussah. Glänzten meine Augen rot? Konnte sie meine Reißzähne sehen? Ihr Herz schlug noch schneller und der Geruch ihres Bluts erfüllte die Luft, führte mich in Versuchung.

Ich eilte an ihr vorbei. Würde ich in der Nähe von Menschen nun stets diese Verlockung verspüren, oder würde das Verlangen, sie zu beißen, mit der Zeit verblassen?

Am Fußende der Treppe blieb ich stehen, eine Hand auf dem Geländer. Als ich diese Stufen das letzte Mal hinuntergegangen war, war Belle Morte angegriffen worden und ich in dem fehlgeleiteten Versuch, Edmond beschützen zu wollen, in den Ballsaal geeilt. Doch hier, im Foyer, hatte ich zwei Leichen entdeckt: eine mir unbekannte Vampirin und Abigail, eine der Spenderinnen. Ihr Blut war inzwischen aufgewischt worden und der Parkettboden so sauber und hochglanzpoliert wie eh und je, aber ich konnte immer noch *sehen*, wie sie dort lag, ihr nur noch an einer Sehne hängender Arm von ihrer Schulter baumelnd, ihre Augen an die Decke starrend, vor Angst und Entsetzen weit aufgerissen.

Die schreckliche Erinnerung ging sofort in die nächste über: Aiden, der im Westflügel am Fuß der Treppe lag, seine Kehle herausgerissen und das Ungeheuer, das einst meine Schwester gewesen war, über ihn gebeugt.

Waren sie die Einzigen oder war sonst noch jemand bei dem Angriff gestorben?

Ich musste an Melissa denken. Sie war Junes Freundin gewesen, und nachdem sie erkannt hatte, dass ich nicht als gewöhnliche Spenderin hierhergekommen war, hatte sie auf Antworten gedrängt, die ich ihr nicht hatte geben können. Außerdem war sie mit Aiden zusammen gewesen. Er war in den Westflügel gegangen, um die Wahrheit herauszufinden, und June hatte ihn dafür getötet.

Ging es Melissa gut?

Ich blickte wieder die Haupttreppe hinauf. Vielleicht sollte ich zuerst zu ihr gehen.

Doch dann musste ich wieder an Edmond denken. Ich musste wissen, was mit ihm passieren würde, und Ysanne hatte die Antworten auf all meine Fragen – angenommen, sie war bereit, sie mir zu geben.

Wahrscheinlich würde ich sie in ihrem Büro antreffen. Als ich es erreichte, trat ich ein, ohne anzuklopfen. Es war leer. Ich blickte mich in dem kleinen Raum um, der ebenso kalt und unnahbar wirkte wie Ysanne selbst, mit dunkler Tapete, weißem Teppichboden und poliertem schwarzen Schreibtisch. Auch der Schreibtisch war leer, abgesehen von einem kleinen Bilderrahmen aus Holz, den ich noch nie zuvor gesehen hatte. Ich ging näher und nahm ihn hoch. Er war klein genug, um in meine Handfläche zu passen, und enthielt ein Ölporträt eines gut aussehenden Mannes mit dunklem Haar und olivfarbener Haut, der milde lächelte. Der Stil des Gemäldes, die ausgebleichten Farben und der verschlissene Rahmen ließen darauf schließen, dass es sehr alt war, und ich stellte es hastig wieder zurück, bevor ich etwas so Dummes tun konnte, wie es fallen zu lassen.

Die Tür öffnete sich hinter mir, und ich wirbelte herum.

Ysannes Blick huschte von mir zu dem Porträt, sie kniff die Augen zusammen. »Du solltest ohne meine Erlaubnis gar nicht hier drin sein«, sagte sie.

Ich war furchtbar wütend gewesen, während ich aus dem Nordflügel davonstolzierte, doch die Erinnerungen an jene schreckliche Nacht, in der mein menschliches Leben geendet hatte, hatten auch den letzten Funken Wut in mir ausgelöscht und nichts als bis in meine Knochen dringende Erschöpfung zurückgelassen.

»Warum bestrafst du Edmond dafür, dass er mir das Leben gerettet hat?«, fragte ich sie.

Ysanne durchquerte den Raum, ihre hohen Absätze geräuschlos auf dem dicken Teppich. Sie griff nach dem winzigen Gemälde, und ich bildete mir ein, zu sehen, wie sie sanft mit dem Daumen über den Rahmen fuhr, bevor sie es in eine der Schreibtischschubladen legte.

»Das tue ich nicht. Ich bestrafe ihn dafür, dass er die Regeln gebrochen hat«, widersprach sie mir.

»Siehst du die Welt so? Nur aus Regeln bestehend, die eingehalten werden müssen? Ist darin denn gar kein Platz für Mitgefühl oder Menschlichkeit?«

»Die Verwandlung eines Menschen ist ein ernstes Vergehen. Als der Vampirrat das Spendersystem ins Leben gerufen hat, waren wir uns einig, die Erschaffung neuer Vampire nur im Notfall zu erlauben.«

»Es *war* ein Notfall. Ich bin gestorben.«

Ysanne schaute mich an, so frustrierend emotionslos wie immer. »Für Vampire, die schon seit mehreren Jahrhunderten existieren, oder für das Gleichgewicht zwischen uns und den Menschen hat das Leben eines einzigen Mädchens keinen großen Wert.«

Sie legte die Hände flach auf die Schreibtischplatte und lehnte sich vor. Ich wusste aus eigener Erfahrung, wie mächtig diese blassen, zart wirkenden Hände waren.

»Die Menschen sind den Vampiren zahlenmäßig weit überlegen und könnten uns jederzeit auslöschen, wenn sie wollten. Edmond hat gegen eines unserer wichtigsten Gesetze verstoßen, und er muss dafür bestraft werden – einerseits, damit der Vampirrat sieht, wie ernst ich seinen Verstoß nehme, und andererseits, um den Menschen zu versichern, dass wir nicht von unseren niedersten Instinkten beherrscht werden.«

Ich war für diese Tatsache nicht blind. Für Menschen waren

Vampire wunderschön, geheimnisvoll und unsterblich – irgendwie *mehr* als gewöhnliche Leute. Aber wenn die Menschen einen Blick auf die gefährlichen Bestien erhaschen würden, die unter den polierten Hüllen lauerten, wären sie vielleicht nicht mehr so hin und weg von der Welt der Vampire gewesen. Und wenn die Vampire die Gunst der Menschen verloren, könnte das Spendersystem in sich zusammenstürzen und die Häuser mit ihm untergehen.

Die Vampire könnten zurück in die Schatten gezwungen werden.

Aber trotzdem: »Für jede Regel gibt es Ausnahmen«, beharrte ich.

»Vielleicht«, räumte Ysanne ein. »Aber Vampire sind Raubtiere. Wir können Schwäche riechen. Wenn ich als schwach betrachtet werde, weil ich es meinen Vampiren erlaube, zu tun und zu lassen, was immer sie wollen, dann könnten andere möglicherweise versucht sein, mich als Lady dieses Hauses herauszufordern.« Ihre Stimme klang mit einem Mal hart und kalt. »Und das werde ich nicht zulassen. Für dich ist es leicht, mit deiner selbstgerechten Einstellung und kindlichen Weltsicht hier hereinzuspazieren, aber es steht deutlich mehr auf dem Spiel als nur du und Edmond.«

Mein Temperament kochte in mir hoch, aber ich zügelte es. Ich zog einen der Stühle unter dem Tisch hervor und setzte mich darauf. Etwas, das wie Überraschung aussah, blitzte in Ysannes Augen auf, war jedoch so schnell wie ein Blinzeln wieder verschwunden. Wahrscheinlich hatte sie erwartet, dass ich sie anbrüllen würde.

»Erklär mir, was sonst noch auf dem Spiel steht. Was habe ich verpasst, als ich nicht bei Bewusstsein war? Wer hat die

Villa angegriffen?« Ich zögerte, weil ich die Antwort auf meine nächste Frage nicht wirklich wissen wollte, auch wenn ich sie hören musste. »Wie viele Leute sind gestorben?«

Ysanne betrachtete mich einen Moment lang, bevor sie sich setzte.

»Zuallererst musst du mir ganz genau erzählen, was mit Etienne und June draußen im Garten passiert ist«, sagte sie.

Ich wanderte in Gedanken in jene grauenvolle Nacht zurück, in der das Leben, wie ich es kannte, geendet hatte.

»Ich habe versucht, June davon abzuhalten, noch jemandem wehzutun. Ludovic hat sie mit einem Schwert verletzt, und sie ist aus dem Ballsaal geflohen, deshalb bin ich ihr nach. Ich hatte keine Ahnung, was ich tun würde, falls ich sie einfange, aber ich konnte auch nicht klar denken. Als ich ihr dann nach draußen gefolgt bin, hat Etienne dort auf mich gewartet.«

Dieser schreckliche Moment des Verrats schnitt sich erneut in mein Herz, scharf wie eine Klinge, und ich legte eine Hand auf meine Brust. Das Fehlen eines Herzschlags war mir noch immer ganz fremd.

Ysanne wartete schweigend darauf, dass ich fortfuhr.

»Er hat mir erzählt, dass er June getötet hat.« Die Worte schmeckten bitter.

»War er auch derjenige, der sie beim ersten Mal freigelassen hat, als du oben im Westflügel warst?«

»Ja. Er meinte, es wäre nichts Persönliches, aber er könnte nicht zulassen, dass ich ihm bei June in die Quere komme. Er sagte, er hätte sie verwandelt, weil es nötig war, hätte aber nicht gewollt, dass sie zur Rasenden wird. Und er hat gesagt, es täte ihm leid, dass ich sterben müsste.«

»Sonst noch etwas?«

Ich schluckte den Kloß in meinem Hals hinunter. »Zuletzt hat er gesagt, es stünde eine Revolution bevor und die Welt der Vampire würde sich verändern. Kannst du damit irgendetwas anfangen?«

Ysanne antwortete mir nicht. »Zu deiner vorherigen Frage: Wir haben drei Mitglieder des Sicherheitspersonals und zwei weitere Angestellte verloren.« Sie hielt einen Moment inne und ihre blassen Augen bohrten sich förmlich in mich. »Außerdem wurden drei Spendende getötet: Aiden, Abigail und Ranesh. Du warst die Einzige, die verwandelt wurde.«

Ich war erleichtert, dass Melissa nicht zu den Opfern gehörte.

»Gab es auch Opfer unter den Vampiren?«, fragte ich.

»Zwei aus Jemimas Nox-Entourage wurden getötet, ebenso wie Rosa«, antwortete Ysanne.

Rosa hatte einmal von mir getrunken, als ich noch vorgegeben hatte, eine ganz normale Spenderin zu sein, aber wir hatten kaum mehr als zwei Sätze miteinander gewechselt.

»Außerdem gab es ein weiteres Opfer, aus Haus Midnight«, fügte Ysanne hinzu.

»Moment mal, was?« Ich runzelte die Stirn. »Was hat denn jemand aus Midnight hier gemacht?«

»Das ist die große Frage. Wir werden uns mit ihr befassen, sobald der Vampirrat vollzählig eingetroffen ist.«

Irgendetwas erzählte sie mir nicht.

»Wer hat Belle Morte angegriffen?«, hakte ich nach.

»Ich weiß es nicht.« Ysannes Miene veränderte sich nicht, aber in ihrer Stimme schwang der leiseste Anflug von Irritation mit. Ysanne Moreau mochte es gar nicht, über etwas nicht Bescheid zu wissen.

»Aber ... welchem Haus gehörten sie denn an?«

»Gar keinem.«

»Das verstehe ich nicht.«

»Renie, du bist nicht die einzige neue Vampirin, die der Vampirrat unter die Lupe nehmen wird. Die Vampire, die Belle Morte gestürmt haben, waren *alle* frisch verwandelt.«

Mein Gehirn konnte diese Information überhaupt nicht verarbeiten. Ich war keine Vladdict und hatte nie genau verfolgt, welche Vampire welchem Haus in Großbritannien oder Irland angehörten, deshalb hatte ich angenommen, die Angreifer könnten nur aus einem von ihnen stammen.

»Was ist mit ihnen passiert?«, fragte ich. Wenn ich über weitere Puzzleteile verfügte, konnte ich sie vielleicht zu einem richtigen Bild zusammensetzen und das Durcheinander in meinem Kopf entwirren.

»Dreizehn wurden in jener Nacht getötet. Die anderen sind ... verschwunden.«

»Sie sind geflohen?«

Ysanne nickte.

»Ihnen muss klar geworden sein, was für einen gewaltigen Fehler sie begangen haben«, vermutete ich.

Neue Vampire waren zwar um ein Vielfaches stärker als jeder Mensch, aber sie konnten es nicht mit der Kraft eines älteren Vampirs aufnehmen. Wer auch immer diese Vampire waren, sie waren von dem Moment an, als sie in Belle Morte eingedrungen waren, unterlegen gewesen.

Ysanne tippte sich mit einem ihrer lackierten Fingernägel an die Lippe, tiefer in Gedanken versunken, als ich sie je gesehen hatte.

»Was glaubst du, warum sie mein Haus angegriffen haben?«, fragte sie mich.

»Ich habe keine Ahnung.«

Sie schwieg einen Moment, als würde sie abwägen, wie viel sie mir erzählen sollte. »Ich glaube nicht, dass die Eindringlinge geflohen sind, weil sie Angst vor uns hatten. Dafür war ihr Rückzug viel zu organisiert, so als wäre er geplant gewesen.«

»Sie haben nicht versucht, Belle Morte zu übernehmen?«

»Ich weiß noch nicht, was sie zu erreichen versuchten.«

»Aber es hat irgendetwas mit Etienne zu tun, nicht wahr?«

Erneut folgte schwere Stille.

»Dreizehn dieser neu verwandelten Vampire sind in jener Nacht gestorben. Mindestens dreimal so viele sind entkommen. Was glaubst du, wer sie verwandelt hat?«

»Etienne«, antwortete ich sofort.

»Er hat uns alle getäuscht, das gebe ich zu, aber glaubst du wirklich, er hätte das alles allein organisieren können?«

»Du glaubst, er hatte Hilfe.«

»Das ist richtig«, bestätigte Ysanne. »Die Frage ist nur, ob sich die Person, die ihm geholfen hat, noch immer in Belle Morte befindet.«

KAPITEL 3

Renie

Eis kroch durch meine Adern, und ich blickte über meine Schulter, als würde ich tatsächlich erwarten, Etiennes Komplizen durch die Bürotür schleichen zu sehen.

»Bin ich in Gefahr?«, fragte ich. »Wenn Etienne mich tot sehen will, dann ist wer immer ihm auch hilft, vermutlich auf dasselbe aus.«

»Der Gedanke ist mir auch schon gekommen. Ich werde dafür sorgen, dass du niemals allein bist«, erwiderte Ysanne.

»Wenn du Edmond freilässt, kann er mich beschützen.«

Es war ganz offensichtlich das Falscheste, was ich hätte sagen können, denn Ysannes Augen verfinsterten sich. »Das ist nicht meine Entscheidung«, erklärte sie mir. »Ich habe für Edmond getan, was ich konnte.«

»Was meinst du damit?«

»Er muss für deine gesetzeswidrige Verwandlung bestraft werden – ich kann dagegen nichts tun. Aber ich war so gnädig, seine Bestrafung aufzuschieben, damit er dir durch die schlimmste Phase der Verwandlung helfen konnte.«

Ich konnte nicht anders, als zu erwidern: »*Das* bezeichnest du ernsthaft als gnädig?«

Ich hatte erwartet, sie würde mit Wut darauf reagieren, doch sie klang einfach nur müde.

»Ja, Renie, tue ich. Es ist weit mehr, als irgendjemand anders ihm gewährt hätte. Glaubst du, ich verstehe nicht, warum du so wütend bist?« Sie schüttelte den Kopf, und keine einzige Strähne ihres blonden Haars bewegte sich. »Ich verstehe es viel besser, als du glaubst. Du bist diejenige, der es schwerfällt, über ihre eigene Nasenspitze hinauszusehen.«

Ein Teil von mir wollte ihr immer noch vor Zorn ins Gesicht brüllen, dass sie sich irrte, dann ihren Schreibtisch umwerfen und durch Belle Morte toben, bis ich Edmond fand. Aber das würde mir auch nicht weiterhelfen. Ich musste endlich anfangen, zu verstehen, wie die Welt der Vampire funktionierte, schließlich gehörte ich ihr nun ebenfalls an.

Und doch war ich nicht die Einzige, der es schwerfiel, über ihre eigene Nasenspitze hinauszuschauen. Ysanne war zu sehr auf die verfluchten Regeln fixiert, um zu erkennen, dass sie hin und wieder gebrochen werden mussten.

Ich versuchte, ruhig zu sprechen. »Was glaubst du, was mit dem Gleichgewicht zwischen Menschen und Vampiren passiert wäre, wenn Edmond den Regeln gehorcht und mich hätte sterben lassen? Er hätte unmöglich rechtzeitig die Erlaubnis des Vampirrats einholen können.«

Ysanne starrte mich nur an.

»June wurde umgebracht und ohne dein Wissen verwandelt. Nun sind noch mehr Leute tot, und die Person, die hinter alldem steckt, ist verschwunden. Wenn Edmond sich geweigert hätte, mir zu helfen, wenn er zugesehen hätte, wie ich dort draußen im Schnee sterbe? Es hätte dieses ganze Chaos nur noch schlimmer gemacht. Du sagst, mein Leben wäre im Verhältnis zum großen Ganzen nicht viel wert – na schön, von mir aus. Aber diese ganze Situation ist ein einziges verfluchtes Riesendesaster, und *du* warst diejenige, die June im Westflügel versteckt hat. Du hast selbst gegen die Regeln verstoßen, als du June nicht getötet hast, nachdem du sie entdeckt hattest.«

Ysanne spannte den Kiefer an, stritt es jedoch nicht ab.

»Was glaubst du, wie es aussehen würde, wenn Edmond mich – neben allen anderen, die jetzt tot sind – auch hätte sterben lassen, weil du ihm nicht erlauben wolltest, mich zu retten? Du kannst nicht ernsthaft glauben, es wäre diesem Gleichgewicht zuträglich gewesen, das du so verzweifelt zu erhalten versuchst.«

Für einen langen Moment starrten wir einander über den Schreibtisch hinweg an.

Eines hatte ich in Belle Morte inzwischen gelernt: Ich mochte vielleicht dazu neigen, die Welt in Schwarz-Weiß einzuteilen – aber Ysanne tat dasselbe. Es war ihr nur nicht bewusst.

»Ich kann dir versichern, wenn der Vampirrat eintrifft, werde ich für all meine Fehler zur Verantwortung gezogen«, sagte Ysanne schließlich.

Für den Großteil meiner Zeit hier hatte ich Ysanne gehasst, aber nun empfand ich einen Funken Mitgefühl für sie. Sie hatte June eingesperrt und mich nach Belle Morte gebracht, in der Hoffnung, ich könnte Junes Geist irgendwie heilen. Hätte ich es gekonnt, hätte auch Hoffnung für alle anderen bestanden, die sich in Zukunft in Rasende verwandelten. Dies kam zwar nur selten vor, aber es konnte jedem Vampir jederzeit passieren, und Ysanne hatte nur versucht, etwas dagegen zu unternehmen. Ich stimmte ihren Methoden vielleicht nicht zu, aber ihre Absichten waren gut.

Ich war mir nur nicht sicher, ob der Vampirrat dies genauso sehen würde.

»Lass mich mit ihnen reden«, sagte ich aus einem Impuls heraus. »Ich kann ihnen erklären, was du zu tun versucht hast.«

»Ich weiß diese Geste zu schätzen, aber es würde nichts nützen. Die Regeln sind nun mal die Regeln.«

»Wann werden sie hier sein?«

»Jemima und der Rest ihrer Entourage sind ohnehin noch hier, sie wohnen im Nordflügel. Henry, Charles und Caoimhe werden innerhalb der nächsten Stunden eintreffen.« Ysanne betrachtete mich von oben bis unten. »Du solltest dir vielleicht etwas anziehen, bevor du ihnen begegnest.«

Ich blickte ein wenig verwundert an mir hinunter, und zum ersten Mal wurde mir bewusst, dass ich einen schwarzen Seidenpyjama trug und mich nicht daran erinnern konnte, wer ihn mir angezogen hatte. Einerseits interessierte mich nicht wirklich, was der Vampirrat dachte. Aber andererseits sah ich durchaus ein, dass es wahrscheinlich nicht ganz unwichtig war, einen guten ersten Eindruck bei diesen Leuten zu hinterlassen.

»Was wird mit mir passieren?«, fragte ich leise und fürchtete mich beinahe vor der Antwort.

»Wie meinst du das?«

»Wenn der Vampirrat beschließt, dass sie mich nicht mögen, können sie mir dann wehtun?«

»Wir tun niemandem weh, nur weil wir ihn nicht mögen«, antwortete Ysanne und klang ein wenig gereizt. »Sie werden vielleicht nicht gutheißen, was Edmond getan hat, aber sie können es nicht mehr ändern. Dein Leben ist durch sie nicht in Gefahr, falls du dir deswegen Sorgen machst.«

»Aber wie geht es jetzt für mich weiter? Ich kann schließlich nicht ins normale Leben zurückkehren, stimmt's?«

»Deine Zukunft liegt ganz in deinen Händen. Ich werde dich nicht zwingen, in Belle Morte zu bleiben.«

»Würdest du mich hierbleiben lassen, wenn ich es wollte?«

Ysanne beäugte mich durchdringend. »Willst du das denn?«

Ich zögerte. *Wollte* ich es?

»Gar keine so leichte Entscheidung, nicht wahr?«, fragte sie.

»Ich habe mich immer gefragt, warum die Vampire diese perfekten kleinen Blasen in diesen riesigen Villen für sich erschaffen haben, aber ich glaube, jetzt verstehe ich es. Ihr habt alle so viel durchgemacht, aber darüber müsst ihr euch keine Gedanken mehr machen, solange ihr innerhalb dieser Mauern seid. Hier könnt ihr jeden Tag in Frieden und Sicherheit leben – und wer wünscht sich das nicht? Ich bin allerdings erst seit drei Tagen Vampirin und habe die meiste Zeit davon geschlafen. Ich will mich nicht genauso von der Welt abschotten wie der Rest von euch. Aber ich weiß auch nicht, wohin ich gehöre.«

»Der wichtigste Grund für dich, hierzubleiben, ist Edmond. Er lebt hier.«

»Er ist im Gefängnis«, erwiderte ich, brachte die Worte jedoch ohne Wut oder verurteilenden Unterton hervor.

»Aber nicht für immer. Er wird wieder freigelassen werden.«

»Und was dann?«

»Das liegt ganz bei dir und Edmond, nicht wahr? Du kannst nicht von mir erwarten, dass ich die Anstandsdame bei eurer Romanze spiele. Wenn du Belle Morte verlassen willst, dann werde ich dich nicht aufhalten. Und wenn Edmond mit dir gehen will, dann werde ich auch ihn nicht aufhalten. Aber dies ist sein Zuhause, und du solltest vielleicht auf die Tatsache vorbereitet sein, dass er es nicht verlassen will«, sagte Ysanne. »Aber wie dem auch sei, über derartige Entscheidungen solltest du jetzt noch nicht nachdenken. Wir haben wichtigere Probleme, um die wir uns kümmern müssen.«

»Richtig«, erwiderte ich und blickte erneut auf meinen Pyjama hinunter. Ich konnte nun nicht mehr schwitzen, deshalb war es kein so großes Problem mehr wie als Mensch, drei Tage lang dasselbe zu tragen, aber ich wollte trotzdem duschen und mir frische Klamotten anziehen.

»Außerdem solltest du bei deinen Freunden vorbeischauen. Sie machen sich große Sorgen um dich«, fügte Ysanne hinzu.

Es gab noch immer so vieles, worüber ich mit ihr reden musste, aber ich hatte das untrügliche Gefühl, ich wäre hiermit entlassen. Also erhob ich mich und verließ das Zimmer.

Ich fühlte mich völlig erschöpft, als ich mich von Ysannes Büro entfernte. Nichts war so simpel, wie ich immer geglaubt hatte. Die Welt war nicht schwarz-weiß, sondern in sich stets verändernde Schattierungen von Grau getaucht, die Realität viel verworrener und komplizierter, als es den meisten Leuten bewusst war – ich selbst eingeschlossen.

Ich war nicht immer einverstanden mit Ysannes Entscheidungen, aber ich wusste auch nicht, welche Erfahrungen sie geprägt hatten oder welcher Druck damit verbunden war, Belle Morte zu regieren. Es war schließlich nicht nur ein Hotel, in dem hübsche Menschen dafür bezahlt wurden, Vampire an ihren Adern saugen zu lassen – die Regeln bestanden aus gutem Grund. So vieles hing davon ab, dass Menschen und Vampire in Eintracht miteinander lebten. Wie sollte ich jemals verstehen, was für ein Gefühl es war, zu wissen, dass die Welt der Menschen – obwohl sie Vampire förmlich anbeteten und wie Götter behandelten – sich auch ganz leicht gegen sie wenden konnte, wenn den Menschen bewusst wurde, dass mehr hinter diesen Kreaturen steckte als Designerklamotten und Unsterblichkeit?

Welche Strafe hatte Ysanne vom Vampirrat zu erwarten? Konnten sie sie als Anführerin absetzen? Was würde dann mit Belle Morte passieren? Ich war schon früher mit Ysanne aneinandergeraten – und wahrscheinlich würde es noch öfter passieren, – aber mir gefiel die Vorstellung nicht, ihr Haus könnte jemand anders unterstellt werden.

Ich wünschte, Edmond wäre hier.

Ohne Vorwarnung knickten mir die Beine ein, und ich brach auf dem Boden zusammen. Mein Gesicht fühlte sich ganz heiß und gestrafft an, und meine Augen brannten vor Verlangen zu weinen, was mir dank meiner neuen Vampirphysiologie jedoch viel schwerer fiel, auch wenn ich nicht wirklich verstand, warum.

Ich hatte keine Ahnung, wann ich Edmond wiedersehen würde.

Mein Leben – so, wie ich es kannte – war zu Ende, und es gab kein Zurück mehr.

Ich wusste nicht, was die Zukunft bringen würde, für mich oder irgendjemanden sonst.

Und Etienne, dieses kranke Arschloch, war immer noch irgendwo da draußen. Was hatte er als Nächstes vor?

Mein Magen krampfte sich zu einem schmerzhaften Knoten zusammen, und ich stöhnte laut, während mein Verstand alles zu vergessen schien – bis auf das plötzliche Stechen der *Gier*.

Ein Schatten fiel über mich, als sich jemand neben mich hockte und meine Schultern berührte. Für einen blinden, albernen Moment war ich mir sicher, es wäre Edmond. Ich würde den Blick heben und in sein wunderschönes Gesicht schauen, und alles wäre wieder gut …

»Er hat dich wirklich verwandelt«, sagte Jemima, und ich blinzelte, bis sie in den Fokus kam.

Die Lady von Nox sah mich an, ihre Augen weich und mitfühlend, wodurch sie noch mehr wie ein Teenager aussah als ohnehin.

»Überraschung«, murmelte ich. Jemima war immer nett zu mir gewesen, aber ich war viel zu erschöpft, um höflich zu sein, und auch der Knoten in meinem Magen wurde immer schlimmer.

Ich dachte, sie würde mir wieder auf die Beine helfen, aber stattdessen setzte sie sich neben mich und drapierte ihren fließenden Seidenrock über ihre Knie.

»Ich kann dir gar nicht sagen, wie leid mir das mit June tut«, sprach sie mir ihr Beileid aus.

»Danke. Tut mir leid, dass ein paar von deinen Leuten getötet wurden.«

Jemima richtete den Blick auf den Teppichboden. »Mir auch.«

»Hat Ysanne dir erzählt, was passiert ist?«

»Nicht im Detail. Ich glaube, das spart sie sich für das Treffen des Vampirrats auf. Aber ich weiß, dass Etienne für all dieses Leiden verantwortlich ist.«

Jemima verzog die Lippen. »Ich hätte niemals geglaubt, dass er zu so etwas fähig sein könnte.«

»Da sind wir schon zwei.« Hass brodelte in mir, heiß und zäh, und ich ballte die Fäuste, bis sich meine Fingernägel in die Handflächen gruben.

Jemima packte mit einer sanften Berührung meine Hände. »Er wird damit nicht durchkommen.«

»Ich dachte, er wäre mein Freund, aber er hat meine Schwester *ermordet* und in ein Monster verwandelt. Ich hasse ihn so sehr.«

»Da bist du nicht die Einzige«, versicherte sie mir. »Wir werden ihn finden, Renie, und wir werden dafür sorgen, dass er für all die Leben, die er ausgelöscht, und für all das Leid, das er verursacht hat, bezahlt.«

Mir krampfte sich erneut der Magen zusammen, während Hungerwellen durch meinen Körper pulsierten und der bohrende Schmerz in meinem Mund mir verriet, dass meine Reißzähne aus dem Gaumen glitten und das Zahnfleisch durchstachen.

»Wann hast du zum letzten Mal etwas getrunken?«, fragte Jemima und beäugte mich besorgt.

»Ich glaube nicht, dass ich das kann«, erwiderte ich und krallte die Hände in den Bauch. Allein bei dem Gedanken, meine Reißzähne in einen Menschen zu schlagen, wurde mir übel.

»Ich weiß, wie schwer das für dich ist – vergiss nicht, ich habe es selbst durchlebt. Aber du kannst dich nicht so aushungern. Ich schicke dir einen Spender.«

Wenn mir schon bei dem Gedanken, einen Menschen zu beißen, übel wurde, dann wurde mir noch zehnmal flauer, wenn ich daran dachte, jemanden zu beißen, den ich kannte. Glücklicherweise war Jemima jedoch nicht so unsensibel, mir einen meiner Freunde zu schicken.

Sie holte Mei, deren Augen vor Aufregung leuchteten. Brachte es ein gewisses Prestige mit sich, die erste offizielle Spenderin für die erste neue Vampirin seit vielen Jahren zu sein? Nur dass ich nicht mehr die einzige neue Vampirin war, richtig? Das durfte ich nicht vergessen. Dort draußen gab es noch viel mehr, irgendwo.

Jemima bat Mei, sich hinzuknien, legte dann eine Hand an Meis Kinn und neigte sanft den Kopf zur Seite, um ihre Kehle zu entblößen. »Deine Reißzähne sind scharf genug, um die Haut problemlos zu durchdringen, also beiß nicht zu fest zu«, wies sie mich an. »Lass einfach deine Reißzähne die Arbeit machen.«

Ich schob mich näher, wie hypnotisiert von den Adern unter Meis Haut. Ich konnte das wilde Schlagen ihres Herzens hören, rasend schnell vor Aufregung, und nahm den süß-säuerlichen Geruch ihres Bluts wahr. Mir lief das Wasser im Mund zusammen.

»Braves Mädchen«, ermutigte mich Jemima.

Ich war dankbar für ihre Hilfe, aber ich wünschte mir trotzdem, Edmond wäre hier und würde mir durch meinen ersten richtigen Biss helfen.

Als ich mich noch weiter zu Mei lehnte und mein Mund beinahe ihre Haut berührte, jagte ein winziger Schauer durch sie hindurch. Sie freute sich darauf, während ich entsetzliche Angst davor hatte. Was, wenn ich sie zu fest biss? Was, wenn ich eine Ader oder eine Arterie zerriss und sie verblutete? Mein Speichel hatte nun zwar heilende Wirkung, aber sie reichte nur für kleine Wunden.

Ich würde nie wieder ein Mensch sein, aber diese Grenze zu überschreiten, würde mich erst zu einer wahrhaftigen Vampirin machen, und diese Tatsache war so gewaltig, dass ich das Gefühl hatte, sie würde mich erdrücken.

Mei schluckte, und meine Augen folgten der Bewegung ihrer

Kehle. Ihre Haut roch schwach nach Zitronen, aber nicht genug, um den köstlichen in ihren Adern pulsierenden Blutgeruch zu überdecken.

Ich war so hungrig, dass dunkle Flecken vor meinen Augen tanzten, aber ich konnte das hier nicht tun. Ich wich so ruckartig zurück, dass ich nach hinten umkippte.

»Es tut mir leid«, keuchte ich. »Ich kann nicht.«

Jemima legte einen Arm um meine Schultern und half mir, mich wieder aufzusetzen. Meine Reißzähne waren vollständig ausgefahren und mein Zahnfleisch schmerzte vor Druck. Mein Magen hatte sich zu einem quälend festen Knoten verkrampft, und mächtige Hungerwellen schwappten durch meinen Körper, gierig und überwältigend.

»Dir bleibt keine andere Wahl. Blut ist nun das Einzige, womit du überleben kannst«, erinnerte Jemima mich.

Das wusste ich selbst, aber dieser Schritt war so gewaltig – es war einfach zu viel. Ich hatte das Gefühl, alles, was mich zu Renie Mayfield gemacht hatte, hatte in dem Augenblick, in dem ich einen Fuß nach Belle Morte gesetzt hatte, angefangen, sich aufzulösen, und wenn ich diesen Schritt wirklich ginge, würde ich auch noch das letzte bisschen meiner Menschlichkeit verlieren.

Ich warf Jemimas Arm mit einem Schulterzucken ab und rappelte mich auf. »Ich muss ein bisschen allein sein«, sagte ich.

Jemima versuchte nicht, mich aufzuhalten.

KAPITEL 4

Renie

Ich entfernte mich von Jemima und Mei und konnte nur daran denken, dass ich nie wieder etwas essen würde. Blut war von nun an meine einzige Nahrung.

Mir fiel wieder ein, wie Isabeau heimlich die in Decken eingewickelten Kadaver kleiner Tiere in den Westflügel geschafft hatte, um June damit zu füttern, und ich musste an die ausgesaugten Überreste dieser Tiere denken, die unter den Wurzeln der Eiche draußen vergraben waren. Und ich dachte an Edmonds Geständnis, er habe in einem Zustand tiefster Selbstsüchtigkeit und Genusssucht in den Jahren vor der Französischen Revolution zwei Menschen umgebracht. Ich dachte an Ludovic, der einen verwundeten Soldaten in den grauenvollen Schützengräben des Ersten Weltkriegs getötet hatte, damit Edmond dessen Blut trinken und er auch seine eigenen Verletzungen wieder heilen konnte. Ich dachte daran, was die Gier nach Blut aus June gemacht hatte.

Und dann kam mir der Gedanke, dass ich nie wieder zum Essen ausgehen, mich an Weihnachten und Ostern mit Schokolade vollstopfen oder eine Pizza mit extra Peperoni bestellen würde, wenn ich einen faulen Tag hatte. Ich würde nie wieder mein Lieblingsessen kochen, mir an einem heißen Tag ein Eis schmecken lassen oder an einem kalten Tag einen Teller dampfend heiße Suppe.

Ich blieb stehen, angewidert von mir selbst. Es waren Leute *gestorben*, und ich schmollte, weil ich nie wieder Brownies essen würde? Wo waren verdammt noch mal meine Prioritäten?

Das hier war nicht der Moment für Selbstmitleid.

Der Vampirrat würde in ein paar Stunden hier eintreffen, und ich musste bereit für ihn sein. In der Zwischenzeit würde ich jedoch Ysannes Ratschlag folgen und meine Freunde besuchen.

Als ich die Haupttreppe hinaufstieg, fiel mir plötzlich auf, wie anders Belle Morte mit einem Mal wirkte. Das Blut und die Leichen waren beseitigt worden, aber die Narben dieser schrecklichen Nacht hatten die Atmosphäre des Hauses tief durchdrungen. Es war stiller – gedämpfter, aber auch angespannter, so als wüsste auch Belle Morte selbst, dass Etienne mit seinen Plänen noch nicht am Ende war. Ich war daran gewöhnt, Spendende aus sämtlichen Zimmern kommen und gehen zu sehen, aber als ich den Südflügel erreichte, in dem die Spenderinnen und Spender schliefen, begegnete mir niemand außer Amit, den ich ein wenig näher kennengelernt hatte, bevor ich in die Sache mit June verstrickt worden war. Ich lächelte ihn an, froh, ein vertrautes Gesicht zu sehen, aber Amit starrte mich nur mit einem Ausdruck irgendwo zwischen Schreck und Ehrfurcht an. Genau wie Tamara und Mei es getan hatten.

Vladdicts und andere Vampirfans wünschten sich nichts mehr, als das Objekt der Begierde eines Vampirs zu werden. Sie wünschten sich scharfe Reißzähne, übermenschliche Kräfte und die Fähigkeit, ewig zu leben. Sie wollten anmutig, elegant und geheimnisvoll sein, von Menschen in aller Welt bewundert – darum war die Fluktuation an Spendenden in den verschiedenen Häusern auch so hoch: Es gab ein schier endloses Reservoir an Menschen, die sich förmlich danach verzehrten, den Vampirlifestyle selbst erleben zu können.

Tausende – *Millionen* – von ihnen teilten diesen Traum. Fan-Fiction-Seiten platzten vor Geschichten von jungen Spendenden aus allen Nähten, die in Vampirhäuser einzogen und am Ende das Herz aller Vampire eroberten, bevor sie selbst zu einem der Untoten wurden. Es war jedoch noch nie wirklich passiert.

Bis jetzt.

Amit und die anderen Spendenden mussten mich als das Mädchen betrachten, das diesen Traum wahrgemacht hatte – auch wenn die Realität sehr weit von dieser schönen Vorstellung entfernt war. Edmond hatte mich nicht aus irgendeinem verklärten, romantischen Impuls heraus verwandelt. Er hatte es getan, weil ich in seinen Armen verblutet war. Unsere Liebesgeschichte war alles andere als unkompliziert gewesen, und nach meinen letzten Worten an ihn hatten wir noch immer einiges zu verarbeiten – sobald er aus seinem Gefängnis freikam. Wann immer das auch sein würde.

Ich wollte mit Amit reden, ihn daran erinnern, dass ich immer noch *ich* war, aber mir blieben die Worte im Halse stecken, und wir gingen ohne ein Wort aneinander vorbei.

Als ich damals nach Belle Morte gekommen war, hatte ich das Gefühl gehabt, nicht richtig dazuzugehören, weil ich die einzige Spenderin gewesen war, die von Vampiren nicht total fasziniert war. Jetzt gehörte ich wieder nicht richtig dazu, wenn auch auf ganz andere Art. Ich war hin- und hergerissen zwischen zwei Welten, hatte jedoch nicht das Gefühl, wirklich in die eine oder die andere zu gehören.

Eigentlich hatte ich vorgehabt, direkt zu dem Zimmer zu gehen, das ich mir mit Roux geteilt hatte, blieb dann jedoch vor Melissas Tür stehen. Mein neues geschärftes Vampirgehör nahm ein leises Weinen aus ihrem Zimmer wahr, und mir krampfte sich vor Traurigkeit das Herz zusammen. Ich konnte nicht einfach weitergehen und so tun, als wäre nichts. Ich klopfte an die Tür.

»Geh weg«, rief Melissa, ihre Stimme schwer vor Tränen.

»Ich bin's, Renie«, sagte ich.

Es folgte eine lange Pause.

Dann ging die Tür auf.

Als ich Melissa zum ersten Mal begegnet war, war mir der Gedanke gekommen, sie könnte selbst fast eine Vampirin sein, weil sie so schön gewesen war. Das war sie immer noch, auch wenn sie ziemlich blass wirkte, so als wäre das Licht in ihrem Inneren erloschen. Ihre Augen waren vor Tränen verquollen und ihr angespannter Kiefer von einer Härte, die ich noch nie zuvor bei ihr gesehen hatte.

»Was willst du?«, fragte sie.

»Ich ... Das mit Aiden tut mir so leid.«

Wut funkelte in ihren Augen. »Es tut dir *leid*? Glaubst du, das ändert irgendwas?«

»Das hätte alles gar nicht passieren sollen ...«

»Aber es ist passiert. Mein Freund ist tot, weil du mir nicht die Wahrheit darüber erzählen wolltest, was hier los war.«

»Ich konnte nicht ...« Meine Stimme erstarb.

Ich war nach Belle Morte gekommen, weil meine Schwester urplötzlich jeden Kontakt zu uns abgebrochen und ich mir

Sorgen gemacht hatte, dass irgendetwas nicht stimmte. Doch als ich hier eingetroffen war, schienen alle zu glauben, June wäre in ein anderes Vampirhaus verlegt worden, obwohl so etwas noch nie vorgekommen war. Selbst Melissa, die mit June befreundet gewesen war, hatte sich geweigert, zu akzeptieren, Ysanne hätte ihr gesamtes Haus angelogen. Doch je mehr ich nachgebohrt hatte und je näher ich der Wahrheit gekommen war, desto mehr war auch Melissa bewusst geworden, dass irgendetwas nicht stimmte. Als ich June schließlich gefunden hatte – angekettet und rasend im Westflügel, – hatte ich dieses Geheimnis jedoch vor Melissa verbergen müssen. In der Nacht, in der Belle Morte angegriffen worden war, hatte Aiden es schließlich nicht mehr ertragen, Melissa so aufgelöst zu sehen, weil ich die Wahrheit vor ihr verbarg, und er war in den Westflügel gegangen, um herauszufinden, was wirklich los war. Und dann hatte June ihn getötet.

Aidens Tod war nicht meine Schuld gewesen, aber es kam auch nicht unbedingt überraschend, dass Melissa mir die Schuld dafür gab. Wenn ich ihr die Wahrheit erzählt hätte, wäre Aiden niemals in den Westflügel gegangen. Und es spielte auch keine Rolle, dass ich es ihr nicht hatte erzählen *können*. Als ich erkannt hatte, dass Edmond die Wahrheit vor mir geheim hielt, hatte ich dasselbe getan wie Aiden: Ich war in den Westflügel geeilt. Mit dem Ergebnis, dass ich beinahe selbst durch Junes Hände gestorben wäre. Edmond hatte mich gerettet. Aber es war niemand da gewesen, um Aiden zu retten.

»Es tut mir wirklich leid«, wiederholte ich, denn was konnte ich auch sonst sagen?

»Dass es dir leidtut, bringt Aiden auch nicht wieder zurück, oder?«

»Nein.«

Ich versprach ihr nicht, Etienne würde für alles bezahlen, weil auch das Aiden nicht wieder zurückbringen würde.

»Warum hat Etienne das getan?«, fragte Melissa.

»Woher weißt du, dass er es war?« Ich hatte angenommen, Ysanne würde auch die Wahrheit über diese Nacht unter Verschluss halten, genauso, wie sie June vor allen versteckt hatte.

»Amit hat sich aus dem Südflügel geschlichen, um zu sehen, was zur Hölle eigentlich los war. Er hat mit angehört, wie Míriam es Ysanne erzählt hat. Sonst hätte Ysanne es uns niemals mitgeteilt, oder?«

»Wahrscheinlich nicht«, stimmte ich ihr zu.

»Sie regiert uns jetzt mit noch schärferer Hand.« Melissas Stimme klang verbittert. »Das Sicherheitspersonal fährt weiter seine üblichen Schichten, aber wenn einer von ihnen auch nur ein einziges Wort nach draußen dringen lässt, wird er sofort gefeuert. Wir dürfen nicht mehr nach Hause schreiben. Und keiner von uns weiß, wie lange das noch so weitergehen wird.«

»Bevor du fragst: Ich weiß es auch nicht.«

»Natürlich. Und ich nehme an, du weißt auch nicht, warum Etienne das getan hat.«

»Nein, das weiß ich wirklich nicht.«

Melissas Miene verhärtete sich. »Das hab ich alles schon mal gehört.«

»Ich *weiß* es nicht. Ich habe keine Ahnung, warum er versucht hat, mich umzubringen, oder warum er June verwandelt hat oder was zur Hölle in der Nacht des Angriffs genau passiert ist.«

Ich konnte sehen, dass sie mir nicht glaubte, und ich konnte ihr deswegen noch nicht mal einen Vorwurf machen. Ich hatte in der Vergangenheit einfach zu viel vor ihr geheim gehalten.

Melissa seufzte und lehnte sich gegen den Türrahmen, sämtliche Wut aus ihrem Körper gewichen. »Verschwinde einfach, Renie.«

Sie machte mir die Tür vor der Nase zu.

Ich ging zu dem Zimmer, das ich mir mit Roux geteilt hatte, blieb davor jedoch stehen, weil ich plötzlich ein komisches Gefühl dabei hatte. Wäre ich noch ein Mensch gewesen, wäre ich einfach hineingegangen, aber das hier war nicht mehr mein Zimmer. Ich gehörte nicht hierhin.

Zögernd klopfte ich an.

»Craig, ich schwöre, wenn du schon wieder kommst, um nach irgendwelchen Infos zu schnüffeln, dann trete ich dir in die Eier«, brüllte Roux aus dem Zimmer.

Craig? Ich drückte die Klinke und steckte den Kopf durch die Tür.

Roux und Jason saßen auf Roux' Bett, die Köpfe dicht zusammengesteckt. Roux blickte auf, als ich eintrat, und Wut blitzte in ihren Augen auf. Sämtliche Farbe wich aus ihrem Gesicht, als sie mich sah.

»O mein Gott«, flüsterte sie und faltete ihre langen Beine auseinander. »Renie!«

Jason krabbelte vom Bett, eilte durch den Raum, schlang die Arme um mich und drückte mich so fest an sich, dass es richtig wehgetan hätte, wenn ich noch ein Mensch gewesen wäre. Ich vergrub mein Gesicht in seiner Brust. Meine Augen brannten vor Verlangen, zu weinen, aber die Tränen wollten nicht fließen. Vielleicht würden sie es nie wieder tun.

Jason ließ mich wieder los und machte einen Schritt beiseite, damit Roux mich auch umarmen konnte. Aber sie tat es nicht. Sie stand auf halbem Weg zwischen mir und dem Bett, die

Hände gefaltet, ihr Ausdruck seltsam distanziert, so als hätte sie eine Art Mauer zwischen uns hochgefahren.

»Dir geht's gut«, sagte sie.

»Es ist eine riesige Umstellung, aber ich komm langsam damit klar«, erwiderte ich. Meinen katastrophalen ersten Fütterungsversuch erwähnte ich nicht.

Roux bewegte sich immer noch nicht auf mich zu. »Wie ist der Nordflügel so?«, fragte sie, und es lag ein Hauch von Verbitterung in ihrer Stimme.

»Keine Ahnung. Ich hatte noch nicht wirklich Zeit, ihn zu erkunden.«

»Und was hast du dann die ganze Zeit gemacht?« Ihre Miene war verhärtet, und sie klang, als würde sie mir irgendetwas vorwerfen.

Ein Gefühl der Verletztheit meldete sich in mir. Obwohl ich sie noch nicht lange kannte, hatte sie sich schon jetzt als die beste Freundin erwiesen, die ich jemals gehabt hatte. Ich verstand nicht, warum sie sich plötzlich so feindselig verhielt.

»Mich erholt«, antwortete ich. »Sich in eine Vampirin zu verwandeln, ist alles andere als ein Spaziergang. Ich hab das immer noch nicht wirklich verarbeitet, und ehrlich gesagt ist das Letzte, was ich jetzt gebrauchen kann, dass du dich so aufführst.«

Roux' Augen glänzten, und sie presste die Lippen zusammen. Dann verschwand sie ins Bad und schloss die Tür hinter sich.

Verwirrt blickte ich zu Jason, der den Kopf schüttelte.

»Nimm dir das nicht so zu Herzen«, sagte er. »Sie ist total durch den Wind, seit –« Er brach ab und wirkte ein wenig verlegen.

»Seit ich gestorben bin«, beendete ich den Satz für ihn. Es hatte keinen Sinn, um den heißen Brei herumzureden.

»Ja. Keiner der Vampire spricht darüber, was in jener Nacht passiert ist, aber du und Roux habt mittendrin gesteckt, deshalb glauben die anderen Spendenden, sie wüsste mehr, als sie sagt. Sie nerven sie schon seit Tagen deswegen.«

»Dachte sie deshalb, ich wäre Craig?«

»Er war einer der Beharrlichsten. Letzte Nacht wollte er überhaupt nicht mehr aus unserem Zimmer verschwinden, bis Roux ihm einen Schuh an den Kopf geworfen hat.« Jason zeigte auf einen glitzernden Stiletto, der neben der Tür lag.

Das war die Roux, die ich kannte – leidenschaftlich loyal. Nicht das kalte Mädchen, das eben noch vor mir gestanden hatte.

»Warum ist sie denn sauer auf mich?«, wollte ich wissen.

»Ist sie nicht, nicht wirklich. Sie war so verängstigt und traurig in den letzten paar Tagen und –« Jason blickte zur Badezimmertür und fuhr mit gesenkter Stimme fort: »Ich glaube, sie hat Angst, jetzt, wo du eine Vampirin bist, wirst du nicht mehr mit uns abhängen wollen. Wir wussten nur, dass du zu den anderen Vampiren in den Nordflügel gezogen bist, und Roux dachte, du wolltest vielleicht nichts mehr mit uns zu tun haben.«

»Das war nicht meine Entscheidung – Edmond hat mich dort hingebracht. Ich wusste noch nicht mal, dass ich mich im Nordflügel befand, bis ich aufgewacht bin.«

»Und wenn Roux klar denken könnte, würde sie das auch verstehen. Aber sie hat bei diesem Angriff ein paar echt abgefuckte Sachen durchgemacht: Sie hat einen Vampir getötet, sie hat dich sterben sehen, sie hat schon seit Tagen Albträume, und alle nerven sie ständig damit, Informationen rauszurücken, über die sie überhaupt nicht verfügt.«

Ich schloss die Augen, während weitere Erinnerungen an diese Nacht meinen Geist fluteten: Roux war mir in den Ballsaal gefolgt und hatte mir das Leben gerettet, indem sie einem Vampir mit einer Vorhangstange, die sie aus diesem Zimmer mitgebracht hatte, den Kopf eingeschlagen hatte. Die Stange war noch nicht ersetzt worden, ebenso wenig wie das Schloss an der Tür, das ich mit einer Bronzefigur zertrümmert hatte. Ich hatte überhaupt nicht darüber nachgedacht, wie es sich auf Roux auswirken könnte, jemanden umgebracht zu haben, oder wie sie sich gefühlt hatte, als sie in den Garten hinausgestürmt war und erkennen musste, dass sie zu spät kam, um mich noch zu retten. Das Gefühl der Verletztheit in mir veränderte sich – in eine Verletztheit *für* meine Freundin.

»Warst du die ganze Zeit bei ihr?«, fragte ich, als ich den kleinen Haufen mit Jasons Klamotten neben Roux' Bett bemerkte.

»Ich konnte sie nicht allein lassen.«

»Denkst du, ich sollte mit ihr reden?«

»Ich würde ihr noch ein bisschen Zeit geben. Für sie ist das alles eine große Umstellung, an die sie sich erst noch gewöhnen muss.«

»Ich bin diejenige, die sich in eine Vampirin verwandelt hat«, erinnerte ich ihn.

Er schenkte mir ein trauriges Lächeln. »Ganz genau.«

»Ich verstehe nicht.«

»Roux hat mir erzählt, ihr zwei hattet vor, in Kontakt zu bleiben, sobald eure Verträge ausgelaufen sind. Wer auch immer zuerst ging, würde draußen auf die andere warten.«

Ich verstand es immer noch nicht.

»Renie, du *wirst* nicht von hier fortgehen. Du bist jetzt eine Vampirin, was bedeutet, Belle Morte oder eins der anderen Häuser wird von nun an dein Zuhause sein. Wenn Roux' Vertrag endet, wird sie fortgehen, aber du nicht – und da es ehemaligen Spendenden nicht erlaubt ist, wieder zurückzukehren, wird Roux dich nie wiedersehen.«

Das traf mich wie ein Schlag ins Gesicht. Vampire blieben in ihren Villen, weil es dort sicher für sie war – aber diese Sicherheit bedeutete auch, dass ich Roux und Jason verlieren könnte.

»Geht's dir gut? Du ziehst total komische Gesichter«, sagte Jason.

»Ich versuche zu weinen!«

Seine Lippen zuckten, und er drückte mich erneut an sich. »Nur fürs Protokoll: Ich finde es ziemlich cool, dass du jetzt eine Vampirin bist.«

Ich konnte nicht anders, als ein bisschen in seine Brust zu lachen. Er fühlte sich warm und sicher an, wie ein Anker, der mich festhielt, wenn alles außer Kontrolle zu trudeln drohte.

»Das klingt jetzt vielleicht seltsam, aber darf ich deine Reißzähne sehen?«, bat Jason mich plötzlich.

Ich legte den Kopf in den Nacken und machte den Mund auf. Jasons Herzschlag beschleunigte, und meine Reißzähne reagierten sofort, indem sie sich aus meinem Zahnfleisch schoben.

Seine Augen wurden groß.

»Wow ... Ganz ehrlich? Das ist total heiß.«

»Ernsthaft?«

Jasons Lächeln war eindeutig ein wenig neckisch. »Ich finde

nun mal, Vampire sind das Sexyste auf diesem Planeten – verklag mich doch. Wenn du ein Kerl wärst, wäre ich gerade ziemlich angeturnt.«

Ich hatte es die ganze Zeit geschafft, die Hungerqualen zu ignorieren, aber nachdem meine Reißzähne voll ausgefahren waren, meldeten sich die Schmerzen umso heftiger zurück, und ich unterdrückte ein Stöhnen. Wie lange würde ich das noch durchhalten?

»Du musst was trinken, stimmt's?«, fragte Jason.

»Ich kann niemanden beißen.«

»Hast du es schon mal versucht?«

»Ja. Es war zu seltsam.«

Jason betrachtete mich mit ernster Miene. »Warum trinkst du nicht von mir?«

Er zog den Ausschnitt seines T-Shirts nach unten und entblößte seine Kehle. Mein Blick wurde unwillkürlich von der glatten, leicht gebräunten Haut angezogen, dem direkt unter der Oberfläche bebenden Puls, den saftigen Adern.

Meine Lippen und mein Magen kribbelten im Einklang. Ich war so *hungrig*.

Doch ich wich zurück und schob mich näher auf das Bett zu, das einst meines gewesen war. Ich konnte das nicht tun – ich konnte Jason nicht *beißen*. Er kam mir nicht nach, sondern betrachtete mich nur mit traurigen Augen.

»Du musst was trinken. Nicht mal alte Vampire halten es ewig ohne Nahrung aus, und du bist erst seit drei Tagen eine von ihnen«, sagte er.

»Weißt du, was sie mit Edmond gemacht haben? Sie haben ihn ins Gefängnis gesteckt. Er sollte hier bei mir sein, aber sie haben ihn eingesperrt.«

»Okay, das ist echt schrecklich, und ich kann mir überhaupt nicht vorstellen, was du gerade durchmachst, aber du kannst auch nicht in den Hungerstreik treten, Süße.« Jasons Stimme klang ein wenig strenger.

»Ich kann dich nicht beißen«, erwiderte ich leise.

Ich wollte es – so, so sehr, – aber das hier war *Jason*. Er war kein Abendessen – er war mein Freund. Frustration stieg in mir auf, kribbelte meine Arme hinunter bis in meine Hände. Bevor ich wusste, was ich tat, wirbelte ich herum und boxte gegen den Bettpfosten.

»Woah«, stieß Jason aus und wich einen Schritt zurück.

Ich hatte ein faustgroßes Stück aus dem Pfosten gehauen. Dicke Holzsplitter ragten zwischen meinen Knöcheln hervor. Ich zog sie heraus, und als winzige Blutstropfen hervorquollen, leckte ich über meinen Handrücken und versiegelte die Wunden.

»Ich sollte noch nicht mal in deiner Nähe sein, bis ich mich besser unter Kontrolle habe«, flüsterte ich.

Ich wandte mich zum Gehen, aber Jason hielt mich am Arm fest. Das Geräusch seines Herzschlags dröhnte in meinen Ohren, und der Geruch seines Blutes machte mich schier verrückt. Ich stieß ihn gegen die Wand und hielt ihn dort fest, ohne mich wirklich anstrengen zu müssen.

Es war kein Wunder, dass manche Vampire glaubten, sie stünden über den Menschen. Wir waren so viel schwächer als sie, so viel zerbrechlicher. Und es war auch kein Wunder, dass sie so sehr aufpassen mussten, uns nicht zu zerbrechen.

Ein Lachen stieg in meiner Kehle auf, und ich würgte es hinunter. Ich hielt Jason mit einer Hand an der Wand fest. Der Geruch seines Bluts füllte meine Nasenlöcher, und meine Reißzähne schoben sich aus meinem Kiefer – und ich hatte mich in Gedanken gerade *trotzdem* noch als Mensch bezeichnet.

Jasons Brustkorb hob und senkte sich mit jedem Atemzug, aber er schien keine Angst zu haben. Meine Augen blieben an seinem Puls hängen, und ich stellte mir vor, ich würde daran saugen wie an einem Bonbon.

»Es ist okay«, versicherte er mir, als könnte er meine Gedanken lesen.

»Ich kann nicht«, flüsterte ich. »Ich habe keine Ahnung, ob ich rechtzeitig wieder aufhören könnte.«

Ich wusste selbst nicht, wie stark ich war. Ich könnte Jason komplett aussaugen, und er würde mich nicht aufhalten können. Die Vorstellung jagte mir schreckliche Angst ein und sie hätte ihm genauso große Angst machen sollen.

»Ich vertraue dir, Renie.«

»Ich vertraue mir ja nicht mal selbst«, murmelte ich.

Ich konnte es nicht – nicht nachdem ich gesehen hatte, wozu ich fähig war. Ich musste hier raus, weg von meinen Freunden, bevor ich irgendetwas tat, das ich mir selbst niemals verzeihen würde.

Ich verließ den Südflügel und ging ins Erdgeschoss hinunter, zu der Tür, die in den Garten hinausführte. Als ich das letzte Mal diesen Weg eingeschlagen hatte, war ich June nachgejagt, mit einem blutigen Messer bewaffnet, das ich einem toten Wachmann abgenommen hatte.

Beim letzten Mal war ich noch ein Mensch gewesen.

Aus irgendeinem Grund, den ich mir selbst nicht genau erklären konnte, empfand ich das Bedürfnis, den Ort zu sehen, an dem ich gestorben war.

Dexter Flynn, der Sicherheitschef von Belle Morte, stand an

der Tür Wache, die Hände hinter dem Rücken verschränkt. Ich erwartete, er würde mir erklären, ich bräuchte eine Eskorte, um nach draußen zu gehen, aber dann fiel mir wieder ein, dass ich keine Spenderin mehr war. Ich brauchte keine Eskorte. Eigentlich hätte ich mich darüber freuen sollen, aber alles, was ich sah, war ein weiterer Aspekt meines Lebens, der sich verändert hatte.

»Tut mir leid wegen der Leute, die du verloren hast«, sagte ich zu Dexter.

Es kam mir hoffnungslos unzureichend vor, aber ich konnte auch nicht einfach so tun, als wäre nichts passiert.

Dexter nickte. »Das weiß ich zu schätzen. Tut mir leid, was mit deiner Schwester passiert ist.«

»Danke.«

»Und es tut mir leid, was mit dir passiert ist.«

Verdutzt hob ich den Blick. Groß und kräftig und mit kahl rasiertem Kopf war Dexter rein körperlich ziemlich einschüchternd, aber aus seinen Augen sprach ein Mitgefühl, das ich nicht erwartet hatte.

»Ich hatte mehr Glück als all die anderen, die bei diesem Angriff gestorben sind. Ich bin wieder zurückgekommen«, erwiderte ich leise.

Dexter legte eine große Hand auf meine Schulter und drückte sie sanft. »Vampirin oder nicht, du bist immer noch du. Vergiss das nicht.« Er stieß die Tür für mich auf.

In den drei Tagen, die ich geschlafen hatte, war der Schnee größtenteils geschmolzen und hatte nur hier und da ein paar eisige Flecken hinterlassen. Die verblassende Mondsichel über mir brachte das frostige Gras zum Glitzern. Ich konnte nicht sagen, an welcher Stelle ich genau gestorben war – durch den Schnee hatte alles irgendwie anders ausgesehen.

Ich blickte mich im Garten um, und plötzlich wurde mir bewusst, dass ich völlig allein war. Während meiner ersten Tage in Belle Morte war ich ein paarmal hierhergekommen, um ein wenig Abstand von allen und allem zu gewinnen, aber ich war jedes Mal in Begleitung von einer der Wachen oder einem der Vampire gewesen. Ich hatte hier nie wirklich die Einsamkeit gefunden, die ich gebraucht hatte. Nun fand ich sie – und ich hatte nur sterben müssen, um sie zu bekommen.

Ein bitteres Lachen entwich meinen Lippen.

Wie zur Hölle sollte ich Mum erklären, was passiert war? O mein Gott, sie wusste ja noch nicht mal, dass June tot war. Als ich herausgefunden hatte, dass June eine Rasende war, hatte ich es Mum nicht erzählt, weil es einerseits gewesen war, als würde ich mir damit eingestehen, dass ich meiner armen Schwester nicht helfen konnte, aber andererseits auch, weil ich ehrlich keine Ahnung gehabt hatte, wie ich es ihr sagen *sollte*. Jetzt *musste* ich nicht nur einen Weg finden, ich musste ihr außerdem erzählen, dass ich dabei selbst getötet worden war. Obwohl das momentane Verbot, Kontakt mit zu Hause aufzunehmen, höchstwahrscheinlich auch für mich galt. Ysanne und der Vampirrat würden nicht riskieren, dass irgendjemand irgendetwas durchsickern ließ, solange wir dieser ganzen Katastrophe nicht auf den Grund gegangen waren.

Völlig überwältigt von allem, sank ich unter der mächtigen Eiche, von der ich einmal geglaubt hatte, sie markiere Junes Grab, auf den Boden. Die winterkahlen Äste knarrten über mir, nackte Silhouetten vor dem Vordämmerungshimmel.

Es musste hier draußen bitterkalt sein, aber ich konnte es nicht mehr spüren. Ich lehnte den Kopf gegen den soliden Baumstamm und schloss die Augen.

Jemand rüttelte mich wach.

Ich blinzelte und rührte mich. Ein Jucken kribbelte über meine Haut, so als würden Millionen Ameisen über meinen Körper krabbeln, und ich erkannte rote Flecken auf meinen Armen, die sich bis zu meinen Händen ausbreiteten, bevor sich das Jucken in ein kribbelndes Brennen verwandelte.

Dexter stand über mir. Er öffnete den Reißverschluss seiner schwarzen Jacke und legte sie mir über Kopf und Schultern, um mich abzuschirmen.

Dann wurde mir urplötzlich bewusst, was passiert war.

Ich war eingeschlafen.

Die Sonne war aufgegangen.

Ältere Vampire wie Edmond und Ysanne konnten Sonnenlicht für ein paar Stunden am Stück ertragen. Junge Vampirinnen wie ich konnten es nicht.

Dexter zog mich auf die Beine, legte einen Arm um meine Schultern und drückte mich in dem Versuch an sich, so viel wie möglich von meinem Körper zu schützen. »Komm jetzt, wir gehen wieder rein, bevor du noch in Flammen aufgehst«, sagte er in betont heiterem Ton.

Mein Blick wanderte zu seinem Hals und den saftigen Adern direkt unter der Hautoberfläche. Das Dröhnen seines Pulses, die köstliche Verlockung seines Bluts – plötzlich war mir alles zu viel.

Als ich einen Moment später wieder mitschnitt, was eigentlich passierte, lag Dexter auf dem Boden, und ich saß rittlings auf ihm, während ein animalisches Knurren meiner Kehle entwich.

KAPITEL 5

Renie

Renie, hör auf!« Dexter versuchte mich wegzustoßen. Als Mensch hätte ich keine Chance gegen ihn gehabt. Als Vampirin hatte ich ihn mit Leichtigkeit überwältigt.

Ich senkte den Mund zu seinem Hals, meine Reißzähne vollständig ausgefahren und gierig danach, von ihm zu kosten. Sein Herzschlag hämmerte in meinen Ohren, beschleunigt vor Angst. Das Dröhnen reichte aus, um mich aus meiner Trance zu reißen. Ich zog mich zurück, auch wenn es mich gewaltige Anstrengung kostete, die Beherrschung nicht zu verlieren.

Als ich in den Garten hinausgegangen war, hatte Dexter mir gesagt, ich sollte niemals vergessen, wer ich war. Verzweifelt versuchte ich, seinem Rat zu folgen, aber der Hunger tobte wie ein Buschfeuer in mir. Mein Verstand brüllte mich förmlich an aufzuhören, aber ich konnte nicht anders, als mich erneut zu seinem Hals hinunterzubeugen. Ich schaffte es nicht, meine scharfen, hungrigen Reißzähne wieder einzufahren …

Jemand riss mich weg.

Mein Hunger verwandelte sich in Wut, und ich schlug um mich, doch eine unfassbar starke Hand packte mich am Handgelenk. Ludovic starrte auf mich herab. Eine blonde Haarsträhne hatte sich aus seinem Pferdeschwanz gelöst. Die Sonne konnte ihm nichts anhaben – sein Gesicht war so glatt und blass wie immer. Ich hingegen hatte Dexters Jacke bei meinem Angriff verloren, und meine Haut begann erneut schrecklich zu brennen.

Ludovic zerrte mich durch den Garten – schneller, als Dexter es je gekonnt hätte – und stieß mich durch die Tür zurück ins Haus. Ich stolperte und fiel auf dem Teppichboden auf die Knie, vor Hunger und Entsetzen zitternd am ganzen Körper.

Ich hätte beinahe *Dexter gebissen.*

Noch schlimmer: Ich hatte ihn angefallen wie ein wildes Tier.

Ich krümmte mich zusammen und schlang die Arme um meinen Bauch.

»Jemima hat mir erzählt, du hättest Blut verweigert, aber du hast keine andere Wahl. Du brauchst einen Spender«, zischte Ludovic mich an.

»Ich mache es.« Die Stimme klang so zart, so vollkommen anders als ihre übliche Selbstsicherheit, dass ich sie beinahe nicht erkannt hätte. Ich hob den Kopf und sah Roux am Ende des Korridors stehen, ihr Gesicht blass, aber entschlossen.

»Nein«, keuchte ich.

»Dir bleibt gar nichts anderes übrig«, sagte Roux und kam näher.

»Sie hat recht«, bekräftigte Ludovic.

Ein tränenloses Schluchzen verfing sich in meiner Kehle. »Ich will ihr nicht wehtun.«

Ludovic beugte sich über mich und zog mich wieder auf die Beine. »Ich werde nicht zulassen, dass du ihr wehtust.«

Sanft, aber bestimmt hielt er beide Arme auf meinem Rücken

fest. So stark ich nun auch sein mochte, Ludovic war stärker. Ich konnte mich nicht losreißen.

Roux blieb direkt vor mir stehen. Ich konnte ihr Blut riechen und ihren Herzschlag hören. Ich hasste es. Ich hatte Jason nicht gebissen und konnte auch Roux nicht beißen.

Nur dass mir wirklich nichts anderes übrig blieb. Ich hatte versucht, mich zurückzuhalten – mit dem einzigen Erfolg, dass ich den armen Dexter angegriffen hatte.

Roux hob ihr Handgelenk an meine Lippen und ich konnte mich nicht länger beherrschen. Ich biss zu. Meine Reißzähne glitten geschmeidig durch ihre Haut und Blut strömte in meinen Mund. Es schmeckte warm und köstlich. Kraft und Energie rauschten kribbelnd durch meine Glieder. Meine Knie gaben vor schierer Erleichterung nach.

Ludovic flüsterte mir die ganze Zeit beruhigende Worte zu, genauso, wie Edmond es in meiner Vorstellung getan hätte, wenn er hier gewesen wäre, aber ich konnte seine Stimme kaum hören. Alles, worauf ich mich konzentrieren konnte, war das süße Blut, das meinen Mund füllte und meinen Rachen hinunterfloss.

Als meine Knie noch weiter einknickten, half Ludovic mir, mich auf den Boden zu setzen. Roux kniete sich mit uns hin, ihr Handgelenk noch immer zwischen meine Zähne geklemmt.

Für einige Sekunden verlor ich mich in einem Meer aus glorreichem Rot. Lichter funkelten hinter meinen Lidern und Blut prickelte bei jedem Schluck in meiner Kehle. Ich hätte für immer so verharren können, endlos trinkend, aber dann gab Roux ein leises Geräusch von sich, und ich wurde abrupt wieder in die Realität katapultiert. Mein erster Instinkt war es, zurückzuschnellen, doch ich hielt mich gerade noch rechtzeitig davon ab – ich wollte Roux nicht den Arm aufschlitzen. Ich öffnete den Mund ein wenig und zog meine Reißzähne aus ihren Adern. Blutstropfen quollen hervor, so leuchtend wie der Rubinstecker in Roux' Nase.

Ludovic hielt meine Handgelenke mit einer Hand fest, zog Roux' Arm mit der anderen zu sich heran und fuhr blitzschnell mit der Zunge über die Einstichwunden, um sie zu versiegeln.

Ich hatte Angst gehabt, wenn ich zum ersten Mal richtig trank, würde ich in eine Art rasenden Wahnsinn geschleudert, aber ich hatte mich noch nie so gut gefühlt, seit ich als Vampirin aufgewacht war. Die Welt um mich herum wirkte schärfer, heller, so als hätte sich ein Schleier gelüftet. Ich konnte noch immer das Hämmern von Roux' Herzschlag hören, aber es erfüllte mich nicht mehr mit dem Verlangen, sie zu beißen. Für den Moment war ich gesättigt.

»Danke«, flüsterte ich. Die roten, wunden Stellen auf meiner Haut verblassten bereits wieder.

»Du hast mich schon splitternackt gesehen, also was ist da ein bisschen geteiltes Blut unter Freundinnen, hab ich recht?«, scherzte Roux, doch als sie sich aufrichtete, geriet sie sichtlich ins Schwanken.

»Roux?«

Sie tat meine Besorgnis mit einem Winken ab. »Mir geht's gut, mir geht's gut.«

»Ich hab dir zu viel ausgesaugt, stimmt's?« Und sie und Ludovic hatten es einfach geschehen lassen. Ich warf ihm einen scharfen Blick zu.

Ludovic starrte zurück, ohne jede Reue. »Es war nötig.«

Jemand räusperte sich, und ich hob den Kopf und sah Jason ein paar Meter entfernt stehen. Wie lange stand er schon dort?

Ich hatte schreckliche Angst, ich würde einen anklagenden Ausdruck in seinen Augen erkennen, aber er schaute mich kein bisschen anders an als sonst.

Ludovic schnippte mit den Fingern in Jasons Richtung. »Kümmere dich um sie.«

Jason eilte zu uns und legte einen Arm um Roux' Taille, um sie zu stützen, und sie tätschelte seine Schulter.

»Ich kann allein gehen.«

»Sei still, Mädel, und lass mich einmal ritterlich sein«, erwiderte er.

Ich wartete, bis Jason mit Roux verschwunden war, bevor ich mich zu Ludovic umdrehte. »Wie konntest du zulassen, dass ich mich derartig hinreißen lasse?«

»Das habe ich nicht. Ich weiß genau, wie viel Blut eine Spenderin geben kann. Roux war zu keinem Zeitpunkt in Gefahr.« Ludovics Miene wurde weicher. »Du musst mir vertrauen. Ich würde sie oder irgendwen anders niemals einem unnötigen Risiko aussetzen.«

Ich kämmte mir mit den Fingern durchs Haar, und meine Nägel blieben an mehreren Knoten hängen. Wie viel Zeit blieb mir noch, bevor der Vampirrat hier eintraf?

»Du musst mich wirklich hassen«, sagte ich.

»Warum sollte ich dich hassen?«

»Edmond ist dein bester Freund, und er ist nur eingesperrt, weil er mir geholfen hat.«

»Kannst du dich noch daran erinnern, was ich in jener Nacht zu Edmond gesagt habe?«, fragte Ludovic.

Ich legte die Stirn in Falten und reiste in Gedanken zurück. Als ich dort im Schnee gelegen hatte, war ich immer wieder in einen Zustand der Bewusstlosigkeit geglitten, während der sprichwörtliche Sand meines Lebens zwischen meinen Fingern verronnen war.

»Ich war derjenige, der Edmond erklärt hat, er müsste dich verwandeln«, sagte Ludovic.

Ich blinzelte den Vampir vor mir ziemlich dämlich an. An dieses Detail konnte ich mich definitiv nicht erinnern. »Du?«

»Ja, ich.«

»Warum?«

»Es war die einzige Möglichkeit, dich zu retten. Ich kenne Edmond schon sehr lange und habe noch nie erlebt, dass er eine Frau so angesehen hätte wie dich. Ich weiß, wie viel er in der Vergangenheit verloren hat, und konnte den Gedanken nicht ertragen, er könnte dich genauso verlieren.«

Ludovics absolute Ehrlichkeit überraschte mich völlig. Ich fragte mich, ob er nur so offen zu mir war, weil ich nun eine Vampirin und damit auf Augenhöhe mit ihm war, oder ob er einfach nur genügend Respekt für mich empfand, um mich nicht anzulügen.

Vielleicht war es von beidem ein bisschen.

»Egal, wie lange dieser verfluchte Vampirrat ihn auch einsperren will, Edmond verkraftet das schon.« Ludovic blickte mich fest an. »Solange er weiß, dass du auf ihn wartest, wenn er wieder rauskommt.«

»Ich werde bis in alle Ewigkeit auf ihn warten, falls es nötig sein sollte.«

Darüber musste Ludovic lächeln, und es veränderte sein ganzes Gesicht. Zum ersten Mal fiel mir auf, wie jung er gewesen sein musste, als er gestorben war – wahrscheinlich ungefähr in Edmonds Alter, nur ein paar Jahre älter als ich. Es war ein seltsamer Gedanke, dass die Wesen, von denen die

Welt so besessen war, in so vielerlei Hinsicht noch so jung waren.

»Gut«, erwiderte er. »Also, dir bleibt nicht mehr viel Zeit, bevor der Vampirrat eintrifft – wenn du dir etwas anderes anziehen willst, schlage ich vor, dass du es jetzt tust.«

Der Vampirrat hatte sich im Speisesaal versammelt, an einem Ende des langen Tischs, der für Mahlzeiten genutzt wurde. Es war seltsam, in diesem Raum zu sein, aber nichts zu essen und in die mürrischen Mienen mir unbekannter Vampire zu starren, statt in die freundlichen Gesichter der anderen Spendenden, die hier normalerweise saßen.

Jemima saß gegenüber der Tür und schenkte mir ein warmes Lächeln, doch ich war zu nervös, um es zu erwidern.

Neben ihr saß Charles Abbott, der Lord von Lamia, ein stämmiger, kantiger Mann mit dichtem Lockenschopf und einer leicht zur Seite zeigenden Nase, die mich vermuten ließ, er hätte sie sich gebrochen, als er noch ein Mensch gewesen war. Seine Mundwinkel wanderten nach unten, als ich den Raum betrat.

Ysanne saß am Kopfende des Tisches, zu ihrer Rechten Caoimhe Ó Duinnín, die Lady von Fiaigh, das einzige Vampirhaus in Irland. Ich war nicht unbedingt begeistert darüber, sie hier zu sehen – nicht zuletzt, weil sie und Edmond einst ein Paar gewesen waren. Auch wenn ich normalerweise nicht der eifersüchtige Typ war, sah Caoimhe mit ihrer blonden Lockenmähne und ihren kornblumenblauen Augen wie ein Engel aus. Ich war zwar hübsch genug, dass sich gelegentlich ein paar Köpfe nach mir umdrehten, aber verglichen mit der irischen Vampirin kam ich mir vollkommen unzulänglich vor.

Das letzte Mitglied des Vampirrats war Henry Baldwin, der Lord von Midnight. Er war auf unaufdringliche Weise attraktiv, abgesehen von seinen intensiven grünen Augen, die mir das Gefühl gaben, zwei Laser wären auf mein Gesicht gerichtet.

Ludovic und Isabeau saßen ebenfalls am Tisch, obwohl sie dem Vampirrat nicht angehörten. Vielleicht brauchte Ysanne heute ja die Unterstützung ihrer Freunde. Der Gedanke, Ysanne könnte bei irgendetwas Hilfe brauchen, war allerdings ziemlich seltsam.

Charles erhob sich von seinem Platz und zeigte mit einer Hand auf einen Stuhl ein wenig entfernt von den anderen Vampiren am unteren Ende des Tischs, was wahrscheinlich ein Zeichen für meinen niedrigeren Status sein sollte. Ich ließ mich dennoch wortlos darauf nieder.

»Also«, begann Charles und setzte sich ebenfalls wieder. »Wir haben eine ganze Menge zu besprechen, nicht wahr?«

Mit einem Mal spürte ich die Last all der auf mich gerichteten Augenpaare und kauerte mich unwillkürlich ein wenig zusammen, wie eine Maus, die von einer Meute hungriger Katzen beäugt wurde. Dann fiel mir jedoch ein, dass ich nun eine von ihnen war und nicht vor ihnen kuschen musste, richtete mich wieder auf und versuchte, Ysannes stolze Haltung zu imitieren.

»Ysanne hat uns ihre Version der Ereignisse bereits geschildert. Wenn du so freundlich wärst, deine ebenfalls mit uns zu teilen?«, forderte Charles mich auf.

»Fang einfach von vorne an«, ermutigte Jemima mich und schenkte mir erneut ein kleines Lächeln.

Ich erzählte ihnen, wie Ysanne June in einem der Korridore von Belle Morte gefunden hatte, kurz nachdem sie verwandelt worden und als Rasende erwacht war, und wie sie geglaubt hatte, noch einen Hauch Menschlichkeit in meiner Schwester zu erkennen. Ich erzählte ihnen von Ysannes Plan, zu erforschen, ob es irgendeine Möglichkeit gab, umzukehren, was Vampire zu Rasenden machte, und erklärte ihnen, wie sie mich in die Villa geholt hatte, um ihr dabei zu helfen. An dieser Stelle gab Charles ein angewidertes Geräusch von sich. Dann berichtete ich, wie Ysanne versucht hatte, Junes Mörder zu finden, während ich im Westflügel mit meiner Schwester gearbeitet hatte, letztendlich jedoch ohne Erfolg. Und ich erzählte ihnen, dass June in derselben Nacht entkommen war, in der eine Horde frisch verwandelter Vampire in Belle Morte eingefallen war und dass Etienne mir, kurz bevor June mich im Garten niedergestochen hatte, gestanden hatte, er wäre derjenige gewesen, der sie verwandelt hatte.

»Das ist der Teil, den ich nicht verstehe«, meldete sich Henry zu Wort. Er sprach mit einem deutlichen Cockney-Akzent, der mich ein wenig aus dem Konzept brachte. Ich war an den melodiösen Singsang der französischen Vampire und die vornehmere Ausdrucksweise der englischen gewöhnt. Irgendwie klang Henry echter als die meisten anderen.

»Was?«, fragte ich.

»Die Rasende hat dich niedergestochen? Bist du sicher?«

Ich berührte meine Brust. Es war keine Wunde mehr zu erkennen, aber ich würde niemals vergessen, wo die Klinge in mich eingedrungen war. »Ja, ich bin sicher.«

Die Ratsmitglieder wechselten einen Blick, und selbst Ysanne wirkte nachdenklich. Ich blickte zu Ludovic. Er starrte auf den Tisch, die Stirn in Falten gezogen.

»Was ist denn los?«, fragte ich und wandte mich wieder dem Vampirrat zu.

»Nachdem du selbst eine Rasende in Aktion erlebt hast, müssen wir dich nicht daran erinnern, wie gefährlich und unkontrollierbar sie sind«, antwortete Henry. »Darum schreiben unsere Regeln auch vor, sie an Ort und Stelle zu töten. Rasende benutzen jedoch keine Waffen. Die schiere Blutgier erniedrigt sie zu geistlosen Bestien, und sie setzen ausschließlich ihre Reißzähne ein, um zu töten.«

Aidens zerfetzte Kehle blitzte vor meinem geistigen Auge auf, und ich schluckte schwer. Ich wusste sehr gut, welchen Schaden diese Reißzähne anrichten konnten.

»Aber June hat ein Messer benutzt«, wiederholte ich.

»Das kann sie unmöglich getan haben«, entgegnete Charles.

»Aber das hat sie.« Langsam wurde ich sauer.

Aus seiner Miene sprach pure Skepsis – ganz offensichtlich glaubte er mir nicht. »Außerdem behauptest du, die Rasende hätte nicht versucht, von dir zu trinken? Obwohl Rasende allein von ihrem Hunger getrieben werden und von Menschen, Tieren und sogar anderen Vampiren fressen?«, fügte er hinzu.

»Warum sollte ich in dieser Sache lügen?«, fragte ich.

Charles lächelte höhnisch. »Wir wissen, dass du und Edmond Dantès heimlich eine illegale Affäre hattet.« Er warf Ysanne einen scharfen Blick zu. »Damit hättet ihr unter den wachsamen Augen der Lady von Belle Morte niemals durchkommen dürfen, aber wie es scheint, hatte sie zu viele andere Probleme, um die sie sich kümmern musste.«

Ysannes Gesicht glich einer marmornen Maske und verriet nicht das Geringste.

»Woher sollen wir wissen, dass du und Edmond die Flucht der Rasenden nicht als Entschuldigung für deine eigene Verwandlung benutzt habt? Deine angebliche Verletzung ist durch die Verwandlung verheilt, also welche Beweise gibt es überhaupt dafür, dass du niedergestochen wurdest?«, fuhr Charles fort.

»Ist ein Augenzeugenbericht gut genug?«, meldete sich Ludovic zu Wort. »Ich war mit Edmond und Renie im Garten und kann ihre Schilderungen bestätigen. Renie wurde in die Brust gestochen und wäre verblutet, wenn Edmond nicht beschlossen hätte, sie zu verwandeln.«

Charles' Grinsen wurde noch breiter. »Ludovic de Vauban, du hast neben Dantès im Ersten Weltkrieg gedient. Ihr habt später zusammen gewohnt und seid auch gemeinsam nach Belle Morte gegangen. Ganz offensichtlich bist du in dieser Angelegenheit kein neutraler Beobachter.«

»Das macht mich aber nicht zu einem Lügner.«

»Es macht dich zu einem Mann, der für jemanden lügen würde, der ihm sehr viel bedeutet.«

»Roux Hayes war auch dabei«, warf ich ein. »Sie wird ...«

»Deine Zimmergenossin – und das Mädchen, das du dazu überredet hast, die Regeln dieses Hauses zu brechen, und das sein Leben riskiert hat, um deines während dieses Angriffs zu retten? Auch sie ist gewiss nicht neutral.«

»Und was ist dann mit Míriam?« Ich konnte mich vage daran erinnern, die Stimme der anderen Vampirin gehört zu haben, als ich sterbend im Schnee gelegen hatte. Sie war auch dort draußen gewesen.

»Míriam Diaz y Centeno? Eine von Dantès' ehemaligen Geliebten?« Charles warf mir einen mitleidigen Blick zu.

Ich biss frustriert die Zähne zusammen. »Was ist mit dem Messer? Jemand muss es gefunden haben.«

»Laut Ysanne wurde keine Waffe gefunden«, erwiderte Charles.

Ich blickte zu ihr, aber ihre Miene verriet noch immer nichts.

»June oder Etienne muss es mitgenommen haben, als sie geflohen sind«, vermutete ich.

»Oder es hat nie existiert«, konterte Charles.

Ich wollte ihm eine reinhauen. Ich wollte ihm wirklich, *wirklich* eine reinhauen.

»Ich liebe meine Schwester. Ich habe alles in meiner Macht Stehende getan, um sie zu retten, und ich würde *niemals* ausnutzen, was mit ihr passiert ist. Niemals«, erwiderte ich, und meine Stimme zitterte vor kaum unterdrückter Wut.

»Leider haben wir dafür nur dein Wort.«

Ich wollte gerade mit etwas Schnippischem kontern, aber ein scharfer Blick von Ysanne hielt mich davon ab. Das Letzte, was irgendeiner von uns gebrauchen konnte, war, dass ich alles noch schlimmer machte.

»Warum hast du June in den Westflügel gebracht und nicht ins Verlies?«, fragte Caoimhe Ysanne. Ihr irischer Akzent klang weich und warm.

Das Verlies? Ich spitzte die Ohren. Befand Edmond sich dort?

»Ich hatte gehofft, falls überhaupt eine Chance bestand, Junes Verstand zu retten, würde es vielleicht helfen, sie in einem Zimmer unterzubringen, das dem ähnelte, in dem sie auch als Spenderin gewohnt hatte«, antwortete Ysanne.

»Ganz offensichtlich hast du dich geirrt«, warf Charles ein.

»Es scheint so.«

»Wie dicht lagen der Zeitpunkt des Angriffs und Junes Flucht beisammen?«, fragte mich Caoimhe.

»Ich weiß es nicht, aber sie müssen mehr oder weniger zeitgleich stattgefunden haben. Als ich auf der Treppe gestürzt bin und June mir nachjagte, war ich nur lange genug bewusstlos, dass sie Aiden töten konnte. Als ich wieder zu mir kam und wegrannte, bin ich Ludovic begegnet, der mir erzählt hat, dass das Haus angegriffen wurde«, sagte ich.

Ludovic nickte, und ich widerstand dem Drang, Charles zu fragen, ob Ludovics Aussage in diesem Fall zählte.

»Von den frisch verwandelten Vampiren, die noch nie zuvor jemand gesehen hatte«, fügte Charles hinzu.

»Wie ihr sehr wohl wisst, waren sie nicht alle frisch verwandelt. Eric Wilson war ebenfalls unter ihnen«, sagte Ysanne und richtete ihren eiskalten Blick auf Henry.

Ich nahm an, Eric Wilson war der Vampir aus Midnight, der bei dem Angriff gestorben war.

»Ich habe wirklich keine Ahnung, was ich dazu sagen soll«, gestand Henry.

»Hast du eine Erklärung dafür, warum einer deiner Vampire hier war?«

»Ganz ehrlich? Nein. Ich habe selbst erst davon erfahren, als du mich kontaktiert hast, um mir mitzuteilen, dass er tot ist.«

»Gewiss musst du doch bemerkt haben, dass er Midnight verlassen hatte«, sagte Charles.

»Wie du sehr wohl weißt, hatte Eric seit Kurzem eine Beziehung mit William Harris, einem deiner Vampire. In der Nacht des Belle-Morte-Angriffs teilte Eric mir mit, er würde William in Lamia besuchen. Es war nicht das erste Mal, dass er dies tat, und ich hatte keinen Grund, ihn genauer danach zu fragen.«

»Aber William kam nicht mit Eric nach Belle Morte?«, hakte Jemima nach.

Charles schüttelte den Kopf. »Eric war in dieser Nacht nicht in Lamia. Was immer Eric hier auch getan hat, William hatte nichts damit zu tun.«

Ich konnte mich nicht zurückhalten zu erwidern: »Das kannst du nicht mit Sicherheit wissen.«

»*Ich* behalte im Auge, was meine Vampire tun«, versicherte Charles mir selbstgefällig.

Ich fragte mich, ob Ysanne ihm genauso sehr eine reinhauen wollte wie ich.

»Müssen wir annehmen, dass Eric Etienne geholfen hat?«, fragte Isabeau.

»Fällt dir ein anderer Grund ein, warum er hier gewesen sein sollte?«, entgegnete Charles.

»Noch nicht, aber ich würde nur ungern voreilige Schlüsse ziehen, solange wir kaum Beweise haben«, antwortete sie.

»Warum sollte Etienne June verwandeln?«, fragte Caoimhe. »Er hätte nicht wissen können, dass sie zur Rasenden werden würde, also was hatte er vor?«

Darüber hatte ich noch gar nicht nachgedacht.

»Außerdem haben wir uns noch nicht mit der Tatsache befasst, dass sich Ysanne eines ernsten Vergehens schuldig gemacht hat, indem sie June nicht sofort tötete, als sie sie fand«, erinnerte Charles die anderen.

»Findest du nicht, wir sollten uns eher auf die Person konzentrieren, die June umgebracht und verwandelt hat?«, gab Isabeau zurück.

»Wenn Ysanne dieses Biest sofort getötet hätte, dann wäre es nicht entkommen, und niemand sonst wäre gestorben«, erwiderte Charles.

Ysannes Gesicht war wie versteinert. Sie hatte wirklich versucht, den Ihren zu helfen, aber Charles hatte nicht ganz unrecht – sosehr ich es auch hasste, das zuzugeben. Wie sehr gab Ysanne sich selbst für all das die Schuld?

»Ysanne kennt die Regeln, und ich bin mir sicher, sie wird ihre Bestrafung für ihre Rolle bei dieser ganzen Sache akzeptieren. Dürfte ich dennoch zunächst zu einer Galgenfrist raten?«, schlug Henry vor. »Die Rasende ist noch immer irgendwo dort draußen, zusammen mit Etienne und den neuen Vampiren, die aus Belle Morte entkommen konnten. Und wenn wir dieser Sache auf den Grund gehen wollen, dann müssen wir zusammenarbeiten.«

Jemima und Caoimhe nickten.

Erleichtert schloss ich die Augen. Ich konnte mir nicht vorstellen, dass Ysanne und ich uns jemals wirklich verstehen würden, aber man hatte mich ins kalte Wasser der Vampirwelt geworfen, und ich wollte es nicht allein navigieren müssen. Ysanne mochte mich vielleicht nicht, aber ich gehörte nun auch zu ihren Vampiren, und ich war mir sicher, sie würde diese Tatsache anerkennen, indem sie mich genauso beschützte wie alle anderen in ihrem Haus.

Charles trommelte mit den Fingern auf die Tischplatte und zog die Aufmerksamkeit aller Anwesenden auf sich. »Es gibt noch etwas, worüber wir reden müssen«, sagte er. »Wir haben Renies und Ysannes Schilderungen der Ereignisse gehört, aber sie sind nicht die Einzigen, die darin involviert waren, nicht wahr?«

»Du darfst Edmond jederzeit gern befragen – vorausgesetzt, du tust nicht alles, was er sagt, von vornherein ab, wie du es bei Ludovic getan hast«, erwiderte Ysanne.

»Ich spreche nicht von ihm.« Charles schaute an uns vorbei zur Tür. »Du kannst jetzt hereinkommen.«

Etienne betrat den Speisesaal.

KAPITEL 6

Renie

Ich hatte mir ausgemalt, wie es wäre, Etienne wiederzusehen, hatte mir vorgestellt, wie ich mit all meiner neuen Stärke auf ihn losging. Aber nun, da er hier war, kam ich mir vor wie auf meinem Stuhl festgefroren, so als wäre ich wieder draußen im Garten, in der Nacht, als ich gestorben war, während die Kälte in alle meine Knochen kroch und mein Blut zu Eis erstarren ließ.

Wie konnte er hier sein?

Ludovic rutschte auf seinem Stuhl hin und her, und ich fragte mich, ob er sich dafür wappnete, mich zu packen, falls ich tatsächlich auf Etienne losging. Ich wollte Etienne die Augen ausreißen, aber ich konnte mich nicht *bewegen*.

Am Kopfende des Tisches saß Ysanne vollkommen still, ihre Augen dunkel vor Zorn, die Lippen zu einer dünnen Linie zusammengepresst.

»Was hat das zu bedeuten?«, fragte sie.

Charles erhob sich und winkte Etienne zu sich heran. Der näherte sich langsam dem Tisch und sah aus wie ein wildes Tier, zur Flucht bereit.

Ich krallte mich an die Tischkante, bis mir die Finger wehtaten, und obwohl mein Herz nicht mehr schlug, hätte ich schwören können, dass ich es in meinen Ohren pochen hörte.

»Was ist hier los?«, wollte Caoimhe wissen.

»Bislang haben wir nur eine Seite dieser Geschichte gehört. Etienne kam zu uns, nachdem er aus Belle Morte entkommen war – und er erzählt eine vollkommen andere Version der fraglichen Ereignisse, von der ich glaube, wir sollten sie uns anhören.«

»*Entkommen?*«, platzte ich heraus. »Er ist nicht *entkommen*. Er ist geflüchtet, als ihm klar wurde, dass sein Angriff auf Belle Morte nicht nach Plan verlief.«

Etienne blickte mich mit traurigen Augen an. »So ist es nicht passiert, und das weißt du auch.«

»Was ich weiß, ist, dass du *meine Schwester getötet* hast«, spuckte ich aus. Das Eis in mir schmolz, verwandelte sich in Feuer.

»Nein, habe ich nicht.«

»Was ist hier los?«, fragte Jemima und blickte von Etienne zu Charles.

Ich schaute Ysanne verzweifelt an. Sicher würde sie jeden Moment von ihrem Stuhl aufspringen und Etienne zeigen, was mit Leuten passierte, die sie hintergingen. Aber sie schien genauso erstarrt zu sein wie ich.

»Gebt ihm eine Chance, es zu erklären«, sagte Charles.

»*Was* erklären?« Ich sprang auf, innerlich tobend vor wutentbrannter Energie.

Isabeau und Ludovic erhoben sich im selben Moment, schwebten mit unsterblicher Anmut von ihren Plätzen und flankierten mich. Isabeau hielt mich am Handgelenk fest, während Ludovic eine Hand auf meine Schulter legte.

»Tu nichts Unüberlegtes«, warnte er mich mit leiser Stimme.

Ich zitterte am ganzen Körper, ließ jedoch zu, dass mich die beiden mit sanftem Druck wieder auf meinen Platz hinunterschoben, bevor sie sich links und rechts von mir niederließen.

»Ich habe June Mayfield nicht umgebracht«, behauptete Etienne.

»Du hast mir *gesagt*, du hättest es getan«, brüllte ich.

Etienne schüttelte den Kopf. Seine Augen waren voller Kummer, sein rotes Haar ein wenig zerzaust, so als wäre er mit den Fingern hindurchgefahren. »Renie, ich verstehe einfach nicht, warum du lügst. Ich würde June niemals wehtun. Ich war derjenige, der dir dabei helfen wollte, herauszufinden, was mit ihr passiert ist, schon vergessen?« Er ließ den Blick über die Ratsmitglieder schweifen. »Roux Hayes kann das bestätigen. Sie wusste, dass ich Renie helfe.«

»Lass sie da raus!«, fauchte ich. »Du hast nur so getan, als wolltest du mir helfen, um mich dazu zu bringen, in den Westflügel zu gehen, wo June auf mich wartete.«

»Ich wollte *mit* dir in den Westflügel gehen, aber du hast mich abgewiesen. Auch das kann Roux Hayes bezeugen«, erwiderte Etienne.

»Du wusstest, ich würde dich nicht mit mir gehen lassen. Du hast darauf spekuliert.«

Etienne wirkte völlig verwirrt – und es war schrecklich überzeugend. Ich wagte nicht, die Ratsmitglieder anzuschauen.

»Ich habe immer nur versucht, dir zu helfen. Ich habe dir die Eiche gezeigt und die Stelle, die aussah, als hätte dort jemand ein Grab ausgehoben. Ich habe dir angeboten, dir dabei zu helfen, dort zu graben, um herauszufinden, was sich dort befand, aber du hast nicht auf mich gewartet. Du bist in aller Frühe losgestürmt, noch bevor ich überhaupt wach war. Ich hatte keine Ahnung, dass du das tun würdest«, sagte Etienne.

Er richtete den Blick auf den Vampirrat. »Als Ysanne uns erklärte, June Mayfield wäre in ein anderes Haus verlegt worden und wir dürften nicht darüber sprechen, habe ich ihr nicht geglaubt – und ich war nicht der Einzige. Alle anderen schienen jedoch bereit zu sein, zu tun, wie ihnen befohlen war. Dann kam Renie nach Belle Morte. Sie war wild entschlossen, herauszufinden, was mit June passiert war, aber als alle sie angelogen haben, konnte ich es einfach nicht länger ertragen. Ich mochte June und wollte die Wahrheit genauso herausfinden wie Renie. Ich war bereit, eine Bestrafung von Ysanne zu akzeptieren, wenn es bedeutete, dass ich Renie dabei helfen konnte, der Sache auf den Grund zu gehen. Ich habe sogar versucht, Jemima von meinen Befürchtungen zu berichten, als sie vor einigen Tagen zu Besuch kam, aber sie schien sich nicht dafür zu interessieren.«

Alle Augen richteten sich auf Jemima.

»Ist das wahr?«, fragte Caoimhe.

Jemima wirkte verlegener, als ich sie je gesehen hatte. »Nun ... ja«, gab sie zu. »Aber er hatte nichts als vage Bedenken wegen einer Spenderin und keinerlei Beweise dafür, dass irgendetwas Schlimmes geschehen war, deshalb hatte ich keinen Grund, Ysanne zu misstrauen.«

»Warum hast du mir das denn nicht erzählt?«, wollte Ysanne wissen.

»Ich hatte es vor, aber ...« Jemima blickte mich an. »Falls du dich erinnerst, kam es bei der Willkommensfeier, die du für mich und meine Entourage veranstaltet hast, zu einer ... Auseinandersetzung zwischen Edmond und Adrian. Ich fürchte, danach ist es mir schlichtweg entfallen.«

»Ich hatte auch fest vor, mich mit Charles, Henry oder Caoimhe in Verbindung zu setzen, um zu sehen, ob sie meine Bedenken ernst nahmen, aber Belle Morte wurde angegriffen, bevor ich es tun konnte«, behauptete Etienne.

»Wenn du nichts mit alldem zu tun hattest, warum bist du dann geflohen?«, wollte Caoimhe wissen.

»Hast du versucht, June aufzuhalten?«, fragte Jemima.

Etienne biss sich auf die Unterlippe. »Ich wünschte, es wäre so, aber die Wahrheit ist: Ich bin geflohen, weil ich Angst hatte.«

»Angst wovor?«

Etiennes Blick huschte zu Ysanne.

»Alle in Belle Morte müssen gewusst haben, dass June nicht verlegt worden war, aber niemand wagte es, darüber zu sprechen. Falls ihr glaubt, ich würde damit übertreiben, dass wir keinerlei Fragen stellen durften, dann sprecht bitte mit den Spendenden. Mit denen, die überlebt haben, besser gesagt. Edmond Dantès ist Ysannes ältester Freund, und sie hat ihn mit Silber auspeitschen lassen, weil er einen anderen Vampir geschlagen hat. Könnt ihr mir wirklich vorwerfen, dass ich Angst vor ihr hatte?«

»Die Silberpeitsche wurde von mir persönlich abgesegnet, als Strafe dafür, dass er mein Haus beleidigt hat«, warf Jemima ein.

Ich hätte sie umarmen können.

»Aber war es deine Idee oder Ysannes?«, hakte Etienne nach.

Jemima klappte den Mund wieder zu.

»Was ist in jener Nacht zwischen dir, Renie und June passiert?«, wollte Henry wissen.

Ich wollte protestieren, aber Ludovic drückte warnend meinen Arm. Seine Miene war starr, aber in seinen Augen loderte ein Feuer, dasselbe Feuer, das über meine Knochen züngelte.

»Ich habe keine Ahnung, was zwischen Renie und June passiert ist. Ich war nicht dabei«, antwortete Etienne.

»Du *Lügner*!«, brüllte ich, nicht mehr in der Lage, mich zu beherrschen.

»Hat mich irgendjemand dort gesehen?«, fragte Etienne.

»*Ich* habe dich gesehen.«

»Erwartest du, dass wir deine Geschichte einfach akzeptieren, ohne sie zu hinterfragen?«, entgegnete Charles.

Ich wusste nicht, was ich darauf antworten sollte.

»Ich habe keine Ahnung, warum Renie beschlossen hat, mir die Schuld dafür zuzuschieben, was mit ihr passiert ist. Aber vielleicht war es auch nicht ihre Entscheidung.« Etienne blickte erneut zu Ysanne. »Aber als mir bewusst wurde, dass sie mir die Schuld zuschieben *würde*, verfiel ich in Panik. Ich bin aus Belle Morte geflohen, weil ich nicht wusste, was ich sonst tun sollte.«

»Und bist nach Lamia gegangen?«, fragte Henry.

Etienne nickte. »Ich konnte nicht nach Nox, da Jemima bereits in Belle Morte war, Fiaigh ist in Irland, und Lamia liegt näher an Winchester als Midnight.«

»Und es ist dir nicht in den Sinn gekommen, bis jetzt irgendetwas davon zu erwähnen?«, fragte Ysanne Charles, ihre Stimme tief und gefährlich.

»Ich habe es erwähnt, als ich es für relevant hielt«, antwortete er.

»Das ist doch Bullshit«, fauchte ich. »Etienne hat versucht, mich zu töten. Er hat mich in den Westflügel geschickt –«

»Renie, wenn du wirklich glaubst, ich hätte June getötet, warum habe ich dir dann nicht dasselbe angetan? Wenn ich dich wirklich tot sehen wollte, warum habe ich dich dann nicht einfach selbst erledigt?«, fragte Etienne.

Auch auf diese Fragen wusste ich keine Antwort. Frustration und Wut wirbelten wie ein mächtiger Sturm durch meinen Kopf, und es fiel mir schwer, klar zu denken.

»Du weißt, ich habe June nicht getötet. Du weißt, ich hatte nichts mit dem Angriff auf Belle Morte zu tun«, fuhr Etienne fort.

»Ich weiß, dass du nur Scheiße erzählst.«

»Hat noch jemand außer dir Etiennes angebliches Geständnis gehört?«, fragte Charles.

Ich ballte die Fäuste unter dem Tisch, damit meine Hände nicht mehr so zitterten. »Nein.«

»Dann steht dein Wort gegen seines.«

Das hier passierte nicht wirklich, oder? Etienne konnte sie nicht wirklich davon überzeugen, er wäre kein mörderischer Mistkerl, wenn ich genau *wusste*, dass er einer war.

»Mir war klar, dass ich ein gewaltiges Risiko eingehe, wenn ich nach Belle Morte zurückkehre, aber ich musste es einfach tun«, fuhr Etienne fort.

»Warum?«, fragte Henry.

»Weil ich weiß, wer June wirklich getötet hat, und weil sie damit durchkommen wird, wenn niemand etwas dagegen unternimmt.«

»Sie? Du weißt, wer es ist?«, fragte Caoimhe.

Etienne zögerte. »Ich glaube, Isabeau Aguillon hat June Mayfield ermordet.«

KAPITEL 7

Renie

Isabeau schnappte im selben Moment leise nach Luft, in dem Ysanne fragte: »Wovon redest du da?« Ihre Stimme klang ruhig, aber etwas Gefährliches lauerte unter der Oberfläche.

Die Atmosphäre im Speisesaal knisterte vor Anspannung, so als würde der Raum selbst den Atem anhalten.

Etienne wich vor Ysanne zurück. Ich kaufte ihm das keine Sekunde lang ab, aber ich war auch nicht diejenige, die er überzeugen wollte.

»Hast du irgendwelche Beweise für diese Behauptung?«, fragte Jemima. Sie klang alles andere als überzeugt.

»Ysanne, du hast den anderen Ratsmitgliedern erklärt, in Belle Morte hätten nur du, Isabeau, Edmond, Ludovic und Renie die Wahrheit über June gekannt«, sagte Etienne.

»Das ist korrekt«, bestätigte Ysanne.

»Wer, abgesehen von dir, wusste es als Erstes?«

Isabeau und Ysanne sahen einander an, und ich wünschte wirklich, sie hätten es nicht getan. Der Rest des Vampirrats schien Etienne tatsächlich *zuzuhören* und dieser Blick konnte auf hundert verschiedene Arten interpretiert werden. Zum Beispiel als Schuldbekenntnis.

»Ich«, antwortete Isabeau, womöglich, um Ysanne davor zu bewahren, es zugeben zu müssen.

»Du und June standet euch nahe, nicht wahr?«, fragte Etienne.

Isabeau blinzelte. »Nicht besonders.«

»Ich habe euch oft zusammen gesehen, in der Bibliothek oder im Garten.«

»Nein, hast du nicht.« Es lag ein scharfer Unterton in Isabeaus Stimme. »Das ist nicht wahr.«

»Wie ich höre, ist Etienne nicht der Einzige, der deine Nähe zu June Mayfield bezeugen kann«, warf Charles ein. »Als Etienne in Lamia Zuflucht suchte, informierte er mich darüber, auch ein Mitglied des Sicherheitspersonals von Belle Morte habe sich überrascht darüber geäußert, dass Isabeau und June so viel Zeit miteinander verbrachten. Ich habe selbst mit der betreffenden Person gesprochen, und sie hat mir versichert, sie würde Etiennes Aussage jederzeit bestätigen. Außerdem ist sie bereit, auszusagen, dass sie Isabeau und June in der Nacht, als June getötet wurde, zusammen gesehen hat.«

»Welches Mitglied des Sicherheitspersonals?«, fragte Ysanne.

»Du wirst mir verzeihen, wenn ich es vorziehe, ihre Anonymität zu schützen, bis wir dieser Sache endgültig auf den Grund gehen konnten.«

Ysannes Miene veränderte sich nicht, aber ihre auf dem Tisch liegenden Hände spannten sich an. Vielleicht malte sie sich doch aus, wie sie ihm eine reinhaute.

»Wer immer es auch ist, sie lügt«, beharrte Isabeau.

»Es war deine Aufgabe, June zu füttern, als sie im Westflügel eingesperrt war, nicht wahr?«, fragte Etienne.

Isabeau nickte knapp.

»Hat Ysanne dich darum gebeten oder hast du dich freiwillig gemeldet?«

»Ich habe mich freiwillig gemeldet.«

»Warum?«

»Um Ysanne zu helfen.«

»Aber warum du? Edmond kennt Ysanne schon länger als jeder andere, warum hat sie sich nicht zuerst an ihn gewandt?«

Für einen langen Moment sagten weder Ysanne noch Isabeau ein Wort und die Spannung im Raum schien noch greifbarer. Ich hatte das Gefühl, dabei zuzusehen, wie Etienne Isabeau in eine Ecke drängte, wusste jedoch nicht, was ich tun sollte, um es zu verhindern.

»Lag es an eurer Beziehung?«, vermutete Etienne.

Jemimas Augenbrauen wanderten nach oben, und auch Henry verzog überrascht den Mund. Da Charles überhaupt nicht reagierte, nahm ich an, Etienne hatte ihm bereits davon erzählt. Auch für Caoimhe schien diese Information nicht neu zu sein.

»Du und Ysanne seid ein Paar, nicht wahr?«, fuhr Etienne fort.

Isabeau machte den Mund auf, aber es kam nichts heraus. Plötzlich fiel mir auf, dass ich keine Ahnung hatte, wie die Regeln für Ratsmitglieder diesbezüglich aussahen. Sie durften verheiratet sein – Frankreichs größtes Vampirhaus, De Sang, wurde von Adèle Desmoulins und ihrem Mann Anthoine gemeinsam geführt. Allerdings waren sie schon verheiratet gewesen, lange bevor sich die Vampire der Welt offenbart hatten. Für alle anderen sahen die Regeln, was Beziehungen betraf, möglicherweise anders aus, denn allem Anschein nach hatten Ysanne und Isabeau ihre Beziehung geheim gehalten.

»Isabeau hätte dir aufgrund ihrer Gefühle für dich, ohne zu zögern, geholfen, etwas Derartiges zu vertuschen – aber würdest du auch dasselbe für sie tun? Sagen wir, beispielsweise, wenn du wüsstest, dass sie eine Spenderin getötet hätte?«, forderte Etienne Ysanne heraus.

»Das ist doch absurd. Hast du irgendwelche konkreten Beweise für diese Anschuldigungen?«, blaffte Ysanne ihn an.

»Hast du irgendeinen konkreten Beweis für Renies Anschuldigungen gegen *mich*?«, fragte Etienne leise zurück.

Ysanne schwieg, und ein Stein senkte sich in meinen Magen. Das hier sollte nicht passieren. *Edmond* sollte hier sein und uns dabei helfen, einen Plan auszuarbeiten, wie wir Etienne das Handwerk legen und June finden konnten, aber stattdessen war ich gezwungen, hier zu sitzen und mir diesen *Scheiß* anzuhören.

»Da hat er nicht ganz unrecht«, fand Henry.

»Du behauptest also, Isabeau hätte June verwandelt und ich hätte ihr dabei geholfen, es zu vertuschen?« Ysannes Stimme war kalt wie Eis.

»Du hast bereits zugegeben, den Mord vertuscht zu haben«, bemerkte Charles.

»Und ich habe euch erklärt, warum.«

»Ich konnte Renies Geschichte mit anhören, während ich darauf gewartet habe, in den Speisesaal gerufen zu werden, und ein paar Sachen passen einfach nicht zusammen«, fuhr Etienne fort. »Renie beharrt darauf, June hätte sie niedergestochen, obwohl wir alle wissen, dass Rasende keine Waffen benutzen. Ysanne beharrt darauf, sie hätte versucht, Junes rasenden Zustand zu heilen, obwohl sie wirklich lange genug lebt, um zu wissen, dass dies unmöglich ist.«

»Ich lebe auch schon lange genug, um zu wissen, dass wir Rasende nicht wirklich verstehen, weil wir sie immer sofort töten«, entgegnete Ysanne. »Wir können nicht mit Sicherheit sagen, ob es unmöglich ist, Raserei zu heilen, weil es noch nie jemand wirklich versucht hat.«

»Auch das ist ein berechtigtes Argument«, warf Henry ein.

»Angenommen, wir glauben, dass Renie uns die Wahrheit darüber erzählt hat, wer sie niedergestochen hat. Aber wenn ich mit ihr dort draußen war, warum hat June dann nicht auch versucht, *mich* zu töten«?, fragte Etienne.

»Wir wissen nicht, ob sie es versucht hat oder nicht«, erwiderte Caoimhe. »Deine Wunden könnten inzwischen auch verheilt sein.«

»Wenn ich dort draußen im Schnee gegen June gekämpft hätte, dann hätte es Anzeichen für einen Kampf oder vergossenes Blut gegeben, das nicht Renies war. Fragt Ludovic, Edmond, Roux oder Míriam, ob sie solche Anzeichen finden konnten«, forderte Etienne die Ratsmitglieder auf.

Mir rutschte der Magen noch weiter in die Kniekehlen. Es hatte keinerlei Hinweise auf einen Kampf gegeben, weil kein Kampf stattgefunden hatte. June war ausschließlich auf mich konzentriert gewesen, so als wäre Etienne überhaupt nicht da.

»Bleibt die Frage, warum June Renie mit einem Messer angreifen sollte.« Etienne hielt einen Moment inne und ließ den Blick über den Vampirrat wandern. »Es sei denn, jemand hätte sie darauf abgerichtet. Ich glaube, Ysanne hat die Wahrheit gesagt, als sie uns erklärt hat, sie hätte Renie hierhergeholt, damit sie mit June arbeitet. Ich bin mir allerdings nicht sicher, ob ich glaube, dass sie Junes geistige Gesundheit wiederherstellen wollte.«

»Und was glaubst, was sie dann getan hat?«, wollte Jemima wissen.

»Wir betrachten Rasende als Tiere, nicht wahr? Sie sind wild, sie sind gefährlich, sie müssen zur Sicherheit aller aus ihrem Leid erlöst werden. Aber selbst wilde Tiere können abgerichtet werden. Ich glaube, Ysanne erkannte in June tatsächlich eine Gelegenheit – nur nicht so, wie sie es uns weismachen will. Nachdem Renie Junes vermeintliches Grab umgegraben hatte, versuchte sie, in den Westflügel zu gelangen, aber Edmond und Ysanne hielten sie davon ab. Ysanne sperrte Renie und Roux in ihrem Zimmer ein. Laut Renie schloss später ein mysteriöser Unbekannter die Tür wieder auf und ermöglichte es ihnen, das Zimmer zu verlassen und in den Westflügel zu gelangen. Kommt euch das nicht auch ein bisschen zu einfach vor?«

»Es sei denn, *du* hättest die Tür aufgeschlossen«, blaffte ich ihn an.

»Wie du dich sicher erinnerst, wollte ich dich in den Westflügel begleiten, aber du hast mich gebeten, es nicht zu tun. Wenn ich euch rausgelassen habe, warum sollte ich mich dann wegschleichen, um euch ein paar Sekunden später wieder abzufangen und so zu tun, als wüsste ich nicht, was los war? Warum habe ich nicht einfach eure Tür aufgeschlossen und euch erklärt, ich würde euch dabei helfen, die Wahrheit herauszufinden, ein für alle Mal?

Irgendjemand hat June an jenem Tag losgekettet und ein paar Wochen später dasselbe getan, als Aiden ebenfalls versuchte, in den Westflügel zu gelangen. June ist nicht ausgebrochen. Sie wurde *freigelassen*.« Etienne blickte sich erneut am Tisch um. »Und wer wäre besser dazu in der Lage gewesen, sie freizulassen, als die Person, die jeden Tag Zugang zu ihr hatte? Die Person, die stets allein mit ihr war? Die Person, die sie gefüttert hat?«

Sein Blick richtete sich auf Isabeau.

»Aber Renie und Edmond waren auch mit June allein«, widersprach Jemima ihm.

»Ysanne ist nicht dumm. Wenn sie wollte, dass jemand June freilässt, dann hätte sie dafür kein zerbrechliches menschliches Wesen gewählt. Sie hätte dafür einen starken, mehrere Jahrhunderte alten Vampir gebraucht, der sich gegen eine Rasende behaupten konnte. Und wir wissen, dass es nicht Edmond gewesen sein kann, da er sich zu diesem Zeitpunkt in seinem Zimmer erholte. Wäre es Ludovic gewesen, hätte er Renie nicht entgegenkommen können, als sie vor June floh. Damit bleibt nur Isabeau.«

»Warum sollte ich eine Rasende freilassen?«, fragte Isabeau.

»Warum sollte ich es tun?«, konterte Etienne. »Ich glaube, Ysanne hat versucht, June abzurichten wie einen Hund, und du hast ihr dabei geholfen. Ich bin mir nur nicht sicher, wie Renie in diese ganze Geschichte passt. Vielleicht wusste sie, was los war, oder vielleicht glaubte sie wirklich, Ysanne würde versuchen, June zu helfen.«

»Du behauptest also, Ysanne hätte June abgerichtet und sie dann auf Renie gehetzt? Warum sollte sie das tun?«, bohrte Jemima nach.

»Ich kenne auch nicht alle Antworten. Vielleicht wollte Renie zur Vampirin werden, aber Ysanne wusste, der Vampirrat würde dies niemals erlauben, und deshalb hat sie eine Situation heraufbeschworen, in der Edmond gezwungen war, Renie zu verwandeln. Vielleicht wusste Renie über alles Bescheid.

Vielleicht steckten sie von Anfang an unter einer Decke, und sie wollte mir auf Ysannes Befehl hin die Schuld zuschieben. Vielleicht irre ich mich aber auch komplett, was Isabeau betrifft, und Ysanne hat June selbst getötet und verwandelt. Ich weiß es nicht. Ich weiß nur, dass noch viel mehr hinter dieser ganzen Sache steckt, als Ysanne oder Renie zugeben wollen.«

»Okay, dann willst du also behaupten, Isabeau hätte auch all diese neuen Vampire verwandelt? Und sie nach Belle Morte geführt?«, fragte ich.

»Ich weiß nichts über diesen Angriff, aber es klingt mir mehr als wahrscheinlich, dass er etwas damit zu tun hat, was mit June passiert ist. Und deshalb ist ebenso wahrscheinlich, dass dieselbe Person dahintersteckt«, gab Etienne zurück.

»Dann hast du also völlig vergessen, dass ich Isabeau während des Angriffs das Leben gerettet habe? Wenn sie einen Haufen feindlicher Vampire ins Haus gelassen hätte, warum sollten sie dann *sie* angreifen?«

»Es wäre möglich, dass das alles nur ein hinterhältiges Ablenkungsmanöver war, um uns auf die falsche Fährte zu locken, und dass Isabeau deine Hilfe gar nicht wirklich benötigt hätte«, warf Jemima ein. Sie sah nicht glücklich aus, und ihre großen Augen weiteten sich noch mehr, als sie Isabeau anschaute.

»Noch hinterhältiger als die Show, die Etienne hier gerade abzieht?«, wollte ich wissen.

»Inzwischen scheint mir Isabeau als Verdächtige plausibler zu sein als Etienne. Das bedeutet nicht, dass wir schon bereit wären, sie zu verurteilen, aber es gibt eindeutig noch eine Menge Fragen, die Antworten verlangen.«

Isabeaus Gesicht wurde kreidebleich, selbst nach Vampirmaßstäben. Sie warf Ysanne einen flehenden Blick zu, aber

Ysanne schwieg. Mir fiel jedoch auf, dass sie die Hände so verkrampft um die Armlehnen ihres Stuhls krallte, dass ihre Knöchel weiß hervortraten.

»Isabeau hat das nicht getan.« Doch noch während ich es sagte, konnte ich das Aufflackern eines winzigen Zweifels nicht unterdrücken. Ich wollte nicht glauben, was Etienne gesagt hatte. Isabeau hatte mir nie einen Grund gegeben, an ihr zu zweifeln – nur, dass selbst Ysanne der Ansicht war, Etienne hätte niemals allein handeln können. *Jemand* musste ihm geholfen haben. Konnte ich Isabeau ausschließen, nur, weil ich sie mochte? Aber was hätte sie andererseits dadurch gewinnen können?

»Du hast mir erklärt, es stünde eine Revolution bevor«, sagte ich und funkelte Etienne an.

Er schüttelte nur den Kopf, als sei ich es noch nicht mal mehr wert, mir zu antworten.

Ich hätte ihm am liebsten einen Stuhl an den Kopf geworfen. Er *durfte* mit alldem nicht durchkommen.

»Dir ist bewusst, falls Isabeau in dieser Sache für schuldig befunden wird, steht eine Exekution im Raum«, sagte Charles und starrte Ysanne durchdringend an.

Isabeau stand so still, als wäre sie aus Stein gemeißelt. Ein Teil von mir wollte eine Hand nach ihr ausstrecken, die ihre drücken, ihr Knie berühren oder *irgendetwas*. Doch der andere Teil konnte nicht umhin, sich zu fragen, ob Etienne nicht doch ein wenig Wahrheit unter seine Lügen gemischt hatte. Was, wenn Isabeau ihm geholfen *hatte* und er sie jetzt nur den Löwen zum Fraß vorwarf, um sich selbst zu retten?

Jemima hob beide Hände. »Wir wollen doch nichts überstürzen. Die Beweise gegen Isabeau sind alles andere als solide.

Aber sie wird verhört werden müssen. Darf ich vorschlagen, sie einstweilen zu entfernen und an einen neutralen Ort zu bringen? Falls sie wirklich hinter diesem Angriff steckt, ist es nicht sicher, wenn sie hierbleibt.«

»Mit *entfernen* meinst du einsperren«, stellte Ysanne klar.

Jemimas Miene wurde wieder weicher. »Ja.«

»Und wenn du von einem neutralen Ort sprichst, darf ich vermutlich nicht erfahren, wo er sich befindet?«

Jemima wandte den Blick ab.

»Das hat alles in deinem Haus angefangen, Ysanne, und solange wir nicht sicher sein können, dass diese Frau«, Charles zeigte mit einem herablassenden Winken auf Isabeau, »nicht für all diese Gräueltaten verantwortlich ist, können wir dir nicht mitteilen, wo sie festgehalten werden wird.«

»Falls wir nach ihrem Verhör zu dem Schluss kommen sollten, dass sie unschuldig ist, werden wir sie sofort wieder nach Belle Morte zurückbringen«, fügte Jemima hinzu, und ich hatte den Eindruck, sie versuchte, aufmunternd zu klingen.

Stille dehnte sich aus, die angespannte Atmosphäre dicht und zäh wie Teer.

Ysanne krallte sich erneut an die Armlehnen ihres Stuhls, und ich war mir sicher, sie würde aufspringen und Isabeau verteidigen.

Aber sie tat es nicht.

»Nun gut«, sagte sie dann. »Ich werde das Wachpersonal anweisen, sie fortzubringen.«

Isabeaus Schultern versteiften sich, und ein Schatten roher Verletztheit blitzte in ihren Augen auf, aber sie sagte kein Wort. Hastig wurden Dexter und ein kleines Team seiner Wachleute herbeigerufen. Dexter kniff die Augen zusammen, als Ysanne ihn anwies, Isabeau zu entfernen, erwiderte jedoch nichts. Schließlich war er nur einer der Angestellten, und es stand ihm nicht zu, Ysannes Entscheidungen infrage zu stellen. Aber er sah ganz eindeutig nicht glücklich aus, als seine Leute Isabeau aus dem Raum eskortierten.

Ich erwartete die ganze Zeit, Ysanne würde den anderen versichern, Isabeau wäre unschuldig, aber sie schwieg weiter. Dann fragte ich mich, warum ich es überhaupt erwartet hatte. Wenn ich bedachte, was sie Edmond angetan hatte, würde Ysanne ihre Haltung um Isabeaus willen ganz sicher nicht ändern.

Aber dann überraschte sie mich doch noch.

»Ihr macht einen Fehler«, sagte sie leise, ohne jemand Bestimmtes anzublicken. »Die Beweise gegen Isabeau sind alles andere als stichhaltig, und sobald ihr erkennt, dass sie nichts damit zu tun hat, werden wir uns alle fragen müssen, was der wahre Täter will und warum er das alles getan hat.« Sie durchbohrte Etienne förmlich mit ihrem Blick, der noch immer völlig ruhig am anderen Ende des Tisches saß. »Und was er als Nächstes tun wird.«

Ysannes Worte jagten mir einen eiskalten Schauer über den Rücken. Auch wenn Isabeau unschuldig war, konnte Etienne trotzdem einen Komplizen oder eine Komplizin in Belle Morte haben. Die alten Gerüchte über Geheimgänge kamen mir wieder in den Sinn, und ich ließ den Blick mit einem flauen Gefühl über die holzverkleideten Wände schweifen.

»Wir haben immer noch einiges zu besprechen, was diese ganze Situation betrifft«, fuhr Ysanne fort. »Nun, da die Rasende nicht mehr hier ist, habe ich den Westflügel wieder für Besucher öffnen lassen. Es wäre mir eine Ehre, den Vampirrat hier beherbergen zu dürfen, solange unsere Untersuchung andauert.«

»Das ist zu freundlich von dir.« Charles klang alles andere als aufrichtig, aber Ysanne sah darüber hinweg.

Sie erhob sich und strich ihre strahlend weiße Bluse glatt. »Dann wollen wir uns vertagen. Ich bin mir sicher, ihr seid alle furchtbar hungrig. Meine Spenderinnen und Spender stehen bereit, euch zu füttern. Wir können unsere Diskussion nach dem Essen fortsetzen.«

Ich ging nicht mit ihnen, als sie den Speisesaal verließen und in die in der ganzen Villa verteilten Fütterungszimmer verschwanden. Nach allem, was in letzter Zeit passiert war, erschien es mir nicht richtig, von den Spendenden zu erwarten, weiterhin ihr Blut zur Verfügung zu stellen, aber ich konnte nicht wirklich etwas dagegen tun.

Auch Ludovic blieb zurück. Ich wollte ihm gerade versichern, er müsste nicht meinetwegen bleiben, als mir wieder einfiel, was Ysanne in ihrem Büro zu mir gesagt hatte. Wenn Isabeau nicht Etiennes Komplizin war, dann wollte mich irgendwer anders in Belle Morte vielleicht immer noch tot sehen. Es war nicht sicher für mich, allein zu sein.

Ich schlenderte aus dem Speiseraum in den Ballsaal, und Ludovic folgte mir wie mein persönlicher Leibwächter. Ich war dankbar, dass er da war, aber ich wünschte mir trotzdem, er wäre Edmond.

Als ich zum letzten Mal hier gewesen war, hatte der Ballsaal ausgesehen, als wäre er einem Albtraum entsprungen: Der ganze Marmorfußboden war von Blutspritzern übersät gewesen, die ebenso makabre Muster an die stuckverzierten Wände gezeichnet hatten. Nun war nicht einmal mehr die winzigste Spur für dieses Massaker zu erkennen – keinerlei Anzeichen dafür, dass der Raum je für etwas anderes genutzt worden war als zum Tanzen.

Doch ich würde das Schlachtfeld niemals vergessen, das ich hier erlebt hatte.

»Du glaubst Etienne doch nicht, oder?«, fragte ich. Meine Stimme hallte viel zu laut durch den leeren Raum.

Ludovic war mir nicht bis in den Saal gefolgt, sondern in der Tür stehen geblieben, mit einer Schulter an die Wand gelehnt. Wenn er ein Mensch gewesen wäre, hätte ich seine Haltung als entspannt bezeichnet. Aber der Vampir strahlte etwas Wachsames aus, wie ein Raubtier, das jeden Moment zuschlagen konnte.

»Nein«, antwortete er.

»Aber der Vampirrat glaubt ihm.«

Darauf erwiderte er nichts.

Ich schlang die Arme um mich selbst. »Wenn sich der Vampirrat auf seine Seite stellt, sind wir im Arsch, oder? Wir können nicht das Geringste beweisen.«

»Wir werden einen Weg finden«, versicherte Ludovic mir.

»Wie?«

Schweigen.

Ich brauchte eine Umarmung. Aber Edmond war immer noch eingesperrt, Roux war sauer auf mich und Ludovic schien mir nicht unbedingt der gefühlsbetonte Typ zu sein. Mehr als alles andere wünschte ich mir, Edmonds Arme um mich zu spüren und seinen verblassten französischen Akzent zu hören, während er mir versicherte, dass alles gut werden würde.

Aber Edmond war nicht hier, und ich wusste nicht, wann er wieder bei mir sein würde.

Ich verließ den Ballsaal, und Ludovic folgte mir wie ein Schatten. Ich wusste selbst nicht, wo ich hinwollte, doch als ich den an den Speiseraum grenzenden Salon erreichte – den letzten Raum vor dem Foyer, – hielt ich erneut inne.

Dexter stand neben der Eingangstür, die Hände auf dem Rücken verschränkt, den Blick zu Boden gerichtet. Die Wachen, die mit ihm gekommen waren, um Isabeau abzuführen, waren nirgends zu sehen. Isabeau selbst stand am Fuß der Treppe, den Kopf erhoben, doch in ihren Augen schimmerte Angst.

Wie sah es aus, wenn der Vampirrat Verdächtige verhörte?

Die Vampire hatten ihre archaische Auffassung von Gerechtigkeit bereits demonstriert, als sie Edmond mit Silber ausgepeitscht hatten, weil er Adrian geschlagen hatte, deshalb fiel es mir nicht schwer, zu glauben, sie könnten Folter anwenden, um Informationen aus Gefangenen herauszupressen.

Ysanne stand vor Isabeau. Einen schier endlosen Moment lang starrten die beiden einander an. Dann hob Ysanne eine Hand und legte sie zärtlich auf Isabeaus Wange. Sie flüsterte ihr etwas auf Französisch zu und Isabeaus Lippen zitterten.

»*Ma belle*«, hauchte Ysanne. »Sie werden dir nicht wehtun.«

»Ich habe das nicht getan«, sagte Isabeau.

»Aber irgendjemand hat es. Die Ratsmitglieder haben Angst, daran sind sie nicht gewöhnt. Es ist schon so lange her, seit zum letzten Mal einer von uns Angst haben musste. Sie brauchen das Gefühl, etwas zu unternehmen, selbst wenn es bedeutet, eine unschuldige Frau einzusperren. Sie werden dich an einen neutralen Ort bringen und verhören, das ist alles. Es kann nicht lange dauern, bis sie feststellen werden, dass du nicht für all das verantwortlich bist. Sie werden dich schon bald wieder zurückbringen.«

»Und in der Zwischenzeit läuft das wahre Ungeheuer frei herum.« Verbitterung färbte Isabeaus Worte.

»Nicht lange«, erwiderte Ysanne, ihre Stimme rasiermesserscharf. »Etienne wird nicht damit durchkommen, das schwöre ich.«

Isabeau küsste sie, presste ihre Lippen mit einer Intensität auf Ysannes, zu der nur jemand fähig war, der kurz davorstand, etwas unendlich Wertvolles zu verlieren. Ysanne legte erneut eine Hand auf Isabeaus Wange.

Ich wandte mich ab, weil ich diesen privaten Moment nicht stören wollte. Manchmal kam mir Ysanne wie ein Eisblock vor, aber hin und wieder wurde ich dennoch daran erinnert, wie menschlich sie immer noch war.

In diesem Moment empfand ich Mitleid mit Ysanne. Als Regentin von Belle Morte musste sie das Wohlergehen ihres Hauses über alles andere stellen – einschließlich ihres eigenen Glücks. Ich konnte mir nicht vorstellen, zwischen meiner Liebe zu Edmond und den Vampiren von Belle Morte wählen zu müssen. Objektiv betrachtet, war es richtig, zu tun, was immer das Beste für die Vampire war, aber wer konnte ernsthaft behaupten, bereit zu sein, die Person aufzugeben, die er oder sie liebte, selbst wenn es das Beste für alle anderen war?

Ich wollte Ysanne dafür hassen, dass sie mich von Edmond getrennt hatte. Aber sie nahm selbst die Trennung von der Person in Kauf, die sie liebte – und sie musste es freiwillig tun. Ich konnte mir gar nicht vorstellen, so stark zu sein.

Isabeau raunte Ysanne etwas auf Französisch zu, und ich ließ die beiden allein. Da ich nicht nach oben gehen konnte, kehrte ich in den Ballsaal zurück.

In der Mitte der Tanzfläche blieb ich stehen, betrachtete das aufwendige Dekor und erinnerte mich wieder an den Maskenball, bei dem ich als Mensch mit Edmond getanzt hatte.

Mein Leben hatte sich innerhalb weniger Tage so sehr verändert.

Wenn in Belle Morte das nächste Mal ein Ball stattfand, würde ich dann mit den anderen Vampiren die Haupttreppe hinunterschreiten? Würde ich meinen eigenen Eintrag auf den einschlägigen Vampirwebsites bekommen, meine eigenen Berichte in den Klatschmagazinen? Schon bei dem Gedanken drehte sich mir der Magen um.

Hohe Absätze klapperten über den Marmorboden, und ich drehte mich um und sah Ysanne in den Raum schweben. Ihre Miene war kalt und reglos, zeigte keine Spur von der Frau, die ihre Geliebte eben in ein unbekanntes Gefängnis geschickt hatte.

Sie blieb stehen und betrachtete mich von Kopf bis Fuß. Unbehagen kribbelte auf meiner Haut. Bisher hatte ich mich Ysanne gegenüber hin und wieder schnippisch verhalten, weil ich geglaubt hatte, mein Status als Spenderin würde mich schützen. Nun genoss ich diesen Schutz nicht mehr. Ich musste mich ab sofort den Vampirgesetzen unterwerfen und Vampire folgten anderen Gesetzen als die Menschen.

Ysanne hatte Edmond auspeitschen lassen und eingesperrt, weil er die Regeln gebrochen hatte. Das konnte auch mir passieren. Das durfte ich nicht vergessen.

»Ludovic, bitte warte im Speisesaal. Ich würde mich gern allein mit Renie unterhalten«, bat Ysanne ihn.

Ludovic blickte mich an. Ich war mir nicht sicher, ob er mich wortlos fragen wollte, ob es in Ordnung für mich sei, mit Ysanne allein zu sein, aber ich nickte trotzdem, nur für den Fall. Er verließ den Ballsaal.

»Komm mit mir«, forderte Ysanne mich auf und stolzierte auf die kleine Tür im hinteren Teil des Ballsaals zu, durch die das menschliche Personal bei Veranstaltungen silberne Tabletts mit Champagner in und aus der Küche brachte.

Ich hatte die Küche noch nie gesehen, aber mir blieb nur ein flüchtiger Moment, um die polierten Chromarmaturen und mit unzähligen Flaschen gefüllten Weinregale zu betrachten, bevor Ysanne eine weitere Tür öffnete, die in einen schmalen Gang mit weißen Wänden führte.

War dies einer der Geheimgänge, über die Vladdicts so eifrig spekulierten?

»Wo bringst du mich hin?«, wollte ich wissen.

Ysanne antwortete mir nicht.

»Hey«, sagte ich und blieb stehen. »Ich gehe keinen Schritt weiter, bis du mir sagst, wo wir hingehen.«

Ysanne drehte sich zu mir um. »Kannst du einmal in deinem Leben einfach machen, was man dir sagt? Ich würde das hier nämlich nicht für jeden tun, weißt du?«

»Was tun?«

»Dir das Einzige geben, was du wirklich willst. Ich bringe dich zu Edmond.«

KAPITEL 8

Renie

Am Ende des Gangs befand sich eine weitere Tür und dahinter eine kleine Treppe, die zu einer offenbar direkt in die Steinmauer eingelassenen Metalltür hinunterführte. Der Gang wirkte so primitiv und dreckig, dass ich zuerst gar nicht richtig begriff, was ich sah. Alles in Belle Morte war so wunderschön und dieser hässliche, enge Raum versetzte mir einen regelrechten Schock.

Dies galt nur umso mehr, als Ysanne von irgendwo aus ihrer Kleidung einen Schlüssel hervorzauberte, die Tür aufschloss und mich hindurchschob.

Obwohl ich inzwischen gelernt hatte, wozu Vampire wirklich fähig waren, war ich immer noch naiv genug, zu glauben, die Vampirversion eines Gefängnisses würde sich gar nicht so sehr von einem menschlichen unterscheiden.

Ich irrte mich.

Edmond saß zusammengesunken an der Wand einer feuchtkalten steinernen Zelle, den Kopf auf die Brust gekippt. Silberne Schellen schlossen sich um seine blutigen, geschundenen Handgelenke. Die Schellen waren mit Ketten verbunden, die durch an der Wand befestigte Eisenringe geschlungen waren.

Als June im Westflügel eingesperrt gewesen war, hatte sie sich an ihren Ketten ganze Hautfetzen von den Armen geschürft, weil sie permanent versucht hatte, sich zu befreien – Edmond musste sich noch nicht einmal wehren, damit auch seine Ketten diesen schrecklichen Zweck erfüllten. Das tödliche Metall brannte sich in sein Fleisch und hinterließ auf beiden Seiten der Fesseln leuchtend rote zerfetzte Wunden auf seiner blutigen Haut.

Als ich Edmond zum ersten Mal begegnet war, war er mir wie ein wunderschöner Engel vorgekommen, mit seinem rabenschwarzen Haar und der Elfenbeinhaut. Ihn jetzt so erniedrigt zu sehen, bohrte sich mit einem heftigen, scharfen Schmerz in mein Herz. Es war nicht meine Schuld, dass ihm das hier widerfuhr, aber wenn er mir niemals begegnet wäre, wäre er jetzt nicht hier. Er würde weiter ein Leben im Luxus von Belle Morte genießen, respektiert und bewundert von Menschen und Vampiren gleichermaßen. Aber stattdessen war er in einem grauenvollen Raum aus Stein an eine Wand gefesselt, blutüberströmt und völlig zerstört.

Und er hatte all das für mich auf sich genommen.

Ich rannte zu ihm.

»Ihr habt nur ein paar Minuten, also nutzt sie weise«, warnte Ysanne uns.

Sie verließ die Zelle und schloss die Tür hinter sich.

Edmond hob den Kopf. Sein Gesicht war blass – nicht die attraktive Blässe, die ich mit Vampiren assoziierte, sondern eher kreideweiß, so als wären sämtliche Lebensgeister und sämtliche Kraft aus ihm geblutet. Seine Augen glänzten dunkel vor Schmerz und Erschöpfung.

»*Mon ange?*«, hauchte er, und die Hoffnung in seiner Stimme brach mir das Herz.

Hatte er geglaubt, ich würde nicht zu ihm kommen?

Doch als ich an meine letzten Worte an ihn dachte, bei unserer letzten Begegnung, musste ich mir eingestehen, dass er wahrscheinlich genau das geglaubt *hatte*.

Ich schlang so behutsam, wie ich konnte, die Arme um ihn und versuchte, nicht gegen seine verletzten Handgelenke zu stoßen.

Was passierte mit Vampiren, wenn sie längere Zeit nichts tranken?

Ein grauenvolles Bild blitzte in meinem Kopf auf: Edmond, der vor meinen Augen dahinsiechte und verweste, seine Haut völlig ausgetrocknet und rissig, sein Haar wie graues Stroh, der dunkle Glanz in seinen Augen immer matter. Ich hatte noch nie darüber nachgedacht, dass Vampire verhungern konnten, aber was, wenn genau das Edmonds Bestrafung war? Was, wenn sie es ihm niemals erlauben würden, diesen Ort wieder zu verlassen?

»Bitte«, flüsterte ich, und meine Stimme brach. »Bitte, sag mir, dass das hier nicht für immer ist. Sag mir, dass sie dich irgendwann wieder hier rauslassen werden.«

Edmond rührte sich, aber die Bewegung riss an seinen Handgelenken, und ein schmerzerfülltes Zischen entwich seinen Lippen.

Ich legte beide Hände auf sein Gesicht. Seine wunderschönen Augen waren schattig vor Schmerzen.

»Wenn sie glauben, sie könnten dich für immer hier unten festhalten, dann irren sie sich. Ich werde dich hier rausholen … Ich werde –« Wut erstickte meine Stimme.

Ich war vielleicht erst seit ein paar Tagen eine Vampirin, aber es war schon mehr nötig als dieser Haufen herzloser

Arschlöcher, um mich davon abzuhalten, den Mann zu beschützen, den ich liebte.

»*Non, ma chérie*, du musst dieser Sache ihren Lauf lassen«, murmelte Edmond.

Seine Stimme klang anders, das samtweiche Timbre und die sanften französischen Vokale durch die Bestrafung angespannt und rauer.

»Aber sie werden dich umbringen!«

»Werden sie nicht. Ich wurde mit Gefängnis bestraft, nicht mit dem Tod.«

Ich schluckte meinen Zorn hinunter und versuchte, wieder klar zu denken. Ysanne hatte mir erklärt, Edmond würde irgendwann wieder freikommen, aber all meine rationalen Gedanken hatten sich verabschiedet, als ich ihn zusammengekauert in dieser schrecklichen Zelle gesehen hatte.

Ich sank wieder auf die Fersen, und schiere Erleichterung brannte in meinen Augen. Wenn ich noch ein Mensch gewesen wäre, hätte ich mich inzwischen in ein schluchzendes Wrack verwandelt.

»Ich habe nicht geglaubt, dass du kommst«, flüsterte Edmond.

»Es tut mir leid«, erwiderte ich und legte meine Hand erneut auf seine Wange. »Was ich gesagt habe … Ich hab es nicht so gemeint. Als ich als Vampirin aufgewacht bin, hatte ich einfach panische Angst. Mein ganzes Leben hatte sich verändert – ich war *gestorben*. Du weißt ja selbst, wie das ist. Ich hatte Angst und habe es an dir ausgelassen, und das tut mir *so leid*. Ich hab das alles nicht so gemeint.«

Er sah aus, als würde er mir nicht glauben. Vielleicht war es für ihn damals anders gewesen. Sein menschliches Leben war so düster und trostlos gewesen, dass es ein Segen für ihn gewesen sein musste, als Vampir zu erwachen – ganz anders als der Furcht einflößende, gewaltige Schock, den ich erlitten hatte.

»Edmond, sieh mich an. Hast du dich nie gefragt, warum ich in der Nacht des Angriffs aus meinem Zimmer ausgebrochen bin?«

Nachdem er erkannt hatte, dass Belle Morte von feindlichen Mächten angegriffen wurde, hatte Edmond Roux und mich in unserem Zimmer eingeschlossen, damit wir in Sicherheit waren. Aber ich hatte solche Angst gehabt, er könnte getötet werden, dass ich das Schloss zertrümmert und mich selbst ins Kampfgetümmel gestürzt hatte. In jener Nacht war mir erst wirklich bewusst geworden, was ich für Edmond empfand, auch wenn ich nie die Gelegenheit bekommen hatte, es ihm zu sagen.

»Ich bin ausgebrochen, weil ich den Gedanken nicht ertragen konnte, dir könnte irgendetwas passieren«, sagte ich. »Ich konnte die Vorstellung nicht ertragen, dich zu verlieren.«

Hoffnung leuchtete in den dunklen Tiefen seiner Augen auf, aber sie war von Zweifeln verhüllt.

Zärtlich presste ich meine Lippen auf seine. Wenn ich ihn zuvor geküsst hatte, war es feurig und leidenschaftlich gewesen, weil die Gefühle, die wir zu leugnen versucht hatten, mit einer Wucht in uns explodiert waren, die uns beide ganz schwindlig gemacht hatte. Diesmal war der Kuss jedoch sanft, keusch, aber irgendwie auch bedeutungsvoller.

»Edmond Dantès«, hauchte ich, »ich bin unsterblich in dich verliebt.«

Edmond

Edmond konnte Renie nur anstarren, denn obwohl Ysanne ihm versichert hatte, Renie habe nicht so gemeint, was sie zu ihm gesagt hatte, war dieses eine Wort endlos durch seinen Kopf gewirbelt, seit sie ihn eingesperrt hatten.

Monster.

Monster.

Monster.

Als er seine Stimme schließlich wiederfand, klang sie schrecklich heiser. »Sag das nicht, wenn du es nicht wirklich so meinst.«

»Das würde ich niemals tun.« Renie küsste ihn erneut, ihre Lippen weich auf seinen. »Ich liebe dich, Edmond. Ich bin unsterblich in dich verliebt.«

In diesem Moment vergaß er die Ketten und die Gefängniszelle. Es gab nur noch seine Sehnsucht, Renie zu halten, ihre glatte Haut zu streicheln und mit seinen Fingern durch ihr rotbraunes Haar zu fahren, doch als er versuchte, den Arm um sie zu legen, hielten die Ketten ihn zurück. Ein Schmerz schoss durch ihn hindurch, blendend grell, und er unterdrückte ein Knurren.

»Versuch, dich nicht zu bewegen«, flüsterte Renie ihm zu und küsste ihn auf die Stirn. Ihre Stimme zitterte vor nicht geweinten Tränen.

»Sag es noch mal«, bat Edmond, denn er musste diese drei Wörter erneut hören, die Wörter, von denen er geglaubt hatte, sie nie wieder zu hören.

»Ich liebe dich.«

»Aber ich habe dich zu diesem Leben verdammt.« Edmond konnte den schrecklichen Ausdruck in Renies Gesicht nicht vergessen, als sie erwacht war, ebenso wenig wie das in ihren Augen dämmernde Entsetzen, als ihr bewusst geworden war, dass sie nun eine Vampirin war.

»Du hast es getan, um mich zu retten.«

»Es ist nicht das Leben, das du wolltest.«

Renie sank auf ihre Fersen und schaute ihn an, ihre Miene ernst. »Nein. Wenn ich ehrlich bin, ist es nicht das Leben, das ich normalerweise gewählt hätte. Aber es ist das Leben, das ich nun führen werde, und ich bereue es nicht. Ich gebe dir keine Schuld. Wenn du nicht gewesen wärst, wäre ich jetzt tot.«

»Du *bist* tot«, erwiderte Edmond. »Du kannst vielleicht noch umherspazieren, aber du wirst nie wieder ein Mensch sein.«

»Glaubst du, das wüsste ich nicht?«

»Ich glaube, du weißt nicht, worauf du dich eingelassen hast.«

Alles, was sich Edmond jemals gewünscht hatte, war hier, direkt vor ihm: Sie bot ihm ihr Herz mit offenen Händen an, und ein Teil von ihm hatte Angst davor, es anzunehmen.

Renie schob sich näher zu ihm und neigte den Kopf, um ihm in die Augen schauen zu können. Sie war viel kleiner als er, und er war nicht daran gewöhnt, zu ihr hochschauen zu müssen.

»Edmond, hör mir gut zu. Ich weiß, dass ich noch nicht bis ins letzte Detail verstehe, was es bedeutet, eine Vampirin zu sein. Es gibt noch so viele Dinge, an die ich mich erst gewöhnen muss, und wahrscheinlich liegen auch einige dunkle Zeiten vor mir, aber das ist in Ordnung. Ich komme damit klar.

Ich habe mich in dich verliebt, Edmond. Mir ist egal, ob ich ein Mensch oder eine Vampirin bin, solange ich nur mit dir zusammen sein kann.«

Edmonds altes Herz brach ganz weit auf. Er blickte in Renies Augen – in das warme Haselnussbraun, in dem er sich verlieren konnte – und erkannte Hoffnung und Angst darin. Angst, er könnte nicht genauso empfinden, vielleicht, oder ihre früheren Worte könnten alles zwischen ihnen unwiederbringlich zerstört haben.

»Ich habe mir selbst geschworen, nie wieder zu lieben«, sagte er, und Renie versteifte sich. »Ich habe mir selbst eingeredet, es wäre den Schmerz nicht wert«, fuhr er fort. »Aber ...« Er lehnte sich vor und berührte ihre Stirn mit seiner. Ihre Haut war nun kühl, nicht mehr so warm wie als Mensch, aber jeder Zentimeter war unendlich kostbar für ihn. »Es *ist* den Schmerz wert. Das war es immer. Ich wollte mich nicht in dich verlieben, aber du hast mir mein Herz gestohlen, und ich will es nicht wieder zurück.«

Renie gab ein leises Geräusch von sich, und Edmond glaubte schon, sie würde in seinen Armen zusammenbrechen. Sie riss sich jedoch zusammen, und ihr Blick huschte zu den Silberschellen, die seine Handgelenke verbrannten.

»Wie lange musst du noch hier unten bleiben?«, fragte sie und strich eine Haarsträhne aus seiner Stirn.

»Das weiß ich noch nicht.«

Ihr Blick wurde härter. »Ysanne hat es dir nicht gesagt?«

»Sie weiß es auch nicht. Es ist die Entscheidung des Vampirrats, und ich glaube, sie haben wichtigere Probleme, um die sie sich Gedanken machen müssen.«

Renie hatte keinen Herzschlag mehr, daher konnte Edmond

ihm nicht mehr lauschen, um ihre Gefühle einzuschätzen, aber ihr war ohnehin ins Gesicht geschrieben, was sie empfand. Irgendetwas stimmte nicht. Die Form ihres Munds war zu verhärtet, ein Muskel zuckte in ihrem Kiefer und dunkle Schatten krochen in ihre Augen.

»Was ist passiert?«, fragte Edmond.

»Gar nichts«, erwiderte Renie, aber sie sah ihm nicht in die Augen.

Wären seine Hände nicht gefesselt gewesen, hätte er einen Finger unter ihr Kinn gelegt und sie gezwungen, ihn anzusehen. Er hasste es, sie nicht berühren zu können.

»Sag es mir«, forderte er sie auf.

»Das Treffen mit dem Vampirrat ist nicht so gut gelaufen.«

»Warum?«

Renie starrte auf das kleine Fleckchen Steinboden zwischen ihnen. Dann erzählte sie Edmond, Etienne hätte sich freiwillig gestellt, den Vampirrat dazu gebracht, an Renies und Ysannes Version der Ereignisse zu zweifeln, obwohl sie die Wahrheit sagten. Dann berichtete sie ihm, man habe Isabeau fortgebracht, um sie zu verhören. Als Renie fertig war, loderte ein wildes Feuer in Edmonds Brust. Dieser dreckige Mistkerl, der Renies Tod geplant hatte, befand sich in Belle Morte, während Edmond hier unten festsaß, wo er sie nicht beschützen konnte. Er biss die Zähne zusammen und seine Reißzähne bohrten sich in seine Lippe.

»Ganz gleich, was auch passiert, du musst dich von ihm fernhalten«, warnte er sie.

Er wusste immer noch nicht, warum Etienne Renie töten wollte, aber wenn er ihr auch nur ein Haar krümmte, würde Edmond ihn umbringen, Silberketten hin oder her.

»Ich mache mir mehr Sorgen um dich. Ludovic passt da oben auf mich auf, aber du sitzt hier unten in der Falle. Was, wenn Etienne irgendwas versucht?«

»Das wird er nicht.«

Renies Lippen zitterten. »Das weißt du nicht.«

Edmond schmiegte seine Stirn an ihre. »Ysanne würde ihn niemals in die Nähe der Zellen lassen.«

»Könntest du es mit ihm aufnehmen? Falls es zu einem Kampf käme?«, fragte Renie.

Das Feuer in Edmonds Brust loderte erneut auf. »Ich bin Etienne Banville um mehrere Jahrhunderte voraus. Ich bin stärker als er, und das weiß er auch.«

»Genau davor habe ich Angst.« Renie berührte Edmonds Hand, ein hauchzartes Streicheln ihrer Fingerspitzen. »Wenn er dich auch aus dem Weg räumen will, dann ist jetzt der perfekte Zeitpunkt dafür.«

»Ich bin doch längst aus dem Weg«, erwiderte Edmond.

»Aber …«

Edmond unterbrach sie mit einem sanften Kuss.

»Ganz gleich, wie viele Lügen er dem Vampirrat auch auftischt, Ysanne wird ihn nicht aus den Augen lassen«, flüsterte er.

»Das hat sie bereits. Sie ist mit uns hier unten und er saugt mit dem Rest des Vampirrats an Spenderhälsen.«

»Ysanne hat garantiert dafür gesorgt, dass ihn ein Mitglied des Sicherheitsteams im Auge behält«, beharrte Edmond.

»Dasselbe Mitglied des Sicherheitsteams, das geschworen hat, auszusagen, Isabeau hätte etwas mit Junes Tod zu tun?«

»Ich habe keine Ahnung, von wem Etienne gesprochen hat oder warum diese Frau ihm hilft, aber Ysanne ist nicht dumm.

Es gibt gewisse Leute in diesem Haus, denen sie bedingungslos vertraut, zum Beispiel Dexter Flynn.« Edmond küsste Renie auf die Nasenspitze. »Bitte, mach dir um mich keine Sorgen.«

Sie gab ein Geräusch von sich, halb Lachen, halb Schluchzen. »Ich werde mir immer Sorgen um dich machen.«

Ysanne öffnete die Tür. »Die Zeit ist um«, sagte sie.

Renie kniff die Augen zusammen. »Ich will dich nicht verlassen«, flüsterte sie.

»Du musst.« Edmond küsste sie erneut, langsam und verhalten, als könnte er die Form ihres Munds auf seine Lippen prägen. In diesem kurzen Moment vergaß er die Schmerzen der Silberfesseln, die brennende Wut auf Etienne und die nagende Ungewissheit, was die Zukunft bringen würde. Es gab nur noch die Frau, die so unerwartet in sein Leben getreten war und ihm sein Herz gestohlen hatte. Dann war der Moment vorbei, und Renie löste sich von ihm, ihre Augen leuchtend rot.

»Ich weiß nicht, wann ich dich wiedersehen werde«, sagte sie.

»Ich bin schneller wieder hier raus, als du glaubst«, erwiderte er mit mehr Zuversicht, als er empfand.

»Zeit, zu gehen, Renie«, sagte Ysanne.

Langsam erhob sich Renie und ihre Finger strichen zum Abschied über Edmonds Handrücken. Als sie sich entfernte, hatte er das Gefühl, sie würde sämtliches Licht mit sich nehmen. Sie blickte sich noch einmal zu ihm um, bevor Ysanne die Tür schloss. Dann war Edmond wieder allein, mit nichts als dem Schmerz und der Angst.

KAPITEL 9

Renie

»Wir müssen uns unterhalten«, sagte ich, während ich Ysanne den Gang hinunterfolgte.

»Müssen wir?«

»Ja.«

Abrupt blieb sie stehen und drehte sich zu mir um, die Arme verschränkt. »Ich warne dich hiermit, dass ich nicht in Stimmung für irgendwelche Trotzanfälle bin«, sagte sie.

Ich hatte Mühe, die Emotionen zu bändigen, die sich in mir aufgestaut hatten, seit ich diese schreckliche, winzige Zelle und die furchtbaren Wunden an Edmonds Handgelenken gesehen hatte.

»Wie kommst du damit klar, ihm das anzutun?«, fragte ich. Ausnahmsweise war es kein Vorwurf. Es fiel mir nur ehrlich schwer, es zu begreifen.

Ysanne gab ein genervtes Stöhnen von sich. »Wir haben doch bereits darüber gesprochen. Trotz meiner gemeinsamen Vergangenheit mit Edmond kann ich ihn nicht bevorzugt behandeln. Er darf nicht einfach damit durchkommen, die Regeln gebrochen zu haben, auch wenn ich nachfühlen kann, warum er es getan hat.«

»Moment mal, hast du gerade gesagt, du fühlst mit ihm?«
Das hatte ich nicht erwartet und es überlagerte alles andere in meinem Kopf.

Ysanne senkte den Blick zum Boden, und irgendetwas schien sich dabei zu verändern und ließ sie jünger, verletzlicher wirken. Ich war daran gewöhnt, sie als Lady von Belle Morte zu sehen, als die große, unantastbare Vampirin, die die Regeln ihrer – *unserer* – Welt mit eiserner Hand durchsetzte. Aus irgendeinem Grund war mir nie richtig aufgefallen, dass sie erst in den Zwanzigern gewesen sein musste, als sie gestorben war – nicht viel älter als ich. Sie wirkte immer so alterslos, so unendlich mächtig, aber jetzt fragte ich mich, wie viel von ihrem Image in Wahrheit nur Fassade war, um sich selbst zu schützen.

»Ich weiß, du hältst mich für ein Monster, aber ich habe stets nur versucht, das zu tun, was für die Meinen das Beste ist.«

»Aber du tust immer wieder Leuten weh, die mir etwas bedeuten«, erwiderte ich leise.

Ysannes Augen flackerten. »Ich kenne Edmond schon sehr viel länger als du. Begeh nicht den Fehler, zu glauben, du wärst die Einzige, der er etwas bedeutet.«

Unter anderen Umständen hätte ich mit einer schnippischen Bemerkung gekontert, aber ich biss mir auf die Zunge, weil Ysannes Wut nichts mit mir und Edmond zu tun hatte – sondern mit Isabeau. Edmond eingesperrt zu sehen, das war, als würde mir jemand einen Schlag ins Herz nach dem anderen verpassen, aber Ysanne musste sich genauso fühlen.

»Du liebst sie, nicht wahr?«, fragte ich.

Sie antwortete nicht, aber allein das sprach Bände. Wenn Isabeau für Ysanne nur eine Affäre gewesen wäre, hätte sie über meine Worte höhnisch gelacht oder irgendeine abfällige Bemerkung gemacht. Aber sie liebte Isabeau genauso sehr, wie ich Edmond liebte – und war trotzdem gezwungen gewesen, sie verhaften zu lassen.

»Es tut mir leid«, sagte ich.

Ysanne erwiderte noch immer nichts.

»Kann ich dich was fragen?«, bat ich sie.

Sie blickte zu mir hoch, was ich als Zustimmung verstand. »Als ich angefangen habe, mit June zu arbeiten, hast du versucht, Isabeau davon abzuhalten, mir zu helfen. Edmond musste stattdessen Ludovic holen. Warum?«

»Ich wollte nicht, dass sie in diese Sache mit hineingezogen wird.«

»Aber sie hat June doch auch *gefüttert*. War das denn nicht viel gefährlicher, als vor der Tür Wache zu stehen?«

»Isabeau ist furchtbar starrköpfig. Von dem Moment an, als sie das mit June herausfand, bestand sie darauf, alles in ihrer Macht Stehende zu tun, um zu helfen. Ich habe Ludovic an ihrer Stelle auf dich aufpassen lassen, damit sie nicht noch tiefer in die Sache verstrickt wird. Ich dachte, dadurch könnte ich sie irgendwann ganz heraushalten. Aber sie hat sich geweigert, sich einfach so beiseiteschieben zu lassen.«

Dann versuchte Ysanne also doch, die, die sie liebte, zu schützen, wann immer sie konnte.

Nur dass es in diesem Fall nicht funktioniert hatte. Als Ysanne klar geworden war, dass Isabeau sich nicht einfach so abspeisen ließ, hatte sie es ihr widerwillig erlaubt, ihr zumindest ein wenig zu helfen.

Und nun wurde diese Tatsache gegen Ysanne verwendet, um Isabeau zu verurteilen.

Ich stand neben der Lady von Belle Morte in diesem engen Gang und hatte keine Ahnung, was ich von ihr halten sollte. Ich war in der Vergangenheit so wütend auf sie gewesen, aber allmählich verstand ich, womit sie sich ständig herumschlagen musste und warum sie gewisse Entscheidungen getroffen hatte. Und ich begriff langsam, wie sehr diese Entscheidungen auf ihr lasteten.

Ich wollte ihr versichern, dass der Vampirrat keinerlei Beweise gegen Isabeau hatte und sie deshalb früher oder später wieder freilassen musste, aber die Worte blieben mir im Hals stecken. Außerdem flüsterte in meinem Hinterkopf eine hässliche kleine Stimme: *Was, wenn Etienne über Isabeau die Wahrheit sagt?* Etienne war ein Lügner, aber wenn er seinen Lügen ein Körnchen Wahrheit untermischte, würde es sie nur noch viel überzeugender machen.

Ich schwieg und trottete weiter den Gang hinunter, gefolgt vom Klappern von Ysannes Absätzen.

Ich erwartete, die Küche leer vorzufinden, doch als ich sie betrat, sah ich Dexter, der sich eine Tasse Kaffee einschenkte. Er reagierte nicht, als ich hereinkam, und ich war so schockiert vor Scham, dass ich wie angewurzelt stehen blieb.

Dexter war der Allererste gewesen, dem ich bei meiner Ankunft in Belle Morte begegnet war, und obwohl ich kaum etwas über ihn wusste, war er mir immer wie ein netter Kerl vorgekommen. Und nun hatte ich ihn draußen im Garten angefallen wie ein wildes Tier und mich noch nicht mal dafür entschuldigt.

»Äh, Ysanne? Könntest du mich einen Moment mit Dexter allein lassen?«, bat ich sie.

Ihre Augenbraue zuckte, wanderte aber nicht ganz nach

oben. Sie sagte nichts, sondern ging nur lautlos aus der Küche und ließ mich mit dem Mann allein, den ich beinahe umgebracht hätte.

Plötzlich kam mir der Raum so riesig vor, als würde mich ein ganzer Quadratkilometer von Dexter trennen. Ich hatte keine Ahnung, wie ich ihn überwinden sollte.

»Es tut mir so leid«, platzte ich schließlich heraus.

»Es war nicht deine Schuld.«

»Doch, war es. Ich hatte zweimal die Gelegenheit, mich füttern zu lassen, bevor ich nach draußen gegangen bin, und habe beide Male dankend abgelehnt. Wenn ich was getrunken hätte, hätte ich die Kontrolle nicht verloren.«

»Du hast Mist gebaut.« Dexter zuckte mit seinen breiten Schultern. »Das kommt vor.«

»Wie kannst du das so gelassen nehmen?«

»Weil niemand verletzt wurde. Ich sehe keinen Sinn darin, einen Riesenaufstand wegen eines einzigen Fehlers zu machen.«

»Ich hätte dir furchtbar wehtun können«, beharrte ich.

»Aber das hast du nicht. Mir geht's gut, Kleine. Ich hab als Bodyguard gearbeitet, bevor ich diesen Job angenommen habe, und verprügelt zu werden, gehörte nun mal dazu. Es braucht schon mehr als einen Teenie-Vampir, um mich außer Gefecht zu setzen.«

Ich versuchte zu lächeln, aber es gelang mir nicht. »Ich hätte einfach fressen sollen, als Jemima es mir gesagt hat.«

Dexter fügte seinem Kaffee einen Löffel Zucker hinzu, kostete einen Schluck und ließ einen zweiten Löffel folgen. »Ich verstehe, warum du es nicht getan hast. Du magst jetzt vielleicht eine Vampirin sein, aber dein Verstand funktioniert immer noch wie bei einem Menschen, deshalb ist es nur natürlich, dass du dich nicht wohl dabei fühlst, Blut zu trinken.«

»Ich hab das Gefühl, alle anderen müssten ständig nach Entschuldigungen für mein Verhalten suchen.« Ich seufzte.

»Vielleicht müssten sie das nicht tun, wenn du aufhören würdest, so hart mit dir selbst ins Gericht zu gehen.« Dexter klopfte auf die Tischplatte. »Komm her. Du siehst aus, als könntest du einen Freund gebrauchen.«

Ich schob mich tiefer in den Raum. Ich konnte Dexters Herz schlagen hören, aber jetzt glich es eher einem dumpfen Pochen, das ich nur vage wahrnahm. Es hallte nicht in meinem ganzen Körper wider und lockte die Reißzähne aus meinem Zahnfleisch.

»Warum bist du so nett zu mir?«, fragte ich.

»Du hast eine Menge durchgemacht.«

»Na und? Das ist doch nicht dein Problem.« Ich wollte ihm seine Freundlichkeit nicht zum Vorwurf machen, aber er war der Sicherheitschef von Belle Morte und kein Kummerkastenonkel für verwirrte Vampirinnen.

»Stimmt.« Dexter trank einen Schluck von seinem Kaffee, und kleine Dampfschlieren stiegen um sein Gesicht auf. »Ich schätze, wenn ich dich ansehe, muss ich automatisch an meine Tochter denken. Und ich hoffe, falls sie jemals in Schwierigkeiten steckt, ist auch jemand bereit, ihr zu helfen.«

»Ich wusste gar nicht, dass du eine Tochter hast.«

»Woher auch? Obwohl, wenn du lange genug in Belle Morte lebst, wirst du sie wahrscheinlich irgendwann kennenlernen. Sie ist wild entschlossen, als Sicherheitschefin in meine Fußstapfen zu treten.«

»Wirklich?« Es schien mir in diesen Zeiten ein seltsames

Ziel für ein junges Mädchen zu sein – die meisten von ihnen waren viel zu sehr damit beschäftigt, zu planen, wie sie es anstellen sollten, als Spenderin angenommen zu werden. Sie wollten den Vampiren ganz nahekommen, aber nicht, indem sie sie bewachten.

»Sie ist erst dreizehn, hat also noch einen langen Weg vor sich, aber sie hat schon mit dem Training angefangen.«

»Aber dieser Job ist gefährlich. Sicher willst du doch nicht, dass dein eigenes Kind in dieses Leben hineingezogen wird.«

Dexter lachte kläglich. »Falls du Nikki jemals kennenlernst, wirst du es verstehen. Wenn sie sich irgendwas in den Kopf gesetzt hat, lässt sie sich von nichts und niemandem davon abbringen.«

»Ich wette, ihre Mum ist ganz begeistert davon.«

Das Lachen verschwand aus Dexters Augen. »Meine Frau ist gestorben, als Nikki noch ganz klein war.«

»O Gott, das tut mir so leid.«

»Das konntest du ja nicht wissen.« Dexters Worte klangen beiläufig, aber seine Augen waren voller Kummer. Er fasste unter sein T-Shirt und zog ein kleines goldenes Medaillon hervor. Es war ein antikes, feminines Schmuckstück, vollkommen fehl am Platz um den Hals dieses muskelbepackten Wachmanns in den Vierzigern. Er öffnete das Medaillon mit dem Daumennagel und beugte sich ein Stück nach unten, um mir die winzigen Fotos darin zu zeigen: eine Frau mit dichter Lockenmähne und ein Baby mit dicken Pausbacken.

»Sie sind wunderschön«, sagte ich.

Dexter grinste stolz. »Jetzt gibt's nur noch mich und mein Mädchen – wir beide gegen den Rest der Welt.« Er klappte das Medaillon wieder zu und steckte es unter sein Shirt zurück.

»Aber du verbringst so viel Zeit hier. Wer kümmert sich dann um Nikki?«, fragte ich.

Dexters Lächeln verblasste und er fuhr sich mit einer Hand über seinen glatt rasierten Schädel. »Eine Nachbarin springt ziemlich oft als Babysitterin für mich ein. Es ist nicht ideal, ich weiß, aber ich will genügend Geld für meine Kleine zusammensparen, damit es ihr nie an irgendwas fehlt. Je mehr ich arbeite, desto mehr verdiene ich, und desto mehr kann ich ihr für ihre Zukunft bieten.«

Ich wies ihn nicht darauf hin, dass Nikki vielleicht lieber mehr Zeit mit ihrem Dad verbringen würde, statt zu wissen, dass er ihr irgendwann später finanzielle Sicherheit bieten würde. Stattdessen sagte ich: »Vielleicht steht es mir nicht zu, das zu sagen, aber du hättest bei dem Angriff neulich schwer verletzt werden können und ich hätte dir heute Morgen auch ernsthaft wehtun können. Vielleicht ist das ja ein Zeichen, dass du darüber nachdenken solltest, diesen Job an den Nagel zu hängen.«

Ich wartete darauf, dass er mir erklärte, ich sollte mich um meine eigenen Angelegenheiten kümmern, aber stattdessen lachte er. »Da könntest du vielleicht recht haben. Ich fürchte, ich werde auch nicht jünger.«

Ich kannte Nikki Flynn nicht, aber ich hasste den Gedanken, die Vampirwelt könnte ihr ihren Vater nehmen, genauso, wie sie mir June genommen hatte.

Ludovic öffnete die Küchentür. »Der Vampirrat versammelt sich wieder«, verkündete er mir.

Dexter trank seinen Kaffee und stellte die Tasse ins Spülbecken. Ich vermutete, das Küchenpersonal war immer noch hier, genau wie die Spendenden. Was glaubte Ysanne, wie lange sie den Angriff und die Todesopfer, die er gefordert hatte, noch geheim halten konnte? Vielleicht würde der Vampirrat ja darüber als Nächstes debattieren.

Ich folgte Ludovic in den Speiseraum, während Dexter die Nachhut bildete. Die Ratsmitglieder saßen bereits wieder auf ihren Plätzen am Tisch, Etienne ein Stück entfernt, den Kopf gesenkt.

Charles warf mir einen kalten Blick zu. »Sie nicht«, sagte er zu den anderen am Tisch versammelten Vampiren.

Ich blieb stehen.

»Wir sind der Ansicht, wir sollten alles, was wir erfahren haben, allein innerhalb des Vampirrats diskutieren«, erklärte Jemima mir. Wenigstens klang sie entschuldigend, im Gegensatz zu Charles, der eher wirkte, als könnte er es nicht erwarten, dass ich endlich verschwand.

»Das gilt auch für dich«, fügte Jemima, an Etienne gewandt, hinzu.

Etienne protestierte nicht. Er reagierte überhaupt nicht, und mir wurde richtig unheimlich, weil ich keine Ahnung hatte, was ihm durch den Kopf ging. Außerdem hasste ich die Vorstellung, er könnte durch Belle Morte schlendern, als wäre nichts passiert.

Ysanne dachte offenbar dasselbe, denn als Etienne den Speisesaal verließ, fing sie Dexters Blick ein und nickte ihm kaum merklich zu. Dexter tätschelte mir die Schulter, bevor er Etienne folgte.

»Komm mit«, forderte Ludovic mich mit leiser Stimme auf.

Er versuchte, mich von Etienne fernzuhalten, wie mir bewusst wurde, und eine warme Woge der Dankbarkeit schwappte durch meinen Körper.

Als wir den Speisesaal verließen, blickte ich mich noch einmal zu Ysanne um, aber sie stand mit dem Rücken zu mir, dem Rest des Vampirrats zugewandt. Ich konnte keine Emotion aus einem ihrer Gesichter ablesen. Diese Eigenschaft hatte ich an Vampiren noch nie gemocht, aber jetzt hatte ich dabei ein besonders flaues Gefühl, weil so viel auf dem Spiel stand und es völlig außerhalb meiner Kontrolle lag.

Im Foyer blieb ich stehen. Dexter und Etienne waren bereits verschwunden, aber zwei weitere Wachleute in schwarzen Uniformen standen neben der Eingangstür, und neue Nervosität kribbelte über meine Haut. Das Sicherheitspersonal patrouillierte stets überall auf dem Anwesen und im Haus und bewachte den Hinterausgang, damit keiner der Spendenden ohne Erlaubnis nach draußen konnte, aber bis heute hatte ich noch nie gesehen, dass auch die Vordertür bewacht wurde. Ich wusste, warum es nötig war, aber es erschien mir trotzdem irgendwie falsch.

Ein schwaches Geräusch drang von draußen herein, und ich neigte den Kopf zur Seite und lauschte. Es klang wie Stimmen – sehr viele Stimmen.

»Was ist da los?«, fragte ich Ludovic.

»Vor ungefähr einer halben Stunde haben sich mehrere Leute vor dem Tor versammelt. Wir wissen noch nicht, wer sie sind, aber wir müssen die Möglichkeit in Betracht ziehen, dass jemand in Belle Morte Informationen darüber, was hier passiert ist, nach draußen geschmuggelt hat.«

»Aber es sind definitiv Menschen?«

»Draußen herrscht noch Tageslicht. Kein neuer Vampir könnte die Sonne so lange ertragen.«

»Vielleicht sind es die Familien derjenigen, die bei dem

Angriff gestorben sind«, vermutete ich. In Belle Morte gab es keine Computer, und den Spendenden waren auch keine Smartphones erlaubt, deshalb konnten sie nur durch Briefe mit ihren Freunden und Familien kommunizieren. Da erst drei Tage vergangen waren, war es jedoch unwahrscheinlich, dass die Familie eines Todesopfers bereits wusste, was passiert war. Aber was war mit den Familien der Angestellten und der Wachleute, die getötet worden waren? Sie gingen nach ihrem Dienst für gewöhnlich nach Hause, also musste sie inzwischen irgendjemand vermissen.

»Ich weiß nicht, was Ysanne deswegen unternommen hat«, gestand Ludovic. »Aber wir verfügen über ein Verzeichnis der nächsten Angehörigen all derjenigen, die nach Belle Morte kommen, und niemand im Haus kennt eine der Personen, die vor dem Tor stehen.«

»Dann sind es also irgendwelche Wildfremden? Kommt dir das nicht seltsam vor?«

»Es haben sich schon früher Demonstranten vor unseren Toren versammelt. Nicht alle Menschen mögen Vampire«, erwiderte Ludovic. Er gestikulierte in Richtung der Treppe zu unserer Linken. »Vielleicht würdest du dich besser fühlen, wenn wir deinen Freunden einen kleinen Besuch abstatten würden?«

»Ich weiß nicht so recht«, murmelte ich und erinnerte mich wieder daran, wie Roux beim letzten Mal reagiert hatte. Andererseits hatte sie mich jedoch auch gefüttert.

Ich blickte die Treppe hinauf und dachte an die beiden Gebäudeflügel, in denen Vampire und Spendende schliefen. »Was soll ich tun, solange Edmond eingesperrt ist? Soll ich in seinem Zimmer wohnen?«

»Dort warst du auch in den letzten drei Tagen«, antwortete Ludovic.

»Ja, aber daran kann ich mich nicht mehr erinnern.«

»Fühlst du dich unbehaglich dabei, dort zu wohnen?«

Ich versuchte, die richtigen Worte zu finden, um zu beschreiben, was ich empfand. »Nicht direkt *unbehaglich*, aber es kommt mir irgendwie nicht richtig vor, wenn er nicht da ist. Ergibt das Sinn?«

Ludovic nickte, die Augen voller Schatten. »Wir haben jetzt ein Zimmer frei, falls dir das lieber wäre.«

»Wessen – oh.«

Rosa hatte ebenfalls zu den Opfern gehört, und obwohl ich sie nicht gekannt hatte, spürte ich ein Stechen der Trauer um die Vampirin, die nie wieder in ihr Zimmer zurückkehren würde.

»Das kann ich nicht«, lehnte ich ab.

Das Einzige, was noch schlimmer war, als Edmonds Zimmer zu übernehmen, während er in einer Zelle saß, wäre es, in das Zimmer einer vor Kurzem ermordeten Frau zu ziehen, deren Freunde wahrscheinlich noch immer versuchten, ihren Tod zu begreifen.

»Du weißt, dass du nicht mehr im Südflügel wohnen kannst, richtig?«, fragte Ludovic.

Ich scharrte mit dem Fuß über den Teppich. Ich hätte nicht mehr in mein altes Zimmer zurückkehren können, selbst wenn Vampire in diesem Teil des Gebäudes hätten schlafen dürfen – Jason wohnte jetzt dort. Wenn ihre Verträge endeten, würden er und Roux Belle Morte verlassen, ich hingegen nicht. Meine Verwandlung in eine Vampirin bedeutete zwar, dass ich nun eine echte Zukunft mit Edmond hatte, aber auch, dass ich meine Freunde verlieren konnte. Allein bei dem Gedanken daran bohrte sich ein Stechen in meine Brust.

»Es fällt mir ziemlich schwer, herauszufinden, wohin ich gehöre«, gestand ich leise.

Ludovic tätschelte mir unbeholfen die Schulter, so als wäre er nicht an solche Gesten gewöhnt. »Warum gehen wir nicht auf Edmonds Zimmer und sehen, ob du dich nicht doch daran gewöhnen kannst?«, schlug er vor.

»Oder ... könnten wir stattdessen vielleicht in die Bibliothek gehen?« Sie war immer mein Lieblingsort im ganzen Haus gewesen – der Ort, an dem ich mich am gelassensten fühlte.

»Selbstverständlich.«

Edmond

Wie lange würde er noch hier unten ausharren müssen? Würde die Monotonie die Schmerzen irgendwann überdecken?

Er schloss die Augen und dachte an Renie. Er würde all das und Schlimmeres noch tausendmal von Neuem durchleiden, wenn es bedeutete, dass sie dadurch in Sicherheit war. Und wenn er erst wieder frei war, waren all die Schmerzen die Sache wert. Dann konnte er sie in seinen Armen halten, sie küssen und ein neues Leben mit ihr beginnen.

Irgendwo in der Villa schrillte ein Schrei, und Edmond riss die Augen auf. Es war nicht Renies Stimme, aber die Angst fegte dennoch wie ein eisiger Wind durch seinen Körper. Irgendetwas stimmte in Belle Morte ganz und gar nicht – und Renie war dort oben.

Ein weiterer Schrei ertönte, eine tiefe Männerstimme diesmal, und einen Moment später vernahm Edmond das schwache Klirren von zerbrechendem Glas. Wurde Belle Morte erneut angegriffen?

Er warf sich in die Ketten, wehrte sich mit dem letzten bisschen Kraft gegen sie, das er aufbringen konnte. Sie nagten sich durch das Fleisch an seinen Handgelenken und die Schmerzen brannten wie Feuer. Blut strömte an seinen Armen hinunter und spritzte auf den Steinboden ringsum. Aber er konnte sich nicht befreien.

Edmond schrie vor Wut und Frustration, und die Reißzähne schnellten aus seinem Zahnfleisch.

Er hatte seine Strafe akzeptiert, als man ihn hier angekettet hatte, weil er gewusst hatte, er würde die Konsequenzen dafür tragen müssen, Renie verwandelt zu haben. Aber jetzt war sie allein dort oben und musste sich gegen wer weiß was zur Wehr setzen, während er hier unten gefangen war, machtlos, hilflos.

Ohne diese Ketten hätte er tausend Feinde niedergemetzelt, um Renie zu beschützen.

Aber im Augenblick war er noch nicht mal stark genug, um sich selbst zu beschützen.

KAPITEL 10

Renie

Ich saß auf einem der weich gepolsterten Sofas in der Bibliothek, zupfte träge an einem der Kissen herum und fragte mich, was ich zu Ludovic sagen sollte, der wie ein Leibwächter neben den Bücherregalen stand – bis das Geschrei plötzlich losging.

Bevor ich überhaupt reagieren konnte, hatte Ludovic sich mit raubtierhafter Anmut vor mich bewegt, bereit, mich vor allem zu beschützen, was möglicherweise durch die Tür kam.

»Was zur Hölle ist da draußen los?«, fragte ich und klammerte mich an die Rückenlehne des Sofas.

»Ich weiß es nicht.«

Ich sprang auf, aber Ludovic packte mich am Arm, bevor ich noch einen weiteren Schritt tun konnte.

»Denk noch nicht mal daran, da rauszugehen«, warnte er mich.

»Aber irgendjemand steckt in Schwierigkeiten.«

Ludovic lockerte den Griff um mein Handgelenk kein bisschen. »Ich habe Edmond versprochen, auf dich aufzupassen.«

»Aber –«

Er versteifte sich und drehte sich wieder zur Tür um, während er mich weiter hinter sich festhielt.

»Es ist jemand da draußen«, raunte er mir zu.

Mein Herz schoss in meine Kehle hinauf.

»Ich werde nicht zulassen, dass dir etwas passiert«, versprach er mir. Seine Stimme klang tief und fest, mit einer Härte, die ich noch nie bei ihm gehört hatte.

Mir fiel wieder ein, was Edmond mir darüber erzählt hatte, wie er und Ludovic sich kennengelernt hatten, Seite an Seite in den grauenvollen Schützengräben des Ersten Weltkriegs kämpfend. Beinahe empfand ich ein Stechen des Mitleids für jeden, der dumm genug war, sich Ludovic in den Weg zu stellen. Er sah aus, als wäre er bereit, jeden in Stücke zu reißen.

Die Bibliothekstür schwang auf, und Roux und Jason stolperten herein, die Augen weit aufgerissen und heftig keuchend.

»Dir geht's gut«, schrie Roux.

Sie rannte auf uns zu und stieß Ludovic zur Seite, um mich in den Arm nehmen zu können. Der Vampir blinzelte sie nur verdutzt an.

»Was ist da draußen los?«, fragte ich.

Jason machte die Tür hinter sich zu und eilte zu uns. »Sie sind zurück«, keuchte er.

»Wer?«

Er blickte zur Tür und senkte die Stimme zu einem panischen Flüstern. »Die Vampire, die das Haus vor ein paar Tagen angegriffen haben.«

Ludovic wurde sehr still, seine Augen flackerten rot.

»Geht's euch gut? Seid ihr verletzt?«, fragte ich und untersuchte Roux und Jason auf blutende Wunden.

»Uns fehlt nichts. Wir haben Schreie gehört und sind sofort los, um dich zu suchen und ...« Roux verstummte.

»Jemand hat sie reingelassen«, sagte Jason. »Die Hintertür steht sperrangelweit offen, keine Wachen weit und breit, und es sind *überall* Vampire.«

»Wie viele?«, fragte Ludovic.

»Ich habe keine Ahnung, aber ... eine Menge.«

»Aber sie haben nicht versucht, uns wehzutun«, warf Roux ein. »Sie haben uns *gesehen*, aber es war, als würde sie gar nicht interessieren, dass wir da waren.«

Ein eiskalter Schauer jagte mir über den Rücken. »Geht es dabei um mich? Hat Etienne sie geschickt, damit sie die Sache zu Ende bringen?«

»Dazu wird es *nicht* kommen«, versicherte Roux mir entschlossen und umklammerte meine Hand.

»Aber es werden Leute verletzt. Wir haben die Schreie alle gehört, also ...« Die Erkenntnis traf mich wie ein ganzer Lastzug und ich geriet ins Wanken. Ludovic hielt mich am Ellenbogen fest. »O mein Gott«, stieß ich aus. »Etienne hat mir erklärt, es stünde eine Revolution bevor – und was passiert bei einer Revolution? Die Regierenden werden beseitigt!«

Ludovics Augen wurden groß. »Der Vampirrat«, sagte er.

Ich rannte zur Tür, bevor er mich aufhalten konnte. In meinem Hinterkopf brüllte mich eine Stimme an, stehen zu bleiben und abzuwarten, weil ich beim letzten Mal, als ich genau dasselbe getan hatte, getötet worden war. Aber ich konnte mich nicht in der Bibliothek verstecken, wenn Etienne es auf den Vampirrat abgesehen hatte, vor allem nicht, wenn den meisten von ihnen nicht bewusst zu sein schien, dass *er* der Bösewicht war.

Ludovic erwischte mich, bevor ich das Ende des Flurs erreichte, und klatschte mir eine Hand auf den Mund. Ich war nicht dumm genug, mich gegen ihn zu wehren. »Warte«, befahl er mir.

Hinter der Ecke im Flur war eine Auseinandersetzung zu hören, der dumpfe Schlag eines gegen die Wand oder auf den Boden knallenden Körpers, gefolgt von einem erstickten Schrei und einem grauenvollen, nassen Geräusch, das klang, als würde jemand eine Melone mit einem Hammer zerschmettern.

Roux wimmerte und klammerte sich an Jasons Arm.

Auch wenn Ludovic versprochen hatte, dafür zu sorgen, dass mir nichts passierte, konnte er nicht ignorieren, dass hinter dieser Ecke etwas ziemlich Übles geschah. Er nahm die Hand von meinem Mund und warnte mich mit einem strengen Blick, still zu sein. Dann schlich er den Flur hinunter, eng an die Wand gepresst. Ich tat es ihm nach, Roux und Jason dicht hinter mir. Frisch verwandelte Vampire konnten es in Sachen Kraft nicht mit älteren aufnehmen, deshalb konnte sich keiner von ihnen in einen Zweikampf mit Ludovic wagen – aber ein ganzer Haufen von ihnen könnte ihn wahrscheinlich überwältigen. Ich vermutete, Ludovic hatte nicht mehrere Kriege überlebt, weil er der leichtsinnige Typ war.

Er spähte um die Ecke. Sein ganzer Körper war angespannt und er stieß einen leisen Fluch aus. Ich lugte um ihn herum, weil ich sehen musste, was los war. Ich steckte zu sehr in dieser ganzen Sache mit drin, um mich weiter davor zu verstecken.

Ysanne stand in der Mitte des Korridors, ihr Bleistiftrock und die Seidenbluse ein Flickenmuster aus Blut. Mehrere reglose Gestalten lagen vor ihren Füßen, während fünf knurrende Vampire sie umzingelten und versuchten, ihr jeden Ausweg zu versperren, um einen Schlag bei ihr landen zu können. Charles lag ganz in der Nähe, die Augen blind an die Decke gerichtet, während sein Brustkorb aussah, als wäre eine kleine Bombe unter seinen Rippen explodiert. Wenige Meter von dem Blutbad entfernt lehnte Dexter an der Wand, eine Hand auf seine Seite gepresst. Blut quoll zwischen seinen Fingern hervor und sein Gesicht war aschgrau.

Ein Wachmann in schwarzer Uniform rannte aus dem Foyer zu ihnen, eines der mit Silber beschichteten Messer in der Hand, die alle Sicherheitsleute in Belle Morte stets bei sich trugen, und mir wurde ein wenig leichter ums Herz, weil der Wachmann Ysanne erreichen würde, bevor wir es konnten.

Einen Moment später war er bei ihr.

Und stach ihr das Messer zwischen die Rippen.

Ysanne brüllte und geriet ins Taumeln. Schmerz blitzte in ihren Augen auf, und der Wachmann riss die Klinge heraus, um erneut zuzustechen.

Ludovic reagierte als Erster.

Blitzschnell rauschte er den Flur hinunter und packte den Wachmann an der Kehle. Der Mann fuchtelte mit dem Messer herum, aber Ludovic wich ihm mit Leichtigkeit aus, und die Klinge segelte, ohne Schaden anzurichten, an seinem Gesicht vorbei.

Er knallte den Kopf des Mannes gegen die Wand, und der fiel wie ein Stein zu Boden. Zwei der fremden Vampire drehten sich zu Ludovic um. Einer von ihnen versuchte es mit einem Haken, aber Ludovic packte ihn am Arm und brach ihn entzwei wie einen trockenen Zweig. Der Vampir schrie auf und fiel auf die Knie.

Ich war nun genauso stark wie diese Vampire. Ich hätte Ludovic helfen sollen. Aber nur, weil ich Vampirkräfte hatte, bedeutete das nicht, dass ich auch verstand, wie ich sie richtig einsetzen konnte. Ich hatte in meinem ganzen Leben noch nie jemanden geschlagen und schreckliche Angst, Roux und Jason allein zu lassen.

Während ich noch schwankte, rammten zwei der Vampire Ysanne hart gegen die Wand und versuchten, sie festzuhalten. Eigentlich hätte es ein Leichtes für Ysanne sein sollen, ihre Angreifer abzuwehren, aber das aus ihrer Wunde quellende Blut hatte bereits ihre Kleidung getränkt – die Silberklinge hatte mehr Schaden angerichtet, als ein normales Messer es getan hätte.

Ich musste ihr helfen.

Aber Dexter war schneller.

Mit einem Brüllen stürzte er sich auf den nächstbesten Vampir und riss ihn in einem Durcheinander aus Armen und Beinen zu Boden. Das Licht wurde von der Silberklinge seines Messers reflektiert, als er es dem Vampir in die Brust rammte.

Ludovic schnappte sich eine weitere Vampirin und brach ihr mit einem lauten Krachen das Genick. Es brachte sie zwar nicht um, setzte sie für diesen Kampf aber außer Gefecht.

Die drei noch verbliebenen Vampire zögerten, hin- und hergerissen zwischen Ysanne und Ludovic, und Ludovic schritt zur Tat, bevor sie sich entscheiden konnten. Mit einem verheerenden Schlag schickte er einen der Vampire zu Boden und renkte ihm dabei komplett den Kiefer aus. Mit einem weiteren Schlag flog die Vampirin neben ihm gegen Ysanne, die die Frau sofort mit dem Messer niederstach, das sie vom Boden aufgehoben hatte.

Der letzte Vampir war klug genug, die Flucht zu ergreifen, und Ludovic jagte ihm nicht nach. Stattdessen drehte er sich zu Ysanne um und hielt sie mit einer Hand am Ellenbogen fest, um sie zu stützen, als sie sich gegen die Wand lehnte, die Augen grell und funkelnd vor Schmerz.

Dexter gab ein heiseres Keuchen von sich und sank neben dem Vampir, den er getötet hatte, zu Boden.

»Dexter?« Ich rannte zu ihm.

Blut strömte gleichmäßig aus einer Wunde links in seinem Bauch. Sein T-Shirt war komplett durchnässt. Die Augen waren geweitet und unfokussiert, und sein Atem rasselte in seiner Lunge.

»O Gott, halt durch.« Ich presste beide Handflächen auf seine Wunde, aber er schüttelte den Kopf.

»Lauft. Bringt euch in Sicherheit«, japste er.

»Ich lass dich nicht im Stich.«

Dexter packte meine Hand mit blutverklebten Fingern. »Es ist schon okay.«

»Nein, ist es nicht.«

Mit blankem Entsetzen wurde mir bewusst, dass ich den wie wild flatternden Herzschlag in seiner Brust hören konnte. Er ging schwach, unregelmäßig, und ich *wusste*, dass Dexter sterben würde. Meine Augen brannten furchtbar.

»Bitte«, flüsterte ich.

Er versuchte, den Kopf zu schütteln, aber selbst bei dieser Bewegung verzerrte er das Gesicht vor Schmerzen. »Meine Zeit ist abgelaufen.«

Mit zitternder Hand zog er das kleine goldene Medaillon unter seinem T-Shirt hervor. Es waren erst wenige Minuten vergangen, seit er es mir gezeigt hatte – wie war das überhaupt möglich? Es kam mir wie Tage vor. Dexter streifte die Kette über seinen Kopf ab und drückte mir das Medaillon in die Hand. Seine Finger hinterließen blutige Abdrücke auf meiner Haut.

»Gib das meiner Tochter«, flüsterte er.

»Ich verspreche es.« Ich steckte das Medaillon in meine Tasche. Es wäre mir nicht richtig vorgekommen, es mir umzulegen.

Dexter brachte ein Lächeln zustande, dann erlosch das Licht in seinen Augen, und der gläserne Glanz des Todes schlich sich in sie. Ich konnte tatsächlich hören, wie sein Herz stehen blieb, und stieß einen erstickten Schrei aus. Aber ich hatte jetzt keine Zeit, zu trauern. In Belle Morte wimmelte es von Feinden und das Allerwertvollste in meiner Welt war noch immer angekettet und hilflos dort unten im Verlies.

»Edmond«, hauchte ich.

KAPITEL 11

Renie

Ysanne schlug Ludovics Hand weg. Die andere Hand presste sie fest auf ihre Rippen.

»Es ist nur ein Kratzer«, sagte sie, aber der Schmerz in ihrer Stimme und das zwischen ihren Fingern hervorquellende Blut straften sie Lügen.

Ludovic blickte sich nach weiteren Angreifern im Flur um. Wir konnten Leute durcheinanderbrüllen und ein gelegentliches Knallen hören, aber es dröhnten keine Schreie mehr. Ich hatte keine Ahnung, was ich davon halten sollte, aber im Augenblick war es mir auch herzlich egal. Wenn Etienne Edmond wirklich töten wollte, war dies der perfekte Zeitpunkt, weil Edmond sich nicht wehren konnte. Ich musste ihn zuerst erreichen.

»Hast du den Schlüssel zum Verlies?«, fragte ich Ysanne.

Sie griff in eine Tasche in ihrem Rock, die mir vorher gar nicht aufgefallen war, und zog mit blutigen Fingern einen winzigen Schlüssel heraus.

Ich streckte die Hand aus, um ihn ihr abzunehmen, aber sie zog ihn zurück.

»Wir können nicht durch den Speisesaal gehen. Dort sind zu viele von ihnen«, warnte sie uns.

»Ich muss zu Edmond.«

Ysanne schüttelte den Kopf. Es war das erste Mal, dass ich ihr straffes blondes Haar zerzaust sah, und es kam mir fast genauso falsch vor, wie sie blutüberströmt zu sehen. Ysanne war stets absolut perfekt, ganz gleich, was passierte.

»Es gibt noch einen anderen Weg«, sagte sie. »Folgt mir.«

Sie ging an mir vorbei und ihre Absätze bohrten sich in den Teppichboden. Wenn das ganze Blut nicht gewesen wäre, hätte ich niemals geahnt, dass irgendetwas mit ihr nicht stimmte.

Wie lange würde sie das noch durchhalten?

Ysanne lebte schon seit vielen Hundert Jahren, aber kein Vampir war immun gegen Silber.

Sie führte uns auf demselben Weg zurück, auf dem wir gekommen waren, doch bevor wir den Gang erreichten, der in die Bibliothek führte, bog sie nach rechts auf einen kurzen Flur zwischen zwei Fütterungszimmern ab.

Direkt vor uns befand sich der Meditationsraum. Die Tür stand offen, und wir konnten einen Blick auf die weißen Wände und den weißen Boden erhaschen, während in einer Ecke mehrere zusammengerollte pastellfarbene Matten aufeinandergestapelt waren.

Ysanne hob eine Hand, und wir blieben alle stehen, flach an die Wand gepresst. Zwei Vampire, die ich nicht erkannte, rannten vorbei, und ein Stück entfernt konnte ich Stimmen im Flur hören.

»Habt ihr sie gefunden?«, fragte jemand.

»Noch nicht. Aber sie ist hier irgendwo. Sucht weiter«, sagte eine andere Stimme.

Ich blickte zu Ysanne. Sprachen sie von mir oder von ihr?

Ysanne ließ die Hand oben, bis sich die Stimmen von uns

entfernten, dann winkte sie uns weiter. Wir eilten in den Meditationsraum und Ludovic schloss die Tür hinter uns. Ysanne ging uns quer durch den Raum voraus und Blut tropfte aus ihrer Wunde und erschuf ein makabres Pollock-Gemälde auf dem weißen Fußboden. Jeder, der die Tür öffnete, würde wissen, dass wir hier gewesen waren. An der hinteren Wand des Meditationsraums führte eine Tür in ein kleines Fütterungszimmer mit mintgrünen Wänden und einem Teppich aus blassestem Grau. Das Dekor umfasste eine Chaiselongue und ein großes Gemälde einer Frau in elisabethanischer Kleidung an der hinteren Wand. Ich war noch nie hier gewesen. Es gab so viele Ecken in Belle Morte, die ich noch nicht kannte, und es ließ die Vorstellung, für immer hier zu wohnen, nur umso seltsamer erscheinen.

Während unserer Flucht hatte Ysanne gewirkt, als wäre sie überhaupt nicht verletzt, aber jetzt stützte sie sich auf der Chaiselongue ab und hinterließ einen blutigen Handabdruck auf dem elfenbeinfarbenen Samt, während ein leises, schmerzerfülltes Zischen ihren zusammengebissenen Zähnen entwich.

Ich hatte Ysanne wütend erlebt, ich hatte sie hin- und hergerissen und sogar trauernd erlebt, aber ich hätte nie geglaubt, dass ich sie jemals so verletzlich sehen würde. Sie sah furchtbar jung aus, so als würden all ihre Kraft und Alterslosigkeit aus der Wunde zwischen ihren Rippen sickern.

»Dafür werde ich Etienne umbringen«, fauchte sie.

»Der Rest des Vampirrats?«, fragte Ludovic.

Ysannes Miene verhärtete sich. »Jemima und Henry sind als Erste gestorben. Caoimhe hat eines der Fenster im Speisesaal zertrümmert und ist entkommen. Ich weiß nicht, was danach mit ihr passiert ist.«

Ich spürte ein Stechen des Bedauerns wegen Jemima, die mir stets wie das netteste Mitglied des Vampirrats erschienen war. Dann tauchte jedoch Dexter vor meinem geistigen Auge auf, und ich fasste in meine Tasche und schloss die Finger ganz fest um das Medaillon. Ganz gleich, was auch passierte, ich würde Nikki Flynn finden und ihr sagen, dass ihr Vater als Held gestorben war.

»Was machen wir hier?«, fragte Roux und blickte sich in dem Raum um.

Erst jetzt wurde mir bewusst, dass er über keine weitere Tür verfügte, nur die, durch die wir aus dem Meditationsraum hereingekommen waren. Ich blickte zu Ysanne.

Sie stützte sich noch für einen Moment auf die Chaiselongue, die Finger tief in das weiche Polster gegraben. Schließlich richtete sie sich wieder auf und durchquerte den Raum zu dem Gemälde an der Wand.

»Ludovic«, sagte sie und winkte ihn heran.

Er ging zu ihr und sie wischte eine blutige Hand an seinem Hemd sauber. Ludovic runzelte die Stirn, sagte jedoch nichts. Ysanne fuhr mit der Hand am unteren Rand des Bilderrahmens entlang, hielt dann inne und drückte mit dem Daumen auf irgendetwas. Ein kleiner Teil des Rahmens klappte an einem Scharnier nach unten und enthüllte eine winzige Tastatur. Ysanne tippte mehrere Ziffern ein, dann schwang das Bild mit leisem Klicken von der Wand und enthüllte einen dunklen Gang.

»Hör auf!«, stieß Roux aus.

Stumm wiederholte ich ihre Worte. Ich hatte die Geschichten über Belle Mortes Geheimgänge als Mythos abgetan, aber offensichtlich waren sie – unglaublich! – tatsächlich wahr.

Ysanne klappte das Holzrahmenteil wieder nach oben, um die Tastatur zu verstecken. »Gehen wir«, sagte sie.

Wir folgten ihr in den Gang. Nachdem wir alle durch die Tür waren, drückte Ysanne auf einen Knopf an der Wand, und das Gemälde schwang mit einem weiteren Klicken wieder an seinen Platz und tauchte uns in völlige Dunkelheit. Ich konnte trotzdem etwas sehen – einer der Vorzüge davon, Vampirin zu sein, – aber Roux legte eine Hand auf meine Schulter, damit sie nicht stolperte. Jason tat dasselbe bei ihr.

»Führt dieser Gang zu den Zellen?«, fragte ich.

»Nicht direkt. Er führt in ein weiteres Fütterungszimmer im hinteren Teil des Hauses, von dort gelangen wir ins Verlies«, antwortete Ysanne.

»Wer weiß sonst noch davon?«, fragte Ludovic, und sein Ton verriet mir, dass er selbst nicht darüber Bescheid gewusst hatte.

»Nur Isabeau und Dexter.«

»Noch nicht mal Edmond?«, fragte ich. Sie hatte ihm die Wahrheit über June anvertraut, deshalb war ich überrascht, dass sie bei diesem Geheimnis nicht dasselbe getan hatte.

»Nein.«

»Wie kommt es, dass Dexter es wissen durfte?«, fragte Jason.

Ysanne gab einen Laut von sich, der Schmerzen oder Gereiztheit bedeuten konnte. »Weil mir jemand beibringen musste, wie man die Tastaturen bedient.«

Wahrscheinlich hätte sie dies niemals zugegeben, wenn sie nicht verwundet gewesen wäre.

Wir erreichten das Ende des Gangs, und Ysanne drückte auf einen Knopf zu ihrer Linken, woraufhin sich ein Teil der Wand in dem anderen Fütterungszimmer öffnete. Auch diesen Raum kannte ich nicht, und ich spürte ein flüchtiges Stechen der Panik, als mir bewusst wurde, dass ich keine Ahnung hatte, wo in Belle Morte wir uns befanden oder wie weit wir noch von Edmond entfernt waren.

»Ist hier drin auch ein Geheimgang?«, wollte Roux wissen und ließ den Blick über die Wände schweifen.

»Nicht hier. Nebenan«, antwortete Ysanne.

Wir waren hinter einem weiteren riesigen Gemälde aufgetaucht, und als Ysanne es wieder an seinen Platz schob, hielt sie plötzlich inne, eine Hand auf dem Rahmen, die andere gegen ihre Rippen gepresst und ein Muskel in ihrem Kiefer zuckend, so als müsste sie die Zähne zusammenbeißen.

Ludovic ging zu ihr und flüsterte ihr etwas auf Französisch zu. Ysanne schüttelte den Kopf. Er versuchte, sie am Ellenbogen zu stützen, aber sie schlug seine Hand weg.

»Wir müssen weiter«, zischte sie.

Sie hinterließ erneut eine Spur aus Blutstropfen, als sie den Raum durchquerte und die Tür öffnete, die in einen der vielen Korridore von Belle Morte führte. Die Luft schien rein zu sein, denn sie nickte uns knapp zu.

Einer nach dem anderen schlüpften wir aus dem Fütterungszimmer in den Raum nebenan, der praktisch genauso aussah wie der erste, nur dass diesmal statt eines Gemäldes an der Wand ein mit ledereingebundenen Büchern gefülltes Regal vor uns aufragte. Ysanne nahm ein paar der Bücher aus dem mittleren Fach und enthüllte eine weitere Tastatur. Sie tippte den Code ein, und das Bücherregal schwang auf und gab den nächsten schwarzen Geheimgang frei.

Roux fing meinen Blick ein, und wenn unsere Situation nicht so schrecklich ernst gewesen wäre, hätten wir, glaube ich, gelacht. Wir hatten so viele Scooby-Doo-Witze gerissen und das hier hätte direkt aus einem der alten Cartoons stammen können. Nur dass es hier kein unerschrockenes Team beherzter junger Heldinnen und Helden inklusive Hund gab, die dieses verworrene Rätsel lösen würden – nur eine schwer angeschlagene Gruppe von Freunden, die mit aller Kraft dafür kämpften, der überrannten Villa zu entkommen, die sie einst als ihr Zuhause bezeichnet hatten, bevor noch jemand starb.

Wir gingen den Gang hinunter, meine Nerven waren zum Zerreißen gespannt. Was, wenn Etienne das Verlies vor uns erreicht hatte? Mit Silberketten gefesselt, konnte Edmond sich nicht verteidigen. Bei dem Gedanken, wie verletzlich er war, drehte sich mir der Magen um. Ich musste daran glauben, dass er dort drin noch immer in Sicherheit und es im Augenblick Etiennes oberste Priorität war, unmittelbare Bedrohungen auszuschalten.

Der Boden fiel in einer Reihe schmaler Treppen ab. Wir mussten inzwischen fast da sein, und mein Herz hüpfte in meine Kehle.

Ich komme, Edmond.

Am Ende des Gangs öffnete Ysanne einen weiteren Teil in der Wand, und ich drängte mich an ihr vorbei ins Verlies. Edmond hockte an der Mauer, die Reißzähne ausgefahren, seine Augen glühend rot.

Seine Arme waren blutüberströmt, die wunde Haut aufgerissen von seinen vergeblichen Versuchen, sich aus den Fesseln zu befreien.

»*Dieu merci*«, flüsterte er, als er mich sah.

»Wir haben keine Zeit, dir alles zu erklären, aber wir müssen hier weg«, sagte ich.

Ysanne zog den Schlüssel aus ihrer blutgetränkten Rocktasche und öffnete Edmonds Handschellen. Das Metall hatte sich so tief in sein Fleisch gegraben, dass ich die Fesseln förmlich abschälen musste, und es blieben Haut- und Gewebefetzen daran kleben. Jedes Mal, wenn Edmond ein qualvolles Zischen ausstieß, zuckte ich zusammen und biss mir auf die Unterlippe. Die Schmerzen in meinen eigenen Fingerspitzen, die das Silber verbrannt hatte, spürte ich kaum.

Ich legte Edmonds Arm um meine Schultern und versuchte, ihn dazu zu bringen, aufzustehen, aber er sackte mit einem unterdrückten Stöhnen gegen mich. Ludovic nahm schnell seinen anderen Arm.

»Er braucht Blut«, sagte Jason.

Ich hätte mein eigenes innerhalb eines Herzschlags angeboten – wenn ich noch einen Herzschlag gehabt hätte, – aber mein Vampirblut nutzte Edmond nichts.

Jason schob mich beiseite. »Ich mach schon.« Er zog den Kragen nach unten und entblößte seinen Hals.

»Du solltest auch was trinken«, sagte Roux zu Ysanne.

»Mir geht's gut«, entgegnete sie.

»Das war kein Vorschlag.«

»Du hast heute schon Renie gefüttert und ihr mehr gegeben als bei einer üblichen Spende«, warf Ludovic ein. »Du kannst nichts mehr spenden.«

»Das ist meine Entscheidung ...«

»Wenn du wegen des Blutverlusts zusammenbrichst, muss dich einer von uns tragen, und das wird uns nur noch mehr aufhalten«, unterbrach er sie.

Roux hielt dem Blick noch einen Moment lang stand, wandte ihn dann jedoch ab. »Na schön.«

Ich stützte Edmond, während er sich nach unten lehnte und seine Reißzähne in Jasons Kehle schlug. Um vollständig zu heilen, hätte er mehr gebraucht, als Jason ihm geben konnte, aber alles war besser als nichts. Ludovic verlagerte Edmonds gesamtes Gewicht auf mich und ging dann zur Tür, vermutlich, um Wache zu stehen.

Er hatte den Raum gerade halb durchquert, als die Tür aufflog.

Sechs Vampire marschierten ins Verlies – und blieben abrupt stehen, als sie uns sahen.

Mir rutschte der Magen in die Kniekehlen. Etienne *hatte* seine Lakaien auf Edmond gehetzt, und wenn wir nur eine Minute später gekommen wären, hätte es für ihn zu spät sein können.

Ysanne hob das Kinn, ihre Augen brennend rot wie Feuer. Ein tierisches Knurren grollte aus ihrer Kehle und Edmond schlang einen Arm um meine Taille und zog mich zurück.

Die Lady von Belle Morte stürzte sich auf die Vampire, die ihr Haus überfallen hatten. Trotz ihrer Verletzung fegte sie über unsere Möchtegernangreifer hinweg wie ein Wirbelsturm und ließ der wilden Bestie, die in ihr wohnte, und all ihrer Kraft freien Lauf, in ihrer ungezügelten Wut wie eine Rasende. Blut spritzte über den Boden und an die Wände und tränkte Ysanne wie bei einem Regenschauer.

Ludovic reagierte blitzschnell und deckte Ysanne den Rücken. Als einer der Vampire zum Schlag gegen ihn ansetzte, hob Ludovic den Mann vom Boden hoch und zerquetschte ihm die Kehle.

Es passierte alles ganz schnell und seltsam *lautlos*, abgesehen vom nassen Matschen des Bluts und der dickeren Klumpen, die auf den Boden klatschten, und dem entsetzlichen Krachen brechender Knochen. Keiner der neuen Vampire hatte die Chance, auch nur einen Schrei auszustoßen.

Ysanne so zu sehen, war noch Furcht einflößender als June in ihrer unstillbaren Blutgier. June hatte kaum noch menschlich ausgesehen, ein Monster in der Haut eines Mädchens, während Ysanne immer noch wie eine Frau aussah – eine mit Blut bemalte Frau. Diese Einheit von Mensch und Monster jagte mir einen Schauer über den Rücken.

»Was machen wir jetzt?«, fragte Roux. Sie starrte an die Decke hinauf, wahrscheinlich, um das Massaker nicht sehen zu müssen.

Ich betrachtete unsere kleine Gruppe. Ysanne hatte kurzen Prozess mit den neuen Vampiren gemacht, aber ihr Gesicht wirkte schmerzverzerrt, und als Ludovic ihr diesmal seinen Arm anbot, stützte sie sich ohne Widerspruch darauf. Ich hielt weiter Edmond aufrecht. Roux und Jason waren Menschen und damit unglaublich verletzlich und außerdem wusste ich übers Kämpfen ungefähr so viel wie über Raketenforschung. Damit blieb nur Ludovic – und er konnte nicht alle Feinde Belle Mortes im Alleingang erledigen, vor allem nicht, wenn er Ysanne auf den Beinen halten musste.

»Wir müssen Belle Morte verlassen«, sagte ich.

»Nein«, widersprach Ysanne mir sofort.

»Etienne hat bereits fast den kompletten Vampirrat ermordet, und jetzt ist er hinter dir her, und wahrscheinlich auch hinter mir.«

Edmonds Kopf wirbelte zu mir herum. »Der Vampirrat ist tot?«

»Später«, sagte ich. »Ysanne, wir können nicht hierbleiben.

Wir sind zahlenmäßig total unterlegen und haben immer noch keine Ahnung, womit wir es eigentlich zu tun haben. Wir wissen nicht, wie viele Vampire Etienne mitgebracht hat. Wir wissen nicht, was er will. Wir wissen nicht, wem wir vertrauen können, weil ganz offensichtlich einige deiner Sicherheitsleute für ihn arbeiten.«

Ysanne richtete sich so weit auf, wie sie konnte, während sie sich weiter auf Ludovic stützte. »Ich werde mein Haus nicht im Stich lassen.«

»Hast du vielleicht einen besseren Vorschlag?«, fauchte ich sie an.

»Etienne kann hier nicht einfach alles übernehmen. Abgesehen von euch gibt es noch fünfzehn weitere Vampire in Belle Morte, und sie werden nicht zulassen, dass er das tut, hab ich recht?«, fragte Roux, starrte jedoch weiter an die Decke.

»Es sei denn, sie sind auch auf seiner Seite. Irgendjemand in Belle Morte hat ihm geholfen. Er kann das nicht alles allein getan haben«, erwiderte ich.

»Können wir vielleicht von hier verschwinden, während wir entscheiden, wie's weitergeht?«, fragte Jason. »Es könnte jeden Moment jemand hier auftauchen, auf der Suche nach –« Er blickte zu den auf dem Boden verstreuten Leichen hinunter und schluckte schwer.

Ysanne entfernte sich von Ludovic und näherte sich der Wand, die den Eingang des Geheimgangs verbarg. Ich konnte die Tastatur nicht sehen, mit der sich die Tür öffnen ließ, doch im selben Moment gab Edmond einen gedämpften Schmerzenslaut von sich, und als ich zu ihm hinaufschaute, verkrampfte sich mein Herz in der Brust. Ich hatte ihn schon früher schwer verwundet gesehen – den Anblick seines zerschnittenen, blutüberströmten Rückens, nachdem er ausgepeitscht worden war, würde ich niemals vergessen. Aber das hier war anders. Damals hatte ich mit ihm im Bett gelegen, und wir hatten beide gewusst, dass das Auspeitschen vorbei war und nichts mehr passieren würde. Jetzt war ich dafür verantwortlich, ihn auf den Beinen zu halten, und wir hatten keine Ahnung, was als Nächstes auf uns zukommen würde.

Die Geheimtür in der Wand schwang auf, und Ludovic nahm wieder Ysannes Arm, damit sie sich auf ihn stützen konnte, als sie den Gang betraten.

Auf dem Weg zurück ins Fütterungszimmer sprach niemand ein Wort, aber ich war mir der Tatsache sehr bewusst, dass wir deutlich langsamer vorankamen als vorher. Ysanne war zu neuem Leben erwacht, als sie in der Zelle gegen die Vampire gekämpft hatte, aber es hatte an ihren Kräften gezehrt. Edmonds Blut sickerte in meine Kleidung, während er sich an mich lehnte.

»Gibt es noch einen anderen Gang, der uns nach draußen bringen könnte?«, wollte Roux wissen, nachdem sich das Bücherregal wieder hinter uns an seinen Platz geschoben hatte.

»Es gibt überall in Belle Morte geheime Gänge, aber keiner von ihnen führt aus dem Haus«, antwortete Ysanne.

»Okay, dann bleiben uns nur zwei Optionen. Wir befinden uns etwa auf halber Strecke zwischen der Vordertür und dem nächsten Hinterausgang. Wir müssen durch einen von beiden nach draußen.«

Mir war gar nicht bewusst gewesen, dass es mehr als einen Hinterausgang gab.

»Vielleicht hast du mich beim ersten Mal nicht gehört«, sagte Ysanne kühl. »Aber ich lasse mein Haus nicht im Stich.«

»Niemand sagt, dass du es *im Stich lassen* sollst«, erwiderte Roux. »Aber Etienne will dich und Renie töten, deshalb ist es erst mal das Wichtigste, euch beide aus Belle Morte rauszuschaffen. Wir können unseren nächsten Schritt planen, sobald ihr in Sicherheit seid.«

»Sie hat recht«, warf Edmond ein. »Wir können nicht hierbleiben.«

Ysanne presste die Lippen zu einer blutleeren Linie zusammen. »Das hier ist mein Haus«, sagte sie sehr leise.

»Ich weiß. Aber wir haben keine andere Wahl.«

»Also, welchen Ausgang nehmen wir?«, fragte Roux.

»Durch die Vordertür könnten wir die Straße erreichen, während wir durch die Hintertür nur in die Gärten gelangen – und dort wimmelt es vermutlich von Etiennes Vampiren«, sagte ich.

»Unwahrscheinlich zu dieser Tageszeit«, bemerkte Jason.

»Wenn wir durch den Vordereingang gehen, müssen wir auch durchs Tor, und das war vorhin von zahlreichen Leuten blockiert. Wir haben keine Ahnung, ob sie irgendetwas mit dieser ganzen Sache zu tun haben«, erwiderte Ludovic.

Daran hatte ich noch gar nicht gedacht. Ich hatte angenommen, bei den Demonstranten handelte es sich um Freunde oder Familienangehörige der Toten, aber vielleicht hatte Ludovic recht, und sie waren ein weiteres Rädchen in Etiennes Maschine. Aber warum hatte er sie dann nicht verwandelt wie all die anderen neuen Vampire?

»Wir nehmen den Hinterausgang«, beschloss Ysanne. »Er liegt der Garage am nächsten, in der unsere vampirsicheren Fahrzeuge stehen. Damit können wir entkommen.«

In Belle Morte gab es eine Garage? Sie musste sich auf der

anderen Seite des Anwesens befinden, da ich bislang noch keine Zeit gehabt hatte, diesen Teil zu erkunden.

»Sind die Schlüssel für diese Fahrzeuge auch in der Garage?«, fragte Roux.

Ysanne nickte.

»Dann lasst uns gehen«, sagte ich.

Jasons Blutspende war nicht mal annähernd so viel, wie Edmond brauchte, und ich wusste nicht, wie lange er und Ysanne sich noch auf den Beinen halten konnten.

Wir schlichen uns aus dem Zimmer und den Korridor hinunter. Seit dem Mordanschlag auf den Vampirrat waren keine Schreie mehr durch die Flure gehallt, aber ich konnte rennende Schritte hören. Es klang, als kämen sie aus sämtlichen Ecken der Villa, und dass ein so hektisches, panisches Treiben in Belle Morte herrschte, war einfach nur *falsch*. Am Ende des Korridors bogen wir links ab. Wenn wir ein Stück weiter nach rechts und dann erneut nach links gingen, würden wir den Hinterausgang erreichen, den ich kannte. Wir waren so nahe dran …

»Stopp. Zurück«, warnte Ludovic uns plötzlich scharf.

Zu spät erkannte ich, dass das Geräusch der rennenden Schritte näher gekommen war. Vampire rauschten um die Ecke, mehr, als ich zählen konnte, und wir hatten keine Chance, ihnen zu entkommen und die Hintertür zu erreichen.

Wir mussten uns zurückziehen. Wenn wir auf demselben Weg wieder zurückliefen, auf dem wir gekommen waren, konnten wir uns vielleicht in diesem Fütterungszimmer verbarrikadieren, durch den Geheimgang zu den Zellen zurückkehren und versuchen, von dort zu entkommen.

Doch hinter uns tauchten noch mehr Vampire auf, strömten aus dem kurzen Flur zum Meditationsraum. Einer von ihnen packte Roux am Arm, versuchte, sie mitzureißen, und sie stieß einen Schrei aus.

Ludovic brach dem Vampir mit einer einzigen schnellen Handbewegung den Arm, und er ließ Roux los, sie und Ludovic waren bereits an dem Flur vorbeigerauscht, der zu unserem Fluchtweg führte, und befanden sich in dem langen Korridor zum Foyer und der Eingangstür.

Dort war das Gewimmel der feindlichen Vampire nicht ganz so dicht, und als sie versuchten, Ludovic anzufallen, setzte er sich mit der ganzen Kraft eines älteren, stärkeren Vampirs zur Wehr. Hinter uns näherten sich Etiennes Lakaien, und die Panik entzündete ein Feuerwerk in meiner Brust, weil wir ihnen zahlenmäßig unterlegen waren und ich nicht wusste, was ich tun sollte. Dann verschärfte sich die Panik jedoch zu kalter Entschlossenheit: Ich hatte schon einmal gekämpft, um Belle Morte zu beschützen, und ich konnte es wieder tun.

Ich stürmte vorwärts und packte eine Vampirin, die versuchte, den Arm um Ludovics Hals zu schlingen. Als sie zu mir herumwirbelte, mit einem Knurren auf den Lippen, verpasste ich ihr einen soliden Schlag direkt gegen den Kiefer, der sie rückwärtstaumeln ließ.

Ein anderer Vampir krallte sich in mein Haar, riss mich zurück, und ich schwang mit der Bewegung herum, meine Faust bereits zum nächsten Schlag erhoben. Diesmal streifte ich seinen Kiefer nur, aber dank meiner neuen Vampirkräfte genügte selbst das, um meinen Angreifer ins Wanken zu bringen, und er ließ mein Haar wieder los.

Auch Edmond schien neue Energie zu spüren. Er schnappte sich die beiden nächstbesten Vampire und knallte ihre Köpfe so hart gegeneinander, dass ich ihre Schädel brechen hörte.

Dann versetzte er einem weiteren Vampir einen Tritt gegen die Brust und der Typ flog rückwärts durch die Luft und riss die hinter ihm Stehenden mit sich um. Edmonds nächster Tritt traf das Knie eines Vampirs, der dumm genug gewesen war, sich ihm zu nähern. Das Bein des Mannes knickte mit einem grässlichen Knacken zur Seite und er schrie auf.

»Lauf!«, rief Edmond und gab mir einen Schubs.

Ludovic hatte den Flur vor uns freigeräumt – die Vampire, die er nicht getötet hatte, hatten die Flucht ergriffen.

Aber wir würden nicht mehr lange so weitermachen können. Edmonds Miene war von Schmerzen verzerrt, sein Kiefer angespannt, Ysannes Wunde blutete noch immer, und Roux und Jason verfügten nicht über Vampirkräfte. Wir mussten hier *raus*.

Wir flohen den Flur hinunter, in vorsichtigem Abstand von Etiennes Vampiren verfolgt. Einen erhebenden Moment lang glaubte ich, wir würden es schaffen. Als wir das Foyer erreichten, hörte ich jedoch ein Knurren über uns – und dann sprang etwas die Treppe herunter und landete vor uns in der Hocke.

»June«, stieß ich aus.

Das Ding, das einst meine Schwester gewesen war, starrte mich an, ihre Augen leuchtend rot, die Reißzähne ragten hervor wie Dolche. Sie sah genauso aus wie beim letzten Mal, kurz bevor sie mich getötet hatte. Frisches Blut tränkte ihre zerfetzten Klamotten.

Edmond schob mich hinter sich, aber June sah uns gar nicht mehr an. Ihre roten Augen waren auf Ysanne fixiert.

Ich blickte über die Schulter zurück. Etiennes Lakaien hatten zu uns aufgeschlossen, breiteten sich hinter uns aus und versperrten den Flur. Noch mehr Vampire tauchten aus den Salons links und rechts des Foyers auf und schnitten uns den Zugang zur Haustür und zum Flur auf der anderen Seite der Treppe ab.

»Oh, das ist echt übel«, flüsterte Roux.

Ich ließ den Blick über die uns umringenden Gesichter schweifen. Die meisten waren mir fremd, aber ich erkannte Míriam unter ihnen, ihre Stirn vor Verwirrung in Falten gezogen.

»Was zur Hölle ist hier los?«, wollte sie wissen.

»Warum greift es nicht an?«, fragte eine Stimme, und ich reckte den Hals und sah Phillip, den Vampir, der Edmond auf Ysannes Befehl hin ausgepeitscht hatte.

Erschrockene Furcht kroch an meiner Wirbelsäule hinunter. Warum *tat* June nichts?

»Ich hab's euch doch gesagt.« Die Stimme, die ich am meisten hasste, drang aus dem Foyer zu uns, und die Vampire teilten sich, um Etienne durchzulassen. Edmond schob mich noch weiter hinter sich und versuchte, mich davor zu bewahren, den Mann, der meine Schwester getötet hatte, auch nur ansehen zu müssen.

»Ysanne hat mit der Rasenden experimentiert und sie darauf abgerichtet, ihr zu gehorchen.« Etienne breitete die Arme aus und zeigte auf seine versammelten Lakaien. »Darum hat sie auch all diese Menschen verwandelt. Stellt euch nur mal vor, über welche Macht sie verfügen würde, wenn sie Rasende erschaffen und kontrollieren könnte. Niemand würde es wagen, sich gegen sie zu stellen.«

Ich wartete darauf, dass Ysanne es abstritt, aber sie tat es nicht. Als ich mich umdrehte, sah ich, dass sie sich wieder auf Ludovic stützte, ihr Gesicht furchtbar blass. Blut rann zwischen ihren auf die Wunde gepressten Fingern hindurch.

»Sie hat June Mayfield verwandelt und alle deswegen angelogen. Als ich herausgefunden habe, was sie tat, hat sie mir den Mord an June in die Schuhe geschoben. Aber ich habe June nicht getötet. Ich habe versucht, die anderen Mitglieder des Vampirrats zu warnen, und Ysanne hat auch sie dafür umgebracht«, behauptete Etienne.

Mehrfaches Nachluftschnappen war zu hören, wahrscheinlich von den zwischen Etiennes Lakaien verstreuten Belle-Morte-Vampiren.

»Das glaubt ihr doch nicht wirklich, oder?«, fragte ich und blickte in die Gesichter, die ich sehen konnte: Míriam, Phillip, Gideon, Deepika, Benjamin. »Etienne hat all diese Vampire verwandelt und sie auf Belle Morte losgelassen. All diese Leute sind *seinetwegen* gestorben.«

»Das ist nicht wahr«, sagte eine der neuen Vampirinnen, eine junge Frau, deren blondes Haar vor getrocknetem Blut klebte. »Ysanne hat uns verwandelt, damit sie uns studieren und versuchen konnte, uns zu kontrollieren. Und vor drei Tagen hat sie uns gezwungen, Belle Morte anzugreifen und jeden auszuschalten, der der Wahrheit zu nahe kam. Etienne hat uns gefunden, nachdem wir aus dem Haus entkommen sind. Er hat uns geholfen.«

»*Sie* haben den Vampirrat getötet«, brüllte ich.

Ysannes Vampire glaubten Etiennes beschissene Lügen doch nicht etwa ... oder?

»Das waren wir nicht.« Die blonde Vampirin zeigte auf June. »Ysanne und die Rasende haben den Vampirrat getötet. Wir haben es alle gesehen.«

»Ysanne hatte in unserer Welt schon immer die Fäden in der Hand«, fügte Etienne hinzu. »Sie hat uns aus den Schatten gezerrt und herrscht seitdem über uns. Aber wir können es ihr nicht erlauben, mit alldem durchzukommen.«

Míriam machte einen Schritt vorwärts, und June wirbelte zu ihr herum und knurrte leise.

Míriam erstarrte.

Ich hatte keine Ahnung, wie alt Míriam war, aber sie hatte ganz offensichtlich nicht das Bedürfnis, es mit einer Rasenden aufzunehmen.

June pirschte sich näher heran, ihr Oberkörper gebeugt, ihre Hände wie Klauen. Angst blitzte in Míriams braunen Augen auf, aber sie wich nicht zurück. June schnupperte in die Luft, neigte den Kopf zur Seite und erinnerte mich dabei so sehr an ein wildes Tier, dass mir richtig übel wurde. Wie hatte ich jemals glauben können, in diesem Monster wäre noch irgendetwas von meiner liebevollen Schwester übrig?

Plötzlich sprang June ab und schwang mit einer Hand nach Míriams Gesicht. Míriam wich zurück, war jedoch nicht schnell genug, und die zackigen Spitzen von Junes Fingernägeln zerrissen ihre Wange. Blut quoll hervor, rubinrot auf Míriams warmer, brauner Haut.

»*Nein!*«, schrie Ysanne und löste sich von Ludovic.

June blieb wie erstarrt stehen.

Mein Herz gefror zu Eis.

June gehorchte Ysanne nicht, das *wusste* ich, aber für alle anderen, die die Szene beobachteten, musste es so aussehen.

Míriam berührte ihre blutende Wange. »Ysanne?«, fragte sie, und es sprach Zweifel aus ihrer Stimme.

Ganz in der Nähe kniff Gideon die Augen zusammen.

»Deine Geliebte und Komplizin wurde bereits festgenommen. Nun ist es an der Zeit, dass du dich ebenfalls stellst. Und ihr anderen auch«, sagte Etienne und blickte uns an. Seine Stimme klang sanft, seine Stirn mit falschem Mitgefühl gerunzelt. »Ihr werdet fair behandelt werden, das verspreche ich euch.«

Ein paar von Etiennes Lakaien schoben sich vorwärts, aber ein wildes Knurren von June ließ sie wieder zurückschrecken.

In meinem Kopf drehte sich alles. Etienne wollte Ysanne und mich tot sehen und wahrscheinlich auch die anderen. Wenn wir zuließen, dass er uns festnahm, wäre es das Letzte, was wir jemals tun würden. Aber seine Lakaien versperrten uns sämtliche Fluchtwege, abgesehen von …

Der Treppe.

Ich ergriff Edmonds Hand, drückte sie, und als er mich anschaute, blickte ich in Richtung der Treppe. Der Blick dauerte nur einen Sekundenbruchteil, hoffentlich zu kurz für die anderen, um ihn zu bemerken, aber ich war mir nicht sicher, ob Edmond mich wirklich verstanden hatte. Doch dann nickte er kaum merklich mit dem Kopf. Ich blickte hinter mich, wo Ysanne sich auf Ludovic stützte und Jason und Roux aneinandergeschmiegt standen, die Gesichter aschfahl.

»Ganz gleich, was passiert, ihr bleibt bei mir«, sagte ich.

Roux nickte zitternd.

Ich drückte Edmonds Hand erneut.

Dann rannten wir los.

Ich sauste die Treppe hinauf, Edmonds Hand weiter fest umklammernd, dicht gefolgt von meinen Freunden. Etienne hatte nicht erwartet, dass wir nach oben flüchten würden, und ich hoffte inständig, dass sich auch dort oben geheime Gänge befanden, weil wir sonst in eine Sackgasse rannten.

Als wir das Kopfende der Treppe erreichten, zog Edmond

mich in Richtung Nordflügel. Ich erhaschte einen flüchtigen Blick auf einige ein Stück im Flur entfernt stehende Spendende, die den Südflügel verlassen hatten, um zu sehen, was los war. Melissa war unter ihnen und für einen kurzen Augenblick trafen sich unsere Blicke.

Im Nordflügel rauschten wir an drei Türen vorbei, bevor Edmond die vierte mit einem kräftigen Tritt öffnete und mich hindurchzerrte. Roux und Jason waren die Nächsten, gefolgt von Ludovic und Ysanne – und wie zur *Hölle* hatte sie immer noch Stilettos an?

Ludovic durchquerte den Raum, packte das Himmelbett mit beiden Händen und zog es vor die Tür, als würde es nichts wiegen.

»Das wird uns höchstens ein paar Sekunden verschaffen«, sagte er.

»Gibt's hier auch einen Geheimgang?«, wollte Jason wissen und ließ den Blick über die Wände schweifen.

Das konnte es nicht, wurde mir bewusst. Edmond hatte keine Ahnung gehabt, dass die Geheimgänge überhaupt existierten, und ich wagte noch nicht einmal, zu hoffen, er könnte zufällig das richtige Zimmer gewählt haben.

Aber er hatte uns auch nicht grundlos hierhergebracht. Ich vertraute ihm.

Und Ludovic tat es auch. »Wie sieht der Plan aus?«, fragte er Edmond, nicht Ysanne.

Edmond stellte sich vor die Fenster, die von außen mit UV-Schutz-Jalousien verdunkelt waren. »Wir springen«, antwortete er.

»Ernsthaft?« Es lag definitiv ein Anflug von Panik in Jasons Stimme.

»Vampire können aus größeren Höhen springen und trotzdem unversehrt bleiben«, erwiderte Edmond.

»Ja, aber Roux und ich sind keine Vampire!«

»Und du und Ysanne seid verletzt«, sagte ich und berührte Edmonds Arm.

»Wir kommen schon klar«, versicherte Ysanne mir barsch.

Jemand rüttelte an der Tür und ich erschrak.

»Zeit, zu gehen«, drängte Edmond.

»Wir werden die Menschen tragen müssen«, sagte Ludovic und hob Roux in seine Arme. Sie stieß ein überraschtes Quieken aus.

»Moment mal, wie sollen wir denn …« Ich brachte den Satz nicht zu Ende, bevor Edmond ein paar Schritte zurückging, kurz Anlauf nahm und dann gegen das Fenster sprang, die Arme vor dem Gesicht verschränkt, um es zu schützen. Glas splitterte, die Jalousien zerbrachen und ich konnte einen scharfen Schrei nicht unterdrücken. Obwohl ich wusste, dass Edmond den Sprung überleben würde, war es einfach grauenvoll, dabei zuzusehen, wie sich der Mann, den ich liebte, aus einem Fenster stürzte.

»Los!«, forderte Ludovic mich auf.

Holz schabte über Holz, als die Vampire vor dem Zimmer versuchten, die Tür aufzuschieben, und das Bett über die blanken Bodendielen glitt.

Ich warf mir Jason über die Schulter, schloss die Augen und sprang.

Wind schlug mir entgegen, begleitet vom flüchtigen Aufflackern einer sehr menschlichen Angst, bevor ich in gehockter Haltung auf dem Boden landete. Eine Schockwelle jagte an meinen Beinen hinauf und ich biss klackernd die Zähne zusammen.

Ludovic kam elegant neben mir auf, Roux' Gesicht in seiner Schulter vergraben, während Ysanne eine halbe Sekunde später folgte, ihre Stilettos in einer Hand. Sie wankte bei der Landung ein wenig, ihr Kiefer fest angespannt, und frisches Blut tropfte neben ihr ins Gras. Dann zog sie ihre Schuhe wieder an, als wäre sie nicht eben erst aus einem Fenster gesprungen.

Ich setzte Jason ab. Fast sofort stieß er einen gellenden Warnschrei aus, und ich wirbelte herum und sah, dass ein Mann auf mich zustürmte. Sein Herzschlag donnerte vor Adrenalin – er war ein Mensch. Außerdem wollte er mich offenbar angreifen und war viel größer als ich – und in diesem Moment der Panik vergaß ich meine neuen Kräfte komplett.

Stattdessen schallerte ich ihm eine.

Es war eine klassische Ohrfeige, nichts, was bei einem Mann seiner Statur irgendwelche Schäden hätte anrichten sollen. Aber ich war jetzt eine Vampirin, deshalb brach sein Kiefer trotzdem unter der Wucht meiner Hand. Der Mann fiel mit einem erstickten Schrei zu Boden und mir drehte sich der Magen um.

Doch ich hatte jetzt keine Zeit, darüber zu sinnieren, was ich Schreckliches getan hatte, weil der Typ nicht unser einziger Angreifer war.

Das Tor, das Belle Morte von der Außenwelt abschirmte, stand sperrangelweit offen, und es war so *falsch*, das zu sehen. Dieses Tor öffnete sich normalerweise nur, um Spendende oder Gäste herein- oder hinauszulassen, keine Meute vollkommen Fremder. Aber sie hatten das Gelände genauso gestürmt wie Etiennes Lakaien das Haus.

»Kommt, die Garage ist da drüben«, schrie Jason.

Zwei weitere Männer versuchten, uns den Weg zu versperren, aber Edmond erreichte sie vor mir und schlug sie schneller k. o., als ich blinzeln konnte.

»Bewegt euch«, befahl er.

Das Dröhnen eines Motors ertönte, und ich spannte mich an und wappnete mich für was immer Etienne als Nächstes aus dem Ärmel schütteln würde. Ein schwarzer Lieferwagen sauste um die Ecke, rollte über die aufwendig angelegten Blumenbeete und nahm eine Ecke einer kunstvollen Steinbank mit. Ein Mann saß am Steuer – er kam mir als einer der Wachleute Belle Mortes vage bekannt vor.

»Steigt ein«, brüllte er und lehnte sich aus dem Fenster.

Ich zögerte.

Einer der Wachmänner hatte Ysanne niedergestochen – konnten wir diesem Typen vertrauen?

Aber wir waren komplett in der Unterzahl, und meine Haut rötete sich bereits in der Wintersonne. Ich musste mich vor ihr schützen, bevor ich noch in Flammen aufging.

»Wir können ihm vertrauen«, versicherte Ysanne mir, als hätte sie meine Gedanken gelesen.

Ich riss die Hintertür des Vans auf, warf mich hinein und krabbelte in die hinterste Ecke, weg von der Sonne. Roux und Jason kletterten nach mir in den Wagen, dann Ysanne, Edmond und Ludovic. Zwei Männer packten Ysanne hinten am Kleid und versuchten, sie wieder rauszuziehen, aber Ludovic trat einem von ihnen ins Gesicht und zertrümmerte dem Typen mit solcher Wucht die Nase, dass seine Zähne über den Rasen sprühten. Der andere Mann war klug genug, Ysanne gehen zu lassen. Ludovic knallte die Tür zu und tauchte uns in Dunkelheit.

Der Van wackelte, als er gegen irgendetwas prallte, und ich

hörte brüllende Stimmen, die jedoch sofort verblassten, als wir durch das Tor rasten, fort von Belle Morte.

Der Lieferwagen war auf beiden Seiten mit gepolsterten Sitzbänken ausgestattet, und Ysanne setzte sich mir gegenüber und faltete die Hände im Schoß. Sie sah zerzaust und erschöpft und sehr, sehr jung aus. So viele von uns, Menschen wie Vampire, hatten durch Etienne so viel verloren – aber Ysanne hatte alles verloren. Und vielleicht war es nur eine optische Täuschung aufgrund der Schatten, oder vielleicht hatte ich vor lauter Erschöpfung schon Halluzinationen, aber ich bildete mir ein, einen rötlichen Tränenglanz in Ysannes Augen zu erkennen.

KAPITEL 12

Edmond

Er konnte sich nicht mehr erinnern, wann er das letzte Mal so erschöpft gewesen war.

Es waren nicht nur die Schmerzen seiner Verletzungen – es war die Erkenntnis, dass alles, was die Vampire in den letzten zehn Jahren aufgebaut hatten, drohte, in sich zusammenzustürzen. Bevor Ysanne sie aus den Schatten geführt hatte, hatten die meisten Vampire ein Leben in Einsamkeit geführt, nicht in der Lage, länger an ein und demselben Ort zu bleiben, da den Menschen in ihrer Umgebung früher oder später stets auffiel, dass sie niemals alterten, dasselbe aßen wie Menschen oder sich nur für einen kurzen Zeitraum in der Sonne aufhalten konnten. Sich der Welt zu enthüllen, hatte all das verändert, und zum ersten Mal seit Jahrhunderten hatten zahlreiche Vampirinnen und Vampire ein echtes Zuhause gefunden – einschließlich Edmond.

Nun hatte sich ein dunkler Schatten über sie gelegt. In ihren Häusern waren sie sicher gewesen. Sie hatten endlich nicht mehr endlos davonlaufen müssen. Warum hatte Etienne ihnen das genommen?

Edmond hatte sich oft selbst ermahnt, sich die Dekadenz von Belle Morte nicht zu Kopf steigen zu lassen – er hatte diesen Fehler schon einmal begangen, vor mehreren Hundert Jahren, und es hatte zwei Leute das Leben gekostet. Nun wurde ihm jedoch bewusst, dass er sich an dieses Leben und den Luxus gewöhnt hatte, dass ihm auf Abruf frisches Blut zur Verfügung stand. Er war in Belle Morte verweichlicht, aber jetzt konnte er es sich nicht leisten, weich zu sein – nicht nur um seiner selbst willen, sondern auch, weil er zum ersten Mal seit langer Zeit jemanden hatte, den er beschützen musste.

Renie saß zusammengesunken auf der Bank neben ihm, ihr Kopf an seiner Schulter. Edmond wollte den Arm um sie legen, aber seine zerstörten Handgelenke schmerzten zu sehr. Er brauchte Blut.

»Was machen wir denn jetzt?«, fragte Roux schüchtern. Sie saß der Lieferwagentür am nächsten, unter Jasons Arm gekuschelt. Das Piercing in ihrer Nase sah aus wie ein Blutstropfen, und Edmond versuchte, nicht daraufzustarren.

»Ich habe einen Zufluchtsort für solche Notfälle erschaffen, aber ich habe Angst, er könnte inzwischen auch nicht mehr sicher für uns sein«, sagte Ysanne.

»Ja, das können wir nicht riskieren«, stimmte Roux ihr zu.

Ysanne hatte die Frage jedoch nicht wirklich beantwortet, und die Art, wie Renie, Roux und Jason sie anschauten, ließ Edmond vermuten, dass dies auch ihnen nicht entgangen war. Sie waren daran gewöhnt, dass Ysanne das Sagen hatte und ihr Haus mit eiserner Hand regierte. Es musste schwer für sie sein, sich einzugestehen, dass auch sie nicht wusste, was sie in dieser Situation tun oder sagen sollte.

Edmond schaute ihr über den kleinen Gang des Lieferwagens hinweg in die Augen und sie erwiderte seinen Blick mit leerem Starren.

»Wer ist der Typ, der den Wagen fährt?«, wollte Jason wissen. Seine Stimme klang ruhig, aber so, wie er Roux festhielt, vermutete Edmond, dass er sich selbst dadurch genauso ermutigen wollte wie die anderen.

»Andrew«, antwortete Edmond, als Ysanne schwieg.

»Bist du sicher, dass wir ihm vertrauen können?«

»Ja«, sagte Ysanne dann doch.

Sie berührte ihre verletzte Seite, als könnte sie noch immer nicht glauben, dass einer ihrer eigenen Wachmänner sie niedergestochen hatte. Edmond hatte selbst Mühe, es zu begreifen. Jeder, der sich um einen Job in einem Vampirhaus bewarb, wurde auf Herz und Nieren geprüft, und viele ihrer Angestellten arbeiteten schon für sie, seit Belle Morte erschaffen worden war. Sie hätten loyal sein sollen.

Edmond lehnte seinen Kopf an Renies und schloss die Augen. »Was tun wir jetzt?«, flüsterte sie, und er wusste ehrlich nicht, was er darauf antworten sollte.

Dann krachte plötzlich etwas auf das Wagendach.

Alle blickten nach oben, und Roux stieß ein Quieken aus und klammerte sich an Jasons Arm.

»Ich glaube, wir bekommen Gesellschaft«, sagte Ludovic. Er war bereits auf den Beinen, Rot in seinen Augen flackernd, und Edmond reiste in Gedanken über hundert Jahre zurück, als er und Ludovic Seite an Seite in den blutgetränkten, zerschossenen Schützengräben gekämpft hatten. Sie hatten sich gegenseitig in dieser grauenvollen Zeit am Leben gehalten, und obwohl Edmond bis auf die Knochen erschöpft war und es ihm seine schmerzenden Handgelenke schwer machten, klar zu denken, erhob er sich ebenfalls und wappnete sich dafür, dieser neuen Bedrohung entgegenzutreten.

Seine Freunde brauchten ihn.

Renie brauchte ihn.

Ysanne klopfte an die Scheibe, die den hinteren Teil des Lieferwagens von der Fahrerkabine trennte. »Anhalten«, befahl sie.

Andrew bremste gehorsam und sie konnten eine Bewegung auf dem Dach wahrnehmen. Es musste ein Vampir sein – ein Mensch wäre heruntergestürzt, als der Wagen stehen geblieben war.

Ysannes Augen brannten feuerrot und ihre Reißzähne waren vollständig ausgefahren. Sie schlich über den Boden und trat die Tür mit einem Stiletto auf.

Renie wollte aufstehen, aber Edmond hielt sie mit einer ausgestreckten Hand davon ab. »Du musst hierbleiben«, sagte er.

Sie wollte protestieren, aber Edmond brachte sie mit einem Kuss zum Schweigen. »Es ist nicht sicher«, sagte er. »Bleib bei Jason und Roux.«

Er stieg aus dem Wagen und hob den Blick.

Caoimhe kauerte auf dem Dach wie eine jagende Katze, die Wintersonne wie ein Heiligenschein um sie. Sie richtete sich auf und lächelte, als sie ihn sah, aber Edmond konnte ihr Lächeln nicht erwidern.

Vor langer Zeit waren er und Caoimhe ein Liebespaar gewesen, und er betrachtete sie noch immer als vertrauenswürdige Freundin. Ysanne hatte ihm jedoch erzählt, Caoimhe wäre aus dem Speisesaal geflohen, als Etiennes Vampire die Ratsmitglieder abgeschlachtet hatten. Es schmerzte ihn, Caoimhe zu verdächtigen, aber er musste die Möglichkeit in Betracht ziehen, dass sie nur entkommen war, weil sie gewusst hatte, dass der Angriff bevorstand.

Er blickte zu Ysanne. Es lag kein Wohlwollen in ihren lodernden Augen.

Caoimhe sprang vom Dach und landete geschickt auf beiden Füßen. Ysanne wich zurück – nicht weil sie Angst hatte, das wusste Edmond, sondern weil ein wenig mehr Abstand es den beiden schwerer machte, sich gegenseitig die Kehle herauszureißen.

»Ysanne?« Caoimhe neigte den Kopf zur Seite und wirkte aufrichtig verdutzt.

»Bleib, wo du bist«, warnte Ysanne sie.

Caoimhe machte einen Schritt vorwärts. »Aber …«

»Ich sagte, *bleib stehen*!«, fauchte Ysanne.

Langsam hob Caoimhe beide Hände. »Ich bin nicht deine Feindin, das weißt du.«

»Weiß ich das?« Ysannes Worte waren pures Eis.

Caoimhes Augen erforschten Edmonds Gesicht. Seine Miene war völlig neutral.

Der falschen Person zu vertrauen, hatte Renie das Leben gekostet. Er würde nicht zulassen, dass so etwas noch einmal passierte.

»Wie bist du aus Belle Morte rausgekommen?«, fragte Ludovic.

»Ich bin geflohen, genau wie ihr.« Sie zog die Stirn in Falten. »Warum starrt ihr mich alle so an?«

»Du und ich sind die einzigen Ratsmitglieder, die fliehen konnten. Henry, Jemima und Charles sind tot. Etienne und seine frisch verwandelten Vampire haben Belle Morte unter ihre Kontrolle gebracht, und ich kann mir einfach nicht vorstellen, dass ihm das ohne Hilfe gelungen sein soll«, erwiderte Ysanne.

»Beschuldigst du mich, ihm geholfen zu haben?«, fragte Caoimhe.

»Ich hinterfrage nur die Tatsache, dass du so schnell und vollkommen unverletzt fliehen konntest.«

»Ich bin sehr alt und sehr stark – und ich bin lange genug am Leben, um eine verlorene Schlacht zu erkennen, wenn ich sie sehe. Wir waren zahlenmäßig völlig unterlegen, und sosehr mir Belle Morte auch am Herzen liegt, hatte ich nicht den Wunsch, dort zu sterben. Ich bin geflohen, um mich selbst zu retten, und ich schäme mich nicht dafür«, erwiderte Caoimhe hitzig.

»Woher wusstest du, dass wir in diesem Lieferwagen sitzen?«, wollte Ludovic wissen.

»Wusste ich nicht. Aber ich weiß, dass die Fahrzeuge von Belle Morte so aussehen, und als ich dieses hier entdeckte, habe ich vermutet, ihm wäre die Flucht gelungen. Und meine Vermutung war richtig, nicht wahr?«

Ysannes eisige Miene taute nicht auf.

Caoimhe drehte sich zu Edmond um, ihre blauen Augen flehend. »Du weißt, ich würde unsere Lebensweise niemals aufs Spiel setzen. Ich weiß nicht, wer Etienne geholfen hat, aber ich war es nicht.«

Edmond betrachtete suchend ihr Gesicht. Er kannte sie wahrscheinlich besser als jeder andere, und vor dem heutigen Tag hätte er über die Vorstellung gelacht, sie könnte sie verraten haben. Aber er hätte auch niemals geglaubt, dass Etienne dazu fähig sein könnte.

»Wenn ich mit Etienne zusammenarbeiten würde, dann hätte ich mir Verstärkung mitgebracht, um euch alle zu töten, sobald der Lieferwagen stehen bleibt«, fügte Caoimhe hinzu, einen leicht gereizten Unterton in der Stimme.

»Etiennes Lakaien würden dir als Verstärkung aber nicht viel nützen. Sie sind alle neue Vampire«, warf Renie aus dem Inneren des Vans ein.

»Eric Wilson war es nicht«, erwiderte Caoimhe. »Er hätte überhaupt nicht in Belle Morte sein sollen, als er getötet wurde. Sollen wir also annehmen, das war reiner Zufall, oder steckte er vielleicht mit Etienne unter einer Decke? Denn falls dem so ist, dann wissen wir nicht, wie viele in Midnight noch gemeinsame Sache mit ihm machen. Genauso wenig, wie wir wissen, ob die anderen Häuser ebenfalls involviert sind.«

Darüber hatte Edmond noch gar nicht nachgedacht, und der Gedanke jagte ihm einen kalten Schauer über den Rücken. Zum ersten Mal seit zehn Jahren hatten die meisten Vampirhäuser in Großbritannien niemanden, der sie regierte. Caoimhe konnte in ihr Haus nach Irland zurückkehren, aber Nox, Lamia und Midnight waren führungslos – und genau das musste von Anfang an Etiennes Plan gewesen sein.

»Wenn Eric mit Etienne zusammengearbeitet hat, warum ist er dann jetzt tot? Die neuen Vampire hätten ihn nicht getötet«, bemerkte Renie.

Edmond blickte sich zu ihr um. Ihr Gesicht leuchtete wie ein blasser Mond mit einem Kranz aus rotbraunem Haar im Dunkeln des Lieferwagens. Sorgenfalten zeichneten ihre Stirn. Er schenkte ihr ein ermutigendes Lächeln, das sie erwiderte. Falls Caoimhe wirklich eine Bedrohung war, würde Edmond lieber sterben, bevor er sie auch nur in Renies Nähe kommen ließ.

»Vielleicht hat Rosa es getan, oder einer der beiden Nox-Vampire, die gestorben sind. Wir wissen nicht, was in jener Nacht wirklich passiert ist«, sagte Caoimhe.

»Was, wenn du uns nur dazu bringen willst, dir zu vertrauen, um uns Etienne ausliefern zu können?«, fragte Ludovic.

Caoimhe bedachte ihn mit einem vernichtenden Blick. »Ich habe wie eine Dämonin gekämpft, um aus Belle Morte zu entkommen, und ganz sicher nicht die Absicht, dorthin zurückzukehren. Wir alle sind Etiennes Verrat zum Opfer gefallen und wir sollten zusammenhalten.«

Edmond betrachtete ihre kleine Gruppe. Ysannes ganze Haltung war so unergründlich wie ihr Pokerface. Sie versuchte, ihre Schwäche zu verstecken, aber ohne Blut würde sie nicht mehr lange durchhalten. Genauso wenig wie Edmond selbst. Jasons Spende hatte den schlimmsten Hunger gestillt, aber sie hatte nicht ausgereicht, vor allem nicht, nachdem er mehrere Stunden lang mit Silberketten gefesselt gewesen war, ohne einen einzigen Tropfen Menschenblut.

Renie war nicht verletzt, aber neue Vampire brauchten regelmäßiger Blut als ältere – früher oder später würde auch sie trinken müssen. Roux und Jason konnten nicht gegen Vampire kämpfen und Ludovic konnte sie nicht alle allein beschützen. Sie konnten definitiv eine weitere Verbündete gebrauchen.

Aber hier ging es nicht nur darum, ihre Gruppe zahlenmäßig zu stärken.

Es ging darum, ob er einer alten Freundin vertrauen konnte oder nicht.

Caoimhe hatte Edmond noch niemals belogen oder ihm irgendeinen Grund gegeben, an ihr zu zweifeln.

Etiennes Verrat hatte sie alle tief getroffen, aber Edmond verband keine gemeinsame Vergangenheit mit ihm. Mit Caoimhe schon, und wenn er jetzt so darüber nachdachte –

wirklich darüber nachdachte, – konnte er nicht glauben, dass sie irgendetwas damit zu tun hatte.

»Ich vertraue ihr«, erklärte er Ysanne.

Ysanne hielt seinem Blick stand, ihr Kiefer angespannt. Schließlich nickte sie. »Und ich vertraue dir«, sagte sie dann. Sie durchbohrte Caoimhe mit einem kalten, harten Blick. »Aber wenn du mich anlügst, breche ich dir das Genick.«

Wut flackerte in Caoimhes Gesicht auf, doch als sie sprach, klang ihr irischer Akzent so ruhig und gelassen wie immer. »Ich schwöre bei meinem Haus, ich sage die Wahrheit. Ich bin deine Freundin, Ysanne. Aber ich bin keine Freundin von Verrätern und Mördern.«

»Dann kämpfen wir von nun an gemeinsam gegen sie.« Ysanne gestikulierte in Richtung des Lieferwagens. »Wollen wir?«

Renie rutschte wieder auf ihren Platz zurück, als Caoimhe und Ysanne in den Wagen stiegen, aber Ludovic legte eine Hand auf Edmonds Arm, bevor er den beiden folgen konnte.

»Bist du dir wirklich sicher?«, fragte er.

»Ich glaube ihr.«

»Und was, wenn du dich irrst?«, beharrte Ludovic.

Edmonds Reißzähne glitten heraus. »Wenn ich mich irre, werde ich sie höchstpersönlich töten.«

KAPITEL 13

Renie

»Wir müssen uns entscheiden, wo wir hinwollen«, sagte ich, als sich der Lieferwagen wieder in Bewegung setzte.

Wenn Caoimhe uns gefunden hatte, konnte Etienne es auch. Wir hatten keine Ahnung, wie weit sein langer Arm reichte oder über welche Ressourcen er verfügte.

»Fiaigh liegt ziemlich abgeschieden und gleicht einer Festung. Es ist wahrscheinlich unsere sicherste Option«, sagte Caoimhe.

Ich musste an die Recherchen zurückdenken, die ich angestellt hatte, bevor ich mich in Belle Morte beworben hatte. Ich konnte mich nicht daran erinnern, ob ich Fotos von den anderen Vampirhäusern in Großbritannien und Irland gesehen hatte. Vielleicht hatte ich es, ohne ihnen besondere Beachtung zu schenken, was nur verständlich wäre, schließlich hatte Belle Morte oberste Priorität für mich gehabt.

»Kommt das hier sonst wirklich niemandem verdächtig vor?«, konnte ich mich nicht zurückhalten. »Sie will uns mit in ihr eigenes Haus nehmen. Hallo? Falle?«

»Wenn ich eure Feindin wäre, würde ich mir nicht die Mühe machen, euch den ganzen Weg bis nach Irland zu schleppen.

Ich würde meine Leute holen und euch sofort umbringen«, entgegnete Caoimhe.

Ich war nicht recht überzeugt, aber Edmond kannte sie besser als ich, und ich beschloss, mich an ihn zu halten. Trotzdem setzte ich mich absichtlich zwischen sie und meine menschlichen Freunde.

Im Van wurde es still, während alle über Caoimhes Angebot nachdachten.

»Ist Fiaigh wirklich der sicherste Ort?«, fragte Jason schließlich und sah die Vampire von Belle Morte an.

»Es scheint so«, antwortete Ysanne, klang jedoch nicht wirklich glücklich darüber. Ich konnte nicht sagen, ob es daran lag, dass sie von Caoimhes Unschuldsbeteuerungen noch immer nicht ganz überzeugt war, oder daran, dass sie sich nicht in ein anderes Haus flüchten wollte, während ihr eigenes dem Feind in die Hände gefallen war.

Wenn Etienne es auf uns abgesehen hatte – und ich konnte mir beim besten Willen nicht vorstellen, dass er uns einfach gehen lassen würde –, dann mussten wir so viel Abstand wie möglich zwischen ihn und uns bringen und uns irgendwo verstecken, wo er sich nicht so einfach an uns heranschleichen konnte. Und ob es mir nun gefiel oder nicht, Fiaigh erfüllte diese Anforderungen perfekt.

»Ich schätze, dann gehen wir wohl nach Irland«, sagte Roux. Auch sie klang nicht glücklich darüber.

Plötzlich schoss ich kerzengerade hoch und knallte mit der Schulter gegen Edmonds. »Wir brauchen ein Telefon«, sagte ich.

»Warum?«, fragte Ludovic.

Ich deutete auf Roux und Jason. »Wir müssen unsere Familien anrufen.«

»Richtig«, sagte Jason. »Ich bin mir ziemlich sicher, inzwischen weiß die ganze Welt, dass in Belle Morte etwas Schreckliches passiert ist, und wir müssen unseren Familien sagen, dass es uns gut geht.«

»Deswegen mache ich mir keine Sorgen«, erwiderte ich grimmig.

Jason runzelte die Stirn und verstand nicht, was ich meinte.

Roux hingegen schon. »All unsere persönlichen Informationen stehen in unserer Spenderbewerbung, einschließlich unserer Adresse und der unserer Familienangehören. Diese Bewerbungen werden alle in Belle Morte archiviert, und da Vampire keine Computer benutzen, muss Etienne nur sämtliche Unterlagen im Haus durchforsten, bis er unsere Akten findet. Dann weiß er, wie er an unsere Familien rankommt.«

Jason erblasste. »Glaubst du, er würde ihnen was antun?«

»Willst du dieses Risiko eingehen?«, fragte ich zurück.

»Wir könnten sie abholen und mit nach Irland nehmen«, schlug Caoimhe vor.

»Danke, aber ich werde meine Mum auf gar keinen Fall in diese Sache mit reinziehen. Ich muss ihr nur Bescheid sagen, dass sie verdammt noch mal so schnell wie möglich aus dem Haus verschwinden soll.«

Ganz davon zu schweigen, dass Mum in Southampton lebte, das, je nach Verkehr, gut eine halbe Stunde Fahrt von Winchester entfernt lag. Roux und Jason lebten in Winchester, aber es würde zu lange dauern, zu jedem von uns nach Hause zu fahren und unsere Familien persönlich zu warnen.

»Andrew hat kein Handy?«, fragte Roux.

Ysanne schüttelte den Kopf. »Nur ausgewählten Angestellten ist das Mitführen von Smartphones erlaubt.«

»Du und Ysanne müsst außerdem was essen«, sagte ich zu Edmond.

Er schenkte mir ein verkrampftes Lächeln. »Mir geht's gut.«

»Dir geht's nicht gut. Du brauchst Blut«, beharrte ich.

Sanft nahm er meine Hände und drehte sie herum. »Du auch.«

Ich starrte auf meine Finger, die voller roter Brandblasen waren, seit ich Edmonds Handschellen entfernt hatte, auch wenn ich den Schmerz in dem Moment kaum wahrgenommen hatte. Ich drehte die Hände wieder herum, um die Verletzungen nicht sehen zu müssen.

»Zuerst das Telefon«, sagte ich.

Durch das Trennfenster teilte Ysanne Andrew mit, dass wir ein Telefon brauchten, und ich spürte, wie der Van eine Kurve nahm, dann eine weitere. Ich hatte keine Ahnung, wo wir waren. Wir fuhren noch eine Weile weiter und brachten mehr Distanz zwischen uns und Belle Morte, bis der Van schließlich stehen blieb.

Ich hörte, wie die Fahrertür zuknallte, dann das Geräusch von Schritten, die zur Seite des Lieferwagens gingen. Ysanne hatte gesagt, sie vertraute unserem Fahrer, aber als sich die Tür öffnete, spürte ich, wie ich mich anspannte. Etiennes Verrat hatte tiefe Wunden hinterlassen.

»Hast du ein Telefon gefunden?«, fragte Ysanne.

Andrew zeigte auf etwas, das ich nicht sehen konnte. »Jemand da drin sollte eins haben.«

Ich ging zur offenen Tür und lugte hinaus. Vor Belle Morte war ich noch nie in Winchester gewesen und abgesehen von dem Vampirhaus kannte ich nichts in der Stadt. Andrew hatte uns in eine schmale Straße gebracht, in der sich mit Erkern versehene Ladenfronten im Regency- und elisabethanischen Stil dicht an dicht aneinanderreihten und einen kleinen, traditionellen Pub fast direkt gegenüber von uns umrahmten. Farbenfrohe Blumenstauden ergossen sich aus unter den Fenstern im zweiten Stock angebrachten Blumenkästen und hingen in Körben auf beiden Seiten des Eingangs. Der Name des Pubs, The Bishop, prangte in großen goldenen Buchstaben auf schwarzem Hintergrund und teilte die Fassade in zwei Teile.

»Bist du sicher?«, fragte Ysanne.

»Ihr seid jetzt in der Menschenwelt und so gut wie jeder hat ein Handy bei sich«, antwortete Jason. Er tätschelte Ysannes Schulter, als er aus dem Wagen stieg, und sie schoss ihm einen eiskalten Blick zu, den er komplett ignorierte.

»Wir müssen nur jemanden dort drin dazu bringen, sein oder ihr Handy benutzen zu dürfen«, fügte ich hinzu.

Edmond machte Anstalten, von der gepolsterten Sitzbank aufzustehen, aber ich legte die Hände auf seine Schultern und hielt ihn davon ab. »Du kannst nicht mitkommen«, sagte ich.

Seine dunklen Augenbrauen zogen sich zusammen. »Warum nicht?«

»Schau dich doch mal an, Edmond. Du kannst nicht da reingehen, wenn du so aussiehst.« Ich blickte die anderen Vampire an. »Das kann keiner von euch. Noch nicht mal, wenn ihr *nicht* blutüberströmt wärt: Ihr seid alle viel zu berühmt. Bis wir wissen, was wirklich in Belle Morte vor sich geht, glaube ich, wir sollten versuchen, möglichst wenig aufzufallen.« Ich richtete den Blick auf Ysanne. »Wir müssen schließlich ein empfindliches Gleichgewicht aufrechterhalten.«

Alles, was Ysanne bisher getan hatte – auch wie sie Edmond behandelt hatte, – hatte sie getan, um das Gleichgewicht zwischen Menschen und Vampiren aufrechtzuerhalten. Lange Zeit hatte ich das nicht verstanden, aber nun, da ich die Grenze von Mensch zu Vampir überschritten hatte, begann ich allmählich, es zu begreifen.

Vampire waren gefährlich. Man konnte sie in hübsche Kleider stecken, sie vor Kameras zerren und über sie reden, als wären sie Rockstars, aber sie waren trotzdem Raubtiere. Der Durchschnittsbürger verstand dies nur nicht. Damit Vampire in einer Welt überleben konnten, in der die Menschen die dominante Spezies waren, mussten sie diese dunklere, tödlichere Seite ihres Wesens verstecken. Wenn die Menschen den Vampiren nicht mehr vertrauten, dann würde das Reich, das die Vampire zu ihrem eigenen Schutz errichtet hatten, irgendwann einstürzen.

Angenommen, dies war nicht bereits geschehen.

Ysanne nickte langsam. Sie blickte mich an, als hätte sie mich vorher noch nie wirklich gesehen oder als wäre ich ein freundliches, aber dummes Tier, das gerade etwas Überraschendes getan hatte.

»Spendende sind im Allgemeinen auch recht bekannt, vor allem in der Stadt, in der das berühmteste Vampirhaus des Vereinigten Königreichs steht«, bemerkte Andrew. »Vielleicht sollte ich lieber allein reingehen. Niemand merkt sich, wie Sicherheitsleute aussehen.«

Roux lockerte mit einer Hand ihre Kurzhaarfrisur ein wenig auf und brachte ein Lächeln zustande. »Das soll jetzt keine Beleidigung sein, aber Wildfremde sind eher geneigt, einem hübschen Mädchen ihr Handy zu leihen als irgendeinem Kerl.«

»Gutes Argument.«

Dicke Wolken hatten sich vor die Sonne geschoben, aber ich

konnte das tödliche Licht dennoch wie tausend Ameisen auf meiner Haut kribbeln spüren. Bloß gut, dass der Pub so nahe war.

Auch Roux blickte in den Himmel empor und biss sich auf die Unterlippe. »Vielleicht solltest du auch lieber hierbleiben, Renie. Im Van bist du sicherer.«

Ich schüttelte den Kopf.

»Wir könnten deine Mum für dich anrufen, wenn du uns die Nummer gibst ...«

»Sie wird nicht auf irgendwelche Fremden hören, die sie anrufen und ihr sagen, dass sie den ersten Zug raus aus Southampton nehmen soll, nur für den Fall, dass es ein paar böse Vampire auf sie abgesehen haben. Wenn ich es ihr nicht selbst sage, wird sie den Anruf für einen Streich halten.«

»Na schön.« Roux streifte ihren schwarzen Seidenblazer ab und hielt ihn mir über den Kopf wie einen Sonnenschirm. »Wir bringen dich sicher hin und wieder zurück.«

Ich drückte kurz Edmonds Hand, bevor wir die Straße überquerten.

Als ich den Pub betrat, Roux und Jason links und rechts von mir, schlug mir sofort ein Schwall aus Gerüchen entgegen: der herbe Geruch von Bier, der verlockende Duft von Bratfett aus der Küche und die schwächeren Noten von Parfüm und Aftershave, begleitet von einer gelegentlichen Nase säuerlichen Körpergeruchs. Das Murmeln von Stimmen und das Schlagen der vielen, in einem einzigen Raum gedrängten Herzen dröhnte laut in meinen Ohren, und ich blieb in der Tür stehen, weil ich alle Mühe hatte, ruhig zu bleiben.

Die Bar befand sich vor der Wand gegenüber, eine dicke Platte aus poliertem Holz, gesäumt von glänzenden Messingzapfhähnen und Barhockern mit Ledersitzen. Dahinter stand eine Frau um die dreißig in einem dunkelblauen Shirt.

»Ich muss erst mal euren Ausweis sehen, Leute«, begrüßte sie uns, als wir uns der Theke näherten.

»Wir wollen nichts trinken. Wir brauchen nur kurz ein Telefon«, sagte ich. Ich konnte hinter ihr auf der Bar ein schnurloses Telefon sehen, direkt neben der Kasse.

»Tut mir leid, ist nicht für Gäste.«

»Bitte«, sagte ich so jämmerlich wie möglich. »Wir sind echt verzweifelt.«

Die Miene der Frau war nicht unfreundlich, aber sie sah auch nicht aus, als würde sie einknicken. Roux und Jason sahen in ihren schicken Belle-Morte-Klamotten aus wie zwei reiche Kids, die wahrscheinlich das allerneueste Smartphone in der Tasche hatten.

»Bitte«, flehte ich erneut. »Wir stecken echt in Schwierigkeiten und müssen nur mal kurz zu Hause anrufen. Es dauert nur fünf Minuten. Ich flehe Sie an.«

Hinter mir gab Roux ein sehr überzeugendes Schluchzen von sich, und die Miene der Frau wurde weicher.

»Na schön, aber macht schnell«, sagte sie und reichte mir das Telefon.

Ich ließ Roux und Jason ihre Familien zuerst anrufen, während ich darüber nachdachte, was ich zu meiner Mutter sagen sollte. Früher oder später würde ich ihr erzählen müssen, dass June nie wieder nach Hause kommen würde und ich es möglicherweise auch nicht konnte. Doch all das auf einmal bei ihr abzuladen, wäre wahrscheinlich mehr gewesen, als sie verkraften konnte. Das Wichtigste war im Moment, dass Etienne ihr nicht zu nahe kommen konnte.

In meinem Kopf blitzte Nikki Flynn auf, und mit einem Mal war ich mir Dexters Medaillon in meiner Tasche sehr bewusst. Ich wünschte mir, ich könnte sie auch anrufen. Das arme Mädchen hatte keine Ahnung, dass sein Dad tot in Belle Morte lag.

Jason reichte mir das Telefon und ich wählte die Festnetznummer von zu Hause. Mum dachte nie daran, ihr Handy aufzuladen.

Bleib ganz ruhig, ermahnte ich mich selbst. Ich musste ihr vermitteln, wie wichtig es war, dass sie sofort das Haus verließ, ohne ihr zu viel Angst einzujagen.

Doch als der Anruf entgegengenommen wurde, hörte ich nicht Mums Stimme.

Sondern Etiennes.

KAPITEL 14

Renie

Der Schreck verwandelte meine Knie in Wackelpudding. »Wie …?« Ich brachte den Satz nicht zu Ende.

Das hier sollte nicht passieren.

»Unterschätze mich niemals, Renie.« Seine Stimme war wie Gift in meinen Ohren.

Ich musste mich richtig zwingen, das Telefon nicht zu fest zu umklammern, um es nicht zu zerbrechen.

»Du Mistkerl«, stieß ich aus.

Roux und Jason blickten mich erschrocken an.

»Ich weiß«, sagte Etienne. »Also, Renie, die Situation sieht folgendermaßen aus: Ich bin bei dir zu Hause, und es wäre entschieden besser für deine Mutter, wenn du hierherkämst, bevor sie zurück ist. Ich verspüre keinen besonderen Wunsch, ihr wehzutun, aber das werde ich, wenn du nicht tust, was ich dir sage. Und es geht auch nicht nur um sie. Ich weiß auch, wo Roux und Jason wohnen, und habe ein paar Freunde, die gern bereit sind, ihren Familien einen Besuch für mich abzustatten. Hast du das verstanden?«

»Ja.« Ich erstickte beinahe an dem Wort.

»Bist du noch in Winchester?«

»Ja.«

Roux gestikulierte wild mit den Händen, aber ich konnte ihr nicht in die Augen schauen.

»Geh in die Canon Street«, wies Etienne mich an.

»Ich weiß nicht, wo das ist«, flüsterte ich. Angst und Panik brannten in meiner Kehle.

»In der Nähe der Winchester Cathedral.« Etiennes Stimme wurde schärfer. »Du bist ein schlaues Mädchen und wirst den Weg schon finden, also verschwende keine Zeit und sage deinen Freunden nicht, wo du hingehst.«

»Was passiert, wenn ich dort ankomme?«

»Das hängt von dir ab. Beeil dich.« Etienne legte auf.

Das Telefon rutschte mir aus der Hand und landete mit einem dumpfen Schlag auf dem Boden.

»Was ist passiert?«, schrie Roux.

»Ich muss gehen«, erwiderte ich.

»Was? Moment, wer war denn am Telefon?« Roux wurde langsam panisch.

Aber ich konnte es ihr nicht sagen. Wenn Etienne gewusst hätte, wo ich war, hätte er inzwischen längst jemanden auf mich gehetzt. Aber wenn ich nicht tat, was er sagte, würde er meine Mum umbringen, genauso, wie er meine Schwester umgebracht hatte. Er würde Roux' und Jasons Familien umbringen, und dann würde er trotzdem einen Weg finden, mich dort hinzukriegen, wo er mich haben wollte.

Ich riss Roux den Seidenblazer aus der Hand, warf ihn mir über den Kopf und rannte aus dem Pub.

»Renie, warte«, schrie Jason.

Ich zögerte nicht. Ich musste von dem Pub weg, bevor Edmond mich sah, weil er mich niemals allein gehen lassen würde, aber ich konnte nicht zulassen, dass er sein Leben riskierte. Er war verletzt. Er würde es erst wieder mit Etienne aufnehmen können, wenn er vollständig wiederhergestellt war.

Kaum hatte ich den Pub verlassen, bog ich nach links ab und rannte in die entgegengesetzte Richtung des geparkten Vans.

Wo zum Teufel war die Kathedrale von Winchester? In meinem Kopf drehte sich alles. Ich wusste nichts über diese Stadt und ohne ein Smartphone hatte ich auch keinen Stadtplan. Diese Kirche könnte kilometerweit entfernt sein.

Denk nach, Renie.

Ich sauste um die nächste Ecke, und Hoffnung flammte in meiner Brust auf. Am Ende der Straße stand ein schwarzes Taxi an der Bordsteinkante. Eine Frau stieg aus, einen Koffer hinter sich herziehend, und ich legte an Tempo zu.

Als ich das Taxi erreichte, warf ich mich auf den Rücksitz. »Wie weit ist es bis zur Canon Street?«, platzte ich heraus.

»Was?« Der Fahrer drehte sich um und schaute mich durch die Plastiktrennscheibe an.

»Canon Street! Wo ist die?«

»Ungefähr anderthalb Kilometer von hier ...«

»Bitte, bringen Sie mich dorthin.«

Er runzelte die Stirn und beäugte den Blazer, den ich mir immer noch über den Kopf hielt.

»Ist alles in Ordnung? Stecken Sie in Schwierigkeiten?«, fragte er, seine Stimme nun weicher.

»*Bitte*. Ich bezahle Ihnen das Doppelte. Fahren Sie einfach.«

Ich musste hier weg, bevor mir Edmond oder irgendwer anders hinterherkam.

Der Fahrer seufzte und schüttelte den Kopf, aber eine doppelte Bezahlung würde er sicher nicht ablehnen. Er lenkte das Taxi von der Bordsteinkante.

Ich schaute durch die Heckscheibe und sah Ludovic um die Ecke biegen, sein blonder Pferdeschwanz hinter ihm flatternd. Er war schnell, aber das Taxi war schneller. Ein Wimmern entwich meiner Kehle. Ich *musste* das hier tun, um diejenigen zu beschützen, die ich liebte, aber es jagte mir eine Scheißangst ein. Etienne hatte bereits zugegeben, dass er mich tot sehen wollte, also warum wollte er dann, dass ich mich ihm lebendig auslieferte? Warum wies er seine Lakaien nicht einfach an, mich zu töten, wenn ich in der Canon Street eintraf? Was hatte dieser bösartige Mistkerl jetzt wieder vor?

Den Blazer über meinem Kopf ausgebreitet, konnte ich nicht zum Fenster hinaussehen, und die folgenden Minuten verstrichen in einem Dunst erstickender Angst und Panik. Ich versuchte, nicht darüber nachzudenken, was Etienne mir antun würde, aber Junes blutiges, wildes Gesicht hatte sich in meinem Kopf festgesetzt. Ich konnte nicht vergessen, wozu dieser Mann fähig war.

»Sind wir bald da?«, fragte ich.

»In einer Minute«, antwortete der Taxifahrer.

Ich hatte keinen einzigen Penny dabei. Das Versprechen auf doppelte Bezahlung war eine reine Lüge gewesen, aber ich konnte nicht warten, bis wir angekommen waren, um es dem Fahrer zu beichten – in Etiennes Scheiße verwickelt zu werden, könnte den armen Kerl das Leben kosten. Damit blieb mir allerdings nur eine Wahl.

Ich stieß die Tür auf und rannte.

»Bleib stehen!« Die Stimme des Fahrers donnerte mir hinterher, aber ich war weg, noch bevor er sich abschnallen konnte.

Ich fand die Canon Street, indem ich unter dem über meinem Kopf ausgebreiteten Blazer zu den Straßenschildern hinauflugte. Obwohl ich die Gesichter der wenigen Passanten, die mir begegneten, nicht sehen konnte, konnte ich mir gut vorstellen, was für seltsame Blicke ich auf mich zog. Aber wenigstens versuchte niemand, mich aufzuhalten.

Die Canon Street war eine schmale kleine Straße, auf beiden Seiten gesäumt von Reihenhäusern aus Backstein. Sie lag größtenteils im Schatten, und ich überquerte die Straße zu ihrem dunkelsten Abschnitt, um mir ein wenig Erleichterung von dem brennenden Juckreiz auf meinen Handrücken zu verschaffen.

Am Ende der Straße parkte ein dunkelgrauer Wagen am Bordstein. Zwei Männer – Menschen – standen daneben. Einer der beiden war durchschnittlich groß, mit schütterem Haar, das in einer buschigen Insel aus seiner Stirn wuchs. Der andere war größer und bärtig und verlagerte permanent sein Gewicht von einem Fuß auf den anderen. Er knuffte dem Beinahe-Glatzkopf mit dem Ellenbogen in die Seite, als er mich sah, und meine Schritte wurden langsamer.

Der Beinahe-Glatzkopf schaute auf seine Uhr. »Du warst schnell. Etienne wird sehr erfreut sein.«

Bei dem Gedanken, Etienne zu erfreuen, wurde mir richtig übel. »Was passiert jetzt?«, fragte ich.

Der Bärtige öffnete die Wagentür und zeigte auf den Rücksitz. »Steig ein.«

»Warum helft ihr Etienne?«, wollte ich wissen. Ich konnte verstehen, warum er sie nicht in Vampire verwandelt hatte – er brauchte zumindest ein paar Lakaien, die sich tagsüber draußen aufhalten konnten. Aber was sprang für die beiden dabei heraus?

»Willst du fröhliches Rätselraten spielen, oder willst du zu Etienne, bevor er jemandem wehtut, der dir etwas bedeutet?«, fragte Fast-Glatze.

Wut loderte in meiner Brust, und das Raubtier in mir erwachte zum Leben. Ich ballte die Fäuste und spürte den Schmerz meiner herausgleitenden Reißzähne. Keiner dieser Männer hatte etwas Bedrohliches an sich, und keiner von ihnen hätte eine Chance gegen mich gehabt, nun, da ich eine Vampirin war. Trotzdem lag sämtliche Macht in ihren Händen und das wussten wir alle.

Ich näherte mich dem Wagen.

Ein Teil von mir hoffte trotz allem verzweifelt, Edmond würde aus dem Nichts auftauchen, um mich zu retten, auch wenn ich erneut hätte davonlaufen müssen, wenn er es getan hätte.

Aber es kam niemand.

Der Bärtige bewegte sich ohne Vorwarnung. Aus dem Augenwinkel sah ich seinen Arm auf mich zuschnellen, und irgendetwas huschte an meinem Hals vorbei. Anfangs spürte ich den Schmerz nicht, doch als er mich traf, rauschte ein glühend heißes Feuer durch meinen Körper und verwandelte mein Blut in Säure.

Eine Silberkette legte sich um meinen Hals, saugte mir sämtliche Kraft aus. Ich krallte mich daran fest, aber das Metall verbrannte meine Fingerspitzen, die ohnehin bereits wund waren und sich im Licht der Sonne schälten.

Ich hatte keine Ahnung, ob Silber neuen Vampiren noch mehr wehtat als älteren oder ob Edmond genau dieselben Qualen durchlitten hatte, als er im Verlies von Belle Morte eingesperrt gewesen war. Ich wusste nur, dass mich die Schmerzen bei lebendigem Leib zerfraßen. Ich konnte nicht schreien. Es war, als hätte man mir die Stimme weggeätzt.

Ich fiel auf die Knie, mit blutigen Fingern hilflos nach der Kette krallend.

Jemand warf mir einen rauen Sack über den Kopf, hüllte mich in Dunkelheit. Metallschellen schlossen sich um meine Knöchel und Handgelenke, und ein neues Feuer jagte durch meine Adern. Diese Ungeheuer hatten mich von Kopf bis Fuß in Silber gekettet und es brannte wie Säure. Wut brodelte in mir, und mir drehte sich der Magen um, aber Vampire konnten sich nicht übergeben. Blut strömte an meinem Hals hinunter und sammelte sich zwischen meinen Brüsten.

Zwei Paar Hände hoben mich hoch und warfen mich auf die Rückbank des Wagens. Die Türen knallten zu, und der Motor sprang an, leise bis in meine Knochen dröhnend.

Ich hatte keine Ahnung, wohin sie mich brachten oder was zur Hölle als Nächstes passieren würde.

Es war beinahe eine Erleichterung, als mich die Ohnmacht fortriss.

Edmond

»Wir sollten wieder in den Wagen steigen«, sagte Ludovic und blickte die Straße hinauf und hinunter. Es waren zwar nur wenige Leute unterwegs, die zu sehr damit beschäftigt waren, sich über ihre Smartphones zu beugen, um ihre Umgebung wahrzunehmen, aber das konnte sich schnell ändern.

Edmond wollte den Blick nicht von dem Pub abwenden, in dem Renie sich befand, aber wenn sie fürs Erste geheim halten wollten, was in Belle Morte passiert war, konnten sie nicht riskieren, entdeckt zu werden.

Ysanne geriet plötzlich ins Wanken und hielt sich mit einer Hand an der offen stehenden Hintertür des Lieferwagens fest. Edmond ging zu ihr.

»Du brauchst Blut«, sagte er.

Ein Muskel zuckte in ihrem Kiefer. »Das wird warten müssen, bis wir in Fiaigh sind.«

»Wir haben keine Ahnung, wie lange das dauern wird«, warnte Edmond sie.

Andrew tauchte auf ihrer Seite des Vans auf. »Ich kann dich füttern«, bot er an und hielt ihr sein Handgelenk hin.

Das Angebot galt Ysanne, aber Edmonds Reißzähne glitten unwillkürlich heraus, gierten danach, Andrew zu beißen und sein warmes, köstliches Blut zu trinken.

Ysanne schüttelte den Kopf, aber Edmond legte eine Hand auf ihren Arm. »Du solltest es tun. Wir haben keine Ahnung, ob auf dem Weg nach Fiaigh nicht irgendwelche Schwierigkeiten auf uns warten.«

Ysanne starrte ihn an, und für einen flüchtigen Moment fühlte Edmond sich in eine Zeit vor mehreren Hundert Jahren zurückversetzt, in die Nacht, in der er Ysanne zum ersten Mal begegnet war. Auch damals hatte sie jemand niedergestochen, als sie auf der Straße von Räubern überfallen worden war, und nachdem sie die Angreifer getötet hatte, hatte sie sich zu dem verängstigten Bauernjungen umgedreht, der sich ganz in der Nähe versteckt hatte, und ihn gebeten, sein Blut trinken zu dürfen, um ihre Wunden zu heilen. Damals hatte Edmond sie gefüttert, aber nun konnte er nicht dasselbe tun.

Andrew streckte Ysanne sein Handgelenk erneut hin, und

Edmond spürte, dass sie nachgeben würde, bevor es ihr anzusehen war.

»Wir sollten es im Wagen tun«, sagte sie schließlich. »Wir wollen keine Aufmerksamkeit erregen.«

Sie stieg ein, gefolgt von Andrew, und die beiden setzten sich auf die linke Bank, in die dunkelste Ecke.

»Du brauchst auch Blut«, sagte Ludovic zu Edmond.

Er nickte in Richtung des Pubs. Ein Mann im mittleren Alter taumelte heraus. Er lehnte sich an die Wand, und es bereitete ihm unverkennbare Mühe, sich eine Zigarette anzuzünden. Offensichtlich war er ziemlich betrunken. Je betrunkener jemand war, desto weniger wahrscheinlich war es, dass er sich daran erinnern würde, von einem Vampir gebissen worden zu sein.

»Bevor du protestierst, denk daran: Je stärker du bist, desto besser kannst du Renie beschützen«, fügte Ludovic hinzu.

Edmond erlaubte sich ein klägliches Lächeln. Ludovic wusste eben genau, wie er ihn überzeugen konnte.

»Bleib hier und behalte den Pub im Auge«, sagte er.

Ludovic nickte.

Als der Betrunkene in eine schmale Seitengasse einbog, ging Edmond ihm nach. Es fühlte sich seltsam an, es nach so langer Zeit wieder zu tun. Jahrhundertelang hatte er Menschen aus den Schatten gejagt, ihnen so viel Blut genommen, wie er konnte, ohne ihnen zu schaden, und war anschließend wieder verschwunden, bis es für ihn sicher gewesen war, erneut auf die Jagd zu gehen. Doch das Spendersystem hatte alles verändert. Edmond hatte sich an den Luxus von Belle Morte gewöhnt, daran, dass die Spendenden ihm ihre Adern freiwillig anboten, und es fühlte sich schmerzlich falsch an, plötzlich gezwungen zu sein, wieder auf alte Gepflogenheiten zurückzugreifen.

Der Mann vor Edmond bewegte sich langsam, schlurfte mit den Füßen über den Boden, während Zigarettenrauch über seiner Schulter aufstieg.

Rauchen war in Belle Morte verboten, weil es den Geschmack des Blutes beeinflusste. Die meisten Vampire tranken aus demselben Grund auch nicht gern von Betrunkenen. Doch Edmond konnte es sich im Augenblick nicht leisten, wählerisch zu sein.

Er wartete, bis der Mann stehen blieb, um seine Zigarettenkippe auszutreten, huschte dann hinter ihn, lautlos wie ein Geist, und tauchte seine Reißzähne in den Hals des Mannes. Sein Blut schmeckte bitter und unangenehm, aber Edmond schluckte gierig, so viel er konnte, hinunter, ohne dem Mann Schaden zuzufügen. Es reichte nicht aus, um seine Wunden zu heilen, aber es bescherte ihm zumindest einen dringend benötigten Energieschub. Nun war er wieder kräftig genug, um zu kämpfen, falls es nötig sein sollte.

Der Mann lehnte sich an die Wand, seine Augenlider nach dem Biss vor unerwarteter Erregung flatternd, und Edmond huschte genauso lautlos wieder davon, wie er gekommen war.

Doch sobald er den Pub und den Lieferwagen sah, wusste er, dass irgendetwas nicht stimmte. Roux und Jason standen neben dem Van, Roux wild gestikulierend, während sie Andrew etwas erzählte. Ysanne saß noch immer im Wagen, ebenso wie Caoimhe, aber Ludovic und Renie waren nirgends zu sehen.

Edmond gefror das Blut in den Adern.

Er rannte zu dem Fahrzeug und packte Roux am Arm. »Was ist passiert?«, fragte er.

Roux' Gesicht war leichenblass, ihre Augen vor Schock geweitet. »Ich glaube, Etienne hat Renies Mum. Sie hat zu Hause angerufen, aber jemand anders ist drangegangen. Wer immer es auch war, hat ihr eine Scheißangst eingejagt. Aber es schien, als würde sie ihn kennen, deshalb muss es Etienne gewesen sein, richtig?«

»Wie sollte Etienne denn schon bei ihr zu Hause sein?«

»Southampton ist nicht sehr weit von Winchester entfernt. Wenn er direkt dorthin ist, nachdem wir aus der Villa geflohen sind …« Roux brachte den Satz nicht zu Ende.

Ludovic eilte zu ihnen, seine Miene finster. »Renie ist in ein Taxi gestiegen. Ich weiß nicht, wo sie hingefahren ist, und ich konnte sie nicht einholen. Es tut mir leid.«

Edmond hatte Mühe, die eiskalte Woge der Angst zu kontrollieren, die sich in seinem Inneren aufbauschte. »Wenn Renie glaubt, dass Etienne bei ihrer Mutter ist, dann wird sie nach Hause fahren.«

Roux schüttelte den Kopf. »Wir konnten den anderen Teil des Telefonats zwar nicht hören, aber Renie hat definitiv gesagt, sie wüsste nicht, wo sich irgendein Ort befindet. Und dann hat sie gefragt, was passieren würde, wenn sie an diesem Ort ankommt. Ich glaube nicht, dass Etienne ihr befohlen hat, nach Hause zu kommen.«

»Wo zur Hölle sollte er sie denn sonst hinschicken?« Edmond ballte die Fäuste.

»Ich weiß es nicht.«

Er schlug gegen die Seite des Lieferwagens, und Roux schreckte hoch. »Das ist alles meine Schuld. Ich hätte sie nicht allein lassen dürfen«, sagte er.

Das letzte Mal hätte ihm eine Lehre sein sollen – beim letzten Mal hatte June Renie getötet. Aber anscheinend hatte er verdammt noch mal überhaupt nichts daraus gelernt, und jetzt war Renie fort.

»Hey.« Roux zeigte auf Edmonds Brust. »Das ist Etiennes Schuld, nicht deine. Und wir können hier nicht in Selbstmitleid baden. Wir müssen uns überlegen, was wir tun sollen.«

»Wir müssen zu ihr nach Hause«, beharrte Jason. Er lehnte sich gegen den Van und starrte auf seine Füße hinunter.

»Aber dort ist sie nicht«, widersprach Roux ihm.

»Ihre Mum aber schon – und Etienne auch. Er hat bereits June getötet, und wir können nicht zulassen, dass er Renies Mum auch umbringt.«

Roux kaute auf ihrer Unterlippe herum, ihre Augen glänzend vor unvergossenen Tränen. »Aber das bedeutet, dass wir Renie nicht hinterherkönnen.«

Edmond widerstand dem Drang, dem Wagen einen weiteren Schlag zu verpassen.

»Wir können ihr sowieso nicht hinterher«, warf Caoimhe ein und steckte den Kopf aus der Tür. »Wir haben keine Ahnung, wo sie ist, und keine Möglichkeit, sie aufzuspüren.«

»Ich lasse sie *nicht* im Stich«, knurrte Edmond.

»Ich sage ja auch gar nicht, dass du das tun sollst. Aber *Etienne* weiß, wo sie ist.«

Roux' Miene hellte sich ein wenig auf. »Und *wir* wissen, wo Etienne ist.«

Eine Art grimmiger Ruhe legte sich über Edmond und besänftigte die anschwellenden Wogen der Angst und Wut. »Dann werde ich ihn zum Reden bringen.«

»Glaubt ihr, das könnte eine Falle sein?«, fragte Jason.

»Etienne hätte mir Renie vor ein paar Tagen beinahe für immer genommen. Wenn er glaubt, er könnte es wieder tun, dann irrt er sich. Ich werde ihm eigenhändig den Skalp abziehen, wenn ich sie dadurch finden kann«, schwor Edmond.

Jason schluckte. »Na, dann wäre das ja geklärt.«

»Kennt überhaupt jemand Renies Adresse?«, fragte Roux.

Ysanne meldete sich aus dem Wagen zu Wort: »Ich. Ich kenne die Adressen aller aktuellen Spendenden auswendig.«

»Dann lasst uns gehen«, sagte Edmond.

Während alle in den Van stiegen, blickte sich Edmond noch einmal zu dem Pub um, vor dem er Renie zum letzten Mal gesehen hatte. »Ich werde dich finden«, flüsterte er. »Ganz gleich, was dafür nötig ist, ich werde dich finden.«

KAPITEL 15

Renie

Meine Sinne erwachten langsam wieder. Ich wurde über harten Untergrund gezerrt, den Sack noch immer über dem Kopf, und die groben Fasern kratzten über mein Gesicht. Ich hörte zwei Herzschläge – die Männer, die Etienne geschickt hatte, um mich zu entführen, – und nahm das schwache Rauschen von Wasser wahr.

War ich noch in Winchester oder hatten mich Etiennes Lakaien an einen anderen Ort gebracht? Wie viel Zeit hatte ich verloren, während ich bewusstlos gewesen war? Gewiss genug für Edmond, um zu erkennen, dass ich verschwunden war. Ein scharfes Stechen bohrte sich in mein Herz.

Meine Fänger hievten mich auf einen Stuhl und der Druck der Fesseln um meine Handgelenke und Knöchel verschwand für einen Moment, als jemand sie löste. Die Schellen schlossen sich jedoch sofort wieder, fesselten meine Fußgelenke an die Stuhlbeine und die Handgelenke hinter dem Stuhl, sodass ich die Arme nicht bewegen konnte.

Vielleicht hätte ich so tun sollen, als wäre ich noch immer bewusstlos, aber als man mir den Sack vom Kopf riss, konnte ich nicht anders, als reflexartig nach Luft zu schnappen.

Ich befand mich in einem kleinen Holzhaus, die Fenster mit Brettern vernagelt, der Boden aus unebenem Beton und hier und da von Unkrautbüscheln durchbrochen.

Etienne stand vor mir, auf beiden Seiten flankiert von meinen Entführern. Wut brodelte in mir.

»Was ist bloß mit euch los, verdammt?«, brüllte ich sie an. »Wisst ihr, was dieses kranke Arschloch getan hat? Warum helft ihr ihm?« Sie hatten die silberne Kette um meinen Hals entfernt, während ich bewusstlos gewesen war, aber meine Stimme klang immer noch wund.

Der Bärtige schluckte und lenkte unfreiwillig meinen Blick auf seine Kehle. Mir pulsierte der Magen vor plötzlichem Verlangen nach Blut.

»Weil er uns helfen wird«, sagte der Barttyp und blickte mit einem Ausdruck, den ich nur als Heldenverehrung beschreiben konnte, zu Etienne. Es war derselbe Ausdruck, den ich auch bei Vladdicts gesehen hatte, wenn sie nach ihrem jüngsten Vampirschwarm schmachteten – in den Gesichtern jeder und jedes Einzelnen, die in den vergangenen zehn Jahren der Vampirmanie erlegen waren.

»Euch *helfen*? Er wird euch töten«, fauchte ich.

»Ja, und dann wird er uns verwandeln.«

Meine Augen richteten sich auf Etienne, aber seine Miene verriet nicht das Geringste. *Mistkerl.*

»Er wird uns unsterblich machen«, sagte der Beinahe-Glatzkopf, und sein Gesicht verzerrte sich plötzlich vor Wut. »Ich war mein Leben lang ein Loser, aber wenn ich erst mal ein Vampir bin, wird sich alles ändern. Dann werden die Leute mich bemerken. Sie werden mich *respektieren*.«

»Natürlich werden sie das«, sagte Etienne.

Ich starrte den Mann an, den ich für meinen Freund gehalten hatte, und neben dem Hunger nach Blut und der lodernden Wut meldete sich noch etwas anderes in mir: das bittere Stechen des Verrats.

»Ich hab dir vertraut«, flüsterte ich.

Etienne blickte zu seinen menschlichen Lakaien. »Lasst uns einen Moment allein«, wies er sie an.

Sie verneigten sich beinahe vor ihm, bevor sie hastig das Haus verließen.

Etienne holte einen Stuhl aus einer Ecke des Raumes und stellte ihn vor mir ab. Er setzte sich darauf, nicht nahe genug, dass ich ihn hätte erreichen können, wenn meine Arme frei gewesen wären, aber doch nahe genug, dass wir einander in die Augen schauen und die Miene des anderen lesen konnten.

»Renie, bitte glaub mir, wenn ich dir versichere, dass das hier nichts Persönliches ist. Du bist ein nettes Mädchen, und wenn es irgendeinen anderen Weg gäbe, dann würde ich ihn wählen, ehrlich.«

Seine Stimme klang aufrichtig, und ich hasste ihn dafür. Mir wäre lieber gewesen, er hätte sich wie ein hässlich lachender Bond-Bösewicht in schadenfroher Erwartung meines Todes die Hände gerieben, anstatt mit mitfühlendem Blick hier vor mir zu sitzen und mir zu erklären, wie leid es ihm tat, dass ich sterben musste.

»Warum hast du meine Schwester umgebracht?« Auch wenn ich hier sterben würde, musste ich es wissen.

»Weil sie mich darum gebeten hat.«

Seine Antwort war das Letzte, was ich erwartet hatte, und die Worte trafen mich wie ein Schlag, so heftig, dass ich tatsächlich zurückzuckte.

»Was hast du gesagt?« Meine Stimme war nicht mehr als ein Flüstern.

»June ist in dieser ganzen Sache nicht das schuldlose Opfer. Sie *wollte* verwandelt werden.«

»Aber sie wollte sicher kein Monster sein!«

»Nein«, stimmte Etienne mir zu. »Aber ich wusste nicht, dass das passieren würde. Es war wirklich nicht meine Absicht.«

»Und was war es dann?«

Etiennes Blick bohrte sich in mich, und ich hoffte, jedes Quäntchen Hass, das ich für ihn empfand, würde sich in meinen Augen widerspiegeln.

»Ich brauchte sie«, sagte er.

»Warum?«

»Weil sich die Vampirwelt verändern muss und ich diese Veränderungen nicht allein herbeiführen kann.«

Ich hatte Mühe, mich an jene Nacht im Schnee zurückzuerinnern, als June mich getötet hatte. »Du hast mir erklärt, es stünde eine Revolution bevor.«

Etienne nickte.

»Was zur Hölle hat das mit June zu tun?«

»Das Spendersystem funktioniert nicht, und die einzige Möglichkeit, jemals etwas daran zu ändern, ist es, alles zum Einsturz zu bringen. Unter der eisernen Herrschaft des Vampirrats wäre mir das niemals gelungen, ebenso wenig, wie ich ihn ohne Hilfe hätte stürzen können. June war meine Komplizin in Belle Morte.«

»Du lügst. Belle Morte war Junes Traum, sie hätte niemals *irgendetwas* getan, das dem Haus schadet.«

»Doch, hätte sie, wenn es etwas gegeben hätte, das sie sich

noch mehr wünschte.« Etienne schwieg für einen Moment. »June war in mich verliebt. Als ich ihr erklärte, ich würde ihr ihren sehnlichsten Wunsch erfüllen und sie unsterblich machen, damit wir für immer zusammen sein können, gab es nichts mehr, das sie nicht für mich getan hätte. Aber zuerst mussten wir Ysanne stürzen. Die Lady von Belle Morte mit ihren strengen Regeln und antiquierten Idealen hätte es uns niemals erlaubt, zusammen zu sein.«

»Nein.« Ich schüttelte so energisch den Kopf, dass mein Haar gegen meine Ohren peitschte. »June hätte so etwas niemals getan.«

»June hätte alles für mich getan.« Etiennes Stimme klang seltsam neutral – weder reumütig noch selbstgefällig, und es machte mich nur umso wütender.

»Du *lügst*«, brüllte ich, meine Augen brennend vor nicht vergossenen Tränen.

»Würdest du nicht auch alles tun, um deine Liebe für Edmond zu beweisen? Oder gibt es dabei Grenzen?«, fragte Etienne.

»Natürlich gibt es die.«

»Und welche Grenzen wären das? Was wärst du nicht zu tun bereit, um mit ihm zusammen sein zu können?«

Die Worte erstarben auf meinen Lippen – woher zum Teufel sollte ich das wissen?

»Eben. Es ist ganz leicht, andere zu verurteilen, wenn man sich nicht in derselben Situation befindet.«

»Es ist auch ganz leicht, einen Typen zu verurteilen, der andere Leute umbringt, um zu bekommen, was er will«, blaffte ich ihn an.

»Wirklich?« Etienne lehnte sich mit amüsiertem Ausdruck

auf seinem Stuhl zurück. Wir hätten uns ebenso gut in irgendeinem Fütterungszimmer in Belle Morte befinden können, abgesehen davon, dass ich gefesselt war und blutete. »Wie sehr hast du Edmond verurteilt? Ich würde jede Wette eingehen, er hat in den drei Kriegen, in denen er gekämpft hat, eine Menge Leute getötet. Oder willst du mir jetzt sagen, das wäre etwas anderes?«

»Es *ist* etwas anderes.«

»Warum?«

»Edmond hat nicht in diesen Kriegen gekämpft, um sich selbst einen Vorteil zu verschaffen. Er hat versucht, die Welt in einen besseren Ort zu verwandeln.«

»Genau das versuche ich auch – für die Vampire. Unglücklicherweise sind dafür einige Opfer nötig. Edmond hat reichlich Blut an den Händen und du hast aufgrund deiner Gefühle für ihn darüber hinweggesehen. Du verfügst in dieser Sache über keinerlei moralische Autorität, Renie, genauso wenig wie Edmond.«

»Du hast June nie geliebt, oder?« Ich kannte die Antwort, aber ich musste trotzdem hören, wie er es sagte.

»Nein. Wir brauchten sie und ich habe sie für unsere Zwecke ausgenutzt.« Seine Stimme klang nun weicher, und er redete mit mir, als glaubte er, ich würde ihn verstehen.

Die Gefühle tobten in mir wie ein Tornado, eine rauschende Macht aus Wut, Trauer und Verwirrung, aber trotzdem blieb ich an dem Wort *wir* hängen.

Bitte, lass es nicht Caoimhe sein, dachte ich.

»Mit wem arbeitest du zusammen? Wer war krank genug, um dir zu helfen?«

Schatten flackerten in Etiennes Augen. »Abgesehen von deiner Schwester, meinst du?«

Meine gefesselten Hände ballten sich hinter dem Stuhl zu Fäusten. »Sag es mir einfach.«

»Niemand hat *mir* geholfen. Die ganze Sache war ihre Idee«, sagte Etienne.

»*Wessen* Idee?«

Es machte keinen Unterschied mehr. Falls es Caoimhe war, konnte ich sie nicht aufhalten. Aber ich musste es wissen.

Die Tür am Ende des Raumes öffnete sich. »Ich fürchte, es war meine«, sagte die Gestalt, die hereinkam.

Mein Herz bebte. Ich *kannte* diese Stimme, aber das konnte nicht sein …

Während die Gestalt näher kam, lösten sich die Schatten im Raum auf und enthüllten eine Vampirin, von der ich geglaubt hatte, ich würde sie nie wiedersehen. Ihr blondes Haar war zu einem hohen Pferdeschwanz zusammengefasst, der die Aufmerksamkeit auf ihre zarten Züge lenkte und sie mehr denn je aussehen ließ wie eine Porzellanpuppe.

»Jemima?«, stieß ich leise aus.

KAPITEL 16

Renie

Die Lady von Nox starrte mich an, gesund und munter und so wunderschön wie eh und je.

»Aber ...« Ich verstummte. »Du solltest tot sein. Ysanne hat gesagt ...«

Jemimas Mundwinkel wanderten mit einem leisen Lächeln nach oben. »Ja, ich habe meine Todesszene sehr überzeugend gespielt.«

Ihr Verrat war im Vergleich zu Etiennes nur ein Tropfen auf den heißen Stein, aber er ließ den bebenden Druck in mir noch weiter anschwellen und presste sich voller Wut gegen meine Brust. Ich hatte Jemima vertraut – sie *gemocht*. Ich hatte sie sogar für eine bessere Lady gehalten als Ysanne. Wie hatte ich sie nur so völlig falsch einschätzen können? Ein paar nette Worte, ein Lächeln hier und da, und ich hatte mich komplett täuschen lassen und sie für einen Engel gehalten.

»Warum tust du das?«, fragte ich. »Ich ... verstehe das nicht. Die Vampire hatten alles, was sie sich wünschen konnten und mehr – warum versuchst du, das alles zu zerstören?«

Sie wirkte tatsächlich überrascht. »Glaubst du, es wäre *das*, was ich damit erreichen wollte?«

»Du hast den Vampirrat ermordet, unschuldige Menschen und Vampire abgeschlachtet und Belle Morte übernommen. Hab ich irgendwie den Teil verpasst, der beweist, dass du damit *nicht* alles zerstörst, was die Vampire aufgebaut haben?«

»Wir haben unsere eigenen Gefängnisse erschaffen«, zischte Jemima mich an. »Sicher, wir leben in schönen Villen mit Designerklamotten und Horden von Fans, aber wir sind trotzdem in goldenen Käfigen gefangen. Wir leben nicht in *Freiheit*. Wir haben uns der Angst, die Menschen könnten sich gegen uns wenden, völlig unterworfen, ebenso wie dem Vampirrat und seinen Gesetzen, und ich habe das so satt.«

»Du hast keine Ahnung, wie es ist, ein Vampir zu sein«, fügte Etienne, an mich gewandt, hinzu.

Ich wollte ihm widersprechen, aber Jemima schnitt mir mit einer schnellen Bewegung ihrer kleinen Hand das Wort ab. »*Nicht*«, warnte sie mich mit funkelnden Augen. »Beleidige uns nicht, indem du so tust, als wären die paar Stunden, seit du als Vampirin erwacht bist, auch nur annähernd vergleichbar mit denen unter uns, deren Leben schon mehrere Jahrhunderte andauert.«

»Ein paar von uns wollen mehr als das Leben, das der Vampirrat uns erlaubt. Wir wollen die Freiheit, in unserem eigenen Haus ein und aus zu gehen, wann immer es uns beliebt, und nicht nur, wenn der Vampirrat es uns erlaubt. Wir wollen die Freiheit, Beziehungen mit Menschen zu führen und zu trinken, wann immer uns danach ist. Wir wollen über unser eigenes Leben bestimmen können und dem Vampirrat nicht bei allem Rede und Antwort stehen müssen«, erklärte Etienne mir.

»Dafür hättet ihr sie aber nicht töten müssen«, erwiderte ich.

»Glaubst du wirklich, sie hätten uns zugehört? Glaubst du, sie hätten jemals zugestimmt, das System zu ändern?«

»Ich weiß es nicht«, brüllte ich. »Aber ihr hättet es *versuchen* können. Ihr hättet nicht sofort auf Mord zurückgreifen müssen.«

»Diese Welt muss sich daran erinnern, wozu wir fähig sind«, sagte Jemima. »Wir sind nicht nur irgendwelche hübsch anzuschauenden Objekte. Wir sind die Bestien, die schon nachts umherstreiften, noch bevor die Ahnen der heutigen Menschen überhaupt geboren waren, und wir haben mehr Respekt verdient als ein bisschen Starruhm.«

»Also was – wollt ihr die Menschen daran erinnern, dass Vampire Killer sein können? Wie sollte das irgendjemandem nützen?«

»Es wird die Menschen daran erinnern, dass wir die Göttinnen und Götter dieser Welt sind. Ich will nicht, dass wir in Angst vor ihnen leben – ich will, dass sie in Angst vor *uns* leben.«

»Noch mal: Wie soll euch das irgendetwas nützen? Es schmeichelt eurem Ego, sicher, aber es wird den Vampiren nicht helfen. Wenn die Menschen Angst vor euch haben, werden sie auch nicht mehr spenden wollen.«

»Natürlich werden sie das. Die Menschen sind erstaunlich dumm. Sie fühlen sich von Schönheit angezogen – auch von Schönheit, die in der Lage ist, sie zu töten. Selbst wenn sie vollständig begreifen, wozu wir in der Lage sind, werden sie trotzdem immer unsere glamouröse Seite sehen. Sie werden die Gefahren beschönigen und sich völlig auf die Kleider und den Luxus und die Erregung eines Bisses fixieren. Alle wollen berühmt sein, alle wollen ewiges Leben – und Vampire haben beides. Die Menschen werden uns immer anbeten.«

»Ich wollte das nie«, widersprach ich ihr.

»Wie bitte?«

»Ich wollte nie berühmt sein oder ewig leben.«

Ein Lächeln zuckte um Jemimas Mundwinkel, ihr Gesicht kalt, wie Porzellan. »Und ist es nicht die reinste Ironie, dass ausgerechnet *du* nun beides bekommst?«

Ich musste daran denken, wie sie mich bei dem Treffen des Vampirrats verteidigt hatte. Diese verlogene Schlampe hatte dabei in Sachen Charme so dick aufgetragen, dass ich darauf hereingefallen war. Ich hasste sie dafür.

»Was genau wollte June für dich tun?«, fragte ich Etienne. Ich konnte die grauenvolle Enthüllung, dass sie ihm geholfen hatte, erst wirklich verarbeiten, wenn ich alle Einzelheiten kannte.

Er antwortete mir nicht.

»Bitte«, flehte ich, und meine Stimme brach. »Ich muss es wissen.«

Etienne blickte zu Jemima, und sie zuckte leicht mit den Schultern. Er schien es als Zustimmung zu verstehen.

»Das Allerwichtigste bei der Erschaffung einer neuen Welt war es, uns des Vampirrats zu entledigen. Ysanne war der offensichtliche erste Schritt. June wollte Vampirin werden, und ich bot ihr an, sie zu verwandeln, sofern sie hinterher Ysanne beschuldigte, dieses Verbrechen begangen zu haben.«

»Und June war einverstanden.«

»Ja.«

Ich schloss für einen langen, schmerzvollen Moment die Augen und versuchte, die Schwester, die ich geliebt hatte, mit den Seiten an ihr zu vereinen, die ich offensichtlich nie kennengelernt hatte.

»Ich hätte niemals geglaubt, sie könnte als Rasende wieder aufwachen«, fügte Etienne hinzu.

»Aber als sie es tat, hast du eine Gelegenheit erkannt. Darum hast du sie nicht getötet.«

»Ich habe sie nicht getötet, weil ich Angst hatte, es könnte unschön enden, wodurch das Risiko bestanden hätte, Beweise zu hinterlassen, die mich mit ihrem Tod in Verbindung bringen konnten«, erwiderte er.

»Also hast du sie einfach zurückgelassen?«

»Ja.«

»Obwohl du wusstest, sie hätte jemanden töten können?«

»Ich habe sie im Westflügel verwandelt, deshalb war sie weit weg von den Spendenden und anderen Vampiren.«

»Richtig, weil sie das ja davon abgehalten hätte«, blaffte ich ihn an.

»Als Ysanne June gefunden hat, war ich mir sicher, sie würde sie töten. Aber sie hat es nicht getan und das machte mich misstrauisch. Deshalb bin ich zu June gegangen, nachdem Ysanne sie im Westflügel angekettet hatte. Du kannst dir vorstellen, wie überrascht ich war, als sie auf den Klang meiner Stimme zu reagieren schien.«

Die einzelnen Puzzleteile begannen sich in meinem Kopf zusammenzusetzen: dass June mich mit einem Messer getötet hatte anstatt mit ihren Reißzähnen; dass sie vorhin in Belle Morte auf Ysanne zu hören schien.

»Sie tut, was du ihr sagst, nicht wahr?«, fragte ich.

»Ysanne und ich denken ähnlicher, als es uns beiden bewusst war. Ich weiß, dass sie dich in der Hoffnung, du könntest June in eine normale Vampirin verwandeln, nach Belle Morte geholt hat. Ich bin nur ein wenig anders an die ganze Sache herangegangen. Ich habe niemals geglaubt, Rasende könnten geheilt werden – sie sind nicht viel mehr als wilde Tiere. Aber wie ich auch dem Vampirrat erklärt habe, können wilde Tiere abgerichtet werden. Als mir bewusst wurde, dass June meine Stimme zu erkennen schien, habe ich mich gefragt, wie weit ich das Ganze treiben konnte und ob es mir gelingen würde, sie so abzurichten, dass sie mir gehorcht.«

»Sie ist meine Schwester«, sagte ich. Ich hätte ihm für die Art, wie er von ihr sprach, am liebsten das Gesicht herausgerissen.

»Nein, das ist sie nicht mehr – nicht, seit sie gestorben ist.«

»Seit du sie *getötet* hast«, spuckte ich aus.

Etienne neigte den Kopf zur Seite.

»Du hast es in der Villa aussehen lassen, als würde Ysanne June kontrollieren. Aber du hast dabei überhaupt nichts gesagt, also wie gehorcht sie dir dann?«

»Du glaubst doch nicht wirklich, ich werde dir das verraten, oder?«, erwiderte Etienne bemitleidend.

»Du hast sie in jener Nacht auch im Garten kontrolliert, nicht wahr? Du hast ihr befohlen, mich zu erstechen.«

»Habe ich.«

»Sie hätte mir mit Leichtigkeit die Kehle herausreißen können – warum das Messer?«

»Es war ein Test, um zu sehen, wozu ich sie bringen konnte.«

Ich sah Jemima an, aber ihre Miene verriet nichts.

»Warum willst du mich tot sehen?«

»Als du nach Belle Morte kamst, wurde schnell offensichtlich, dass Ysanne dich wegen June in die Villa geholt hatte. Warum sonst sollte sie dir dauerhaften Zugang zum Westflügel gewähren, wo sie heimlich eine Rasende versteckte? Ich wusste jedoch nicht, was du mit June treibst oder ob es mein Training mit ihr stören würde. Leider konnte ich dieses Risiko nicht eingehen. Ich musste June befehlen, dich zu töten, weil du im Weg warst, das ist alles«, erklärte Etienne mir.

»Und warum bin ich dann jetzt hier? Warum diese ganze Mühe, um mich zu entführen?«

»Ysanne wäre nicht aus Belle Morte geflohen, wenn sie nicht einen Ort gehabt hätte, an den sie fliehen konnte. Nun, da sich das Haus in unserer Hand befindet, haben wir Zugang zu sämtlichen in ihrem Büro archivierten geheimen Informationen, unter anderem auch, wo sich zwei ihrer möglichen Schlupflöcher befinden. Ich glaube jedoch nicht, dass Ysanne töricht genug wäre, sich trotz allem in eines dieser beiden Verstecke zu flüchten, deshalb muss es noch einen anderen Ort geben, von dem wir nichts wissen. Und du wirst uns verraten, wo er sich befindet«, sagte Jemima.

»Ich habe keine Ahnung«, erwiderte ich.

Jemimas Miene verhärtete sich. »Ich bin nicht in der Stimmung für Spielchen.«

»Ich spiele nicht.«

Jemima legte eine Hand auf meinen Nacken und tippte mit dem Fingernagel auf meine Haut. »Ich bin keine grausame Frau und tue niemandem unnötig weh, aber ich bin nicht so weit gekommen, um jetzt einfach aufzugeben. Ich werde die Informationen, die ich brauche, aus dir herausbekommen, selbst wenn es bedeutet, Blut dafür zu vergießen.«

Ich schluckte den Kloß der Panik in meiner Kehle hinunter. Folter.

Sie sprach von Folter.

Ich schaute ihr direkt in die Augen und weigerte mich, ihr

auch nur einen Hauch der Furcht zu zeigen, die mich zu ersticken drohte. »Du kannst tun, was immer du willst, es wird nichts ändern, weil ich *überhaupt nichts weiß.*«

Sie glaubte mir nicht.

Aber das hatte ich auch nicht erwartet.

Ich hatte geglaubt, Jemima oder Etienne würden mich selbst verhören, doch stattdessen übertrugen sie diese Aufgabe einem Vampir, den ich noch nie zuvor gesehen hatte – einem weiteren ihrer Lakaien. Er hatte eines der silberbeschichteten Messer, mit denen die Sicherheitskräfte in Belle Morte bewaffnet gewesen waren, in die Finger gekriegt. Wahrscheinlich hatte er es einem toten Wachmann abgenommen oder von einer der Wachen bekommen, die uns verraten hatten.

Es fiel mir schwer, mir vorzustellen, die schwarz uniformierten, stoischen Sicherheitsleute könnten genauso hin und weg von den Vampiren sein wie die Spendenden, aber vielleicht arbeiteten sie ja genau deshalb in Belle Morte. Sie bekamen dadurch zwar nicht den verschwenderischen Lebensstil, die Luxusklamotten und den Adrenalinkick, gebissen zu werden, aber sie mussten dafür auch keinen befristeten Vertrag unterschreiben. Sie konnten dort arbeiten und den Vampirinnen und Vampiren nahe sein, solange sie wollten. Vielleicht *waren* ein paar von ihnen insgeheim Vladdicts, konnten aufgrund ihres Alters aber nie Spender werden. Junges Blut schmeckte am besten, deshalb waren Spendende für gewöhnlich zwischen achtzehn und vierundzwanzig Jahre alt. Die meisten Wachleute in Belle Morte waren älter.

Oder vielleicht hatten Etienne und Jemima sie auch einfach nur gut bezahlt.

Aus welchen Gründen sie es getan hatten, war im Prinzip irrelevant, da es nun mal so *war*, aber mich auf diese Frage zu konzentrieren, half mir dabei, mich von dem abzulenken, was im Moment passierte.

Jemimas Lakai fuhr mit der Messerspitze an der Innenseite meines Arms entlang. Das Silber brannte sich durch meine Haut, schmerzhafter als die Schärfe der Klinge. Ein Zischen entwich meinen fest zusammengebissenen Zähnen.

»Kehrt deine Erinnerung schon langsam zurück?«, fragte der Vampir.

»Leck mich.«

Ich wusste ja noch nicht mal, ob Ysanne immer noch vorhatte, nach Irland zu gehen, oder ob sie glaubte, es wäre dort zu gefährlich für sie, genau wie in den anderen Verstecken. Roux und Jason waren nicht dumm – sie wussten garantiert, dass Etienne meinen Anruf entgegengenommen hatte. Falls Ysanne glaubte, es bestünde auch nur der Hauch einer Chance, dass ich Etienne etwas verriet, dann würde sie sich Fiaigh noch nicht mal nähern.

Der Vampir schnitt mich erneut, die Klinge schlitzte sich langsam durch meine Haut. Er hatte mir eröffnet, wenn er mit meinem rechten Arm fertig war, würde er mit dem linken und danach mit meinen Beinen weitermachen.

Und dann mit meiner Brust.

Und mit meinem Gesicht.

Ich hätte Todesangst haben sollen.

Aber alles, was ich denken konnte, war: Ganz gleich, was mit mir passierte, wenigstens waren meine Freunde in Sicherheit. Wenn sie nicht wussten, wo ich war, konnten sie mir auch nicht hinterherkommen. Und selbst wenn sie immer noch vorhatten, nach Fiaigh zu fliehen, würde ich wirklich eher sterben, als sie zu verraten. Sie waren mehr als meine Freunde – sie waren nun meine Familie.

Und es machte mir keine Angst, für meine Familie zu sterben.

Der Vampir schnitt erneut in meinen Arm, tiefer diesmal, und es brannte wie Feuer. Ich zog mich tief in meinen Geist zurück, versank in Gedanken. Ich würde hier sterben, dessen war ich mir absolut sicher. Aber ich würde glücklich sterben, solange meine Freunde in Sicherheit waren. Solange Edmond in Sicherheit war. Ich wünschte nur, wir hätten mehr Zeit miteinander gehabt.

Wenn ich an ihn dachte – an den wunderschönen Vampir, in den ich mich so hilflos und unerwartet verliebt hatte, – erschienen mir die Schmerzen nicht mehr ganz so schlimm.

Edmond

Andrew fuhr, so schnell er konnte, aber Edmond kam es trotzdem vor wie eine Ewigkeit, bis sie Southampton endlich erreichten. Er hatte die ganze Zeit die Fäuste geballt. Seine Brust fühlte sich an, als wäre sie voller Dornen. Kurz hinter Winchester blieben sie sofort in dichtem Verkehr stecken, und obwohl Andrew ihnen versichert hatte, die Fahrt würde nur dreißig Minuten dauern, war es am Ende eher eine Stunde. Für Edmond fühlte sich jede verschwendete Minute an, als würde ihm jemand ein Messer zwischen die Rippen stoßen und es herumdrehen. Wenn seine noch immer nicht vollständig verheilten Verletzungen nicht gewesen wären, wäre er womöglich aus dem Wagen gesprungen und den Rest des Weges gerannt.

Mon dieu, er hatte völlig vergessen, wie das war. Jemanden zu lieben, bedeutete, der Person sein Herz zu schenken, und wenn jemand Renie wehtat, tat er auch Edmond weh. Er hatte mehr Angst um sie als um sich selbst, und diese Angst rauschte wie eine eiskalte Woge mit solcher Wucht durch seinen Körper, dass er das Gefühl hatte, all seiner Vampirkräfte beraubt worden zu sein.

Was nützte ihm überlegene Stärke, wenn er sie nicht dazu einsetzen konnte, die Frau zu beschützen, die er liebte?

Schließlich blieb der Van in der Thirlmere Road stehen, in der Renie wohnte. Edmond gelang es, sich zusammenzureißen und nicht sofort die Tür aufzureißen und in ihr Haus zu stürmen. Sie hatten schließlich keine Ahnung, was sie dort drin erwartete, und mussten vorsichtig sein.

»Renie wohnt in Nummer neun«, sagte Ysanne.

Warum wusste ich das nicht bereits?, dachte Edmond.

Er stieg aus dem Wagen, gefolgt von Ludovic, Roux und Jason.

Ysanne und Caoimhe blieben bei Andrew, der sich für eine schnelle Flucht bereithalten musste, falls sie nötig sein sollte. Außerdem war es nicht sicher, ihn allein zu lassen, nur für den Fall, dass es in der Gegend von Etiennes Vampiren wimmelte.

Bei Renies Zuhause handelte es sich um ein Reihenendhaus mit abbröckelnden Ziegelsteinmauern und dreckigen Fenstern, durch die Edmond zerschlissene Spitzenvorhänge erkennen konnte. Es war ein traurig wirkender Ort, und Edmond spürte bei dem Gedanken, dass Renie hier lebte, ein neues Stechen in der Brust. Er hatte gewusst, dass sie kein Geld hatte, aber er war daran gewöhnt, sie in Belle Morte zu sehen: in teure Kleider gehüllt und von teurer Einrichtung umgeben.

Er schüttelte den Kopf, mit einem Mal angewidert von sich selbst. Er hatte sich vom Lebensstil in Belle Morte verführen lassen. Er war verweichlicht und verwöhnt.

Dies war der Ort, an den Renie zurückgekehrt wäre, wenn sie die Villa als Mensch verlassen hätte. Das Haus mochte vielleicht klein und heruntergekommen sein, aber es war ihr Zuhause.

Ludovic löste sich aus ihrer Gruppe und lief die Straße hinunter.

»Wie wollen wir vorgehen?«, fragte Jason und betrachtete das Haus.

Edmond dachte schweigend darüber nach.

Wenn er im Vollbesitz seiner Kräfte gewesen wäre, hätte er nicht gezögert, es mit Etienne aufzunehmen, aber seine Verletzungen waren noch nicht ganz verheilt. Caoimhe und Ludovic waren zwar mehr als in der Lage, diesen Mistkerl in einem Kampf zu überwältigen, aber keiner von ihnen wusste, was Etienne am Telefon zu Renie gesagt hatte. Das offensichtlichste Druckmittel gegen Renie war das Leben ihrer Mutter. Wenn Etienne sie tatsächlich in diesem Haus als Geisel festhielt, dann konnte es Renies Mutter in noch größere Gefahr bringen, einfach hineinzustürmen.

Angenommen, Etienne hatte sie nicht bereits getötet.

Ludovic gesellte sich wieder zu ihnen. »Rund um das Haus gibt es keinerlei Anzeichen für Wachposten.«

»Das erscheint mir ziemlich nachlässig«, fand Roux.

Edmond kniff die Augen zusammen, als sich ein drängender Kampfeswille wie eine erwachende Bestie in ihm meldete. »Es sei denn, Etienne ist gar nicht mehr hier.«

Ludovic packte Edmond am Arm, obwohl Edmond sich gar

nicht gerührt hatte, so als wüsste er, dass sein Freund am liebsten über den Pfad im Vorgarten zu Renies Haustür marschieren und sie eintreten wollte.

»Ruhig«, warnte er Edmond.

Roux neigte den Kopf zur Seite und betrachtete Renies Haus. Das Licht der Wintersonne ließ ihren Nasenstecker funkeln. »Ich habe keine Ahnung, warum Etienne Renie unbedingt will, aber wenn er Belle Morte verlassen hat und den ganzen Weg hierhergekommen ist, um sie in eine Falle zu locken, dann ist sie offensichtlich ziemlich wichtig für ihn. Ich bin mir sicher, er würde diese Gelegenheit nicht vermasseln. Er hat richtig vorausgesagt, dass Renie zu Hause anrufen würde, um ihre Mum zu warnen, und ist nur aus diesem Grund überhaupt hierhergekommen. Da Renie davongelaufen ist, können wir außerdem annehmen, dass Etienne ihr befohlen hat, allein zu kommen. Er wusste jedoch auch, dass Renie mit uns unterwegs war, genauso, wie ihm klar sein muss, dass wir sie niemals im Stich lassen würden. Da wir nicht wissen, wohin er Renie geschickt hat, war es der einzig logische Schritt für uns, hierherzukommen, an Etiennes letzten uns bekannten Aufenthaltsort. Es steht völlig außer Frage, dass er es mit Ysanne, Edmond und Ludovic allein aufnehmen würde, und wenn er keine Verstärkung hat, liegt der Verdacht nahe, dass er tatsächlich nicht mehr hier ist.«

»Seine Verstärkung könnte im Haus sein«, merkte Jason an.

»Das glaube ich nicht«, erwiderte Edmond. »Wenn Etienne will, dass alle glauben, er wäre fälschlicherweise des Mordes an June beschuldigt worden und ein unschuldiges Opfer von Ysannes Machenschaften, dann muss er sehr vorsichtig vorgehen. Die Vampire, die er verwandelt hat, können sich nicht lange genug dem Sonnenlicht aussetzen, um gegen uns ältere Vampire zu kämpfen, und seine menschlichen Lakaien hätten auch keine Chance gegen uns. Viel wichtiger ist jedoch: Alles, was er bisher getan hat, war auf Belle Morte beschränkt. Er ist nicht dumm genug, zu versuchen, uns alle am helllichten Tag zu verschleppen oder zu töten, mitten in einem Wohngebiet. Damit würde er nur die Aufmerksamkeit der Menschenwelt auf sich und Belle Morte lenken, und ich bin mir nicht sicher, ob er dazu wirklich bereit ist. Ich glaube, darum hat er Renie diese Falle gestellt, statt uns seine Leute auf den Hals zu hetzen, nachdem wir geflohen waren. Sobald er wusste, dass sie dorthin gehen würde, wo er sie haben wollte, hat er dieses Haus verlassen.«

»Aber was ist mit Renies Mum? Glaubst du, er hat sie einfach gehen lassen?«, fragte Jason.

Er sprach die Alternative nicht aus – die Angst, die während der ganzen Fahrt an Edmond genagt hatte. Etienne hatte June getötet. Er hatte versucht, Renie zu töten – mehr als nur einmal. Er würde nicht zögern, auch ihre Mutter umzubringen.

Roux hob ihr Kinn. »Es gibt nur einen Weg, das herauszufinden.«

Bevor irgendjemand sie aufhalten konnte, marschierte sie entschlossen den Pfad hinunter und klopfte energisch an die Haustür.

»Glaubt ihr, das war eine gute Idee?«, fragte Jason und sah Edmond und Ludovic an.

»Es ist zu spät, sich darüber Gedanken zu machen«, antwortete Edmond und folgte Roux.

Er konnte hören, dass ihr Herz zu schnell schlug, während sie vor der Tür wartete, aber sie hatte entschlossen den Rücken aufgerichtet und die Schultern angespannt und weigerte sich,

sich ihre Angst anmerken zu lassen. Sie mochte vielleicht genauso zerbrechlich sein wie jeder andere Mensch, aber das Feuer in ihrem Innersten schien unauslöschlich.

Roux klopfte erneut, lauter diesmal. Als noch immer keine Antwort kam, kaute sie auf ihrer Unterlippe herum. »Was tun wir, wenn er Renies Mum umgebracht hat?«, flüsterte sie.

Edmond wusste darauf keine Antwort.

Er versuchte, die Tür zu öffnen, aber sie war abgeschlossen, deshalb zertrümmerte er das Schloss mit einem Schlag, und die Tür schwang auf und enthüllte einen winzigen Flur und eine schmale Treppe.

Warte hier, wies er Roux stumm an und betrat das Haus.

Der Teppichboden war zu einem matten Grau verblasst, an verschiedenen Stellen bis auf die kahlen Dielen abgewetzt und die Luft schwer vom Geruch von billigem Essen und billigem Waschmittel. Es kitzelte Edmond in der Nase. Es schwebte jedoch kein Blutgeruch im Haus, nichts, was darauf hingedeutet hätte, dass hier etwas Schlimmes passiert war.

»Und?«, fragte Roux und lugte zur Tür herein.

»Es ist niemand hier«, antwortete Edmond.

»Wir sollten das Haus trotzdem durchsuchen, nur um ganz sicherzugehen«, beharrte sie.

Das Haus war klein, deshalb würde es nicht lange dauern. Edmond ging in die winzige Küche mit rissigem Linoleumboden, die nur mit den allernötigsten Haushaltsgeräten und einem Schrank mit fehlender Tür ausgestattet war. Das Wohnzimmer war auch nicht viel größer und verfügte über ein zerschlissenes Sofa und einen Fernseher, während der schmale Schlauch, in dem sich das Bad befand, eine winzige Plastikdusche bot, kaum groß genug für einen Erwachsenen.

Edmond ging nach oben, dicht gefolgt von Roux.

Auch der erste Stock war nicht besser als das Erdgeschoss und umfasste nur zwei kleine Schlafzimmer mit Einzelbetten, abblätternder Tapete und abgenutztem Teppichboden.

Renie hatte sich nie wirklich für den Lebensstil von Belle Morte begeistert, aber Edmond konnte verstehen, warum June sich so sehr gewünscht hatte, alldem zu entkommen, und warum sie sich so begeistert in die dekadente Vampirwelt gestürzt hatte. Sie hatte wirklich ihren Traum gelebt.

Und sie war für ihren Traum gestorben, erinnerte er sich selbst nüchtern.

»Glaubst du, Etienne hat auch Renies Mum entführt?«, fragte Roux und lehnte sich gegen die Wand.

»Vielleicht. Oder vielleicht hatte das, was er am Telefon zu Renie gesagt hat, auch gar nichts mit ihrer Mutter zu tun«, erwiderte Edmond, auch wenn er sich selbst nicht sicher war, ob er daran glaubte. Falls Etienne nicht vorhatte, Renie umzubringen, konnte er zumindest dafür sorgen, dass sie sich gut benahm, wenn er ihre Mutter als Geisel festhielt.

Plötzlich erschauderte Roux.

»Was?«, fragte Edmond.

»Tut mir leid, es ist nur … du siehst im Moment irgendwie unheimlich aus, so als wolltest du jemanden umbringen.«

»Will ich auch«, gab er ehrlich zu.

»In Anbetracht dessen, was Etienne getan hat, kann ich dir das noch nicht mal übel nehmen, schätze ich.« Roux' Lippen zitterten. »Edmond … was sollen wir denn jetzt machen? Wir haben keine Ahnung, wo Renie ist.«

Er ließ den Blick durch Renies altes Zimmer schweifen. Sie musste es sich mit June geteilt haben, den beiden Betten und den über den Boden verstreuten Schuhen nach zu urteilen, die auf zwei unterschiedliche modische Vorlieben schließen ließen. Ansonsten hatte das Zimmer wenig Leben oder Charakter, und die paar schäbigen Möbelstücke verrieten praktisch nichts von der faszinierenden jungen Frau, in die Edmond sich verliebt hatte.

Ein an die Wand über einem der Betten gepinntes Foto fiel ihm ins Auge. Er durchquerte den Raum, um es genauer zu betrachten. Renie und June, einander umarmend, lächelten in die Kamera. Sie sahen aus, als wären sie ungefähr zwölf und dreizehn, ihre Gesichter voller kindlicher Unschuld. Als er darüber nachdachte, was mit diesen beiden Schwestern passiert war, schmerzte Edmonds totes Herz. Es wäre für sie beide besser gewesen, wenn sie nie nach Belle Morte gekommen wären.

Roux betrat vorsichtig das Zimmer. »Das hier kommt einem vor wie ein Grab«, flüsterte sie.

Edmond wusste, was sie meinte. Die Stille in dem kleinen Haus hatte etwas Schweres an sich, etwas Erstickendes und Beklemmendes.

»Aber das ist es nicht«, erwiderte er. »Wir werden niemanden mehr an Etienne verlieren.«

Roux nickte, aber ihre Lippe zitterte. »Ich habe solche Angst, dass er ihr wehtun wird.«

Ihre Worte schnitten sich durch Edmonds Entschlossenheit, und ihn überkam plötzlich ein überwältigendes Gefühl des Zweifels. Was, wenn er zu spät kam? Was, wenn Etienne Renie tötete, bevor Edmond sie fand?

In Sachen Kraft und Ausdauer waren Vampire übermenschlich. Ihre Körper konnten sich von schrecklichen Verletzungen erholen und Wetterbedingungen ertragen, die kein Mensch ausgehalten hätte. Sofern sie nicht verletzt waren, konnten

Vampire es länger ohne Blut aushalten als Menschen ohne Wasser. Sie hatten Kriege, Revolutionen und andere gesellschaftliche Turbulenzen überlebt und auch all die anderen Veränderungen überdauert, die die Welt im Lauf der Jahre durchgemacht hatte. Deshalb traf dieses Gefühl der Hilflosigkeit Edmond wie ein Schock. Es erinnerte ihn daran, wie es gewesen war, ein Mensch zu sein – eingeschränkt durch menschliche Schwächen und Verletzlichkeiten. Er hatte plötzlich das Gefühl, nicht mehr in seine eigene Haut zu gehören.

Er schloss die Augen. »Bevor ich Renie getroffen habe, hatte ich mir geschworen, nie mehr jemanden zu lieben. Aber wenn ich sie jetzt verliere, verliere ich alles.«

»Hey«, sagte Jason, der plötzlich in der Tür auftauchte. »So oder so, wir holen uns unser Mädchen zurück.«

»Edmond?«, drang Ludovics Stimme von unten herauf. Es lag eine leise, aber eindeutige Dringlichkeit darin, und Edmond rauschte aus dem Zimmer, sprang die Treppe hinunter und landete geschmeidig wie eine Katze in der Hocke.

Ludovic stand im Türrahmen, an die Wand gepresst, damit man ihn von draußen nicht sehen konnte. Edmond imitierte seine Haltung.

»Ein Auto ist gerade am Haus vorbeigefahren. Normalerweise nichts, weswegen wir uns Sorgen machen müssten, aber irgendetwas kam mir daran seltsam vor. Es hat sich zu langsam bewegt, so als würde der Fahrer nach etwas suchen«, raunte Ludovic ihm zu.

»Konntest du in den Wagen sehen?«, fragte Edmond.

»Die Fensterscheiben waren getönt, aber es sah aus, als säßen zwei Männer darin. Ich nehme an, es waren Menschen, da sie nicht gegen das Sonnenlicht verhüllt waren.«

»Sie müssen den Van gesehen haben.«

»Ysanne und Caoimhe saßen im Wagen, als das Auto aufgetaucht ist, aber jemand von den Anwohnern könnte es trotzdem als Belle-Morte-Fahrzeug erkannt haben.«

Edmond riskierte einen Blick nach draußen. Der Van parkte noch immer vor dem Haus, die Hintertüren geschlossen, während Andrew hinter dem Steuer wartete.

»Man kann dem Lieferwagen nicht ansehen, dass er aus Belle Morte stammt«, sagte Edmond.

Ludovic wollte etwas erwidern, biss sich jedoch auf die Zunge, als ein Motorengeräusch zu hören war.

Edmond lauschte aufmerksam. Es klang, als würde sich das Auto nur langsam bewegen, förmlich in ihre Richtung kriechen.

»Was glaubst du, wie die Chancen stehen, dass es derselbe Wagen ist und sie sich noch mal genauer umschauen wollen?«, fragte er.

»Ich würde sagen, es ist äußerst wahrscheinlich.«

»Ich auch.«

»Was willst du tun?«

Edmond fuhr mit der Zunge über die Spitzen seiner Reißzähne. »Ich will herausfinden, wer in diesem Wagen sitzt.«

Sie warteten, bis es klang, als würde das Auto direkt vor dem Haus vorbeirollen. Keiner von ihnen musste ein Wort sagen – nachdem sie jahrelang Seite an Seite gekämpft hatten, waren sie auf eine Weise aufeinander abgestimmt, die Edmond selbst nicht erklären konnte. Sie bewegten sich in perfektem Einklang, eilten aus dem Haus und den Pfad hinunter. Das Auto beschleunigte im selben Moment, als der Fahrer sie sah, aber Edmond hatte das Fahrzeug bereits erreicht. Die Hintertür war abgeschlossen, deshalb zertrümmerte er das Schloss und riss sie auf.

»Scheiße, *Scheiße*«, schrie der Fahrer, als Edmond auf den Rücksitz sprang. Der Wagen beschleunigte, als könnte ihnen das noch irgendwie helfen.

Edmond lehnte sich vor und schlang eine Hand um die Kehle des Mannes, nicht fest genug, um ihn zu ersticken, aber doch so fest, dass sein Puls unter Edmonds Handfläche wie wild zu rasen begann.

»Halt den Wagen an«, befahl er dem Fahrer.

»Tu es nicht«, schrie der Mann auf dem Beifahrersitz.

Edmond schloss die Hand noch ein wenig fester um den Hals des Mannes und das Auto wurde langsamer.

»Halt den Wagen an, oder ich breche dir das Genick«, drohte er.

»Das – das kannst du nicht machen. Dann bauen wir einen Unfall«, stotterte der Fahrer, die Hände um das Lenkrad gekrallt.

»Ich bin ein Vampir, ich überlebe jeden Unfall.« Edmond schoss dem Beifahrer einen scharfen Blick zu. »Dein Freund hingegen nicht.«

Plötzlich wurde die Hintertür auf der anderen Seite aufgerissen und Ludovic sprang in den Wagen. Er strich mit einer Hand seinen Pferdeschwanz glatt, als wäre es nichts weiter als eine lästige Unannehmlichkeit, einem fahrenden Auto nachjagen zu müssen.

Edmond lehnte sich vor, bis sich sein Mund direkt neben dem Ohr des Fahrers befand. »Halt. Den. Wagen. An«, wiederholte er, seine Stimme tief und tödlich.

Diesmal tat der Mann, wie ihm befohlen war.

Sobald der Wagen stehen blieb, stieß der Beifahrer die Tür auf und versuchte abzuhauen, aber Ludovic schnappte sich völlig gelassen eine Handvoll seines Haars und riss den Mann wieder zurück.

Der Fahrer schluckte, und sein Adamsapfel hüpfte panisch unter Edmonds Hand auf und ab, aber er löste seinen Griff trotzdem nicht.

»Du wirst mir ein paar Fragen beantworten, sonst werde ich dir das Leben sehr unangenehm machen. Hast du mich verstanden?«, fragte er.

Der Fahrer nickte.

»Wie heißt du?«

Der Mann entspannte sich ein wenig, als hätte er erwartet, Edmond würde ihm eine weitaus weniger harmlose Frage stellen. »Sully«, antwortete er dann. »Und das ist Lee.« Er zeigte auf seinen Beifahrer, den Ludovic immer noch an den Haaren festhielt.

»Weißt du, wer ich bin, Sully?«, fragte Edmond.

»Ja.«

»Weißt du, wer Renie Mayfield ist?«

»J-ja.«

»Gut. Wo ist sie?«

»Ich weiß es nicht.«

Edmond hörte, wie Sullys Herzschlag beschleunigte – er hatte also so gut wie sicher gelogen.

»Ich glaube dir nicht«, knurrte Edmond, und Sully begann zu zittern. »Was will Etienne von Renie?«

»Ich weiß es nicht!«

Das schien die Wahrheit zu sein, auch wenn es sich nur schwer mit Sicherheit sagen ließ, solange Sullys Herz klang, als würde es jede Sekunde aus seiner Brust springen.

»Warum hat er euch hierhergeschickt?«, fragte Edmond.

Sully schaute zu Lee, und plötzlich hatte Edmond das Gefühl, er hätte irgendetwas verpasst.

»Hat er nicht«, antwortete Lee. Er versuchte, den Kopf zu bewegen, zuckte jedoch zusammen, weil Ludovic sein Haar noch immer nicht losließ.

»Wovon redest du da?«, fragte Ludovic.

Sully schluckte schwer. »Etienne hat uns nicht geschickt, okay?«

»Und wer dann?«, brummte Edmond.

Eine Pause.

»Jemima Sutton«, gestand Sully schließlich.

Obwohl er nicht mehr atmen musste, hatte Edmond das Gefühl, man hätte ihm sämtliche Luft aus der Lunge gequetscht. Er sackte auf dem Rücksitz zusammen und lockerte endlich den Griff um Sullys Kehle. Sully nutzte die Gelegenheit, um japsend Atem zu holen.

Edmond sah Ludovic an. Seine Miene war neutral, aber seine Augen funkelten vor Entsetzen, Zweifeln und Wut.

»Jemima ist tot«, sagte Ludovic.

Lee schüttelte den Kopf und zuckte erneut zusammen. »Nein, ist sie nicht.«

Edmonds Verstand begann zu rasen. Jemima lebte noch? Und noch schlimmer: Sie war in diese ganze Sache *involviert*?

»Arbeiten Etienne und Jemima zusammen?«, wollte er wissen.

»Ich weiß es nicht«, antwortete Sully, aber sein Puls überschlug sich beinahe.

In jeder anderen Situation hätte Edmond ihm vielleicht erneut gedroht und versucht, dem Mann solche Angst einzujagen, dass er ihnen alles verriet, was er wusste. Aber Renies

Leben stand auf dem Spiel und dieser rückgratlose, zitternde Hänfling war Edmonds einzige Spur zu ihr. Ihm blieb keine Zeit mehr für Drohungen.

Er fasste um den Sitz herum, packte Sullys kleinen Finger und riss ihn zurück, bis er brach. Sully schrie auf, und Edmond legte eine Hand auf seinen Mund, um den Schrei zu dämpfen. Die andere Hand blieb auf Sullys Kehle und übte gerade genügend Druck aus, um den Mann daran zu erinnern, dass Edmond ihm den Hals genauso leicht brechen konnte wie seinen Finger.

»Arbeiten Etienne und Jemima zusammen?«, wiederholte Edmond seine Frage und nahm die Hand von Sullys Mund.

»Ja«, schluchzte Sully. Tränen strömten über sein Gesicht und sammelten sich dort, wo sich Edmonds Finger um seinen Hals schlangen.

»Warum?«

»Ich weiß es nicht, das schwöre ich.«

»Warum seid ihr hier?«, wollte Ludovic wissen. »Hat Etienne Renies Mutter entführt?«

»Nein«, antwortete Lee. Er ließ sich auf dem Sitz zurücksinken, als hätte er sich in sein Schicksal ergeben. »Wir haben keine Ahnung, was Etienne und Jemima von Renie wollen, aber soweit wir wissen, hat er Renies Mum nur damit gedroht, Renie in eine Falle zu locken. Er ist der Frau nie begegnet, und als Renie auf seine Forderungen eingegangen ist, hat Etienne das Haus sofort verlassen«, fügte Lee hinzu.

Zumindest bedeutete dies, dass Renies Mutter in Sicherheit war – und damit eine Sorge weniger für sie.

»Und was tut ihr dann hier?«, fragte Ludovic.

»Jemima will nicht, dass Etienne sich bei dem, was er vorhat, allein auf Renie verlässt. Sie findet, Etienne hätte warten sollen, bis Renies Mutter nach Hause kommt, und sie dann als Druckmittel benutzen.«

Edmond hatte befürchtet, Etienne würde genau das tun. Er war froh, dass er sich geirrt hatte.

»Jemima hat euch geschickt, damit ihr das Haus im Auge behaltet und euch Renies Mutter schnappt, wenn ihr könnt«, vermutete er.

Lee nickte.

Sully heulte immer noch.

Eine mögliche Kluft zwischen Jemimas Vision und Etiennes war, was immer sie auch planten, eine interessante Information, aber Edmond speicherte sie für später ab. Renie war wichtiger.

»Wo haben sie Renie hingebracht?«, wollte er wissen.

Sully schluckte, sein Blut heftig rauschend unter der Hautoberfläche. »Bitte«, flüsterte er. »Sie wird uns umbringen.«

»*Ich* werde euch umbringen«, knurrte Edmond und verdrehte Sullys gebrochenen Finger.

Es war schon lange her, seit er jemandem wehgetan hatte – lange her, seit er es hatte tun *wollen*. Aber die Vorstellung, wie sehr Renie womöglich litt, erweckte seine dunkelste Seite brüllend zum Leben und machte ihn schier blind vor Wut.

Sully sackte auf seinem Sitz zusammen, während neue Tränen über sein Gesicht strömten, und Edmond spürte glühende Verachtung für den Mann. Offensichtlich machte es ihm nichts aus, für Vampire zu arbeiten, solange er nicht *sehen* musste, wozu sie fähig waren. Und er schien auch nichts dagegen zu haben, eine unschuldige Frau zu entführen und sie den Leuten auszuliefern, die ihre Tochter ermordet hatten, löste sich jedoch in ein wimmerndes Häuflein Elend auf, wenn er mit den Konsequenzen seines Handelns konfrontiert wurde.

»Was werdet ihr mit uns machen, wenn wir es euch sagen?«, fragte Lee, den Blick gesenkt.

Edmonds dunkle Seite wollte sie beide töten. Es schien sie nicht zu kümmern, ob Etienne und Jemima Renie oder ihre Mutter töteten oder nicht, ebenso wenig wie sie all die Leute zu interessieren schienen, die bereits gestorben waren. Warum sollten *sie* also Barmherzigkeit verdienen, wenn sie offenbar nicht die Absicht hatten, sie anderen gegenüber zu zeigen?

Edmond hatte schon früher Leben ausgelöscht, aufgrund seiner eigenen Achtlosigkeit, und es hatte ihn lange Zeit verfolgt. Trotzdem würde er wieder töten, um sich selbst oder jene zu beschützen, die er liebte. Aber Sully und Lee nun zu töten, wäre kaltblütiger Mord gewesen. Es hätte vielleicht nicht jeder einen Unterschied darin erkannt, Edmond aber schon.

»Sagt mir, was ich wissen will, dann lasse ich euch am Leben«, erwiderte er. »Lügt mich an, und euer Tag endet in einem flachen Grab.«

Sully wimmerte erneut, aber Lee nickte, die Miene verhärtet. »Gibst du uns dein Wort?«

»Ja«, versprach Edmond. »Und jetzt sagt mir, wo sie ist.«

KAPITEL 17

Renie

Ich rauschte in einer roten Flut aus Schmerzen ins Bewusstsein zurück und konnte mein eigenes Blut auf den Boden *tropf, tropf, tropfen* hören. Ich versuchte, mich an das Bild von Edmond zu klammern, an die Erinnerungen, die mir auch durch die Folter geholfen hatten, aber sie entglitten mir.

Mit großer Anstrengung hob ich den Kopf. Meine Arme waren komplett aufgeschlitzt, aber noch hatte sich mein Folterknecht nicht an meinen Beinen zu schaffen gemacht. Er musste es aufgegeben haben, als ich ohnmächtig geworden war.

Eine Form schob sich vor mich und ich blinzelte die Erschöpfung aus meinen Augen. Etienne blickte mit mitfühlendem Ausdruck auf mich herab, und ich fragte mich, ob ich wohl stark genug war, ihm den Kopf abzureißen. Falls ich je wieder freikam, würde ich es vielleicht herausfinden.

»O Renie«, sagte er und platzierte einen Stuhl vor mir.

Das Bedauern in seiner Stimme klang aufrichtig, und ich konnte zumindest genügend Kraft aufbringen, um ihm ins Gesicht zu spucken.

Er blinzelte noch nicht mal.

»Warum zur Hölle glaubst du, ich wüsste, wohin Ysanne

will, verflucht noch mal? Wir sind nicht unbedingt die dicksten Freundinnen«, sagte ich.

»Ysanne hat dir Geheimnisse anvertraut, die sie mit den meisten in ihrem Haus niemals geteilt hätte. Willst du mir ernsthaft erzählen, obwohl du und Ysanne gemeinsam aus Belle Morte entkommen seid, hätte sie sich geweigert, dir zu verraten, wohin sich eure kleine Ausreißertruppe flüchtet?«

»Warum bist du ihnen eigentlich nicht nachgejagt?«

»Roux und Jason sind als Spieleinsatz nicht besonders viel wert und können sich einem Verhör nicht auf dieselbe Weise widersetzen wie du. Welche Verletzungen du auch davontragen wirst, sie werden heilen, und dann können wir von Neuem beginnen. Mit Menschen kann ich das nicht tun«, erklärte Etienne mir.

Es steckte noch mehr dahinter, da war ich mir ganz sicher. Im Kopf drehte ich die einzelnen Puzzleteile hin und her und versuchte, sie zusammenzusetzen.

»Du hast mich ins Visier genommen, weil du wusstest, ich würde mich freiwillig ausliefern, um meine Mum zu retten und Roux' und Jasons Familien zu beschützen. Aber du wusstest auch, dass du mich jetzt als Druckmittel benutzen kannst, damit Edmond sich dir ausliefert. Das hast du mit Spieleinsatz gemeint, nicht wahr? Es geht dir nicht nur darum, Ysanne zu jagen, sondern auch um ein Druckmittel gegen Edmond, weil du zu viel Schiss hast, dich ihm in einem fairen Kampf zu stellen.«

Etienne wirkte amüsiert. »Ich habe keine Angst vor Edmond Dantès.«

»Bullshit.« Ein weiteres Puzzleteil klickte in meinem Kopf an seinen Platz. »Als Adrian mich auf Jemimas Willkommensparty begrapscht hat, hat er sich nicht einfach nur wie ein widerlicher Drecksack verhalten, stimmt's? Jemima hat ihm befohlen, es zu tun.«

Etienne lehnte sich auf seinem Stuhl zurück und beäugte mich mit argwöhnischem Blick. »Warum sollte sie das tun?«

»Weil ihr beide wusstest, dass zwischen mir und Edmond etwas war. Ihr wusstet, er würde die Regeln brechen, um mich zu beschützen. Und ihr wusstet, Ysanne würde ihn dafür bestrafen müssen. Ihr musstet ihn aus dem Weg schaffen, bevor ihr June freilassen und eure Lakaien das Haus stürmen konnten, weil ihr Angst vor ihm habt und nicht wolltet, dass er eingreifen kann. Oder vielleicht habt ihr auch gehofft, ihr könntet ihn töten, während er im Bett lag und sich erholte? War das der Grund, warum du an jenem Tag zu seinem Zimmer gekommen bist?«

Etienne erwiderte nichts, aber etwas Dunkles loderte in seinen Augen.

»Ich habe recht, oder?«, bohrte ich nach, und für einen Moment überlagerte eine Woge des Triumphs die Schmerzen.

Etienne lächelte wieder, schärfer diesmal.

Ich versuchte, das komplette Bild vor mir zu sehen.

»Du willst das Spendersystem zerstören und hast June manipuliert, damit sie dir dabei hilft. Sie sollte Ysanne ans Messer liefern, damit sie als Lady von Belle Morte abgesetzt wird, wenn du den Vampirrat rufst, um die Sache zu untersuchen. Ich bin mir nicht sicher, wie dein nächster Schritt ausgesehen hätte, aber das spielt auch keine Rolle mehr, oder? June hat dir alles kaputtgemacht, als sie sich in eine Rasende verwandelt hat, stimmt's? Du konntest sie nicht dazu benutzen, Ysanne zu stürzen, weil June nicht sprechen kann. Du hattest erwartet, Ysanne würde June töten, und als sie es nicht getan hat, hast du beschlossen, der Sache auf den Grund zu gehen. Du hast zwar nicht herausgefunden, was Ysanne tat, aber als sie mich nach Belle Morte geholt hat, wusstest du, dass es etwas mit June zu tun hatte, und hast versucht, mich umzubringen, damit ich deine Pläne nicht durchkreuzen konnte.

Während Jemimas Besuch hast du dann zuerst Edmond aus dem Weg geschafft und anschließend June freigelassen. Ich habe keine Ahnung, wie lange du schon Menschen in Vampire verwandelst – und ich nehme an, Jemima hat dir dabei geholfen, – aber sobald deine kleine Armee groß genug war, hast du sie auf Belle Morte losgelassen. Darum sind sie in jener Nacht geflogen: nicht weil sie überwältigt waren, sondern weil es bei diesem Angriff nie darum ging, das Haus zu übernehmen. Da du Ysanne nicht sofort den Mord an June anhängen konntest, musstest du sie als völlig inkompetent darstellen, indem du dafür sorgst, dass unter ihrer Obhut auch Angestellte und Spendende starben.

Du wolltest, dass alle in Belle Morte das Vertrauen zu ihr verlieren, damit es, falls sie die Hinrichtung des Vampirrats überlebte, einfacher war, den Rest des Hauses gegen sie aufzubringen. Alle zu täuschen, damit sie glauben, sie würde June kontrollieren, war nur noch das Sahnehäubchen, hab ich recht? Ich wette, ihr habt diesen ersten Angriff auch dazu genutzt, die Sicherheitskräfte auszudünnen, damit ihr das Haus beim zweiten Mal leichter ohne großes Blutvergießen übernehmen konntet.«

Etienne lächelte nicht mehr. Seine Augen waren genauso kalt, wie Ysannes es immer gewesen waren. »Sehr schlau«, sagte er.

»Was passiert jetzt? Werdet ihr eure neuen Vampire in sämtlichen Häusern postieren? Was passiert mit den Menschen, die ihr manipuliert habt, damit sie euch helfen? Werdet ihr sie wirklich verwandeln, oder habt ihr all die anderen neuen Vampire nur erschaffen, um sie als Schutzschilde bei eurem Angriff benutzen zu können?«

»Spielt das eine Rolle?«, fragte Etienne. Er lehnte sich vor, und ich fühlte mich auf schreckliche Weise an all die Male erinnert, als ich mit June gesprochen hatte, während sie im Westflügel von Belle Morte angekettet gewesen war. Nun war ich diejenige in Ketten.

»Ja«, beharrte ich.

»Warum? Ich habe zwei Menschen geschickt, damit sie dich entführen und dich mir ausliefern. Sie wussten genau, was sie taten und was ich mit dir vorhatte, und sie haben nicht gezögert. Warum kümmert dich ihr Schicksal angesichts dieser Tatsache überhaupt?«

Ich wusste nicht, was ich darauf antworten sollte. Die Tür ging auf und Jemima kam herein. »Redet sie schon?«, fragte sie.

»Nicht über irgendetwas Nützliches«, antwortete Etienne und lehnte sich zurück.

Ich sah zu Jemima.

»Wo soll das Ganze denn eigentlich enden?«, fragte ich. »Habt ihr auch über die anderen europäischen Vampirhäuser nachgedacht? De Sang? Dans l'Ombre? Blutrausch? Di Notte?« Ich wünschte, ich könnte mich noch an weitere erinnern, aber ich war zu erschöpft.

»Was ist mit den Häusern in den USA und Asien? Früher oder später werden sie erfahren, was passiert ist. Glaubt ihr, sie werden einfach akzeptieren, dass ihr zwei die Kontrolle über sämtliche Häuser im Vereinigten Königreich übernommen habt?«

»Die Regentinnen und Regenten der Vampirhäuser der Welt interessieren sich vor allem für ihre eigenen Angelegenheiten, nicht dafür, was auf dieser kleinen Insel passiert. Irgendwann werden sie es herausfinden, aber selbst wenn sie üble Machenschaften vermuten, glaubst du wirklich, sie würden deshalb einen Krieg anfangen? Genau wie Ysanne weiß jeder Vampir, der über ein Haus herrscht, dass das Gleichgewicht zwischen Menschen und Vampiren um jeden Preis aufrechterhalten werden muss. Einen Krieg anzuzetteln, wird diesem Gleichgewicht kaum zuträglich sein«, sagte Jemima mit beinahe heiterem Selbstbewusstsein.

»Sicher, bis ihr beschließt, dass euch das Vereinigte Königreich nicht genügt und ihr noch weitere Häuser übernehmen wollt.«

Jemima gab ein abfälliges Geräusch von sich. »Ich habe keinerlei Interesse an den Häusern in Übersee.«

»Bullshit«, zischte ich sie an, und sie kniff die Augen zusammen. Es blitzte jedoch kein Rot darin auf, also hatte ich offensichtlich noch nicht ganz den richtigen Nerv bei ihr getroffen.

»Du hast dem Vampirrat angehört. Du hattest die Macht, für Veränderungen zu plädieren. Aber stattdessen hast du dich entschieden, alles zu zerstören. Etienne glaubt vielleicht wirklich, er würde der Vampirwelt helfen, aber du willst einfach nur Macht. Es hat dir nicht gereicht, nur Nox zu regieren, deshalb hast du beschlossen, alle Häuser im Vereinigten Königreich zu übernehmen. Aber wenn du sie erst einmal regierst, wirst du noch mehr wollen. Das tun Leute wie du immer.«

In der kurzen Stille, die auf meine Worte folgte, sah ich, wie Etienne Jemima einen misstrauischen Blick zuwarf.

Jemimas Miene verhärtete sich, ihre Augen eiskalt. Es war nichts mehr von der Frau übrig, die so freundlich zu mir gewesen war und mich bei dem Treffen des Vampirrats verteidigt hatte. War dieser Teil von ihr eine reine Lüge gewesen?

»Was immer auch in Zukunft passiert, du wirst nicht mehr unter uns sein, um es zu erleben«, sagte sie.

»Das bietet mir nicht unbedingt einen Anreiz, zu reden.«

»Dann solltest du mal darüber nachdenken, was passieren wird, wenn du uns *nicht* sagst, was wir wissen wollen. Wir haben dich in eine Falle gelockt – glaubst du wirklich, wir könnten mit deinen Freunden nicht dasselbe tun? Wäre es dir lieber, Roux Hayes würde auf diesem Stuhl sitzen? Oder Jason Grant? Anders als bei dir werden ihre Wunden nicht wieder heilen.«

Ich wollte Jemima ins Gesicht brüllen, dass sie nicht die geringste Chance hatte, sich meinen Freunden zu nähern, aber das *wusste* ich nicht mit Sicherheit. Ich hatte keine Ahnung, wie weit ihr Einfluss reichte oder wie viele Schritte sie uns immer noch voraus war.

»Was passiert, wenn Edmond sich freiwillig ausliefert, um dich zu retten? Denn das wird er«, fuhr Jemima fort. »Vielleicht hältst du es durch, zu schweigen, wenn es nur um dich geht, aber das wird sich gewiss ändern, wenn Edmonds Leben auf dem Spiel steht.«

Ihre Stimme klang vollkommen ausdruckslos – sie genoss das alles nicht, aber diese Gefühlsleere machte ihre Drohungen nur noch schlimmer. »Wir werden dich töten, Renie, und Edmond auch. Aber wie euer Tod aussieht, liegt ganz bei dir. Wenn du willst, dass er möglichst schmerzlos verläuft, dann lässt sich das arrangieren. Wenn du allerdings weiterhin Spielchen spielen willst, werde ich dich zwingen, dabei zuzusehen, wie ich Edmond die Augen herausreiße. Ich werde dafür sorgen, dass er mich anfleht, sterben zu dürfen, und du wirst jede Sekunde miterleben.«

Ich blickte direkt in Jemimas kalte blaue Augen und wusste, sie meinte es ernst. Sie war bereit, das komplette Spendersystem zu zerstören und das Leben der Vampire weltweit zu riskieren, wenn es ihr dabei half, sich die Zukunft aufzubauen, die sie wollte. Sie würde nicht zögern, Edmond zu foltern.

Meine Entschlossenheit begann zu bröckeln. Ich hatte die Schmerzen bis jetzt ertragen, weil ich wusste, dass ich damit meine Freunde beschützte. Doch wenn sie zu beschützen bedeutete, dabei zusehen zu müssen, wie Edmond eines langsamen, qualvollen Todes starb? Ich hatte keine Ahnung, was ich in dieser Situation tun würde, und ich wollte es *wirklich* nicht herausfinden müssen.

Ich blickte zu Jemima hinauf, ballte die Fäuste und spürte, wie sich die Handschellen in meine Haut bissen. Das von meinen Wunden tropfende Blut war das einzige Geräusch im Raum.

»Wenn du Edmond oder meinen Freunden wehtust, bringe ich dich um«, fauchte ich.

Jemima lachte. Es war ein süßes Lachen, glockenhell, und es passte zu ihrem hübschen Mädchengesicht. »Du hast keine Ahnung, was es bedeutet, jemanden zu töten, Renie, du wirst mir also verzeihen, wenn ich angesichts deiner Drohung nicht vor Angst zittere.«

Ich spuckte sie an.

Sie antwortete mit einer saftigen Rückhandohrfeige, bei der

mein Kopf von einer Schulter zur anderen flog. Schmerz explodierte in meinem Kiefer und der Kupfergeschmack meines eigenen Bluts füllte meinen Mund. Ich spuckte Jemima erneut an und mein Blut malte einen leuchtend roten Fleck auf ihr blasses Gesicht.

Etienne betrachtete uns schweigend und berechnend.

Jemima drehte sich um und zeigte mit einem lackierten Fingernagel auf ihn. »Bring sie zum Reden«, befahl sie, einen Anflug von Zorn in der Stimme. Vielleicht war es mir ja endlich gelungen, den wunden Punkt bei diesem Miststück zu treffen.

Jemima stolzierte aus dem Raum, und auch wenn sie die Tür nicht direkt hinter sich zuknallte, schloss sie sie doch energischer als beim letzten Mal.

»Es wäre leichter für alle, wenn du einfach reden würdest«, sagte Etienne und sah zu, wie das Blut von den langen Schnittwunden an meinen Armen tropfte.

»Okay, du hast mich überzeugt. Komm her, dann flüstere ich es dir ins Ohr.« Ich fletschte die Reißzähne.

Etienne lachte. »Es war nicht gelogen, dass ich dich mag, Renie. Wenn ich das hier tun könnte, ohne dich zu töten, dann würde ich dich weiterleben lassen.«

»Ich fühle mich geschmeichelt«, fauchte ich ihn an. »Ich habe dir vertraut, Etienne. June hat dir vertraut. Und du hast uns beide verraten. Ich werde dich fertigmachen für das, was du meiner Schwester angetan hast.«

Ich erwartete, dass er mich auslachen würde, wie Jemima es getan hatte. Aber stattdessen lehnte er sich auf seinem Stuhl zurück und betrachtete mich, als würde er mich durchaus ernst nehmen. Er hatte behauptet, diese ganze Sache wäre Jemimas

Idee gewesen, aber ich konnte nicht umhin, mich zu fragen, ob Etienne nicht in Wahrheit die größere Bedrohung darstellte.

»Jemima hat nicht geblufft. Wenn du glaubst, du würdest jetzt schon Schmerzen leiden, dann hast du keine Ahnung, wie viel schlimmer es noch werden wird.« Etienne tätschelte mir das Knie. »Ich gebe dir ein bisschen Zeit, um darüber nachzudenken.«

Danach verließ Etienne den Raum, aber Glatzkopf und Barttyp lösten ihn ab, postierten sich links und rechts neben der Tür und beobachteten mich mit harter Miene. Etiennes Worte fühlten sich an wie winzige Klingen, die sich unter meine Haut bohrten und sich bis zu meinen tiefsten Ängsten schnitten.

Bislang hatte ich geschwiegen, aber wenn Jemima wirklich die Wahrheit gesagt hatte, dann wurden sie gerade erst richtig warm. Vielleicht *brauchten* sie Edmond ja gar nicht, um mich zum Reden zu bringen. Ich hoffte inständig, ich würde stark genug bleiben, um alles zu ertragen, aber die Realität sah womöglich ganz anders aus. Falls sie mich mit ihrer Folter brachen, falls ich redete, würde es die, die ich liebte, womöglich alle das Leben kosten. Und vielleicht waren meine Informationen ja ohnehin nutzlos. Vielleicht hatte Ysanne es sich inzwischen anders überlegt und wollte gar nicht mehr nach Irland. Doch dieses Risiko konnte ich nicht eingehen.

Ich musste hier raus.

Ich zerrte an meinen Fesseln, was jedoch nur in einer neuen Schmerzwelle resultierte, von der mir richtig übel wurde. Die beiden Menschen beobachteten mich gelassen, völlig überzeugt von meiner absoluten Hilflosigkeit. Und sie hatten recht. Ich konnte die Silberfesseln nicht durchbrechen, da sie mir all meine Kraft aussaugten. Die einzige Möglichkeit, mich aus den Handschellen zu befreien, war es, mir jeden Knochen in meiner Hand zu brechen. Wenn ich lange genug wartete, würde Jemima es vielleicht sogar für mich tun und ...

Ich erstarrte. Mein Verstand ratterte auf Hochtouren. Als Vampirin würden all meine Verletzungen wieder heilen, deshalb würde auch eine völlig zerquetschte Hand keine bleibenden Schäden hinterlassen. Meine Füße waren an die Stuhlbeine gefesselt, deshalb konnte ich nicht davonlaufen, aber wenn es mir gelang, mich aus den Handschellen zu befreien, konnte ich die Stuhlbeine abbrechen.

Ich bewegte meine Hände zum Test und schluckte einen Schrei hinunter, als ein scharfer Schmerz aufflammte.

»Scheiße«, zischte ich leise. Das hier würde *wehtun*.

Ich würde meine rechte Hand brauchen, um mir die Handschellen abzureißen, deshalb streckte ich die linke hinter mir aus, meine Finger völlig steif und gerade, schloss die Augen und beschwor all die schönen Erinnerungen an Edmond und meine Freunde herauf, damit sie mir Kraft gaben. Dann schaukelte ich mit einer schnellen, ruckartigen Bewegung mit dem Stuhl und warf mein ganzes Gewicht mit voller Wucht nach hinten. Der Stuhl kippte um. Ein blendender Schmerz schoss durch meinen Körper, als meine Hand unter mir unangenehm hart auf den Betonboden knallte. Mein Daumen und Mittelfinger brachen.

Ich stieß einen Schrei aus, schwarze Punkte tanzten vor meinen Augen, und ich war kurz davor, das Bewusstsein zu verlieren.

»O Scheiße«, hörte ich eine Stimme von der Tür – Glatzkopf, wie ich glaubte.

Mir blieben nur wenige Sekunden, bevor sich einer der beiden auf mich stürzen oder Hilfe holen würde, deshalb biss ich die Zähne gegen die blendenden Schmerzen zusammen und riss meine zertrümmerte Hand so heftig zurück, wie ich konnte. Gebrochene Knochen schabten übereinander, Blut verklebte meine Haut und meine Hand glitt aus der Fessel und war frei.

Neue Qualen tobten durch meinen Körper, und ich krallte die Finger meiner gesunden Hand in den Boden und versuchte, mich selbst zu verankern, um nicht ohnmächtig zu werden.

Die Zimmerdecke verschwamm vor meinen Augen, kam dann wieder in den Fokus – und plötzlich tauchte Glatzkopfs Gesicht über mir auf und starrte auf mich herab. Sein Mund bewegte sich, aber alles um mich herum war furchtbar unscharf, und ich konnte nicht verstehen, was er sagte. Das Einzige, was ich hören konnte, war ein gleichmäßiges *Bum-bum-bum*, das immer lauter zu werden schien. Meine Reißzähne fuhren aus, begleitet von einem matten Stechen, das ich kaum wahrnahm.

Ich brauchte *Blut*.

Glatzkopf streckte die Hand nach mir aus und mein Vampirinstinkt übernahm die Kontrolle.

Meine Hand schoss nach vorne und schlang sich um seinen Hals. Wegen meines zertrümmerten Daumens konnte ich nicht richtig zupacken, deshalb bohrte ich meine unversehrten Finger in die Adern und Arterien, die unter seiner Hautoberfläche pulsierten, und riss ihm mit allerletzter Kraft die Kehle heraus.

Heißes Blut ergoss sich über mein Gesicht, und ich zog den toten Mann näher zu mir heran, bis sein Blut direkt in meinen Mund floss. Neue Energie erfüllte mich, die Stärke kehrte in meine Muskeln zurück und ich gab ein leises Stöhnen von mir.

Ich hätte ihn bis auf den letzten Tropfen aussaugen können, aber ich musste hier raus. Auch wenn mir das frische Blut neue Kraft beschert hatte, würde ich nicht gegen Etienne oder Jemima ankommen, falls sie zurückkehrten.

Ich warf Glatzkopf von mir herunter, zerschmetterte den Stuhl und befreite auch meine andere Hand sowie meine Beine. Es gelang mir, die Fesseln von den Stuhlbeinen zu entfernen, aber ich konnte sie nicht von meinen Beinen lösen – es sei denn, ich wollte auch meine Füße zertrümmern. Meine einzige Option war es, mit den Silberfesseln zu fliehen und zu beten, dass sie mir nicht sämtliche Kraft aussaugten, bevor ich entkommen war.

Ich rappelte mich ungeschickt auf. Die Schellen um meine Knöchel waren zu eng – das Metall hatte sich durch meine Haut und mein Fleisch gefressen. Jeder Schritt würde die reinste Qual werden, aber ich biss die Zähne zusammen und ertrug die Schmerzen.

Barttyp kniete auf dem Boden, zusammengekauert in der hintersten Ecke, praktisch starr vor Todesangst, während ich mich ihm näherte. Ich konnte mir nur allzu gut vorstellen, wie ich aussah: blutüberströmt, rote Augen, ausgefahrene Reißzähne.

Die Lippen des Mannes bewegten sich, und mir wurde bewusst, dass er betete und die Worte panisch sprudeln ließ, als könnten sie ihn retten. Ich wollte ihn nicht töten. Ja, er hatte meinen Feinden im Tausch für Unsterblichkeit geholfen – aber June hatte dasselbe getan.

Ich konnte ihn aber auch nicht einfach zurücklassen, damit er Alarm schlug.

Ich verpasste ihm einen Rückhandschlag, und er knallte

gegen die Wand, bevor er in einem besinnungslosen Häuflein auf dem Boden zusammensackte.

Ich machte einen Schritt über ihn hinweg, öffnete die Tür und schlüpfte hinaus.

KAPITEL 18

Renie

Die Sonne schien noch immer, deshalb humpelte ich, so schnell ich konnte, in den Schatten des nächsten kleinen Hains. Im Sommer hätte mich dort ein Blätterdach geschützt, aber im Januar konnte ich mich nur unter die dicksten Zweige hocken und mich an das bisschen Schutz klammern, das sie boten. Es war nicht viel, und es würde mir nicht lange helfen.

Meine Beine fühlten sich an, als lösten sie sich in Säure auf, und ein Brennen züngelte bis in meinen Schädel hinauf.

Die Energie, die mir Glatzkopfs Blut verschafft hatte, schwand bereits wieder – diese verfluchten Silberfesseln saugten mir sämtliche Kraft aus. Meine gebrochenen Finger waren komplett verbogen, und ich konnte mich kaum auf den Beinen halten. Hunger pulsierte in meinem Magen, heiß und bohrend.

Ich hatte keine Ahnung, wo ich war. Das Haus, in dem man mich festgehalten hatte, war nicht viel mehr als ein besserer Schuppen, ohne Schilder an den Wänden oder irgendwelche anderen Hinweise, worum es sich dabei eigentlich handelte. Bäume umschlossen das Gebäude in kleinen Hainen, ihre Äste ineinander verhakt wie krumme Finger, aber als ich an den dicken Stämmen vorbeischaute, waren Heckenreihen, noch mehr Bäume und die Felder dazwischen alles, was ich sah.

Wir befanden uns irgendwo auf dem Land – hoffentlich in der Gegend von Southampton oder Winchester. Solange ich mich in der Nähe einer dieser beiden Städte befand, sollte ich den Weg zurück in die Zivilisation eigentlich finden können.

Ich taumelte zwischen den Bäumen hindurch, und jeder Schritt jagte neue Qualen durch meinen Körper, aber ich biss die Zähne zusammen und kämpfte mich weiter.

Das Geräusch von fließendem Wasser drang an meine Ohren: Es war ein Fluss in der Nähe.

Ich blieb stehen, drehte den Kopf hin und her und versuchte, zu hören, wo der Fluss rauschte. Ich war noch immer nicht an mein scharfes Gehör gewöhnt, und der Druck in meinem Kopf aufgrund der beinahe überwältigenden Schmerzen machten es mir schwer, mich richtig zu konzentrieren.

Dort – der Fluss befand sich zu meiner Rechten, da war ich mir ganz sicher. Ich taumelte in die Richtung. Wahrscheinlich brauchte ich nicht mal eine Minute, um ihn zu erreichen, aber jeder Schritt kam mir vor wie ein ganzes Jahrhundert.

Der Fluss war durch eine Gruppe verwachsener Bäume zu erkennen: ein breites, kristallklares Band aus Wasser. Auf den Gräsern und Pflanzen am Ufer glänzte der noch nicht vollständig getaute Frost in der Wintersonne.

Der Fluss war mit Sicherheit eiskalt, aber was blieb mir anderes übrig? Zu Fuß würde ich es nicht weit schaffen, und es würde auch nicht mehr lange dauern, bevor Jemima oder Etienne entdeckte, dass ich entkommen war, und die beiden mir nachjagten. Der Fluss würde mich definitiv schneller tragen, als ich rennen konnte, und es war schließlich nicht so, als könnte ich erfrieren.

Ich schloss die Augen und tauchte ins Wasser.

Edmond

Er erkannte ein Gebäude durch einen dichten Hain: ein schäbiger Holzschuppen, einsam in der weiten Landschaft, die den Stadtrand von Southampton umschloss. Der Boden war von Zweigen und natürlichem Unrat übersät, aber Edmond wich ihnen mit der natürlichen Anmut eines Vampirs aus. Ludovic und Caoimhe flankierten ihn, bewegten sich ebenso lautlos.

Sie hatten den Lieferwagen gut einen halben Kilometer entfernt abgestellt. Es wäre zu gefährlich gewesen, direkt zu dem Versteck auf dem Land zu fahren, das Sully ihnen beschrieben hatte – jeder Vampir hätte den Wagen sofort kommen hören. Zu Fuß zu gehen, war die beste Alternative.

Roux und Jason hatten sie begleiten wollen, aber diesmal hatte Edmond sich geweigert. Er wusste zwar nicht, was sie erwartete, aber es wäre gewiss zu gefährlich für Renies Freunde.

Er schlich sich näher an den Schuppen heran, die Ohren gespitzt für alle Geräusche ringsum, und als er die ersten Gesprächsfetzen aufschnappte, blieb er abrupt stehen und hob eine Hand. Auch Ludovic und Caoimhe erstarrten.

»Sie sprechen über Renie«, flüsterte Edmond und ballte automatisch die Fäuste. Die Menschen im Inneren des Holzschuppens hatten Renie zwar nicht namentlich erwähnt, aber sie konnten nur ein einziges Mädchen meinen.

»… konntest du sie nur entkommen lassen?«, bellte eine

Stimme, und Edmond spürte, wie unbändige Freude in seiner Brust explodierte. Er hätte wissen müssen, dass Renie selbst einen Weg aus dieser Falle finden würde – dass mehr als Jemima, Etienne und ihre Bande von Marionetten nötig waren, um sie dauerhaft einzusperren.

Ein stolzes Lächeln breitete sich auf seinen Lippen aus, verschwand jedoch einen Sekundenbruchteil später wieder, als er einen Geruch wahrnahm, den er nur allzu gut kannte: Renies Blut – viel zu viel davon.

Edmonds nicht mehr schlagendes Herz krampfte sich zusammen.

Renie war irgendwo dort draußen, verwundet und schutzlos gegen die Sonne. Er selbst und die beiden Vampire an seiner Seite waren alt genug, um direktes Sonnenlicht zu ertragen – Renie war es nicht.

Er musste sie finden.

»Ludovic«, flüsterte er und winkte ihn zu sich.

Lautlos wie ein Geist huschte sein Freund an seine Seite.

»Renie ist entkommen, aber sie kann noch nicht lange fort sein. Kannst du sie aufspüren?«, fragte Edmond.

Er kannte keinen einzigen Vampir, der nicht einen Großteil seines Lebens in Einsamkeit verbracht hätte, aber Ludovic war einst noch einen Schritt weitergegangen und hatte sich völlig von den Menschen isoliert. Er war gezwungen gewesen, Tierblut zu trinken, um zu überleben, und hatte gelernt, die Fährte seiner Beute anhand umgeknickter Grashalme und durcheinandergewirbelten Laubs zu lesen. Wenn jemand Renie finden konnte, dann Ludovic.

Ludovic nickte und ließ den Blick über den Boden schweifen. »Hier entlang«, sagte er dann und zeigte in die Richtung.

Edmond erkannte jedoch schnell, dass er Ludovic nicht brauchte, um Renie aufzuspüren. Sie hatten sich kaum von dem Schuppen entfernt und streiften durch die kahlen Haine, von denen die ganze Gegend übersät war, als die Spur unübersehbar wurde.

Nasse rote Blutflecken blitzten auf dem braunen Laubkompostboden auf, der die Erde bedeckte, und neue Wut flammte in Edmonds Brust auf.

Was hatte Etienne Renie angetan?

War sie irgendwo dort draußen zusammengebrochen, von ihren Verletzungen überwältigt? Versuchte sie weiter zu fliehen, weil sie nicht wusste, dass Edmond schon fast bei ihr war?

Er tauchte durch eine Lücke in den Bäumen auf und fand sich am Ufer eines breiten Flusses wieder. Renies Spur verlor sich abrupt, und er wusste sofort, was sie getan hatte.

»Sie ist in den Fluss gestiegen«, rief er und rannte los.

»Der Geruch ist noch frisch, sie kann noch nicht weit gekommen sein«, sagte Ludovic und schloss zu ihm auf.

Dennoch löste sich der enge Knoten in Edmonds Brust nicht. Renie würde in dem winterkalten Wasser zwar nicht erfrieren, und sie konnte auch nicht ertrinken, aber wenn sie das Bewusstsein verlor, konnte niemand sagen, wie weit sie im Fluss davontreiben oder was passieren würde, falls jemand anders sie fand – vorausgesetzt, die Sonne brachte sie nicht vorher um.

Er rannte gut einen halben Kilometer weit, bevor er Renie endlich sah – und wurde von einer gewaltigen Woge der Angst erfasst, die ihn beinahe in die Knie zwang. Wenn sein Herz noch geschlagen hätte, wäre es in diesem Moment stehen geblieben.

Renie trieb mit dem Gesicht nach unten mitten auf dem

Fluss, Arme und Beine von sich gestreckt, sanft mit den Bewegungen des Wassers schaukelnd.

Edmond *wusste*, sie konnte nicht ertrinken, aber sie war so still, wirkte so zerbrechlich, dass er die aufsteigende Panik nicht unterdrücken konnte, die ihn mitzureißen drohte.

Er sprang in den Fluss.

Das Wasser war nicht tief, und er watete mit Leichtigkeit hindurch, bis er Renie erreichte und sie in seine Arme zog. Ihr Gesicht war porzellanweiß, die Augen geschlossen, aber sie öffneten sich flatternd, als er sie an sich drückte. Tropfen eiskalten Wassers glitzerten an ihren Wimpern wie winzige Diamanten.

»Edmond«, flüsterte sie.

Silberfesseln waren um ihre Hand- und Fußgelenke geschlossen, hinterließen grässliche Rillen ringsum, während sich teils bereits verheilte Schnitte über ihre Arme erstreckten. Edmond schluckte ein wuterfülltes Knurren hinunter. Am liebsten wäre er zu diesem Holzschuppen zurückgestürmt und hätte jeden dieser Mistkerle, die ihr wehgetan hatten, in der Luft zerrissen.

»Du solltest nicht hier sein«, hauchte Renie. »Du hättest ohne mich nach Irland gehen sollen.«

»*Niemals!*«, erwiderte er vehement.

»Ich unterbreche diese charmante Wiedervereinigung ja nur ungern, aber wir müssen verschwinden, bevor Jemima und Etienne uns finden«, warnte Caoimhe vom Ufer aus.

Sie hatte recht. Edmonds Blut loderte nach Rache, aber Renie war verletzt, er selbst noch nicht vollständig geheilt, und auch Ysanne hatte sich noch nicht wieder von ihrer Stichwunde erholt. Sie waren nicht in der Verfassung für einen Kampf.

Renie in seinen Armen wiegend, watete Edmond aus dem

Fluss. Sie stöhnte leise, wandte sich von der Sonne ab und vergrub das Gesicht in seiner Brust.

»Hier«, sagte Ludovic, zog sein Hemd aus und reichte es Edmond.

Er wickelte es um Renies Kopf und Schultern, bedeckte sie, so gut er konnte. »Halte durch, *mon ange*«, flüsterte er ihr zu, und ihr von dem Hemd verdeckter Kopf machte eine nickende Bewegung.

Edmond rannte los.

Renie

Ich saß auf dem Rücksitz von Andrews schwarzem Lieferwagen, an Edmonds Brust geschmiegt. Er hatte mich nicht mehr losgelassen, seit er mich aus dem Fluss gezogen hatte.

Ich wusste, dass Vampire nicht ertrinken oder sich eine Unterkühlung einfangen konnten, aber konnten sie einen Schock erleiden? Ich hatte das Gefühl, ein Block aus Stein hätte sich in meine Brust gebohrt. Was Etienne und Jemima zu mir gesagt hatten, ging mir endlos durch den Kopf, verhöhnte mich.

June hatte davon geträumt, ein Vampir würde sich in sie verlieben. Sie hatte sich all diese Vampirliebesfilme angeschaut, wie besessen sämtliche Fanseiten studiert und Fan-Fiction gelesen, bis ihr die Augen gebrannt hatten. Am Ende hatte sie geglaubt, sie hätte ihren Traum tatsächlich wahr gemacht. Nur dass er sie stattdessen umgebracht hatte.

Während Caoimhe vor meinen Füßen hockte und meine Fesseln begutachtete, hob Edmond sanft meine verletzte Hand. Die Wunden hatten – dank Glatzkopf – aufgehört zu bluten, aber ich hatte nicht genug von seinem Blut getrunken, um auch meine gebrochenen Knochen wieder zu flicken. Ein Bild des auf mich herabstarrenden Mannes, als ich ihm die Kehle herausriss, blitzte in meinem Gedächtnis auf, und ich kniff die Augen zusammen, als könnte ich die Erinnerung damit blockieren.

Ich hatte heute jemanden getötet.

Ich wusste nicht, wie ich das verarbeiten sollte.

»Wer hat dir das angetan?«, fragte Edmond, seine Stimme tief und wild, während er weiter auf meine Hand blickte.

»Ich«, antwortete ich und zuckte bei der Erinnerung zusammen. »Es war die einzige Möglichkeit, mich aus den Handschellen zu befreien.«

Anerkennung blitzte in Caoimhes blauen Augen auf. »Du bist härter im Nehmen, als du aussiehst.«

»Danke?«

»Leider musst du jetzt noch mal hart sein, denn ohne Schlüssel können wir dir diese Fesseln nur abnehmen, indem wir sie zerbrechen – und das wird wehtun.«

»Könnt ihr nicht das Schloss knacken?«, fragte Roux.

Caoimhe starrte sie mit leerer Miene an.

Roux verdrehte die Augen, fummelte unerschrocken in den Haaren der Vampirin herum und zog schließlich eine Haarnadel heraus. »Bitte, sagt mir, dass das schon mal jemand hier gemacht hat.«

»Ja, ich«, meldete sich Jason.

»Du musstest schon mal ein Handschellenschloss knacken?« Roux versuchte, heiter zu klingen, aber ich konnte die Anspannung in ihrer Stimme hören. Dieser Tag nahm uns alle ziemlich mit.

»Wenn du wirklich Glück hast, erlebst du mich eines Tages vielleicht so betrunken, dass ich es dir erzähle«, antwortete Jason.

Er nahm Roux die Haarnadel ab und verbog sie zu der gewünschten Form. Im Van war es so dunkel, dass er sich an meinem Bein entlangtasten musste, um die Fußfessel an meinem Knöchel zu finden. Selbst beim kleinsten bisschen Druck seiner Finger jagte neuer Schmerz durch meinen Körper. Ich fauchte und klammerte mich an Edmonds Arm.

»Tut mir leid, Süße, aber Caoimhe hat recht. Das hier wird wehtun«, sagte Jason.

Das tat es, aber ich vergrub das Gesicht in Edmonds Brust, atmete seinen Geruch ein und benutzte seinen Körper als Puffer, um meine Schmerzenslaute zu dämpfen. Selbst im Dunkeln arbeitete Jason schnell, schloss zuerst die eine Fessel auf, dann die andere, bevor er sich der Schelle an meinem Handgelenk widmete.

Roux schälte die geöffneten Metallmanschetten von meiner Haut. Sie zuckte jedes Mal zusammen, wenn ich ein Wimmern von mir gab, und flüsterte eine Entschuldigung.

Als die Handschellen endlich ab waren und das Brennen nicht mehr ganz so schlimm, hielt Roux ihr Handgelenk an meine Lippen. »Denk noch nicht mal daran, es abzulehnen«, sagte sie bestimmt und warf Ludovic einen entschlossenen Blick zu.

Ich war zu erschöpft, um zu protestieren, und diesmal sagte auch Ludovic nichts.

Ich schlug meine Reißzähne in ihr Handgelenk, und warmes Blut rauschte in meinem Mund. Ich stieß ein Stöhnen aus, gönnte mir jedoch nur ein paar Mundvoll, bevor ich die Wunden mit meiner Zunge wieder versiegelte. Solange ich kräftig genug war, um mich auf den Beinen zu halten, konnte ich warten, bis wir in Fiaigh angekommen waren, bevor ich zum nächsten Mal trank.

Angenommen, wir waren immer noch auf dem Weg dorthin.

»Woher wusstet ihr, wo ihr mich findet?«, wollte ich wissen.

»Jemima hat das Haus deiner Mutter von zwei ihrer menschlichen Lakaien beobachten lassen. Sie erwiesen sich als ziemlich gesprächig«, antwortete Edmond.

»Habt ihr sie getötet?« Wenn sie meine Mum bedroht hatten, war mir egal, ob sie tot waren, aber mir wurde auch richtig übel, wenn ich daran dachte, wie es sich angefühlt hatte, meine Finger um Glatzkopfs Kehle zu schließen oder wie sein Blut über mich hinweggeflossen war. Ich hatte den Tod so satt.

Edmond sah Ludovic an. »Nein. Wir haben sie gefesselt und im Kofferraum ihres eigenen Wagens zurückgelassen. Irgendwann wird sie schon jemand finden.«

»Was ist mit meiner Mum? Wie soll ich dafür sorgen, dass ihr nichts passiert?«, fragte ich.

»Ich glaube nicht, dass sie noch in Gefahr ist. Es würde Etienne nichts nützen, sie erneut ins Visier zu nehmen, wenn er nicht weiß, wo wir sind oder wie er mit uns in Kontakt treten kann. Eine Geisel bringt ihm nur etwas, wenn er sie auch benutzen kann«, sagte Roux. »Aber ich habe deiner Mum eine Nachricht hinterlassen und ihr gesagt, dass sie Southampton verlassen soll. Mehr konnte ich nicht tun – und du kannst auch nicht das Risiko eingehen, noch mal zu Hause anzurufen.«

»Gehen wir immer noch nach Fiaigh?«, fragte ich.

Niemand antwortete. Ysanne saß mit hängenden Schultern in der Ecke, die Hände im Schoß. Sie hatte bereits von Jemimas

Verrat gewusst, als Edmond mich gefunden hatte, aber er hatte sie viel tiefer getroffen als Etiennes.

»Das müssen wir«, erwiderte Caoimhe schließlich. »Wenn Etienne nicht weiß, dass ich bei euch bin, dann gibt es keinen Grund, warum er annehmen sollte, dass ihr zu meinem Haus unterwegs seid.«

»Aber ist das auch wirklich sicher für uns?«, fragte Roux. »Wenn Etienne und Jemima auch in anderen Häusern Unterstützer haben, woher wissen wir dann, dass wir dort nicht in die nächste Falle tappen?«

»Ysanne, Edmond und Renie benötigen dringend Blut und meine Spendenden können es ihnen geben. Außerdem müssen wir uns alle ein wenig erholen, und Renie braucht einen Ort, an dem es für neue Vampire sicher ist. Meine Burg ist die beste Wahl.«

»Es sei denn, sie wurde bereits von unseren Feinden infiltriert«, entgegnete Roux.

Caoimhe schürzte die Lippen. »Selbst wenn das der Fall ist – was ich für äußerst unwahrscheinlich halte, – ist es aufgrund von Fiaighs Umgebung völlig unmöglich, dass sich jemand heimlich heranschleichen könnte. Das war einer der Gründe, warum wir diesen Ort ausgewählt haben. Selbst wenn Etienne erfährt, dass wir dort sind, wird er uns nicht überraschen können. Und falls es doch zum Äußersten kommt und wir erneut die Flucht ergreifen müssen, hätten wir vorher wenigstens Zeit, um uns darauf vorzubereiten. Aber falls du eine bessere Idee hast, bin ich für alle Vorschläge offen.«

Roux seufzte. »Hab ich nicht.«

»Aber wie sollen wir denn dort hinkommen?«, fragte Jason. »Mit der Fähre?«

»Keiner von uns hat einen Reisepass oder Geld dabei.«

»Vampire haben keine Reisepässe«, sagte Caoimhe.

»Wir brauchen trotzdem Geld. Oder verlasst ihr euch darauf, dass wir alle freie Fahrt kriegen, nur weil ihr berühmt seid?«, vermutete Jason.

Caoimhes Miene ließ darauf schließen, dass sie genau das erwartete.

»Selbst wenn wir freie Fahrt kriegen, glaubt ihr wirklich, es ist eine gute Idee, wenn wir uns an einem so öffentlichen Ort wie einem Fährhafen blicken lassen?«, warnte Roux vorsichtig.

»Gewiss ist das geradezu ein *perfekter* Ort«, fand Caoimhe. »Etienne wird vor so vielen Zeugen keinen erneuten Schlag riskieren.«

»Vielleicht nicht, aber ihr werdet definitiv erkannt, und wenn Etienne Wind davon bekommt, wird er sich denken können, dass wir nach Irland fliehen. Wenn Fiaigh wirklich noch eine sichere Zuflucht für uns ist, dürfen wir das nicht gefährden.«

»Könnten wir vielleicht ein Boot stehlen?«, schlug ich vor.

»Meinst du ein Schnellboot oder so? Weiß irgendjemand hier, wie man damit fährt?«

Niemand antwortete.

»Ich hatte eher an ein Ruderboot gedacht«, sagte ich.

»Süße, hast du irgendeine Ahnung, wie lange es dauern würde, nach Irland zu rudern?«

»Nein«, murmelte ich. »Aber Vampire können schneller rudern als Menschen …« Ich brachte den Satz nicht zu Ende, weil Roux mich ansah, als hätte ich gerade etwas unglaublich Dämliches gesagt. Was ich wahrscheinlich auch hatte.

»Selbst wenn Vampire doppelt so schnell rudern könnten wie Menschen, wären es immer noch mehrere Hundert Kilometer. Wir würden tagelang auf diesem Ruderboot festsitzen«, erklärte Roux.

»Oh.« Unerwartete Tränen kribbelten in meinen Augen. Ich war so *müde*. Dank des Blutmangels hatte sich mein Magen zu einem harten Knoten verkrampft, und mir tat das Zahnfleisch weh, weil sich meine Reißzähne permanent herausschieben wollten. Die Schmerzen von meinen Verletzungen vernebelten mir den Verstand und machten es mir schwer, klar zu denken, während hinter diesem Nebel all die schrecklichen Dinge lauerten, die heute passiert waren: der Überfall auf das Haus, die Folter, die Tatsache, dass ich jemanden *umgebracht* hatte.

»Dann bleibt uns nur noch eine Wahl.« Caoimhe blickte zum Dach des Lieferwagens hinauf. »Wir fliegen.«

»Moment mal, willst du damit etwa sagen ... ihr könnt tatsächlich *fliegen*? Das konntet ihr doch nicht wirklich die ganze Zeit geheim halten, oder?«, fragte Jason.

»Mit einem Flugzeug«, stellte Caoimhe klar.

Jason rieb sich ein wenig verlegen die Augen. »Tut mir leid, war ein langer Tag.«

»Und er ist noch nicht vorbei«, murmelte ich.

»In Lee-on-the-Solent befindet sich ein Privatflughafen, nur eine halbe Stunde von hier entfernt«, erklärte Caoimhe.

Ysanne ergriff zum ersten Mal seit meiner Rettung das Wort. »Sag Andrew, er soll uns dort hinbringen.« Sie sah niemanden an, und es lag eine Leere in ihrer Stimme, die ich noch nie zuvor gehört hatte.

Caoimhe klopfte an die Trennscheibe und Andrew bremste gehorsam. Die irische Vampirin rutschte zur Tür, hielt dann inne und drehte sich noch einmal zu mir um.

»Auch wenn ich uns einen Flug organisieren kann, wird es

ein paar Stunden dauern, bevor wir Fiaigh erreichen. Hältst du so lange durch?«, fragte sie.

Ich versuchte zu lächeln, aber es fühlte sich eher an, als würde ich eine Grimasse schneiden. »Mir bleibt nicht wirklich was anderes übrig, oder?«

»Nein.«

Caoimhe stieg aus dem Van, schloss die Tür hinter sich und tauchte uns wieder in Dunkelheit. Wenige Momente später setzten wir uns wieder in Bewegung.

Ich schloss die Augen, legte den Kopf auf Edmonds Brust und versuchte, nicht darüber nachzudenken, wie sehr mir alles wehtat.

»Was machen wir, wenn Fiaigh doch nicht sicher ist?«, fragte Jason leise.

Noch nicht mal Ysanne wusste darauf eine Antwort.

Wir erreichten den Flughafen etwa eine halbe Stunde später.

»Wartet hier«, sagte Caoimhe, stand auf und lockerte mit einer Hand ihre blonden Locken auf.

»Was machst du?«, wollte Roux wissen.

»Ich organisiere uns ein Flugzeug.«

»Ohne Geld?«

Caoimhe lächelte. »Lass das meine Sorge sein.«

Sie stieg aus dem Wagen und wir erhaschten einen Blick auf den Flugplatz. Die Sonne ging bereits unter, tauchte den Himmel in rotes Licht. Ich musste an den Mann denken, den ich getötet hatte, daran, wie leicht es gewesen war, ihm die Kehle herauszureißen und das Blut zu trinken, das in mein Gesicht strömte. Ich wandte den Blick ab.

Caoimhe schloss die Tür.

Roux wirkte beunruhigt, ihre Stirn in Falten, und kaute auf ihrer Unterlippe herum.

»Caoimhe ist eine der berühmtesten Frauen der Welt. Unterschätze niemals, welchen Einfluss Ruhm mit sich bringen kann«, sagte Ysanne.

»Reicht dieser Einfluss auch aus, um uns spontan einen Privatjet zu chartern, ganz ohne Geld?«, fragte Roux.

»Ja.«

Roux wirkte nach wie vor nicht überzeugt, aber was immer Caoimhe auch tat, es funktionierte: Zwanzig Minuten später kehrte sie wieder zurück, um uns darüber zu informieren, dass uns ein kleines Privatflugzeug nach Irland bringen würde.

Ich nahm den Flug übers Meer kaum wahr, da ich die meiste Zeit zusammengekauert unter Andrews T-Shirt verbrachte und mich vor der untergehenden Sonne abschirmte. Selbst als die Dämmerung zu schiefergrauem Abend verblasste und ich wieder unter dem T-Shirt hervorkam, konnte ich mich auf nichts richtig konzentrieren. Das Meer rauschte unter uns, aber ich bemerkte es kaum. Ich bekam noch nicht mal mit, dass wir in Irland landeten, bis Edmond mich auf die Stirn küsste und mir verkündete, wir wären angekommen.

Den Van hatten wir natürlich in England zurücklassen müssen, daher nahm ich an, Caoimhe würde wieder ihre irischen Zauberkräfte einsetzen, um uns Ersatz zu beschaffen. Doch stattdessen klaute Andrew einfach einen neuen Wagen, und bevor ich richtig mitbekam, was los war, rollten wir auf der N22 in Richtung Killarney, einer Stadt im County Kerry im Südwesten von Irland.

Ich hatte keine Ahnung, wie spät es war, aber der Himmel hatte sich indigoblau verdunkelt, mit Sternen gesprenkelt und von einer grinsenden Mondsichel geziert. Da die Sonne nun keine Gefahr mehr darstellte, hatte Andrew einen Wagen mit Fenstern kurzgeschlossen. Ich war froh darüber, denn obwohl der neue Van auch nicht größer war als der andere, wirkte er dank der Fenster weniger klaustrophobisch.

Fiaigh lag am Rand des Killarney National Parks, einer weitläufigen Landschaft aus Seen und Berggipfeln, Eichen- und Eibenwäldern. Die zu dem Haus führende Straße war für Touristen angelegt worden, die keine Lust hatten, eine lange Wanderung auf sich zu nehmen, nur um einen Blick auf das einzige Vampirhaus Irlands zu erhaschen.

Caoimhe wirkte sichtlich heiterer, je weiter wir uns Fiaigh näherten, und mir kam der Gedanke, wie schwer das alles für sie gewesen sein musste. Sie hatte nicht nur Freunde verloren, sondern auch in einem anderen Land festgesessen, durch Hunderte Kilometer Land und Meer von ihrem Zuhause getrennt.

Fiaigh glich eher einer Burg als einer Villa. Das riesige Gebäude aus grauem Stein wuchs mit unzähligen Fenstern und hölzernen Fensterläden aus der wilden Landschaft, während auf dem Dach zahlreiche Türmchen und Schornsteine aufragten. Zwei Rundtürme flankierten das Haupthaus, einer von Zinnen geziert, der andere von einem kleinen Spitzdach gekrönt, das an einen Hexenhut erinnerte. Wie Belle Morte war das Anwesen von einer Steinmauer mit einem großen Tor umschlossen. Doch im Gegensatz zu dem gusseisernen Tor von Belle Morte bestand Fiaighs aus einer soliden schwarzen Holztür. Der Teil des Vampirhauses, der sich unterhalb der Oberkante des Tors befand, war nicht zu erkennen.

»Es ist wunderschön«, staunte Roux und presste ihr Gesicht gegen die Fensterscheibe.

Das war es, aber trotzdem hatten der graue Stein und das Durcheinander der verschiedenförmigen Türmchen, Schornsteine und Dächer, die sich als Silhouette in den Himmel schnitten, auch etwas Freudloses an sich. So weit abgeschieden in der Wildnis wirkte es wie ein stereotypisches Schloss, in dem Vampire in den einschlägigen Romanen traditionellerweise lebten. Ich konnte mir richtig vorstellen, wie Dracula, in einen wallenden schwarzen Umhang gekleidet, in einem der oberen Zimmer lauerte.

Caoimhe lehnte sich vor – in unserem neuen Fahrzeug gab es keine Trennscheibe – und tippte Andrew auf die Schulter. »Halte hier an«, bat sie ihn.

Gehorsam trat er ein Stück vom Tor entfernt auf die Bremse. Caoimhe stieg aus und näherte sich dem Haus. Fast sofort schwang das hölzerne Tor auf und zwei Männer marschierten den Pfad von der Burg zu ihr herunter.

Sie trugen beide ähnliche Uniformen wie das Wachpersonal in Belle Morte, nur, dass ihre olivgrün waren statt schwarz und ein silbernes, mit einem keltischen Knoten graviertes Abzeichen daran prangte: ein von einer langen geraden Nadel durchstochener Ring. Außerdem trugen sie polierte feste Schuhe mit silbernen Schnallen und grüne Mützen auf dem Kopf. An ihrem Gürtel klemmte jeweils ein Funkgerät.

»Lady Caoimhe«, sagte der Größere der beiden und verneigte sich kurz. »Wir haben Sie gar nicht so früh zurückerwartet …« Er verstummte, als er unseren Van erblickte.

»Seamus«, sagte Caoimhe, »ich fürchte, seit meiner Abreise ist eine Menge passiert. Meine Freunde werden bis auf Weiteres bei uns wohnen.«

Seamus nickte, und ich fragte mich, ob er hier der Sicherheitschef war – der irische Dexter Flynn. Bei dem Gedanken an Dexter bohrte sich ein Stechen in meine Brust.

»Ruf die Spendenden zusammen«, wies Caoimhe ihn an. »Meine Freunde müssen etwas essen.«

Der Eingangsbereich von Fiaigh war weniger pompös als in Belle Morte. Tatsächlich hätte ich die kleine Tür, die in die Burg führte, beinahe nicht bemerkt, bis Seamus sie mit großer Geste öffnete und sich erneut verbeugte, als wir an ihm vorbei ins Haus gingen.

Die Tür führte in ein steinernes Foyer, das von an den Mauern hängenden Wandteppichen erhellt wurde. Rüstungen standen in allen vier Ecken, und wären die Wandteppiche nicht gewesen, hätten sie beinahe unheilvoll gewirkt.

Direkt vor uns befand sich eine steinerne Treppe, breiter als die in Belle Morte. Sie führte zu einer mit einem weiteren riesigen Teppich behangenen Wand hinauf, bevor sie sich in eine nach links und eine nach rechts abzweigende Treppe teilte.

Eine Gruppe von Spendenden in teuren Pyjamas tauchte auf der linken Treppe auf. Architektonisch hatten Belle Morte und Fiaigh nicht viel gemeinsam, aber wenn es um Mode ging, teilten die regierenden Frauen denselben Geschmack.

Caoimhe schwebte förmlich die Stufen zu ihnen hinauf, ebenso anmutig und gebieterisch, wie Ysanne stets gewirkt hatte, und sagte leise etwas zu den auf der untersten Stufe stehenden Spendenden. Sie schauten mich alle an und ich senkte den Blick Richtung Boden. Edmond schlang einen Arm um meine Taille – der Versuch einer stillen Ermutigung, – doch ausnahmsweise war es nicht genug. Mein ganzer Körper fühlte sich wund an, so als würde ich nicht richtig in meine eigene Haut passen und wäre hier völlig fehl am Platz.

Ich schaute noch nicht einmal auf, als Caoimhe zu uns zurückkehrte. »Jennifer wird euch zu den Gästezimmern begleiten, dann schicke ich euch ein paar Spendende nach oben«, verkündete sie uns.

In Belle Morte wurden Besucher im Westflügel untergebracht, und ich nahm an, bevor Ysanne June dort versteckt hatte, hatte er Spendenden nicht offen gestanden. Hatten die Spendenden in Fiaigh stets Zugang zu den Vampirgemächern oder legte Caoimhe die Regeln aufgrund der besonderen Umstände nur ein wenig großzügiger aus?

Ich war zu müde, um danach zu fragen.

Schritte näherten sich – Jennifer, wie ich annahm, – aber ich hob den Blick noch immer nicht. Am liebsten hätte ich mich gleich hier auf den Boden gelegt, geschlafen und so getan, als wäre nie etwas passiert.

Edmond legte eine Hand auf meinen unteren Rücken. »*Mon ange?*«, flüsterte er mit sanfter Stimme.

Schließlich hob ich doch den Blick. Besorgte Schatten lagen über Edmonds Augen, seine dunklen Brauen zusammengekniffen. Ein Knoten aus Emotionen drohte mich zu ersticken. Ich wollte so sehr glauben, wir könnten nun, da wir zusammen waren, alles erreichen – aber unsere Welt hatte sich in eine einzige verfluchte Katastrophe verwandelt, und Liebe allein konnte das nicht wieder in Ordnung bringen.

»Komm jetzt«, sagte Edmond leise und legte einen Arm um meine Taille, damit ich mich an ihn lehnen konnte. Ich sagte noch immer kein Wort, als Jennifer uns zu unserem Zimmer geleitete.

KAPITEL 19

Edmond

Er hatte Renie noch nie so still erlebt.

Jennifer führte sie an der Traube starrender Spendender vorbei, eine weitere Treppe in den zweiten Stock hinauf und einen breiten Korridor hinunter, in dem ein gewebter Teppich den Steinplattenboden ein wenig weicher machte, bevor sie schließlich links abbog.

Unter normalen Umständen hätte Edmond sehr gern Fiaigh erkundet – es war das erste Mal, dass er hier war, – aber alles, worauf er sich konzentrieren konnte, war die Frau an seiner Seite, die sich an ihn schmiegte, als wäre er das Einzige, was sie auf den Beinen hielt.

Unzählige Fragen standen Jennifer ins Gesicht geschrieben, aber vielleicht hatte Caoimhe sie ja gewarnt, nicht neugierig zu sein, denn sie sprach keine dieser Fragen laut aus.

»Braucht ihr ein Zimmer oder zwei?«, erkundigte sie sich stattdessen.

»Eins«, antwortete Edmond, überrascht, dass Caoimhe Jennifer dies nicht bereits erklärt hatte.

»Das ist alles total seltsam«, bemerkte Renie.

»Was?«, fragte Edmond.

Sie zeigte mit einer antriebslosen Geste auf die Türen links und rechts von ihnen, die zu Fiaighs Gästezimmern führten. »An dem Abend, als ich nach Belle Morte kam, hat Gideon Roux, Jason und mich durch den Südflügel zu unseren Zimmern geführt. Jetzt passiert es wieder, nur, dass diesmal alles anders ist. Damals war ich ein Mensch. Jetzt bin ich eine Vampirin. Meine Schwester ist tot, und wir sind auf der Flucht vor dem Mann, der sie getötet hat – dem Mann, dem sie vertraut und für einen Freund gehalten hat.«

Jennifer schaute sich zu ihnen um, ihre Stirn in Falten gezogen. Edmond fragte sich, ob Caoimhe vorhatte, allen in ihrem Haus zu erzählen, was passiert war, oder ob sie es für besser hielt, sie im Dunkeln tappen zu lassen. Zum Wohle aller hoffte er auf Ersteres. Ysanne hatte Belle Morte in Bezug auf June angelogen, und auch wenn sie es mit den besten Absichten getan hatte, war das Ergebnis verheerend gewesen. Caoimhe konnte nicht so töricht sein, denselben Fehler zu begehen.

Jennifer blieb vor einer Tür stehen und öffnete sie. »Die Spendenden werden gleich bei euch sein«, sagte sie.

»Danke«, erwiderte Edmond und führte Renie ins Zimmer. Er schloss die Tür hinter sich.

»Kennst du sie?«, fragte Renie und schlang die Arme um sich selbst.

»Jennifer? Nein. Wir sind uns erst einmal begegnet, vor zehn Jahren, als wir aus den Schatten traten.«

»Sind wir hier in Sicherheit?«

Es wäre leicht gewesen, Renie eine tröstliche Lüge aufzutischen, aber Edmond hatte sie schon einmal angelogen, wegen June, und es hätte sie fast zerrissen. Er würde sie nie wieder anlügen, noch nicht einmal deswegen.

»Ich weiß es wirklich nicht, aber ich möchte es gern glauben. Zumindest können wir uns hier ausruhen, heilen und unseren nächsten Schritt planen«, sagte er.

»Und wie zur Hölle sieht unser nächster Schritt aus?«, fragte Renie.

Es klopfte an der Tür, bevor Edmond darauf antworten konnte. Er öffnete und sah acht Spendende vor sich. Sie wirkten verunsichert und ein wenig verängstigt, was Edmond jedoch nur verständlich erschien.

Das Leben in einem Vampirhaus sollte luxuriös sein, erholsam und vorhersehbar. Vampire und Spendende aus anderen Häusern sollten nicht einfach unangekündigt dort auftauchen, so blutüberströmt, als wären sie durch die Hölle gegangen.

»Lady Caoimhe meinte, ihr bräuchtet uns alle?«, sagte die größte der Spenderinnen und steckte sich eine Haarsträhne hinters Ohr.

Edmond nickte. Renies Verletzungen waren sehr gravierend, und damit sie wieder vollständig verheilten, war mehr Blut nötig, als ein Spendender allein gefahrlos geben konnte. Renie wusste jedoch noch nicht, wie viel sie einer Person gefahrlos auf einmal aussaugen konnte, daher musste Edmond die Fütterung überwachen.

»Renie?«, sagte er.

Sie starrte erneut zu Boden, die Arme noch immer um ihren Körper geschlungen, und wirkte traurig und verloren. Aber zumindest hob sie den Kopf, als er ihren Namen aussprach.

»Möchtest du dich dabei lieber hinsetzen?«, fragte er.

Renie blickte zum Bett und schüttelte dann den Kopf.

Auf der Fahrt nach Southampton hatte Ludovic Edmond erzählt, es wäre Renie schwergefallen, die Tatsache zu akzeptieren, dass sie Blut trinken musste, um zu überleben, aber diesmal zögerte sie nicht. Als sich die dunkelhaarige Spenderin ihr näherte, griff Renie nach dem Handgelenk des Mädchens und biss zu.

Edmond beobachtete, wie sie trank und sich ihre Kehle beim Schlucken bewegte. Als er der Ansicht war, sie hätte genug ausgesaugt, legte er eine Hand auf ihre Schulter. Renie zog sich wieder zurück, ihre Augen glühend rot. Edmond winkte die nächste Spenderin zu ihnen heran, während er mit der Zunge über die Reißzahnwunden am Handgelenk des ersten Mädchens leckte, um sie zu versiegeln. Er würde erst selbst etwas trinken, wenn er sich sicher war, dass Renie genug hatte, nicht vorher.

Renie trank von fünf der Spendenden, mehr, als ein Vampir normalerweise an einem Tag zu sich nehmen würde, aber ihr Körper brauchte es dringend. Die Spendenden, von denen sie getrunken hatte, würden eine Zeit lang keine anderen Vampire mehr füttern können, aber Caoimhe war dies bewusst. Edmond kannte sie lange genug, um zu wissen, dass sie ihre Spendenden niemals einem Risiko aussetzen würde.

Dann war er selbst an der Reihe. Er trank hastig von den verbliebenen Spendern und geleitete sie dann alle ohne ein weiteres Wort aus dem Zimmer.

Renie blickte mit zerknitterter Miene an sich hinunter. Der Fluss hatte das Blut von ihrer Haut und aus ihrem Haar gewaschen, als sie hineingesprungen war, aber ihre Kleidung war noch immer ganz schwarz davon, und plötzlich war es das Einzige, was Edmond riechen konnte.

»Ich habe heute jemanden getötet«, sagte Renie leise.

»Du hattest keine andere Wahl.« Noch während er es sagte,

wusste Edmond, dass es keinen Unterschied machte. Auch ihm selbst war in Kriegszeiten keine andere Wahl geblieben, als andere Leben auszulöschen, aber es hatte dennoch lange gedauert, bis ihn die Gesichter der Menschen, die er getötet hatte, nicht mehr in seinen Albträumen verfolgt hatten.

»Ich bin stolz darauf, dass du gekämpft und getan hast, was nötig war, um dich selbst zu befreien«, fügte er hinzu.

Renie zupfte an ihren blutverkrusteten Kleidern herum. »Ich muss duschen.«

»Renie …«, begann Edmond, aber sie brachte ihn mit einer erhobenen Hand zum Verstummen.

»Ich glaube … ich muss einfach nur eine Weile für mich sein«, sagte sie.

Er wollte sie nicht so allein lassen, erschöpft und gebrochen, aber wenn es das war, was sie brauchte, dann musste er es tun.

Heiße Wut loderte in seiner Brust. Renies körperliche Wunden waren verheilt, aber Blut zu trinken, konnte die emotionalen Schäden nicht wiedergutmachen. Der Mann, den sie für einen Freund gehalten hatte, der ihre Schwester umgebracht hatte und für zahlreiche weitere Todesopfer verantwortlich gewesen war, hatte ihre Mutter, ihre Freunde und alle anderen bedroht, die sie liebte, und schließlich sie selbst entführt und gefoltert. Seinetwegen hatte sie getötet, und Edmond hatte keine Ahnung, wie lange sie diese Last noch würde tragen können.

Wäre Etienne in diesem Moment hier gewesen, Edmond hätte ihn mit bloßen Händen getötet.

Renie verschwand im Bad, und als die Dusche zu rauschen begann, klopfte es erneut an der Zimmertür. Diesmal stand Caoimhe davor. Sie hatte sich eine saubere Jeans und eine strahlend weiße Bluse angezogen und ihre blonden Locken ergossen sich in einer dichten Mähne über ihre Schultern. Sie war noch immer eine der schönsten Frauen, denen Edmond jemals begegnet war. Aber sie erregte ihn nicht mehr so wie damals, als sie ein Paar gewesen waren, vor so vielen Jahrzehnten. Außerdem war der Funke, der damals für Caoimhe in ihm entfacht war, nichts im Vergleich zu dem Feuer, das für Renie in ihm loderte.

»Können wir reden?«, fragte sie.

Edmond winkte sie ins Zimmer, aber Caoimhe schüttelte den Kopf. »Nicht hier.«

Sie führte ihn in einen leeren Raum drei Türen weiter, schloss die Tür und lehnte sich dagegen.

»Was ist denn los?«, fragte Edmond.

»Hast du schon mal darüber nachgedacht, wie es jetzt weitergehen soll?«, fragte sie.

»Wir sind doch eben erst hier angekommen«, erwiderte er. »Ich hatte gehofft, wir könnten uns ein wenig Zeit nehmen, um uns auszuruhen und zu erholen, bevor wir irgendetwas anderes tun.«

»Was glaubst du denn, wie viel Zeit wir haben?«

Edmond betrachtete seine alte Geliebte aufmerksam. »Gibt es irgendetwas, das du mir nicht erzählst?«

Caoimhe ließ sich einen Moment Zeit, bevor sie antwortete. »Etienne scheint nicht zu ahnen, dass ich mich mit euch zusammengetan habe, aber er weiß, dass ich noch am Leben bin, und da ich als Augenzeugin bestätigen kann, dass Ysanne nicht für die Hinrichtung des Vampirrats verantwortlich war, wird er mich gewiss aus dem Weg schaffen wollen. Es war richtig, nach Fiaigh zu kommen, aber Etienne ist nicht dumm. Wenn er nicht bereits erraten hat, dass ich mich hierhergeflüchtet habe, dann wird er schon bald dahinterkommen.«

»Du hast gesagt, er könnte uns hier nicht einfach überfallen.«

»Das kann er auch nicht, aber er war uns die ganze Zeit einen Schritt voraus, und es wäre töricht, anzunehmen, wir wären hier in Sicherheit, nur weil er nicht dasselbe tun kann wie in Belle Morte.«

»Und was schlägst du vor?«, fragte Edmond.

»Ich habe ehrlich gesagt keine Ahnung. Aber wir müssen uns dieser Frage eher früher als später stellen.«

»Hast du Ysanne darauf angesprochen?«

»Noch nicht.«

»Und warum kommst du dann stattdessen zu mir?«

»Ysanne ist eine der stärksten Frauen, die ich jemals getroffen habe, aber sie hat gerade ihr Haus verloren, ihre Führungsposition, ihre Leute und die Frau, die sie liebt. Ich dachte, sie bräuchte ein wenig Zeit, um das alles zu verarbeiten, bevor sie daran erinnert wird, dass wir noch nicht mal annähernd über den Berg sind.«

Edmond schloss die Augen und versuchte nachzudenken. Fiaigh zu erreichen, war ihr Ziel gewesen, aber Caoimhe hatte recht: Sie konnten nicht ewig hierbleiben.

Aber wo sollten sie dann hin?

»Ich sage ja gar nicht, dass wir uns sofort einen Plan zurechtlegen oder alles zusammenpacken und wirklich die Flucht ergreifen sollen, aber wir müssen uns der harten Realität unserer Situation bewusst sein«, sagte Caoimhe.

»Wir können morgen ausführlich darüber reden. Heute Nacht müssen wir uns alle dringend erholen«, erwiderte

Edmond und musste wieder an den trostlosen Ausdruck in Renies Augen denken.

Caoimhe lächelte, aber es wirkte blass. »Wenigstens bist du jetzt doch endlich mal nach Fiaigh gekommen.«

»Ich wollte es immer«, versicherte Edmond ihr.

»Aber du hast es nie getan.«

Das konnte er nicht leugnen. Caoimhe würde nie wieder seine Geliebte sein, aber sie würde stets seine Freundin bleiben, und er hätte sich mehr Mühe geben müssen. Während der Anfangsjahre des Spendersystems war Edmond nicht von Ysannes Seite gewichen, um sicherzugehen, dass alles nach Plan verlief, und obwohl er wirklich die Absicht gehabt hatte, Fiaigh zu besuchen, war es aus irgendeinem Grund nie dazu gekommen.

»Es tut mir leid«, sagte er.

Caoimhe lächelte erneut und diesmal wirkte es wärmer, echter. »Wenn sich dieses ganze Chaos erst einmal geklärt hat, findest du vielleicht die Zeit, mich öfter zu besuchen.«

Edmond konnte ihr Lächeln nicht erwidern, weil sie beide wussten, wie hohl Caoimhes Worte waren. Es gab keinerlei Garantie, dass sich dieses ganze Chaos tatsächlich klären würde oder dass Etiennes Taten ihre Welt nicht völlig verändern würden.

»Ich nehme an, Renie wird mit dir kommen?«, vermutete Caoimhe.

»Wird sie.«

»Du liebst sie wirklich«, bemerkte sie.

»Tue ich.«

»Du hast mir einmal erklärt, du wolltest dich nie wieder verlieben.«

»Und du hast mir erklärt, es würde nicht zu den Dingen gehören, die ich kontrollieren kann.«

Caoimhe blickte ihn erwartungsvoll an.

»Du hattest recht. Ist es das, was du hören wolltest?«, fragte Edmond.

»Unbedingt.«

Er lachte.

Caoimhe lächelte. »Ich mag Renie. Ich glaube, sie wird gut für dich sein.«

»Das ist sie schon.«

Renie

Ich saß unter der kochend heißen Dusche, meine Arme um die Knie geschlungen, während in meinem erschöpften Geist immer wieder die Ereignisse des Tages abliefen. Ich sah das Gesicht des Mannes, den ich getötet hatte, die Furcht und Verzweiflung in seinen Augen, spürte sein Blut über mein Gesicht strömen und erinnerte mich an den Geschmack in meinem Mund. Ich schrubbte meinen Körper und mein Haar, bis keine Spur mehr davon übrig war, bildete mir jedoch ein, ich könnte es trotzdem noch spüren, klebrig und trocknend, es riechen und schmecken.

Mein Magen fühlte sich hohl an, rumorte vor Übelkeit und Schuldgefühlen, aber ich war zu wütend – auf mich selbst, *weil* ich so empfand, und auf diesen Mann, weil er mich dazu *gebracht* hatte, mich so zu fühlen. Er hatte mich entführt und ausgeliefert, obwohl er gewusst hatte, dass ich brutal gefoltert werden würde. Niemand hatte ihn dazu gezwungen, es zu tun.

Ich wollte nicht den Hauch von Schuld empfinden, weil ich jemanden getötet hatte, der mir das angetan hatte, aber ich konnte nichts dagegen tun.

Die Badezimmertür öffnete sich und Roux lugte herein. »Alles okay?«, fragte sie.

Ich versuchte, Ja zu sagen, so zu tun, als ob. Aber alles, was herauskam, war ein ersticktes Schluchzen.

»O Süße!« Roux eilte in die Dusche, ging neben mir in die Hocke und nahm mich in den Arm.

»Du wirst ganz nass«, schniefte ich und versuchte, sie wegzustoßen.

»Ist mir egal.«

Wir saßen eine Weile so da, während das Wasser auf uns herabregnete, bis ich mich schließlich stark genug fühlte, mich aus Roux' Umarmung zu lösen. Ich strich mir das nasse Haar aus dem Gesicht.

»Edmond hat gesagt, er wäre stolz auf mich, weil ich diesen Mann getötet habe, weil es bedeutet, dass ich gekämpft habe«, sagte ich.

»Da kann ich ihm nur zustimmen. Du hattest keine andere Wahl. Ganz davon zu schweigen, dass du es nicht nur getan hast, um dich selbst zu retten. Du hast es getan, um uns zu beschützen, richtig? Wenn Etienne dich zum Reden gebracht hätte, wäre er uns nachgejagt.«

»So habe ich das noch gar nicht betrachtet«, gab ich zu.

Roux streichelte tröstend über meinen nackten Rücken. »Glaubst du, du kannst wieder aufstehen?«

Ich nickte.

Roux nahm ein Handtuch von dem Ständer an der Wand und legte es mir über die Schultern. »Dann mal raus hier«, sagte sie.

Sie führte mich aus dem Badezimmer und setzte sich aufs Bett, während ich mich abtrocknete. Es war das erste Mal, dass ich das Zimmer wirklich wahrnahm, in dem Caoimhe uns untergebracht hatte. Es war größer als das, das ich mir in Belle Morte mit Roux geteilt hatte, mit poliertem Holzboden und weinroten Wänden, die sich zu einer gewölbten Decke erstreckten. Das Himmelbett war in weiße Seide gehüllt, der Kleiderschrank stand vor der Wand daneben und war groß genug, um als separater Raum durchzugehen. Überall im Zimmer waren dicke rote Kerzen in hohen eisernen Kerzenständern verteilt.

Ich wickelte mir das Handtuch um und durchsuchte den Kleiderschrank, bis ich eine seidene Hose und einen cremefarbenen Feinstrickpullover fand, die aussahen, als würden sie mir passen.

»Lässt Caoimhe die Schränke in den Gästezimmern immer mit so vielen Klamotten ausstatten, für den Fall, dass jemand hier übernachtet?«, wunderte ich mich.

»Ich schätze schon«, antwortete Roux.

»Woher weiß sie denn, welche Größe...« Ich hielt inne, die Hose erst bis zu den Knien hochgezogen.

»Gibt's ein Problem?«, fragte Roux.

»Spendende müssen dem Haus, in dem sie wohnen werden, ihre Maße mitteilen, damit die entsprechenden Kleider für sie zur Verfügung gestellt werden können. Machen die Häuser das bei ihren Vampirbesuchern genauso?«

Roux zuckte mit den Schultern. »Vielleicht? Warum spielt das eine Rolle?«

Meine Kehle fühlte sich an, als wäre sie voller Dornen. »Was, wenn das hier Jemimas Kleider sind? Wir sind ungefähr gleich groß.«

Nach allem, was Jemima getan hatte, wurde mir ganz schlecht bei dem Gedanken, ihre Kleider zu tragen.

Roux betrachtete mich abschätzend. »Du bist kurviger als Jemima, und dieses Outfit scheint dir ziemlich perfekt zu passen, ich bezweifle daher, dass die Klamotten für sie gedacht waren. In den letzten zehn Jahren haben eine Menge Vampire hier übernachtet – diese Klamotten könnten für alle möglichen Leute gedacht gewesen sein. Außerdem bleibt dir gar nichts anderes übrig, wenn du nicht in ein Handtuch gewickelt durch die Gegend laufen willst.«

Damit hatte sie nicht ganz unrecht. Ich zog mich an, fasste mein nasses Haar zu einem Messy Bun zusammen und betrachtete meine Freundin. In der kurzen Zeit, die wir uns kannten, hatte sich Roux zu einer der wichtigsten Personen in meinem Leben entwickelt, aber ich hatte auch nicht vergessen, wie sie reagiert hatte, nachdem ich mich in eine Vampirin verwandelt hatte.

»Ist zwischen uns alles okay?«, fragte ich sie.

Roux wirkte verwirrt. »Warum sollte es das nicht sein?«

Ich warf ihr einen bohrenden Blick zu und ihre entschlossene Miene geriet ein wenig ins Wanken.

»Du meinst, weil ich mich wie eine miese Zicke verhalten hab, als du mich im Südflügel besucht hast, stimmt's?«, fragte sie.

»Du hast dich nicht wie eine miese Zicke verhalten, aber du warst wütend auf mich, und ich verstehe nicht, warum«, erwiderte ich.

Roux wandte den Blick ab, die Hände in ihrem Schoß gefaltet.

»Roux? Was ist los?«

»Ich habe außerhalb von Belle Morte nicht viele Freunde«, gestand sie.

»Du machst Witze«, erwiderte ich. Roux hatte die einmalige Gelegenheit, das Leben in einem Vampirhaus in vollen Zügen zu genießen, aufgegeben, um mir dabei zu helfen, herauszufinden, was mit June passiert war. Seither war sie keinen Moment von meiner Seite gewichen und hatte sogar ihr Leben riskiert, um mich zu retten, als Etiennes wilde Horde Belle Morte zum ersten Mal angegriffen hatte. Sie war liebenswert, klug und einfühlsam, und ich konnte mir einfach nicht vorstellen, dass alle sie nicht genauso ins Herz schlossen, wie ich es getan hatte.

»Das ist jetzt nicht der richtige Moment, um in Selbstmitleid zu baden, aber ich habe wirklich nicht viele Freunde und definitiv keinen, dem ich wirklich vertraue. Du und Jason bedeutet mir alles, und ich hatte einfach Angst, wenn du dich in eine Vampirin verwandelst, wärst du plötzlich total arrogant und eingebildet, genau wie die meisten anderen von ihnen.«

»Ich dachte, du magst Vampire.«

»Tue ich auch«, schniefte sie. »Aber das bedeutet nicht, dass sie sich nicht manchmal wie richtige Arschlöcher verhalten.«

Ich nahm sie in den Arm. »Ich bin immer noch ich, Roux. Und daran wird sich auch nichts ändern, nur weil ich jetzt Reißzähne habe.«

Dexter Flynn hatte etwas ganz Ähnliches zu mir gesagt, und mir krampfte sich ein wenig die Brust zusammen, als ich mich daran erinnerte, wie das Licht in seinen Augen erloschen war. Dann fiel mir plötzlich etwas anderes wieder ein.

Ich rannte zurück ins Bad und durchwühlte die blutigen Klamotten, die ich in die Ecke geworfen hatte, bis ich das goldene Medaillon fand, das Dexter mir gegeben hatte. Ich hatte noch immer keine Ahnung, wie ich seine Tochter finden sollte, aber ich würde alles tun, um mein Versprechen zu halten.

Traurigkeit kroch über Roux' Gesicht, als sie das Medaillon sah.

»Was glaubst du, wie lange wir hierbleiben werden?«, fragte sie und blickte sich im Raum um.

Ich wusste nicht, was ich darauf antworten sollte. Wir konnten nicht ewig hierbleiben und würden uns schon bald alle zusammensetzen müssen, um unsere nächsten Schritte zu besprechen.

»Wie sieht dein Zimmer aus?«, fragte ich, um das Thema zu wechseln.

»Nicht so groß wie eures.« Roux hob eine Hand und berührte den seidenen Himmel, der das Bett umschloss. »Und mein Bett ist auch nicht so chic. Aber es ist groß genug für Jason und mich, und das ist alles, was zählt.«

»Ich wusste gar nicht, dass ihr zwei euch ein Zimmer teilt.« Jason hatte in Belle Morte meinen Platz als Roux' Mitbewohner eingenommen, nachdem ich zur Vampirin geworden war, aber das wusste Caoimhe schließlich nicht. Ich hatte angenommen, sie hätte die beiden in getrennten Zimmern untergebracht.

»Eigentlich haben wir das auch nicht, aber es hat ungefähr zwei Minuten gedauert, bevor Jason an meine Tür geklopft und mich gefragt hat, ob er bei mir einziehen darf.«

Das überraschte mich nicht. Wir befanden uns in einer fremden Burg in einem fremden Land, größtenteils von Fremden umgeben, und hatten keine Ahnung, was mit all den Leuten passiert war, die wir in Belle Morte zurückgelassen hatten. Ich hatte den Mann, den ich liebte, um mir dabei zu helfen, das alles zu verarbeiten. Jason und Roux brauchten einander genauso.

Draußen näherten sich Schritte, ein fast lautloser Gang, den ich sehr gut kannte. Ich konnte nicht verhindern, dass sich dabei ein Lächeln auf meinem Gesicht ausbreitete.

Edmond öffnete die Tür.

Roux blickte von mir zu ihm und wieder zurück, ein schelmischer Glanz in ihren Augen. »Ich lasse euch zwei dann mal allein, damit ihr ... euer Zimmer erkunden könnt.«

Sie huschte zur Tür hinaus.

Für einen langen Moment starrten Edmond und ich einander über die wenigen Meter hinweg an, die uns voneinander trennten.

»Wie fühlst du dich?«, fragte er.

Ich dachte darüber nach. »Ruhiger«, antwortete ich dann. »Ich habe immer noch nicht alles verarbeitet, was passiert ist, und mir geht's auch nicht wirklich gut, aber ich werde auch nicht in ein tiefes schwarzes Loch fallen.«

»Falls du doch fällst, fange ich dich auf.«

»Ich weiß.«

Ich sah den Vampir an, der mir das Herz gestohlen hatte, betrachtete jede Linie und jeden Winkel seines Gesichts, sein obsidianschwarzes Haar und das scharfe Funkeln in seinen Augen – und dann rannte ich zu ihm und warf mich in seine Arme.

Unsere Lippen kollidierten. Edmond schlang die Arme um seine Taille und presste mich an sich, und ich krallte die Hände in sein Haar und küsste ihn, als wollte ich ihn verschlingen. Seine Reißzähne kratzten über meine Lippen und ich gab ein leises Stöhnen von mir.

Meine eigenen Reißzähne glitten heraus, so schnell, dass es wehtat. »Au«, stieß ich aus und drückte eine Hand auf meinen Mund.

»Deine Reißzähne reagieren auf gesteigerte Emotionen: Hunger, Wut«, Edmonds Stimme wurde eine Note tiefer, vibrierte über meine Haut, »Erregung.«

»Vielleicht bin ich ein bisschen nervös«, gestand ich.

»Nervös? Du bist doch keine ...«

»Jungfrau? Nein, aber ich kann auch nicht mit der Menge an Liebhaberinnen mithalten, die du im Lauf der Jahre so gesammelt hast.«

»Bloß gut, dass das hier kein Wettbewerb ist«, neckte er mich.

»Das ist es nicht. Aber du hast so viel Erfahrung, und ich habe einfach Angst, dich zu enttäuschen.«

»Woher willst du wissen, dass *ich dich* nicht enttäuschen werde?«, fragte er.

»Weil du mir mehrere Hundert Jahre Erfahrung voraushast, Casanova.«

Er lachte und streichelte an meinen Armen hinauf. Der Pullover, den ich trug, dämpfte die Empfindung größtenteils, aber ich erschauderte trotzdem.

»Ich beantworte dir jede Frage. Was willst du wissen?«, bot er an.

»Kann ich dich fragen, mit wie vielen Leuten du schon geschlafen hast?«

Edmond schwieg einen Moment lang. Eine Locke fiel ihm ins Gesicht, aber ich strich sie nicht weg. Ich liebte den starken Kontrast seines tintenschwarzen Haars auf seiner blassen Haut. »Ich würde es dir sagen, wenn ich könnte«, antwortete er.

»Aber?«, hakte ich nach, weil ganz offensichtlich noch ein Aber folgen würde.

»Aber ich kann mich nicht erinnern.«

Dieser Gedanke war mir gar nicht gekommen, aber es ergab durchaus Sinn. Es war nicht allzu schwer, den Überblick zu behalten, wenn man nur ein Menschenleben lang sexuell aktiv war, aber nicht ganz so einfach, wenn man mehrere Jahrhunderte lebte.

»Erinnerst du dich noch daran, wie ich dir von meinem Leben kurz vor der Französischen Revolution erzählt habe? Ich kann mich schlicht nicht mehr an alles erinnern, was ich während dieser Jahre der Selbstsüchtigkeit und Dekadenz getan habe. Ich habe mir genommen, was immer ich wollte, ob es nun Blut war oder Sex. Ich war mit einer Menge Frauen im Bett, aber ich weiß nicht mehr, wie viele es genau waren. Ich könnte mich noch nicht mal mehr an all ihre Gesichter erinnern und in den seltensten Fällen kannte ich ihren Namen.«

Tja, ich hatte ihn gefragt.

»Was war die längste Zeitspanne, in der du keinen Sex hattest?«, wollte ich wissen.

»Sechzig Jahre? Vielleicht auch länger.«

»Oh, wow. Das ist ein ganzes *Leben*.«

»In jüngerer Vergangenheit habe ich nicht mehr im Zölibat gelebt, aber es ist schon sehr lange her, seit ich mit jemandem geschlafen habe, der mir wirklich etwas bedeutete. Ich hätte nicht geglaubt, dass ich jemals wieder so für jemanden empfinden könnte.«

»Und jetzt?«, fragte ich, obwohl ich die Antwort bereits kannte.

Edmond betrachtete mein Gesicht, seine glänzenden Augen

saugten jeden meiner Züge förmlich auf. »Ich habe ein sehr langes Leben hinter mir und mehrere Frauen geliebt, aber du, *ma chérie* – du bringst mich um den Verstand«, hauchte er.

Alles in mir schien zu kribbeln, bei der zarten Schönheit seiner Worte förmlich zu brennen. Ich küsste ihn, als könnte ich gar nicht mehr aufhören, eine Hand in sein Haar gekrallt, die andere flach auf seiner Brust, direkt über seinem Herzen. Edmond presste seine Hüften gegen mich, und selbst durch seine Kleidung konnte ich spüren, wie steif er war.

In meinen Fantasien hatte ich mir oft vorgestellt, wie Edmond nackt aussah, wie sich seine Hände und sein Mund anfühlen würden, wenn sie meinen Körper erforschten. Jetzt kamen wir diesen Fantasien so nahe, dass meine Zunge vor Erwartung ganz trocken war, und obwohl mein Herz nicht mehr schlug, hätte ich schwören können, sein Echo wild hämmernd in meiner Brust zu spüren.

»Wir müssen das jetzt nicht tun«, raunte Edmond in meinen Mund.

»Doch, müssen wir.«

Wir hatten keine Ahnung, was als Nächstes passieren oder wie lange wir in Fiaigh in Sicherheit sein würden, deshalb wollte ich mir diese Zeit mit dem Mann, den ich liebte, nehmen, solange wir es noch konnten.

Edmond löste sanft mein feuchtes Haar aus dem Knoten, und ich spürte, wie es sich über meine Schultern ergoss. Seine Augen loderten rot vor Verlangen.

»Küss mich«, wisperte ich.

Ein Feuer brannte unter meiner Haut, und als Edmonds Lippen die meinen erneut fanden und er begann, mir die Kleider auszuziehen, hatte ich das Gefühl, ich würde in Flammen aufgehen. Edmond warf meinen Pullover auf den Boden. Ich trug nichts darunter, und der Ausdruck in seinen Augen gab mir das Gefühl, etwas Seltenes, Wertvolles zu sein.

Ich stemmte die Hände in die Hüften, posierte für ihn und schenkte ihm ein verruchtes Grinsen, das Roux stolz gemacht hätte. Ich hatte mich in meiner eigenen Haut schon immer wohlgefühlt, und die Art, wie Edmond mich anschaute, verstärkte dies nur umso mehr.

»*Mon ange*«, hauchte er.

Ich fing seinen Blick ein, griff nach dem Knopf an meiner Hose und öffnete ihn absichtlich langsam. Edmond beobachtete jede meiner Bewegungen, seine Augen so rot wie geschmolzene Rubine. Ich schüttelte die Hose nach unten und kickte sie beiseite. Edmonds Blick wanderte langsam an meinem Körper hinauf, und wohin er auch fiel, ich hätte schwören können, den Abdruck seiner Hände und Lippen darauf zu spüren.

Aber es war nicht genug.

Ich wollte ihn *wirklich* spüren.

Im Gegensatz zu meinen eigenen Klamotten riss ich Edmond die seinen so schnell ich konnte vom Leib, doch als er völlig nackt vor mir stand, konnte ich ihn nur anstarren. Dieser Mann war so wunderschön, dass es eigentlich illegal hätte sein sollen. Mein Blick streifte über die blasse Perfektion seiner Brust, seine Haut straff über jede Linie seiner Muskeln gespannt, wanderte dann abwärts ...

»*Mon ange.*« Seine Stimme war ein neckendes Streicheln. »Ich glaube, du errötest.«

»Vampire können nicht erröten.«

Er antwortete mit einem langsamen Lächeln, das auf meinem ganzen Körper kribbelte. Als er auf mich zukam, dachte ich, wir würden es langsam angehen lassen, deshalb überraschte es mich, als er mich plötzlich hochhob und mich aufs Bett warf. Er stützte sich auf den Unterarmen ab, sodass sein Körper über meinem schwebte, perfekt positioniert, ohne dass wir uns berührten.

Ich zog die Knie neben Edmonds Hüften an. Seine Augen loderten noch heißer, brannten Spuren auf meine Haut. Seine Hände folgten seinem Blick, legten sich um meine Brüste und Hüften, glitten zwischen meine Beine und berührten mich dort, wo ich ihn am meisten wollte. Mein ganzer Körper zuckte, elektrische Schocks jagten durch mich hindurch.

»Sag mir, dass du mich liebst«, flüsterte Edmond, knabberte an meinem Ohr und fuhr mit der Zunge an meinem Ohrläppchen entlang. »Ich muss hören, wie du es sagst.«

»Ich liebe dich, Edmond. Ich liebe dich so sehr.«

Zuerst spürte ich seine sanften Hände, die mich näher und immer näher an einen Ort brachten, an dem nur noch Glückseligkeit existierte. Dann drang er in mich ein, und ich stieß einen leisen Schrei aus, während sich meine Nägel in seine Schultern gruben. Sein Mund fand meinen, drängte meine Zunge zu einem verzweifelten Tanz, seine Hüften in wildem Rhythmus kreisend.

Wenn ich mir Sex mit Edmond vorgestellt hatte, war er immer spektakulär gewesen, aber die Realität übertraf meine Fantasien bei Weitem. Edmond schob einen Arm unter meine Taille und zog meinen Unterleib enger zu sich heran, während er in mich hineinstieß. Meine Hände erforschten seinen Körper, fanden die Stellen, an denen seine weiche Haut von den rauen Wölbungen des Narbengewebes auf seinem Rücken durchbrochen wurde, von Wunden, die er als Mensch erlitten hatte, und wanderten schließlich zu dem in seiner Haut steckenden Schrapnellsplitter hinunter. Obwohl ich nicht atmen musste, ging meine Atmung schnell und keuchend, und meine Lippen formten am Ende jedes Schreis Edmonds Namen.

Der Druck in mir baute sich immer weiter und gewaltiger auf, dehnte sich in jeden Muskel aus, in jedes Nervenende, bis ich das Gefühl hatte, in süßem Feuer zu ertrinken, zu explodieren. Und dann explodierte ich tatsächlich – pure Befriedigung rauschte durch meinen Körper, und Edmonds Name bildete einen weiteren Schrei auf meinen Lippen.

Ich kippte auf das Bett zurück, winzige Elektroschocks jagten durch meine Adern. Edmond strich mit seiner Nase über meine, sein schwarzes Haar wie ein Vorhang um uns herabhängend. »Ich bin noch nicht fertig mit dir«, raunte er mir mit heiserer Stimme zu.

Er war noch immer steinhart in mir, und die Muskeln in seinen Armen wölbten sich, als er sein ganzes Gewicht darauf stützte. Mein Körper war nach dem berauschenden Orgasmus völlig erschlafft, doch als Edmond den Kopf senkte und an meiner Kehle zu knabbern begann, seine Reißzähne sanft über meine Haut streichend, spannte sich jeder Muskel in mir erneut vor köstlicher Erregung an.

»Ich will diesen Ausdruck in deinen Augen noch einmal sehen«, raunte Edmond mir zu, und seine Zunge glitt über die reglose Stelle, an der einst mein Puls geschlagen hatte.

Die Worte hatten seine Lippen kaum verlassen, als er begann, sich so zu bewegen, dass seine Hüften mit noch mehr Kraft auf meine trafen. Er wandte den Blick keine Sekunde von meinem Gesicht ab, beobachtete jedes Keuchen und Stöhnen, das ich von mir gab, während unsere Körper miteinander verschmolzen.

Ich kam erneut, diesmal mit einem heiseren Schrei und gemeinsam mit Edmond, der keuchend meinen Namen ausstieß, bevor sein Mund auf meinen krachte und gierig meine verebbenden Schreie trank, mein Körper vom Schaudern heftiger Nachbeben geschüttelt.

»Ich hätte nicht geglaubt, dass ich das je wieder tun würde«, flüsterte Edmond und küsste meine Schulter. Ich lag nackt in seinen Armen, mein Rücken an seiner Brust, unsere Beine ineinander verschlungen, die harten Kanten seines Körpers an die sanften Kurven meines eigenen geschmiegt.

»Sex?«, fragte ich.

»So mit jemandem in meinen Armen dazuliegen.«

Ich bohrte spielerisch einen Ellenbogen in seine harten Bauchmuskeln. »Was machst du denn normalerweise – rein, raus, danke, Ma'am? Und dann so schnell wie möglich weg?«

Edmond streichelte über die Wölbung meiner Hüfte. »Ich hätte nicht geglaubt, dass ich je wieder mit jemandem im Bett liegen würde, den ich wirklich liebe.«

Ich verflocht meine Finger mit seinen und zog seinen Arm über meinen Bauch. Er lehnte sich zu mir, um mich zu küssen, und ich legte den Kopf in den Nacken, um es ihm leichter zu machen.

»Unsterblichkeit ist nicht immer das, was alle glauben«, murmelte er. »Das Leben eines Vampirs kann lange und einsam sein, und ich will nicht, dass du es jemals bereust, diese Wahl getroffen zu haben.«

»Das werde ich nicht«, hauchte ich. »Dein Leben war einsam, weil du *allein* warst. Ich werde es nicht sein, weil ich *dich* habe.«

»*Tu es ma raison d'être*«, sagte er.

»Was bedeutet das?«

Er nahm eine Handvoll meiner Haare und sah zu, wie die rotbraunen Strähnen durch seine Finger glitten. »Du bist der Sinn meines Lebens.«

»Alter Charmeur.«

»*Tu es si belle.*«

»Hey, Monsieur«, neckte ich ihn. »Ich habe keine Ahnung, was du da von dir gibst.«

»Ich habe gesagt, du bist so wunderschön.« Ein träges Lächeln wölbte seine Lippen. »Und tu nicht so, als würde es dir nicht gefallen, wenn ich Französisch mit dir spreche.«

Es wäre sinnlos gewesen, es abzustreiten – ich liebte den Klang seiner Stimme in dieser fremden, weichen Sprache, wie er die französischen Vokale sanft umhüllte, als könnte er sie schmecken.

»Sag noch was«, bat ich und kuschelte mich an ihn.

Edmond murmelte erneut etwas auf Französisch. Ich hatte keine Ahnung, was er sagte, aber der Klang seiner Stimme gab mir ein Gefühl der Sicherheit.

KAPITEL 20

Renie

Edmond schlief vor mir ein. So gern ich auch nackt mit ihm im Bett lag, ich hatte ihn davon überzeugt, sich wenigstens eine Pyjamahose anzuziehen, bevor wir uns schlafen legten – trotz Caoimhes Versicherungen, Etienne könnte sich nicht an uns heranschleichen, hatte ich schreckliche Angst, er würde einen Weg finden. Und falls wir urplötzlich erneut fliehen mussten, würden wir es sicher nicht nackt tun.

Jedes Mal, wenn ich die Augen schloss, sah ich Etiennes Gesicht vor mir, sein Blick weich vor Mitgefühl, als er mir erklärte, wie leid es ihm tat, dass ich sterben musste. Er würde nicht aufhören, uns zu jagen, und ich hatte keine Ahnung, wie wir ihn aufhalten sollten.

Ich setzte mich auf und strich mir das Haar aus dem Gesicht. Edmond rührte sich nicht. Ich sah zu, wie er schlief, sein Haar wie Tinte über das Kopfkissen ergossen, und der Knoten der Anspannung in meiner Brust löste sich ein wenig. Wir *würden* das hier überstehen. Etienne würde nicht gewinnen.

Sachte malte ich mit dem Daumen die dunklen Pinselstriche von Edmonds Augenbrauen nach, die Kante seiner Wangenknochen. Er schlug die Augen auf und lächelte mich an, zärtlich und schläfrig. Ich streichelte über seine Lippen, und er küsste meine Fingerspitzen. Dann zog er plötzlich die Stirn in Falten.

»Was ist los?«, fragte ich.

»Ich kann dir gar nicht sagen, wie sehr ich mir gewünscht habe, auf diese Art ein Zimmer mit dir zu teilen, aber es sollte nicht hier sein«, sagte er. Dann zischte er irgendetwas auf Französisch. »Es sollte in Belle Morte sein. Das ist unser Zuhause.«

Ich war mir nicht sicher, ob es auch *mein* Zuhause war, aber Edmond lebte schon mehr als mein halbes Leben dort. Für ihn war es sein Zuhause, und ich wünschte, ich wüsste, was ich darauf erwidern sollte.

Dann wurde Edmond plötzlich vollkommen still, wie ein Panther, der kurz davor war, zuzuschlagen.

Ich wollte etwas sagen, aber er legte einen Finger auf meine Lippen und schüttelte den Kopf. *Es ist jemand vor der Tür*, erklärte er mir stumm.

Das hätte mich nicht überraschen sollen – Fiaigh war größer als Belle Morte, und ich wusste nicht, wie viele Personen hier wohnten. Aber etwas an Edmonds Körpersprache ließ ein warnendes Kribbeln über meine Haut jagen. Er glaubte, dass irgendetwas nicht stimmte.

Was machen wir jetzt?, fragte ich stumm.

Edmond legte eine Hand auf meine Brust und drückte mich sanft nach unten. Ich nahm an, er wollte, dass ich so tat, als würde ich schlafen – das Letzte, was *ich* tun wollte, wenn vor unserer Tür eine Bedrohung lauerte.

Aber ich vertraute Edmond.

Ich schloss die Augen.

Mehrere Sekunden verstrichen, mein ganzer Körper steif

vor Anspannung. Dann öffnete sich leise die Zimmertür. Wenn ich noch ein Mensch gewesen wäre, hätte ich es gar nicht gehört, ebenso wenig wie die nahezu lautlosen Schritte auf dem Holzfußboden. Da war kein Herzschlag, keine Atmung – bei unserem Eindringling musste es sich also um einen Vampir handeln. Etiennes Gesicht blitzte erneut in meinem Kopf auf, und ich kämpfte gegen den Drang an, mit einem Satz aus dem Bett zu springen.

Die Schritte kamen näher, und mein Instinkt, davonzulaufen, war so überwältigend, dass ich ihn beinahe schmecken konnte.

Es folgte eine Pause, so als würde der Eindringling abwägen, was er tun sollte, dann gingen die Schritte um das Bett herum auf Edmonds Seite. Ich hörte ein hauchdünnes Flüstern von Metall auf Metall, und die Angst drückte mir mit kalter Faust die Kehle zu. Aber ich rührte mich nicht.

Edmond schlug zu wie eine Schlange. Ich hörte das *Kracks* von brechenden Knochen und einen scharfen Schrei, dann stürzte ich aus dem Bett und rannte zum Lichtschalter an der Wand, weil ich vor lauter Panik vergessen hatte, dass ich dank meiner Vampirsinne auch im Dunkeln gut genug sehen konnte.

Ein Vampir, den ich noch nie zuvor gesehen hatte, kniete neben dem Bett, Edmond stand über ihm. Er bog den linken Arm des anderen Vampirs mit einer Hand auf dessen Rücken nach oben und krallte die andere fest um seine Kehle. Der rechte Arm des Vampirs baumelte an seiner Seite. Er sah übel gebrochen aus. Keinen halben Meter entfernt glänzte ein langes Messer auf dem Boden, das der Eindringling fallen gelassen haben musste.

Die Tür flog hinter mir auf, und ich machte einen Satz rückwärts, während ich den Blick panisch auf der Suche nach einer

Waffe durch den Raum huschen ließ, nur für den Fall, dass der fremde Vampir Verstärkung mitgebracht hatte.

Ludovic und Ysanne standen im Türrahmen. Ysannes Augen glühten rot, ihre Reißzähne wie scharfe Dolche. Der Vampir auf dem Boden zuckte zusammen, was ich ihm nicht übel nehmen konnte. Edmond mochte diesem Typen vielleicht den Arm gebrochen haben, aber Ysanne sah aus, als würde sie ihn jede Sekunde in Stücke reißen.

»Was ist passiert?«, fragte sie, ihre Stimme so kalt, dass ich beinahe erwartete, Frost an den Zimmerwänden sprießen zu sehen.

»Eoghan hat versucht, mich im Schlaf zu erstechen«, sagte Edmond und schüttelte den Vampir ein wenig.

»Er war nicht allein«, war eine Stimme mit irischem Akzent zu hören, und Ludovic und Ysanne traten aus dem Türrahmen. Caoimhe stand hinter ihnen, neben ihr ein großer blonder Mann in der grünen Uniform des Sicherheitspersonals von Fiaigh.

»Tadhg, du hast mich *verraten*?«, schrie Eoghan.

Der Wachmann senkte den Blick, seine Schultern gebeugt.

»Tatsächlich hat er dich mit keinem Wort erwähnt, du warst nur dumm genug, einen älteren, stärkeren und schnelleren Vampir anzugreifen«, fauchte Caoimhe ihn an, ihre Augen funkelnd rot.

Eoghan versuchte vorwärtszustürzen, aber Edmond knallte seinen Kopf gegen die Seite des Betts. Vampire waren aus härterem Holz geschnitzt als Menschen, aber es quoll dennoch Blut aus der Platzwunde an Eoghans Stirn und tropfte auf den Holzboden.

»Würde mir vielleicht irgendjemand erklären, was hier verdammt noch mal los ist?«, fragte ich, blickte von Eoghan zu Tadhg und dann zu Caoimhe.

»Ich glaube, wir sollten diese Sache unten klären«, sagte Caoimhe.

»Was ist mit ihm?«, fragte Edmond und schüttelte Eoghan erneut.

Eoghan versuchte, sich zu befreien, aber Edmond bog seinen Arm in noch spitzerem Winkel nach oben. »Ich breche dir den hier auch noch«, warnte er ihn.

Eoghan grummelte irgendetwas auf Gälisch, wie ich vermutete.

Ich hörte Schritte im Flur vor dem Zimmer, und dann tauchte Seamus in unserer nun ziemlich vollen Tür auf. Seine Uniform saß schief, und sein Haar war ein wenig zerzaust, so als wäre er gerade erst aufgewacht und hätte sich hastig angezogen, aber sein Ausdruck war wachsam. Mir entging der angewiderte Blick nicht, den er Tadhg zuwarf.

»Es gab keine weiteren Zwischenfälle. Alle Spenderinnen und Spender sind in Sicherheit und schlafen«, berichtete er.

Caoimhe nickte. »Leg ihm Handschellen an.«

Seamus zog ein Paar Handschellen aus seiner Tasche und näherte sich Eoghan. Edmond hielt den anderen Vampir fest, während Seamus die Fesseln um seine Handgelenke zuschnappen ließ. Dem Zischen nach zu urteilen, das Eoghan dabei von sich gab, mussten sie aus Silber sein.

Ich wusste genau, wie sehr sie ihm wehtaten, und für einen Sekundenbruchteil empfand ich Mitleid mit Eoghan. Dann fiel mir wieder ein, dass er versucht hatte, Edmond zu töten, und mein Mitgefühl erlosch sofort.

»Ins Verlies?«, fragte Seamus Caoimhe.

»Ja. Maeve und Fion werden dich zur Unterstützung begleiten.« Caoimhe ging zu dem Messer hinüber, das Eoghan hatte fallen lassen. Sie hob es auf und kippte es ein wenig, bis das Licht der Deckenlampe über die polierte Klinge tanzte. Ihre Augen waren eiskalt, als sie sie auf Eoghan richtete. Auch in seinen blitzte Wut auf, aber er senkte den Blick als Erster.

Seamus zog Eoghan auf die Beine und schob ihn zur Tür. Ich erwartete immer noch, er würde sich wehren, trotz seines gebrochenen Arms und der Silberfesseln, aber allem Anschein nach war nicht einmal er so dumm. Schweigend ließ er sich von Seamus aus dem Zimmer bringen.

»Caoimhe«, begann Tadhg, aber sie brachte ihn mit einer schnellen Handbewegung zum Schweigen.

»Speisesaal. Sofort«, befahl sie.

Ich ging um das Bett herum und nahm Edmonds Hand, aber er schaute mich nicht an. Seine Augen waren auf Caoimhe gerichtet, der Ausdruck eisig. Caoimhe sah ihn an, wandte dann wieder den Blick ab und stolzierte aus dem Zimmer. Tadhg huschte vor ihr hinaus, Ysanne und Ludovic folgten.

»Edmond?«, fragte ich. Irgendetwas hatte ich nicht mitbekommen.

Er schüttelte den Kopf. »Wir müssen in den Speisesaal.«

Als wir vorhin in das Gästezimmer geführt worden waren, war es mir vorgekommen, als würde ich in der Zeit zu meiner ersten Nacht in Belle Morte zurückkreisen, deshalb war es irgendwie eigenartig, polierte Holzdielen zu sehen statt dicker Teppichböden, als wir es nun wieder verließen. Auch hier zierten Gemälde die Wände, genau wie in Belle Morte, aber es waren nicht die Gemälde, an die ich gewöhnt war. Anstatt der gelegentlichen Statuen von Belle Morte standen in Fiaigh Ritterrüstungen herum, während an den Wandflächen zwischen den Gemälden Schwerter und Dolche ausgestellt waren.

Ich hatte vorgehabt, Belle Morte so schnell wie möglich wieder zu verlassen, nachdem ich herausgefunden hatte, was mit June passiert war, und hätte niemals geglaubt, ich würde es irgendwann als mein Zuhause betrachten. Ich war mir zwar immer noch nicht sicher, ob ich es tat, aber ich vermisste es trotzdem.

Belle Morte war der Ort, an dem ich meine Schwester und mein Leben verloren hatte, aber ich hatte dort auch Roux und Jason kennengelernt und mich in Edmond verliebt.

Caoimhe führte uns zwei Stockwerke hinunter in den Speisesaal. Der Raum war ebenso groß wie der Speiseraum in Belle Morte, aber die Decke war deutlich höher und von mehreren Balken durchkreuzt, während die Wände von Sideboards gesäumt waren, alle von einer Blumenvase, antiken Keramiken oder irgendeiner Schutzwaffe gekrönt. Anstatt einer langen Tafel standen sechs kleinere Tische im Raum, alle mit gehämmerter Kupferkante und von Stühlen mit gepolsterten Samtsitzen umgeben. Einer der hintersten Tische war mit Fotos und alten Zeitungen übersät.

Caoimhe zog einen Stuhl unter dem nächstbesten Tisch hervor und drückte Tadhg unsanft darauf. Er setzte sich, die Schultern hängend, sein Herzschlag in meinen Ohren hämmernd.

»Ich nehme an, du wirst uns erklären, was hier los ist?«, sagte Ysanne zu Caoimhe und setzte sich Tadhg gegenüber.

Caoimhe legte Eoghans Messer auf dem Tisch ab. »Einer meiner Vampire hat versucht, Edmond im Schlaf zu ermorden. Tadhg sollte mich zur selben Zeit töten.«

Tadhg zuckte zusammen.

»Du wusstest, dass das passieren würde, nicht wahr?«, vermutete Edmond, sein Blick noch immer starr auf Caoimhe gerichtet.

Ich spannte mich an und schaute mich im Raum um, um zu sehen, über wie viele Ausgänge er verfügte. Wenn Caoimhe uns hintergangen hatte, mussten wir fliehen. Als wüsste er, was ich dachte, strich Edmonds Hand über meine, ein stummes Zeichen der Beruhigung.

»Nicht mit Sicherheit«, antwortete Caoimhe.

»Aber du hattest einen Verdacht«, hakte Edmond nach.

»Ja.«

Rote Funken tanzten in Edmonds Augen, und Ysannes Hände ballten sich zu Fäusten.

»Ich hoffe doch sehr, dass ich diese Situation fehlinterpretiere, Caoimhe«, sagte sie, ihre Stimme so scharf wie ein zerbrochener Eiszapfen.

Caoimhe hob ihre gespreizten Hände. »Darf ich es euch erklären?«

Ysanne nickte knapp.

Caoimhe zeigte auf die anderen Stühle am Tisch, aber ich blieb stehen. Ich vertraute ihr nicht mehr. Edmond und Ludovic setzten sich auch nicht, und die Anspannung im Raum war so greifbar, dass man sie mit Eoghans Messer hätte schneiden können.

»Es gab ein paar Dinge, die für mich keinen Sinn ergeben wollten, als sich der Vampirrat in Belle Morte versammelt hat, um über June Mayfield und den Angriff auf das Haus zu diskutieren. Doch nach der Enthüllung von Jemimas Verrat und allem, was Renie von ihr und Etienne erfahren hat, wissen wir nun, dass sie die Kontrolle über die Vampirhäuser im Vereinigten Königreich und Irland übernehmen wollen. Als Lady von Nox hat Jemima bereits die Kontrolle über eines der Häuser. Wäre ihr Plan, den Vampirrat komplett auszulöschen, erfolgreich verlaufen und Jemima die einzige Überlebende gewesen, hätte sie das Recht gehabt, jemand Neues zu bestimmen, um Belle Morte zu regieren.«

»Etienne«, warf ich ein.

Caoimhe schüttelte den Kopf, und ihre blonden Locken hüpften. »Das glaube ich nicht. Obwohl du keine deiner Anschuldigungen gegen ihn beweisen konntest, wäre es zu verdächtig gewesen, ihm die Führung von Belle Morte zu übertragen. Aber sie und Etienne haben diese ganze Sache sorgfältig geplant und sicher dafür gesorgt, dass Unterstützer bereitstanden, um die freien Plätze im Vampirrat auszufüllen.«

»Es sind noch andere Belle-Morte-Vampire in diese Sache involviert«, wurde mir bewusst, und mir drehte sich der Magen um.

»Ich glaube, Jemima und Etienne planen diese Sache schon länger, als es irgendeinem von uns bewusst war«, erwiderte Caoimhe. »Eric Wilson aus Midnight ist bei dem ersten Angriff gestorben, und Henry hatte keine Ahnung, dass er überhaupt in Belle Morte war. Da Henry Etienne und Jemima ganz offensichtlich nicht geholfen hat, erscheint es mir wahrscheinlich, dass *Eric* mit ihnen unter einer Decke steckte, was wiederum bedeutet, sie haben bereits Unterstützung in Belle Morte, Nox, Midnight und möglicherweise auch Lamia, ohne dass irgendjemand etwas davon wüsste. Seit Renie uns erzählt hat, was sie erfahren hat, hege ich den Verdacht, dass auch in Fiaigh Verräter lauern könnten.«

»Und warum zur Hölle hast du uns dann überredet hierherzukommen?«, platzte ich heraus.

»Weil du, Edmond und Ysanne verletzt wart und ein wenig Zeit brauchtet, um euch auszuruhen. Außerdem waren die Menschen in unserer Gruppe völlig erschöpft. Wir hätten nicht mehr viel länger durchgehalten.«

»Deshalb hast du beschlossen, uns an einen Ort zu bringen, von dem du wusstest, dass er nicht sicher war. Brillant.« Ich ließ mich auf einen Stuhl fallen und verschränkte die Arme.

»Ich habe beschlossen, sämtliche Verräter aus der Deckung zu locken, die sich möglicherweise unter meinem Dach verstecken.«

»Indem du uns als Köder benutzt hast«, blaffte ich sie an.

Caoimhe leugnete es nicht. Ich hätte ihr am liebsten einen Stuhl ins Gesicht gekickt.

»Du hast mit Renies Leben gespielt«, sagte Edmond mit leiser, bedrohlicher Stimme.

»Nein, habe ich nicht. Renie ist keine Bedrohung für Etienne oder Jemima. Ysannes Hoffnung, Renie könnte irgendwelchen Einfluss auf June haben, hat sich als fruchtlos erwiesen, deshalb muss Etienne sich auch keine Sorgen mehr machen, Renie könnte das Training zunichtemachen, dem er June unterzogen hat. Sie kann weder ihm noch Jemima in Sachen Stärke oder Geschwindigkeit die Stirn bieten und kennt die anderen Häuser und ihre Bewohner nicht. Etienne und Jemima müssen Ysanne und mich aus dem Weg schaffen, weil wir erstens Mitglieder des Vampirrats sind und zweitens stark genug, um eine physische Bedrohung für sie darzustellen. Auch du, Edmond, bist älter als Jemima, und nach allem, was Etienne June und Renie angetan hat, wird er vor allem dich aus dem Weg räumen wollen. Es war daher naheliegend, dass jeder, der versuchen wollte, Etienne zu helfen, indem er seine Feinde ermordet, jemanden ins Visier nehmen würde, der tatsächlich eine Gefahr für ihn *darstellt*.«

»Dann hast du also mit *Edmonds* Leben gespielt«, fauchte ich.

»Obwohl er ein Jahrzehnt in Luxus geschwelgt hat, habe ich darauf vertraut, dass sein Überlebensinstinkt noch immer so scharf ist, dass sich kein Möchtegernattentäter unbemerkt an ihn heranschleichen könnte«, erwiderte Caoimhe.

»Du hattest kein Recht, diese Entscheidung zu treffen.«

Sie zuckte anmutig mit den Schultern. »Vielleicht nicht, aber daran kann ich nun nichts mehr ändern.« Seamus betrat leise das Zimmer, nickte Caoimhe kaum merklich zu und lehnte sich dann an die Wand neben ihr.

»Können wir ein paar Schritte zurückgehen?«, bat Ludovic. »Du wusstest nicht mit Sicherheit, ob Etienne Unterstützung in Fiaigh hat?«

»Nein«, bestätigte Caoimhe.

»Und woher wusstest du dann, dass sie versuchen würden, jemanden zu töten, anstatt Etienne zu kontaktieren und uns zu verraten?«

»Es war eine begründete Vermutung«, antwortete sie. »Aber selbst wenn es jemandem in Fiaigh gelungen ist, sich mit Etienne oder Jemima in Verbindung zu setzen, sind sie immer noch in England, während wir uns in Irland befinden. Sie mögen inzwischen vielleicht die vier Häuser in England kontrollieren, aber ihre Herrschaft ist brüchig, und ich glaube nicht, dass sie ihre Position aufs Spiel setzen werden, indem sie Belle Morte und Nox verlassen und den ganzen Weg hierherreisen. Aber selbst wenn, könnten sie nicht in Fiaigh eindringen, ohne dass wir es mitkriegen. Sie können all ihre frisch verwandelten Vampire schließlich nicht einfach auf eine Fähre packen, richtig? Wenn irgendjemand Wind davon bekäme, würden sich die Medien sofort wie die Geier auf sie stürzen. Ich bin daher zu dem Schluss gekommen, falls es tatsächlich Verräter in Fiaigh gab, würden sie entweder Etienne und Jemima kontaktieren – die ihnen vermutlich befehlen würden, so viele wie möglich von uns umzubringen –, oder sie würden uns direkt töten und Etienne und Jemima anschließend Bericht erstatten.«

»Das sind ziemlich viele Vermutungen auf einmal«, bemerkte Ludovic.

»Begründete Vermutungen«, wiederholte Caoimhe. »Ich hatte erwartet, dass es aller Wahrscheinlichkeit nach zu einem Angriff auf mich selbst oder Ysanne oder auf uns beide kommen würde. Darum habe ich mich in mein eigenes Zimmer zurückgezogen, anstatt euch in den Gästequartieren Gesellschaft zu leisten – ich habe versucht, mich jedem, der mich töten wollte, als leichtes Ziel zu präsentieren.«

»Und das ist die Person, die es auf dich abgesehen hatte?«, fragte Ysanne und durchbohrte Tadhg mit eisigem Blick.

»Nein, nicht direkt. Tadhg kam zu mir ins Zimmer, aber nur, um mir seinen Verrat zu gestehen, nicht, um die Sache durchzuziehen.«

»Warum?«, fragte ich und beäugte den Mann misstrauisch.

»Jemima hat mir versprochen, mich in einen Vampir zu verwandeln«, antwortete er. »Es war das Einzige, was ich mir schon immer gewünscht habe, und ich dachte, näher als durch eine Anstellung als Wachmann in einem Vampirhaus würde ich meinem Traum niemals kommen. Eoghan wusste, dass ich ein Vladdict bin, und hat mich vor einem Jahr rekrutiert. Jemima und Etienne hatten damals noch nicht damit angefangen, neue Vampire zu erschaffen, aber Jemima hat mir trotzdem versprochen, mich zu verwandeln, sobald der richtige Zeitpunkt gekommen ist.«

»Du wusstest, dass sie vorhatten, andere zu töten, und hast ihnen trotzdem geholfen«, sagte ich angewidert.

Schamesröte färbte Tadhgs Gesicht. »Ja«, gab er zu. »Ich war Etiennes wichtigste Kontaktperson in Fiaigh. Ein paar der Wachleute in Belle Morte arbeiteten auch für ihn. Sie haben mir seine Anweisungen übermittelt und all meine Neuigkeiten an ihn weitergegeben.«

»Seine wichtigste Kontaktperson oder seine *einzige*?«, wollte Caoimhe wissen.

»Seine wichtigste.«

»Dann seid du und Eoghan nicht die einzigen Verräter unter meinem Dach. Wer noch?«

»Siobhan«, antwortete Tadhg. Das leise Brummen, das Seamus von sich gab, ließ mich vermuten, dass Siobhan ebenfalls zum Wachpersonal gehörte.

Caoimhe blickte ihn an, die Miene stählern. »Sie ist heute Nacht nicht im Dienst, oder?«

Also definitiv eine Wachfrau.

»Nein, ihre nächste Schicht beginnt morgen Abend. Sollen wir jemanden zu ihr nach Hause schicken?«, fragte Seamus.

Caoimhe dachte darüber nach, schüttelte dann jedoch den Kopf. »Das würde zu viel Aufmerksamkeit erregen. Solange sie nicht weiß, was hier passiert ist, stellt sie keine wirkliche Bedrohung für uns dar. Aber ich will sie in Handschellen sehen, sobald sie morgen hier eintrifft.«

»Wird erledigt.«

»Was genau war deine Aufgabe hier?«, fragte ich Tadhg. »Was solltest du für Etienne tun?«

»Ich sollte herausfinden, welche Vampire und Wachleute davon überzeugt werden könnten, sich Etienne anzuschließen, und sollte sofort einsatzbereit sein, wenn Etienne schließlich in Fiaigh zuschlägt«, erklärte er.

»Und damit meinst du, du solltest jeden töten, wenn er es dir befahl«, fügte Caoimhe hinzu.

»Ich weiß es nicht. Meine Anweisungen lauteten, zu warten, bis Etienne Kontakt zu mir aufnahm, erst dann würde er mir den nächsten Schritt mitteilen.«

»Wessen Idee war es, mich zu töten?«, fragte Edmond.

»Eoghans«, antwortete Tadhg.

Ich war mir immer noch nicht sicher, ob ich wirklich erkennen konnte, wann ein Mensch log, aber keiner der älteren Vampire reagierte, deshalb nahm ich an, Tadhg sagte die Wahrheit.

»Als ihr hier ankamt, wollte er sich beweisen, indem er Etiennes Gegner ausschaltet«, fügte der Wachmann hinzu.

»Lass mich raten: Eoghan hatte gehofft, Etienne würde ihn nach Caoimhes Tod zum Lord von Fiaigh ernennen«, vermutete ich voller Verachtung.

Tadhgs Schweigen war Antwort genug.

»Warum hast du die Sache nicht durchgezogen?«, wollte Ludovic wissen.

Tadhg warf Caoimhe einen Blick zu, schluckte dann, leckte sich über die Lippen und schluckte erneut.

»Ich konnte es nicht. Ich will ewig leben, aber nicht, wenn es Caoimhe das Leben kostet«, erwiderte er.

»Du bist in sie verliebt«, bemerkte Ysanne.

Tadhg warf Caoimhe erneut einen Blick zu, verzweifelt und voller Sehnsucht.

»Ja«, murmelte er. »Menschen und Vampire dürfen nicht zusammen sein, aber ich dachte, ich hätte vielleicht eine Chance, wenn ich mich in einen Vampir verwandle. Aber ich hätte ihr niemals wehtun können. Als sie heute Abend zurückgekommen ist und uns erzählt hat, was passiert ist, wurde mir bewusst, dass ich bei dieser Sache nicht mitmachen konnte.«

Mein Hals fühlte sich ganz wund an, so als hätte ich etwas Scharfes verschluckt. Etienne hatte Tadhg manipuliert, genauso, wie er June manipuliert hatte. Er hatte ihre Liebe ausgenutzt und sie in eine Waffe verwandelt, die er für seine Zwecke einsetzen konnte. Tadhg hatte erkannt, dass er die Notbremse ziehen musste, bevor er zu weit gegangen war, und beschlossen, sich freiwillig zu stellen. June nicht.

»Nur, um das klarzustellen: Etienne und Jemima wissen immer noch nicht, dass wir hier sind, richtig?«, fragte Ludovic.

Tadhg schüttelte den Kopf. »Ich habe Eoghan gesagt, ich würde mich mit meiner Kontaktperson in Belle Morte in Verbindung setzen, um mich zu erkundigen, ob Etienne irgendwelche Anweisungen für uns hat, aber ich habe es nie getan.«

»Warum hast du nichts gesagt, *bevor* Eoghan versucht hat, mich zu töten?«, wollte Edmond wissen.

Tadhg stieß ein zitterndes Seufzen aus, und Tränen glänzten in seinen Augen. »Ich hatte Angst. Ich hatte gehofft, mir würde noch mehr Zeit bleiben, um zu entscheiden, was ich tun soll. Aber dann hat Eoghan mir von seinem Plan erzählt, und mir wurde klar, dass mir die Zeit davonlief.«

»Weißt du, wer Etienne und Jemima sonst noch hilft?«, fragte Edmond.

»Ich kenne ein paar Namen, aber ich bin mir nicht sicher, ob Etienne mir von allen erzählt hat.«

»Nenne mir diejenigen, die du kennst«, befahl Ysanne ihm.

Tadhg seufzte erneut. »Kenneth, Pat und Brinda.«

»Welcher von ihnen ist deine Kontaktperson?«

Es folgte eine unüberhörbare Pause.

»Keiner von ihnen«, gab Tadhg dann zu.

Ysanne lehnte sich vor. »Dann sag mir, wer es ist.«

Er fuhr sich mit den Händen übers Gesicht und stöhnte leise. »Was wird mit ihr passieren?«

»Das hat dich nicht länger zu interessieren. Sag mir ihren Namen.«

Es folgte eine weitere Pause.

»Susan Harcourt«, gestand Tadhg schließlich.

Der Name sagte mir nichts, aber Edmond und Ludovic reagierten deutlich darauf, und auch Ysannes Nasenflügel bebten, ihre Lippen dünn und blass.

»Wer ist das?«, fragte ich.

»Susan ist schon fast von Anfang an in Belle Morte. Nur Dexter arbeitete länger dort«, antwortete Edmond.

In dem Fall hatte Ysanne ihr höchstwahrscheinlich mehr vertraut als den neueren Angestellten, was wiederum erklärte, warum sie so mörderisch aussah. Ein Verrat jagte den nächsten.

»Warum hab ich das Gefühl, Susan Harcourt war auch die Wachfrau, die bereit war, für Etienne auszusagen und Isabeau Junes Mord in die Schuhe zu schieben?«, fragte Ludovic.

Edmond setzte sich schließlich doch auf den Stuhl direkt vor Tadhg. »Warum hilft Susan ihnen? Haben sie ihr auch versprochen, sie zu verwandeln?«

»Ja. Ich glaube, euch ist gar nicht klar, wie viele Menschen wollen, was Vampire haben – und was sie dafür zu tun bereit sind«, erwiderte Tadhg.

June blitzte erneut in meinem Geist auf, und mir schnürte sich die Brust zusammen. Ich würde vielleicht nie darüber hinwegkommen, welche Rolle sie bei alldem gespielt hatte.

»Susan war dafür verantwortlich, noch mehr Leute zu finden, die Etienne verwandeln konnte«, sagte Tadhg.

»Wie viele?«, wollte Ysanne wissen.

»Ich weiß es nicht. Susan hat sie online rekrutiert und sie dann an irgendeinen Ort in Winchester gebracht, damit Etienne sie verwandeln konnte. Er kannte die Schichten der Patrouillen in Belle Morte, deshalb war es leicht für ihn, hin und wieder unbemerkt über die Mauer zu klettern und sich davonzuschleichen.«

»Die Mauern von Belle Morte waren dazu gedacht, Eindringlinge abzuhalten. Ich hätte nie geglaubt, dass sie auch Verräter hätten einschließen sollen«, murmelte Ysanne.

»Susan hat diese Leute also an irgendeinen Ort in Winchester gelotst, Etienne hat sie verwandelt, und was dann? Hat er sie eingesperrt, bis er bereit war, sie für seine Zwecke auszunutzen?«, fragte ich.

»Ja«, antwortete Tadhg.

»Wie hat er es geschafft, so viele Vampire zu verstecken, ohne dass jemand davon wusste?«, wollte ich wissen. »Das klingt mir alles nach einem Riesenhaufen Mist.«

»Er hat sie in Bushfield versteckt«, erklärte Tadhg mir, als würde mir das irgendetwas sagen.

»Und das wäre?«

»Das ist ein verlassener Armeestützpunkt etwa drei Kilometer außerhalb von Winchester«, teile Ysanne mir mit.

»Also ... jede Menge Platz für Etienne, um seine Lakaien zu verstecken«, wurde mir klar.

»Warum waren so viele Menschen bereit, ihm zu helfen?«, fragte Ludovic.

»Weil die Menschen nicht verstehen, was es in Wahrheit bedeutet, ein Vampir zu sein«, antwortete ich und musste an June denken, wie sie auf dem Boden unseres kleinen Zimmers saß, umgeben von Hochglanzvampirmagazinen. »Sie denken nicht darüber nach, dass sie miterleben werden, wie die Menschen, die sie lieben, zu Staub zerfallen, oder dass sie jeden Tag Blut trinken müssen. Sie sehen nur den Ruhm und den Luxus und das Mysteriöse. Manche Leute träumen davon, ein Vampir zu werden, seit ihr euch der Welt offenbart habt. Manche haben sogar schon davon geträumt, bevor sie überhaupt wussten, dass Vampire tatsächlich existieren. Etienne hat ihnen angeboten, diesen Traum wahr werden zu lassen.«

Für ein paar Minuten herrschte Schweigen im Raum.

»Es gibt etwas, das Etienne nicht weiß«, verkündete Tadhg dann.

»Was?«, fragte Ysanne.

»Susan hat hart dafür gearbeitet, Leute zu finden, die er verwandeln kann. Sie war ihm gegenüber loyal, lange bevor er die Namen dieser Leute überhaupt kannte. Die meisten von ihnen wurden inzwischen in Vampire verwandelt – aber Susan nicht.«

»Wahrscheinlich, weil Etienne sie immer noch in Belle Morte braucht«, vermutete Ysanne.

»Das nehme ich an.« Tadhg fuhr sich mit den Fingern durchs Haar. »Ehrlich, ich hätte niemals geglaubt, dass diese ganze Sache so weit gehen würde. Ich kann jetzt nichts mehr daran ändern, aber ich kann euch vielleicht dabei helfen, zu verhindern, dass alles noch schlimmer wird.«

»Wie?«

»Zuerst will ich wissen, was ihr mit mir vorhabt«, sagte er.

Ich sah die älteren Vampire an, aber sie hatten alle ihre leeren Masken auf dem Gesicht. Zum ersten Mal dachte ich wirklich darüber nach, wie die Vampirgesetze neben den Menschengesetzen funktionierten. Wenn man Vampire denselben Gesetzen unterwarf wie die Menschen, dann hatte Etienne June ermordet und auch alle diejenigen getötet, die er verwandelt hatte, und Tadhg und Susan waren dabei seine Komplizen gewesen. Aber wenn sich die meisten dieser Leute dazu *entschieden* hatten, Vampire zu werden, war es dann immer noch Mord? Galt es in rechtlicher Hinsicht überhaupt als Tötungsdelikt, wenn man bedachte, dass Etiennes Opfer immer noch lebten, auch wenn sie genau genommen nicht mehr *lebendig* waren? Keine dieser Fragen war jemals verhandelt worden, weil so etwas noch nie zuvor passiert war.

Wenn es nach Ysanne ginge, würden Etienne und Jemima die Bestrafung erhalten, die laut Vampirgesetzen angemessen war. Aber was würde mit Susan und Tadhg und den anderen korrupten Wachleuten in den anderen Häusern passieren?

Ysanne neigte den Kopf zur Seite, wie eine Katze, die eine Maus beäugte und zu entscheiden versuchte, ob es sich lohnte, sie zu töten. »Was glaubst du?«

»Wahrscheinlich wollt ihr mich töten«, antwortete Tadhg.

Niemand leugnete es.

Tadhg nickte. »Wenn ich euch helfe, dann fordere ich Immunität. Ich kann nicht in Fiaigh bleiben, das ist mir klar. Ich werde ausziehen, mir einen anderen Job suchen und keiner von euch wird mich je wiedersehen müssen. Aber ich will euer Wort, dass ich unversehrt aus dieser Nummer wieder rauskomme.«

»Hast du eine Ahnung, wie viele Todesopfer Etienne zu verantworten hat? Du wusstest, dass er Menschen tötete und verwandelte, und du wusstest, dass er vorhatte, die anderen Häuser zu übernehmen. Du hättest dieser ganzen Sache schon vor langer Zeit ein Ende bereiten können, aber stattdessen hast du ihm geholfen, alles zu vertuschen. Und jetzt glaubst du, du könntest einfach so davonkommen?«, fragte ich mit zitternder Stimme.

»Ich habe Informationen, die ihr gegen Etienne verwenden könnt, etwas, wovon er nichts weiß. Wenn ihr diese Informationen wollt, dann ist der Preis dafür meine garantierte Sicherheit«, sagte Tadhg, aber er konnte mir nicht in die Augen schauen.

Wut kochte in mir hoch. Das hier war nicht richtig. Tadhg hatte dabei geholfen, so viele Leben zu zerstören, und er sollte nicht so einfach davonkommen. Aber wenn wir keinen Deal mit ihm eingingen, dann *würde* Etienne damit durchkommen.

Caoimhe blickte ihren Wachmann voller Verachtung an. »Es gibt noch eine andere Möglichkeit, diese Informationen aus dir herauszubekommen«, sagte sie und legte eine Hand auf den Griff von Eoghans Messer.

»Stimmt«, erwiderte Tadhg. »Aber wie lange wird das dauern? Habt ihr wirklich Zeit zu verschwenden?«

Caoimhe und Ysanne wechselten einen Blick und schienen sich wortlos über etwas zu einigen. Ysanne nickte knapp, aber ihr Kiefer war angespannt.

»Nun gut«, sagte Caoimhe und wandte sich wieder Tadhg

zu. »Du bekommst deine Immunität. Niemand in diesem Haus wird dir auch nur ein Haar krümmen, und wenn das alles vorbei ist, bist du frei und kannst verschwinden und dein Leben führen, wie du es für richtig hältst, ohne jegliche Konsequenzen für deine Taten.«

Ich biss die Zähne zusammen und griff nach Edmonds Hand, um ruhig zu bleiben. Es war nicht fair, dass Tadhg nicht bestraft werden würde, aber das Leben war nun mal nicht fair. Wenn die Tatsache, dass Tadhg ungeschoren davonkam, bedeutete, dass wir Etienne das Handwerk legen konnten, dann war dies eben der Preis, den wir zahlen mussten.

»Sag uns, was du weißt«, befahl Ysanne ihm.

»Susan verstand, warum Etienne sie nicht sofort verwandeln konnte. Trotzdem hat sie ihn lange Zeit immer wieder darum gebeten und er ist ihrer Bitte jedes Mal ausgewichen. Als wir uns vor einem Monat unterhalten haben, meinte sie, sie fragt sich allmählich, ob er wirklich vorhat, sie zu verwandeln, oder ob er sie nur verarscht, um zu bekommen, was er will.«

»Beides wäre möglich, wie ich diesen Mistkerl kenne«, murmelte ich.

»Susan hat beschlossen, dass sie ein Druckmittel brauchte. Sie mag vielleicht völlig fasziniert von Vampiren sein, aber das bedeutet nicht, dass sie sich von ihnen alles gefallen lässt. An den Tagen, an denen sie nicht in Belle Morte gearbeitet hat, ist sie manchmal nach Bushfield gefahren, um Etienne dabei zu helfen, die Vampire zu füttern.«

»Hat sie sie von sich trinken lassen?«, fragte Etienne.

Tadhg runzelte die Stirn. »Nicht dass ich wüsste. Sie hat es nie erwähnt, und soweit ich weiß, hat Etienne seine Vampire hauptsächlich mit Tierblut gefüttert.«

»Kein Wunder, dass sie bei dem ersten Angriff auf Belle Morte praktisch völlig außer Kontrolle waren«, bemerkte Ludovic finster.

»Susan hat ihm dabei geholfen, das Tierblut zu beschaffen«, fügte Tadhg hinzu.

»Wie?«, wollte ich wissen.

»Das hat sie nicht gesagt, und ich hab sie auch nicht gefragt. Es ging mich nichts an. Aber sie hat mir erzählt, sie hätte eines Nachts dort heimlich gefilmt, wie Etienne seine Vampire fütterte. Sie wollte es gegen ihn verwenden, falls er sich weigerte, sie zu verwandeln.«

»Und du hast eine Kopie dieses Videos?«, fragte Edmond.

»Nein, das Video hat nur Susan, und sie würde es mir niemals aushändigen, falls ihr das glaubt. Aber wenn ihr sie in die Finger kriegt, dann kriegt ihr auch dieses Video. Es beweist, dass Etienne die neu verwandelten Vampire kontrolliert.«

»Aber Jemima belastet es nicht, richtig?«, fragte ich. Sie musste genauso für alles bezahlen wie Etienne.

Tadhg schüttelte den Kopf. »Da kann ich euch nicht helfen.«

»Kannst du uns sonst noch irgendwas sagen?«, fragte Caoimhe.

»Nein.«

Sie kämmte sich mit den Fingern durch ihre blonden Locken. Während allem, was wir durchgemacht hatten, hatte sie ihre vampirische Souveränität und innere Ruhe stets bewahrt, aber jetzt konnte ich erste Anzeichen von Erschöpfung bei ihr erkennen. Sie hielt sich ein bisschen weniger aufrecht und in ihren Augen lag mehr Verletzlichkeit. Den meisten wäre es wahrscheinlich gar nicht aufgefallen, aber ich hatte ähnliche, winzige Anzeichen auch bei Ysanne beobachtet.

»Was passiert jetzt?«, fragte Tadhg und blickte zu dem Messer.

»Du wirst in ein freies Zimmer gesperrt, bis wir uns sicher sind, dass wir dich nicht mehr brauchen. Wenn alles vorbei ist, kannst du gehen.« Caoimhe verzerrte die Lippen. »*Unversehrt.*«

Tadhg stand auf, und Caoimhe erhob sich eine Sekunde später, geschmeidig wie eine Katze.

»Ich begleite dich«, sagte sie.

»Das ist nicht nötig«, protestierte er.

Das Lächeln, das Caoimhe ihm schenkte, war rasiermesserscharf und eiskalt. »Du hast jedes Recht auf mein Vertrauen verspielt, Tadhg. Solange du unter meinem Dach weilst, wirst du verdammt noch mal tun, was man dir befiehlt.«

»Was ist mit uns?«, fragte ich.

Caoimhe ließ den Blick über den Rest von uns schweifen. »Ich schlage vor, wir machen für heute Nacht Schluss und knüpfen morgen früh wieder hier an, wenn wir uns alle richtig erholen konnten.«

KAPITEL 21

Renie

Ich erwachte an Edmonds Brust geschmiegt, sein Arm beschützend um mich geschlungen.

»Einen wunderschönen guten Nachmittag«, flüsterte er mir zu, und ich legte den Kopf in den Nacken, um zu ihm hochzuschauen. Er saß an die Kissen gelehnt, sein Haar über seine Schultern fallend, dieser warme, weiche Ausdruck in seinen Augen, den er ausschließlich für mich zu reservieren schien.

»Es ist Nachmittag?«, fragte ich.

Wie in Belle Morte waren sämtliche Fenster verschlossen. Es ließ sich unmöglich sagen, wie spät es war.

»Es ist kurz nach halb drei«, antwortete Edmond.

»Ich habe *vierzehn Stunden* geschlafen?«

»Überrascht dich das, nach gestern?«

Ich rieb mir die Augen. »Ist das wirklich alles an einem einzigen Tag passiert? Es kommt mir vor wie eine Woche.«

Edmond gab ein leises, zustimmendes Geräusch von sich.

Ich streckte mich und die Kurve meines Körpers presste sich fester gegen Edmonds. Ich wusste, dass wir nur hier waren, weil wir uns auf der Flucht befanden, aber ich blendete alles andere aus, bis auf den Mann, mit dem ich im Bett lag.

»Wann bist du aufgewacht?«, fragte ich.

»Ich habe nicht geschlafen.«

»Was?« Ich setzte mich auf.

Edmond zuckte anmutig mit einer Schulter. »Nur für den Fall, dass Tadhg und Eoghan doch nicht die einzigen Verräter in diesem Haus sind.«

»Das hättest du nicht tun müssen.«

Er steckte eine Haarsträhne hinter mein Ohr und seine Fingerspitzen strichen dabei über meine Nackenwölbung. »Ich habe dich nun schon zweimal nicht beschützt, als ich es hätte tun sollen. Ich werde kein Risiko mehr eingehen.«

»Dann hättest du mich definitiv früher wecken sollen.«

Ich hob eine Hand und legte sie um seinen Nacken, um ihn zu mir herunterzuziehen und zu küssen. Ich konnte spüren, wie er sich gegen mein Bein presste, hart und begierig, doch bevor sich unser Kuss in mehr verwandeln konnte, klopfte es laut an der Tür.

»Hey, seid ihr bereit?«, rief Roux.

Edmond zog eine Augenbraue hoch. »In doppelter Hinsicht«, murmelte er, und ich unterdrückte ein Kichern.

»Ja, wir sind wach«, rief ich zurück.

»Gut, dann zieht euch was an. Ysanne will, dass sich alle im Speisesaal versammeln«, verkündete Roux uns durch die Tür.

»Wir sind angezogen.«

»In dem Fall bin ich sehr enttäuscht von dir. Du solltest dich mit deinem sexy Vampir so oft wie möglich nackig machen.«

»Ich *kann* dich hören«, rief Edmond.

»Ich weiß«, erwiderte Roux, ein Lachen in ihrer Stimme.

Edmond schüttelte lächelnd den Kopf.

»Wir sehen uns dann unten«, sagte Roux.

Ich stieg aus dem Bett. »Ich geh nur kurz duschen.« Falls Ysanne uns verkünden würde, wir müssten unsere Flucht fortsetzen, war das hier vielleicht meine letzte Chance.

Ich war schon fast im Bad, als ich das Rascheln von Bettdecken hörte und eine verschwommene Bewegung hinter mir wahrnahm, bevor Edmond mich schwungvoll in seine Arme hob.

»Die Dusche sieht groß genug für zwei aus«, sagte er und knabberte an meinem Ohrläppchen.

Seine Reißzähne waren nicht vollständig ausgefahren, und als sich die Spitzen in meine Haut pressten, jagte ein Schauer durch meinen Körper. Manchmal fiel es mir schwer, zu glauben, wie abstoßend ich sie einst gefunden hatte.

Edmond trug mich ins Bad und kickte die Tür hinter uns zu.

Zwanzig Minuten später betraten wir den Speisesaal.

Jason und Roux saßen an einem Tisch nahe den mit Läden verschlossenen Fenstern. Jason nippte an einer Tasse Kaffee, Roux knabberte an einem Apfel, während Ludovic einen Wandteppich auf der anderen Seite des Raumes betrachtete.

Caoimhe und Ysanne standen im hinteren Teil des Saals an dem mit Fotos und Zeitungsausschnitten übersäten Tisch. Ysanne hielt ein Foto in der Hand, und es lag ein zutiefst verletzlicher Ausdruck auf ihrem Gesicht, so als hätte ihre eisige Rüstung Risse bekommen, durch die ich ihre weichere Seite sehen konnte. Ich musste an das winzige Ölgemälde in ihrem Büro denken. Auch damals hatte ich Verletzlichkeit bei ihr aufblitzen sehen, wenn auch auf andere Weise. Ich fragte mich, was auf dem Foto in ihrer Hand zu sehen war.

»Ist sie in Sicherheit?«, wollte Ysanne wissen. Sie schien

nicht bemerkt zu haben, dass Edmond und ich den Raum betreten hatten.

Caoimhes blaue Augen waren voller Mitgefühl. »Sie stellt keine Bedrohung für Etienne oder Jemima mehr dar, und es ist äußerst unwahrscheinlich, dass sie sie töten werden. Schließlich brauchen sie sie irgendwann später vielleicht noch als Druckmittel.«

Ysanne erwiderte nichts, aber ihre Nasenflügel blähten sich ganz leicht auf.

»Stören wir?«, fragte Edmond, und die beiden Frauen blickten auf.

»Nein«, antwortete Caoimhe. »Ich habe Ysanne nur gerade erklärt, dass ich zwar weiß, wo Isabeau eingesperrt ist, wir im Augenblick aber nicht zu ihr können. Wir müssen uns auf unsere Feinde konzentrieren und darauf, wie ihr nächster Schritt aussehen wird.«

Ysanne legte das Foto weg. Erst jetzt fiel mir auf, dass sie eine enge Hose und einen Strickpullover trug, ganz ähnlich dem Outfit, das ich gestern gewählt hatte. Obwohl an ihr stets alles elegant und stilvoll wirkte, war es das erste Mal, dass ich sie nicht in einem hautengen Kleid oder Rock und lächerlich hohen Absätzen sah. Mir war nie klar gewesen, wie klein sie ohne die hohen Hacken war, und einen Moment lang sah sie überhaupt nicht aus wie eine uralte, tödliche Vampirin, die daran gewöhnt war, über ihr Reich zu herrschen. Sie sah aus wie eine Frau, nicht viel älter als ich, die alles verloren hatte und einfach nicht wusste, wie es jetzt weitergehen sollte.

Trotz der Animositäten, die unser Verhältnis bislang geprägt hatten, fühlte ich mit ihr. Etienne hatte mich hintergangen, meine Schwester getötet und mein einstiges Leben beendet, aber ich konnte mich an Edmond anlehnen. Die Frau, die Ysanne liebte, war ihr entrissen und irgendwo eingesperrt worden, und Caoimhes Worten nach zu urteilen, konnte keiner von uns deswegen irgendetwas unternehmen.

Ich gesellte mich zu den beiden an den Tisch und betrachtete die Fotos.

»Wow, bist du das?«, fragte ich und griff nach dem Foto, das Ysanne weggelegt hatte.

Es sah aus, als wäre es in einem Nachtclub aufgenommen worden: In der linken Ecke waren ein kleiner Teil einer Bühne und eine einen Gitarrenhals umschließende Hand erkennbar. Um die Bühne drängten sich Leute, die meisten mit einem Getränk in der Hand, ihre Körper von den Spiegelwänden reflektiert.

Mitten in der Menge tanzten zwei Frauen. Eine von ihnen war Isabeau, die Arme nach oben ausgestreckt, den Kopf im Nacken, die Augen beim Lachen geschlossen. Die andere war Ysanne, und sie sah gleichzeitig genauso aus wie jetzt und doch vollkommen anders. Ihr Haar war nicht ganz so streng geglättet wie gewöhnlich, so als hätte Isabeau gerade mit ihren Fingern hindurchgekämmt, und sie hatte ihre üblichen Designerklamotten gegen einen engen Minirock getauscht. Nicht mal in meinen wildesten Träumen hätte ich mir ausgemalt, Ysanne jemals in einem Minirock zu sehen. Der auffälligste Unterschied war jedoch der Ausdruck auf ihrem Gesicht. Ihre Lippen waren zu einem zarten, leisen Lächeln gebogen, und sie blickte Isabeau an, als wäre sie das Unglaublichste, was sie jemals gesehen hatte.

»Das war, als wir uns kennenlernten, im Marquee Club«, sagte Ysanne und nahm mir das Foto aus der Hand. »Inzwischen gibt es ihn nicht mehr.«

»Wie lange seid ihr schon zusammen?«, wollte ich wissen.

Ich erwartete nicht, dass sie mir antwortete – sie war nicht unbedingt die offenherzigste Person, – aber die Risse in ihrer Rüstung hatten sich noch nicht wieder geschlossen, und sie reagierte nicht so abweisend, wie sie es normalerweise getan hätte.

»Wir haben uns 1965 kennengelernt«, sagte Ysanne.

»Heilige Scheiße, das ist Jahrzehnte her«, platzte ich heraus. Ich konnte immer noch nicht wirklich begreifen, wie lange Vampire lebten.

»Wir waren nicht die ganze Zeit zusammen. In den 70ern sind wir getrennter Wege gegangen und uns erst 2009 wieder begegnet.« Ysanne legte das Foto urplötzlich weg, und ich konnte spüren, dass sie sich wieder verschloss.

»Was ist das alles überhaupt?«, fragte ich und kramte durch die Fotos.

»Ein Projekt, an dem ich arbeite«, antwortete Caoimhe. »Ich trage Fotos, Zeitungsartikel und alles andere zusammen, das Vampire zeigt. Ein Großteil unserer Geschichte liegt vor der Erfindung der Kamera, aber ich möchte aus den letzten Jahrhunderten so viel wie möglich dokumentieren.« Sie hielt ein Schwarz-Weiß-Foto mehrerer Frauen in langen Kleidern und mit großen Hüten hoch, mit Plakaten in den Händen, die das WAHLRECHT FÜR FRAUEN forderten. Sie tippte auf zwei Gesichter in der oberen rechten Ecke. Ich schaute genauer hin. Sie kamen mir vage bekannt vor, aber die Bildqualität war ziemlich körnig, und ich konnte den Gesichtern keine Namen zuordnen.

»Sarah und Esther«, sagte Caoimhe. »Sie leben in Midnight.« Sie griff nach einem weiteren Foto: eine zerbombte

Straße, in der Männer und Frauen durch Trümmerhaufen wühlten und ein Kind mit schockstarrer Miene von einem uniformierten Feuerwehrmann fortgetragen wurde. »Das ist auch Isabeau«, sagte sie und zeigte auf das Foto. Ich beugte mich vor.

Isabeau hockte auf dem größten Trümmerhaufen, ihr Gesicht rußverschmiert, mit den Händen durch die Ziegelsteine und den Schutt grabend.

»Im Zweiten Weltkrieg«, fügte Caoimhe hinzu.

Roux, Jason und Ludovic gesellten sich zu uns. »Das ist unglaublich«, fand Roux und betrachtete das Foto der Suffragetten. Sie legte es wieder hin und zog ein anderes hervor. »Ist das Gideon?«

Das erregte Jasons Aufmerksamkeit. Als wir in Belle Morte gewohnt hatten, hatte er keinen Hehl daraus gemacht, dass er mächtig in Gideon verknallt war. Der hatte jedoch keinerlei Anzeichen dafür gezeigt, er könnte Jasons Gefühle erwidern. Bis zu dem Abend von Jemimas Willkommensparty – bevor wir erfahren hatten, was für eine hinterhältige Schlampe sie in Wirklichkeit war –, als ich mir sicher gewesen war, zwischen den beiden hätte es irgendwie gefunkt.

Wir drängten uns um das Foto. Es war noch älter und körniger als das der Suffragetten und zeigte eine Traube von Leuten in einem großen Raum mit einem provisorischen Boxring. Die meisten der Gesichter waren unerkennbar verschwommen, aber der Mann in der Mitte des Rings, seine geballte Faust erhoben, war eindeutig Gideon. Dunkle Flecken sprenkelten sein Gesicht, und obwohl er ganz offensichtlich der Sieger war, blickte er nach unten, weg von den jubelnden Zuschauern. Es sprachen weder Freude noch Triumph aus seiner Miene, nur Trostlosigkeit.

»Ende des 19. Jahrhunderts war Gideon ein meisterhafter Faustkämpfer«, sagte Edmond.

»Ehrlich? Das ist so heiß«, platzte Jason heraus.

Alle starrten ihn an.

Er betrachtete uns mit blinzelnder Unschuld. »Falscher Zeitpunkt?«

»Hast du hier auch Fotos von Edmond?«, fragte ich und warf ihm einen Seitenblick durch meine klimpernden Wimpern zu.

Caoimhe grinste und durchwühlte die Fotos, bis sie fand, was sie suchte. »Das hier gefällt mir besonders gut«, sagte sie.

Acht Soldaten saßen in einem matschigen Schützengraben, die Gewehre an die erdige Wand hinter ihnen gelehnt. Drei trugen einen Helm, einer von ihnen löffelte etwas aus einer verbeulten Dose in seinen Mund. Zwei von ihnen hielten brennende Zigaretten in ihren Händen, und der Rauch bildete dünne Kringel um die anderen.

Edmond und Ludovic saßen in der Mitte der Gruppe, aber ich erkannte sie nicht sofort.

»O mein Gott, du hast kurzes Haar«, rief ich aus und blickte zu Edmond hinauf, dann wieder zurück auf das Foto.

»Typischer Armeeschnitt«, erwiderte er.

»Ich hätte mir dich niemals mit kurzen Haaren vorstellen können.«

»Gefällt es dir besser?«

»Es ist ... anders.«

»Das ist keine Antwort.«

»Edmond Dantès, ich würde dich sogar noch wunderschön finden, wenn du dir den Schädel rasieren würdest«, versicherte ich ihm.

Ein langsames Lächeln breitete sich auf seinen Lippen aus.

»Obwohl ich hoffe, dass du es nicht tust – ich liebe dein Haar«, fügte ich hinzu.

»Sollen wir euch zwei vielleicht allein lassen?«, neckte Roux.

Ludovic nahm mir das Foto ab. Seine Augen waren mit einem Mal sehr finster, sein Mund zu einer straffen Linie verzerrt. Edmond hatte sich nicht gerührt, aber seine Körpersprache wirkte angespannter und wachsamer als noch vor einem Moment. Er beobachtete Ludovic wie einen Hund, der jede Sekunde zubeißen konnte.

»Ludovic?«, fragte er, als sein Freund nur weiter auf das Foto starrte. Er schien Edmond nicht zu hören.

Edmond nahm ihm das Foto vorsichtig aus der Hand, und Ludovic blinzelte, als wäre er eben erst aufgewacht.

»Du wirst mir doch nicht wieder die Nase brechen, oder?«, fragte Edmond, und es lag ein scherzender Unterton in seiner Stimme, doch Ludovic lächelte nicht.

Ysanne klopfte mit den Knöcheln auf die Tischplatte und wir hoben alle den Blick. »Vielleicht könnten wir ein andermal weiter in Erinnerungen schwelgen?«, sagte sie scharf.

Keiner von uns wies sie darauf hin, dass sie die Fotos als Erste betrachtet hatte.

Wir nahmen an verschiedenen Tischen Platz, alle Ysanne zugewandt. Ihr Blick war auf Roux und Jason gerichtet, und ich vermutete, sie würde sie bitten, den Raum zu verlassen. Schließlich waren sie immer noch Spendende, und Ysanne hatte nicht die Angewohnheit, Spendende in wichtige Vampirangelegenheiten einzuweihen. Aber vielleicht hatte sie erkannt, dass die beiden genauso in diese Sache verstrickt waren wie wir anderen, denn sie sagte nichts dergleichen.

Stattdessen berichtete sie noch einmal von den versuchten Mordanschlägen, die vor einigen Stunden stattgefunden hatten.

Roux gab einen leisen, erschrockenen Laut von sich und klammerte sich an Jasons Hand.

»Sind wir hier in Sicherheit?«, fragte er.

»Beide Möchtegernattentäter wurden dingfest gemacht«, erwiderte Ysanne.

»Danach habe ich nicht gefragt.«

Meine Augenbrauen wanderten nach oben. Selbst wenn Jason kein Vladdict gewesen wäre, hätte ich niemals geglaubt, dass er Ysanne so herausfordern würde. Ihrem abschätzenden Ausdruck nach zu urteilen, hatte sie es auch nicht.

»Tatsächlich müssen wir der Realität ins Auge blicken, dass wir wahrscheinlich nirgendwo wirklich sicher sind. Zumindest nicht für lange«, erwiderte sie schließlich.

Jason nickte, als hätte er diese Antwort erwartet.

»Theoretisch haben wir also stichhaltige Beweise gegen Etienne, falls wir Susan Harcourts Bushfield-Video in die Finger kriegen«, sagte Roux und tippte sich mit dem Zeigefinger an die Lippen. »Das Problem ist nur, *wie* wir es kriegen sollen, richtig?«

»Wissen wir, wo sie wohnt? Können wir nicht jemanden hinschicken, der dort auf sie wartet, wie Etienne zu Hause bei Renies Mum?«, schlug Jason vor.

»Ich weiß von all meinen Angestellten, wo sie wohnen, aber ich glaube kaum, dass es uns in diesem Fall etwas nützen wird. Etiennes Position in Belle Morte ist noch immer recht instabil. Früher oder später wird die Außenwelt mitbekommen, dass irgendetwas nicht stimmt. Etienne hat mit seinen Lügen zwar erreicht, dass meine Vampire an mir zweifeln, aber ich glaube nicht, dass sie sich alle gegen mich gewandt haben. Etienne braucht seine treuesten Unterstützer nun mehr denn je, und es wäre töricht von ihm, es ihnen zu erlauben, Belle Morte zu verlassen. Außerdem glaube ich nicht, dass Susan selbst dumm genug wäre, auch nur einen Fuß vor die Villa zu setzen, solange sie uns noch nicht gefasst haben«, erklärte Ysanne.

»Dann müssen wir es irgendwie zurück nach Belle Morte schaffen«, erwiderte Roux, als wäre es das Offensichtlichste von der Welt.

»Wissen wir, wer Etienne und Jemima sonst noch hilft? Auch in den anderen Häusern?«, fragte Ludovic.

»Ich konnte Eoghan gestern noch zu einem kleinen Pläuschchen überreden, nachdem wir ihn ins Verlies gebracht hatten. Ich wollte sichergehen, dass sich keine weiteren Verräter unter meinem Dach befinden«, erwiderte Caoimhe. Dem kalten Glanz in ihren Augen nach zu urteilen, hatte ihr »kleines Pläuschchen« ganz ähnlich ausgesehen wie das von mir und Etienne, nachdem er mich verschleppt hatte: blutig und schmerzhaft.

»Was hat er dir erzählt?«

»Er bleibt dabei, dass er und Tadhg die Einzigen sind. Aber er hat mir die Namen mehrerer korrupter Wachleute in Midnight, Nox, Lamia und Belle Morte verraten, auch wenn er nichts dazu sagen konnte oder wollte, welche Vampire Etienne in den jeweiligen Häusern womöglich auf seine Seite ziehen konnte.«

»Was bedeutet, selbst wenn wir uns nach Belle Morte schleichen können, haben wir keine Ahnung, wem wir vertrauen können«, bemerkte Edmond.

»Korrekt.«

Roux stieß ein langes Seufzen aus und lehnte sich auf ihrem Stuhl zurück. »Lasst uns mal logisch an die Sache rangehen. In Belle Morte leben zwanzig Vampire.«

»Neunzehn«, korrigierte Ysanne sie. »Rosa wurde bei dem ersten Angriff getötet.«

»Okay. Rosa ist tot, Edmond, Ludovic und du seid hier, Isabeau ist irgendwo eingesperrt und Etienne ist ein verlogener Drecksack. Damit bleiben noch vierzehn weitere Vampire in Belle Morte. Sagt dir dein Bauchgefühl irgendwas dazu, wem wir vertrauen können und wem nicht?«

Es folgte eine lange Pause, während Ysanne über die Frage nachdachte. Ich ging die Vampire von Belle Morte ebenfalls im Kopf durch, obwohl es vollkommen sinnlos war, da ich sie kaum kannte. Auch nachdem ich erfahren hatte, warum Ysanne mich wirklich nach Belle Morte geholt hatte, hatte ich vorgegeben, eine ganz normale Spenderin zu sein. Ich hatte die Vampire also von mir trinken lassen müssen und war von Rosa, Hugh, Deepika, Stephen und Phoebe gebissen worden, auch wenn wir dabei kaum mehr als zwei Sätze gewechselt hatten. Alle anderen Vampire kannte ich nur vom Sehen.

»Isabeau und Gideon standen sich immer sehr nahe, aber ihn verbindet auch eine gemeinsame Vergangenheit mit Jemima«, begann Ysanne schließlich.

»Was für eine Vergangenheit?«, wollte Jason wissen.

»Sie kannten einander bereits, bevor sich die Vampire der Welt präsentierten. Gideon hat kaum darüber gesprochen, nur, dass sie sich im Laufe der Jahrzehnte immer wieder über den Weg gelaufen sind.«

»Warum ist er dann nach Belle Morte gezogen und nicht nach Nox?«, fragte ich.

»Isabeau wollte in Belle Morte leben, und Gideon wollte bei Isabeau sein.«

»Gut, wie immer seine Freundschaft mit Jemima auch ausgesehen haben mag, als er zwischen ihr und Isabeau wählen musste, hat er sich für Isabeau entschieden«, bemerkte ich.

»Isabeau hat immer gesagt, er wäre derjenige, dem sie am meisten vertraut, nach mir«, fügte Ysanne hinzu.

»Verbindet sonst noch irgendjemand im Haus eine gemeinsame Geschichte mit Jemima oder Etienne?«, fragte Roux.

»Phoebe und Jemima kennen sich zwar, stehen sich aber nicht besonders nahe, weshalb Phoebe sich auch für mein Haus entschieden hat und nicht für Jemimas«, antwortete Ysanne. »Aber Phillip und Catherine könnten ein Problem sein. Ihre Verbindung zu Jemima reicht weit zurück.«

»Und wie sieht sie genau aus?«, hakte ich nach.

»Ich habe Jemima 1814 kennengelernt, in einem kleinen Dorf in Devon. Dort trieb ein Vampir sein Unwesen, verwandelte immer wieder Menschen und ließ sie dann einfach im Stich. Ich habe Jemima dabei geholfen, ihn aufzuspüren und zu töten, hatte danach aber nichts mehr mit den im Stich gelassenen Vampiren zu tun. Jemima hat sie zu sich genommen und sich um sie gekümmert.«

»Ernsthaft?«

»Es mag vielleicht schwer zu glauben sein, wenn man weiß, was sie Schreckliches getan hat, aber der Jemima, die ich einst kannte, lagen unseresgleichen stets sehr am Herzen. Sie wollte immer nur das Beste für uns. Sie hat Phillip und Catherine gerettet, genau wie Amelia, die in Nox lebt.«

»Warum sind sie ihr nicht nach Nox gefolgt?«, wunderte ich mich.

»Weil Phillip sich in Rebecca Anderson verliebt hatte«, antwortete Ysanne.

Rebecca gehörte ebenfalls zu den Belle-Nox-Vampiren, die ich nur vom Sehen kannte: eine große, atemberaubend schöne Frau, mit dichtem rotem Haar und großzügigem Lächeln.

»Rebecca entschied sich für Belle Morte, und Phillip beschloss, ihr zu folgen«, murmelte Roux. »Was ist mit Catherine?«

»Als die Vampire über die Möglichkeit zu diskutieren begannen, aus den Schatten zu treten, und ich Catherine kennenlernte, kam sie mir wie die schüchternste Frau vor, der ich jemals begegnet war. Ich weiß nicht, ob ihre Gefühle für Phillip romantischer Art waren, aber sie hat stets in seinem Schatten gelebt. Es überraschte mich nicht, als sie ihm nach Belle Morte folgte, anstatt mit Jemima nach Nox zu gehen. Phillips Romanze mit Rebecca hielt nicht lange an, aber da weder er noch Catherine je darum gebeten haben, nach Nox umziehen zu dürfen, hatte ich angenommen, sie wären in Belle Morte glücklich«, sagte Ysanne.

»Aber jetzt bist du dir da nicht mehr so sicher, oder?«, fragte ich.

»Nein«, gestand sie. »Ich habe keine Ahnung, wie viel Loyalität sie noch für Jemima empfinden.«

»Aber ihre Loyalität kommt doch sicher nicht gegen ihren gesunden Menschenverstand an. Jemima und Etienne zerstören alles!«, erwiderte ich.

»Weil sie glauben, sie könnten aus den Ruinen etwas Besseres erschaffen«, erinnerte Jason mich. »Hat Etienne das nicht zu dir gesagt?«

»Aber sie erschaffen nichts Besseres. Wie könnte irgendjemand das nicht erkennen?«

Jason kaute auf seiner Unterlippe herum. »Ich will ja wirklich kein Arschloch sein, aber all die Sachen, die Jemima zu dir gesagt hat? Irgendwie hat sie damit nicht ganz unrecht.«

»Wie bitte?« Ysannes Stimme war wieder kalt wie Eis.

»Hört mir einfach kurz zu«, bat Jason. »Jemima hat Renie erklärt, sie würde das alles nur tun, weil sich das momentane System als eine Art Gefängnis für Vampire erwiesen hat. Sie meinte, die Vampire würden nicht nur vom Vampirrat kontrolliert, sondern auch davon, wie sie von den Menschen wahrgenommen werden, und deshalb hätten sie überhaupt keine Freiheiten, richtig?« Er schaute mich an.

Ich nickte.

Jason ließ den Blick durch den Raum schweifen. »Hat sie damit wirklich so unrecht?« Er fixierte Ysanne. »Im vergangenen Jahr war mit das heißeste Gerücht unter Vladdicts, ob zwischen Benjamin und Alexandra irgendwas läuft.«

Ich erinnerte mich daran, wie die zwei bei einem Wohltätigkeitsball in Belle Morte miteinander getanzt hatten. Ich hatte nichts von den Gerüchten gewusst, bis Jason mir davon erzählt hatte, aber die Art, wie die beiden Vampire einander angeschaut hatten, hatte alles andere als platonisch gewirkt.

»Falls diese Gerüchte wahr *sind*, was würde dann passieren, falls Benjamin und Alexandra in ein anderes Haus ziehen wollen? Was, wenn sie überhaupt nicht mehr in einem Vampirhaus wohnen wollten? Was, wenn sie einfach nur heiraten und dieses Leben voller Ruhm aufgeben wollten? Oder wenn sie den ganzen Ruhm behalten, aber trotzdem ihr eigenes Ding durchziehen wollten?«, fuhr Jason fort. »Wäre ihnen das erlaubt?«

»Der Vampirrat hat nicht die Angewohnheit, Ehen zu untersagen«, erwiderte Ysanne scharf.

»Nein, aber ich wette, sie müssten den Vampirrat vorher um Erlaubnis fragen, stimmt's?«

Ysanne schwieg.

»Ganz genau«, sagte Jason. »Wir leben im 21. Jahrhundert. Wir sollten uns eigentlich an einem Punkt befinden, an dem gestandene Erwachsene niemanden mehr um Erlaubnis fragen müssen, wenn sie heiraten wollen. Aber Vampire müssen es trotzdem noch. Wo liegt da der Sinn?«

Ich schaute Edmond an, aber seine Miene war unlesbar.

»Dieser berühmte Vampir in Japan, der früher Samurai war? Toyotomi Kenshin? Musste er die Lady von Kurayami auch um Erlaubnis bitten, bevor er anfing, als Berater für Filmproduktionen zu arbeiten? Oder durfte er das einfach so tun, weil er es gern wollte?«

»Er musste um Erlaubnis fragen«, bestätigte Edmond, als Ysanne weiter schwieg.

Jason drehte sich zu mir um. »Als Renie und Edmond sich ineinander verliebten, mussten sie sich vor dem Rest von Belle Morte verstecken, weil Vampire und Menschen keine Beziehung eingehen dürfen. Vielleicht glaubt der Vampirrat ja wirklich, es wäre im besten Interesse aller, aber Renie ist achtzehn und Edmond ist …« Jason hielt inne und runzelte die Stirn. »Okay, ich habe keine Ahnung, wie alt Edmond ist, aber der Punkt ist: Sie sind beide alt genug, um ihre eigenen Entscheidungen zu treffen. Sie sollten es sich nicht gefallen lassen müssen, dass irgendein Regierungsgremium über ihr Liebesleben bestimmt.«

Edmond fädelte seine Finger zwischen meine.

»Was, wenn *du* heiraten wolltest?«, fragte Jason Ysanne. »Müsstest du dann auch um Erlaubnis fragen, oder gelten für dich andere Regeln, weil du dem Vampirrat angehörst?«

»Ich war bereits zweimal verheiratet und habe nicht den Wunsch, es ein drittes Mal zu versuchen«, fauchte Ysanne.

»Du weichst meiner Frage aus«, konterte Jason leise.

Stille legte sich über den Raum.

Ysanne stand starr wie eine Marmorstatue, ihre Augen die Farbe von Frost, ihre Lippen eine blutleere Linie. Sie sah aus wie ein uraltes Raubtier, so als löste sich ihre menschliche Maske langsam auf.

Jason war erst neunzehn und hatte sich bis vor Kurzem eher für Frisurentrends als für Vampirpolitik interessiert, aber er hielt dem Blick der Lady von Belle Morte stand, als wäre ihm egal, dass sie ihn wie einen verdorrten Zweig zerbrechen konnte.

Ich war mir nicht sicher, ob ich Angst um ihn haben oder von seinem schieren Schneid beeindruckt sein sollte.

»Auch Mitglieder des Vampirrats sollten nicht über den Regeln stehen«, sagte Caoimhe schließlich. »Hätte einer von uns heiraten wollen, hätten wir dafür ebenfalls die Zustimmung der Lords und Ladys der anderen Häuser im Vereinigten Königreich – und Irland – benötigt.«

»Womit wir wieder bei meinem ursprünglichen Punkt wären: Jemima hatte nicht ganz unrecht, richtig?«, beharrte Jason. »Als sich die Vampire der Welt präsentierten, wollten sie sich damit mehr Freiheit verschaffen, aber in gewisser Weise seid ihr nun weniger frei als früher, als ihr euch vor der Welt verstecken musstet. Hat irgendein Mitglied des Vampirrats mal in seinem oder ihrem Haus nachgefragt, ob die Vampire mit dem aktuellen System noch glücklich sind?«

»Nein, haben wir nicht«, gestand Caoimhe.

»Wenn es Vampiren erlaubt wäre, Beziehungen mit Menschen einzugehen, dann wäre Etienne niemals so weit gekommen. Wenn alle gewusst hätten, dass er und June ein Paar waren, dann wäre er der erste Verdächtige gewesen, als sie getötet wurde. Er hätte sie nicht manipulieren können, ihm zu helfen, indem er ihr erklärte, sie könnten nur zusammen sein, wenn sie den Vampirrat stürzten. Und Tadhg hätte vielleicht nicht so bereitwillig sein Haus verraten, um endlich eine Chance bei Caoimhe zu haben.«

Jason fuhr sich mit den Händen durch sein blondes Haar und seufzte.

»Ich will die ganze Scheiße, die Etienne und Jemima getan haben, sicher nicht entschuldigen. Verdammt, ich hoffe wirklich inständig, ihr lasst den beiden ihre gerechte Strafe zukommen. Aber wenn ihr euch nicht anschaut, *warum* das alles passiert ist, dann wird es wieder passieren«, warnte er.

Ysanne sah aus wie erstarrt. Sie war diejenige gewesen, die die Vampire aus den Schatten geführt und das Spendersystem ins Leben gerufen hatte – und nun stürzte alles, was sie aufgebaut hatte, in sich zusammen. Ich konnte mir überhaupt nicht vorstellen, wie sich das anfühlen musste.

Die Anspannung im Raum war greifbar, drückte mich nieder wie ein schweres Gewicht.

»Jason hat recht«, sagte Edmond.

Ysannes frostiger Blick huschte zu ihm.

»Ysanne, ich kenne dich länger als jeden anderen, aber die unnachgiebige Herrschaft des Vampirrats hat dazu geführt, dass ich dich wegen Renie anlügen musste. Und ich bezweifle, dass ich der Einzige bin, der jemals in dieser Lage war. Etiennes Methoden sind gefährlich und zerstörerisch, aber die Zukunft, die er bietet, könnte auch anderen Vampiren verlockend erscheinen, wenn sie sich durch unsere Regeln eingeschränkt fühlen. Etienne und Jemima aufzuhalten, wird nicht genügen«, fügte er hinzu.

Ich bemerkte erst, dass Ysanne sich nervös auf die Lippe biss, als ein Blutstropfen quoll, rubinrot auf ihrer Haut. Ihre Miene war völlig starr, so als würde sie versuchen, die Beherrschung nicht zu verlieren, während sie sich mit den Fingern an der Tischkante festkrallte.

»War das alles meine Schuld?«, fragte sie, und ich hatte sie noch nie so zart gehört, so *verloren*.

Caoimhe wollte sie trösten, aber Ysannes Hand schoss nach oben – eine Warnung, nicht näher zu kommen.

»Entschuldigt mich«, sagte Ysanne. Sie verließ den Raum, ihre Schritte schneller als gewöhnlich, so als würde sie gegen den Drang ankämpfen, davonzurennen.

»Sollte ihr jemand nachgehen?«, flüsterte ich.

»Nein. Gib ihr ein wenig Zeit«, antwortete Edmond.

»Ist sie okay?« Ich hätte niemals geglaubt, dass es mich irgendwann wirklich kümmern würde, wie es Ysanne ging, aber das tat es.

»Wenn es eines gibt, das Ysanne nicht ertragen kann, dann, Verletzlichkeit zu zeigen. In spätestens einer Stunde hat sie ihre Fassung wiedergefunden und sich in die eiskalte Regentin zurückverwandelt, die dir immer so unter die Haut ging«, versicherte Edmond mir und küsste mich auf die Stirn.

»Und was machen wir so lange?«

Belle Morte war Ysannes Haus – es kam mir nicht richtig vor, unsere nächsten Schritte ohne sie zu diskutieren.

Edmond lehnte sich zu mir, bis seine Lippen mein Ohr berührten, und trotz des Ernstes unserer Situation jagte ein Kribbeln durch meinen Körper.

»Würdest du Fiaigh vielleicht gern ein bisschen erkunden?«, raunte er mir zu.

Ich war mir nicht sicher, ob Caoimhe ihre Spendenden angewiesen hatte, in ihren Zimmern zu bleiben, während wir hier waren, aber Edmond und ich begegneten niemandem, als wir durch die Korridore und die steinernen Burgtreppen hinauf- und hinunterstreiften. Und in Fiaigh gab es eine *Menge* Treppen.

Vor zwei an der Wand hängenden Schwertern blieb ich stehen. »In der Nacht, als June entkam, hat Ludovic Roux und mich mit einem Schwert verteidigt.« Die Nacht war in meiner Erinnerung noch sehr lebendig.

»Überrascht dich das? Vergiss nicht, wie viele von uns aus einer Zeit stammen, in der Schwerter allgegenwärtig waren«, erwiderte Edmond.

»Eine Pistole wäre vielleicht trotzdem nützlicher gewesen.«

Schatten flackerten in Edmonds Augen. »Ludovic mag Schusswaffen nicht.«

»Wegen des Krieges?« Ich musste an den Ausdruck in Ludovics Augen denken, als er das Foto von sich und Edmond in den Schützengräben gesehen hatte.

Edmond nickte.

»Aber Schwerter sind okay?«, bohrte ich nach.

Ein weiteres Nicken.

»Er schien jedenfalls genau zu wissen, was er tat.«

»Er konnte schon immer gut mit einem Schwert umgehen«, bestätigte Edmond.

Ich betrachtete die Schwerter erneut. Eines von ihnen bestand aus einer langen Stahlklinge, einer breiten Parierstange und einem mit Leder umwickelten Heft, das in einem Knauf endete, auf dem dasselbe keltische Symbol zu sehen war wie auf den Abzeichen der Wachleute in Fiaigh.

»Kannst *du* gut mit einem Schwert umgehen?«

Edmond lächelte schelmisch. »Was glaubst du, wer es Ludovic beigebracht hat?«

Er hob die Hand, nahm eines der Schwerter von der Wand und schwang es probehalber. Selbst durch seine Kleidung konnte ich die Wölbung seiner Muskeln erkennen. Ich musste daran denken, wie sich diese Muskeln zu beiden Seiten meines Kopfes spannten, wenn er sich in mir bewegte, und eine Woge der Hitze rauschte durch meinen Körper.

»Du bist echt sexy, wenn du das machst«, flüsterte ich.

Er schenkte mir ein erhitztes Lächeln und schwang das Schwert erneut. Ich versuchte, ihn mir in den verschiedenen Kleidungsstilen vorzustellen, die im Lauf seines Lebens in Mode gewesen waren. Vielleicht würde ich ihn eines Tages bitten, sich wieder so anzuziehen, damit ich es mit eigenen Augen sehen konnte.

»Kannst du mir ein paar Sachen beibringen?«, fragte ich.

Edmonds Lächeln erstarb. »Das ist keine gute Idee.«

»Warum nicht? Es könnte vielleicht nützlich sein, wenn ich das nächste Mal Etienne gegenüberstehe.«

Echte Wut blitzte in Edmonds Gesicht auf und färbte seine Augen rot. »Ich werde nicht zulassen, dass er dir noch einmal wehtut«, knurrte er.

»Sosehr ich diese Beschützernummer auch liebe, glaubst du nicht auch, ich sollte lernen, mich selbst zu verteidigen?«

»Nicht mit einem Schwert. Das ist keine Fähigkeit, die man schnell erlernt. Es ist viel zu gefährlich für dich, dich mit einem

Schwert gegen Etienne zu verteidigen, wenn du nicht wirklich weißt, wie man damit umgeht.«

»Obwohl ich jetzt eine Vampirin bin?« Ich necke ihn nur, aber Edmonds ernste Miene löste sich nicht.

»Wir können zwar nach so gut wie jeder Verletzung wieder heilen, aber auch wir können keine Gliedmaßen nachwachsen lassen. Wenn du dir selbst ein Bein abhackst, weil du mit einem Schwert herumschwingst, dann bleibt es ab.«

Na, das war gut zu wissen. Es war durchaus möglich, dass ich angesichts meiner neuen Unverletzlichkeit langsam ein winziges bisschen zu übermütig wurde, und Edmonds Worte holten mich wieder auf den Boden der Tatsachen zurück.

»Außerdem bezweifle ich«, fügte er hinzu, »dass ich dieser Tage ein besonders guter Lehrer wäre. François war ein wahrer Könner mit dem Schwert und hat mir vieles beigebracht, aber es ist schon lange her, seit ich wirklich mit einer Klinge gekämpft habe. Meine Fähigkeiten sind definitiv ein wenig eingerostet.«

»Sieht mir aber nicht danach aus«, erwiderte ich, als Edmond erneut das Schwert schwang. Ich warf ihm einen gespielt beleidigten Blick zu. »Ich glaube, du willst es mir nur nicht beibringen, weil du weißt, dass ich mit einem Schwert in der Hand unfassbar heiß aussehen würde und du mit meinem überwältigenden Sexappeal nicht umgehen könntest.«

»Ist das so?«

Edmond senkte das Schwert und näherte sich mir. Er drängte mich gegen die Wand zurück, die Arme links und rechts von mir aufgestützt. Als er dies zum ersten Mal getan hatte, hatte ich mich ... nicht direkt eingeschüchtert gefühlt, aber auch nicht wirklich wohl. Diesmal kribbelte hingegen atemlose Erregung in meinen Adern, als er mich mit seinem Körper einfing.

»Ich wünschte, wir hätten Zeit, uns auf unser Zimmer zurückzuziehen, aber das wäre wahrscheinlich keine gute Idee. Wir müssen uns darauf konzentrieren, was in Belle Morte passiert«, raunte ich ihm zu.

»Du hast wahrscheinlich recht.« Seine Lippen strichen über meinen Mund, zart zunächst, dann fordernd. Meine Zunge berührte die harten Spitzen seiner Reißzähne, und meine eigenen glitten heraus, scharf und gierig.

»Ich hätte nie geglaubt, dass ich das mal sagen würde, aber ich werde es tatsächlich vermissen, von dir gebissen zu werden«, flüsterte ich.

Etienne war der erste Vampir gewesen, der mich gebissen hatte, und ich hatte es gehasst. Im Gegensatz zu allen anderen Spendenden in der Villa hatte ich mich dabei nie entspannen können, und anstatt der süßen Glückseligkeit, die die meisten Menschen bei einem Biss erlebten, hatte ich nur brennenden Schmerz gespürt. Selbst Edmonds Bisse hatten mir anfangs wehgetan, bis ich endlich gelernt hatte, mich zu entspannen. Dann hatte sich sein Biss in etwas beinahe Orgastisches verwandelt.

Edmond knabberte an meiner Unterlippe herum, und ich erschauderte auf herrlichste Weise. »Vampire können einander auch beißen«, raunte er.

»Moment mal, ernsthaft?«

Edmond küsste an der Linie meines Kiefers entlang, bis er mein Ohr erreichte. Von dort hinterließ er eine Spur sanfter Küsse an meinem Hals hinunter bis zu der Stelle, an der er mich gebissen hatte, als ich noch ein Mensch gewesen war.

Seine Reißzähne glitten über meine Haut und ich schloss mit flatternden Lidern die Augen.

»Es gibt so viele Stellen, an denen ich dich unbedingt noch beißen möchte«, sagte er und küsste mich dort, wo einst mein Puls geschlagen hatte.

Schritte unterbrachen uns, und wir lösten uns hastig voneinander, als Roux am Ende des Flurs auftauchte. Ich erwartete, dass sie uns wissend zuzwinkern oder irgendeine Bemerkung dazu fallen lassen würde, was wir hier offensichtlich gerade trieben, aber ihre Miene wirkte so ernst, dass mir ganz flau im Magen wurde.

»Was ist?«, fragte ich.

»Ihr müsst euch was ansehen.«

KAPITEL 22

Edmond

Er legte eine Hand auf Renies Rücken, während sie Roux nach unten folgten. Er wollte ihr versichern, dass sie gemeinsam durchstehen würden, was immer ihnen nun wieder bevorstand, sich gleichzeitig aber auch selbst ermutigen. Renies physische Verletzungen waren verheilt, aber er würde niemals vergessen, wie sie ausgesehen hatte – schlaff, blass, blutüberströmt, – als er sie aus dem Fluss gezogen hatte. Ebenso wenig, wie er vergessen würde, dass Etienne dafür verantwortlich war.

»Ich dachte, es könnte nicht schaden, mal im Internet nachzuschauen, ob irgendjemand schon weiß, was passiert ist...«

»Moment mal, du warst im Internet?«, unterbrach Renie Roux.

Sie klang genauso überrascht, wie Edmond sich fühlte. Viele Vampire hatten Mühe, damit zurechtzukommen, wie schnell sich moderne Technologien entwickelten, und solange Edmond Caoimhe kannte, hatte *sie* sich damit besonders schwergetan. Er hatte Renie einmal erklärt, Caoimhe würde Kerzenlicht Elektrizität jederzeit vorziehen, wenn sie es könnte, und obwohl Fiaigh bewies, dass sie nicht so weit gegangen war, konnte Edmond kaum glauben, dass Caoimhe in ihrer Burg über Internetzugang verfügte.

»Ja, Caoimhe hat einen privaten Laptop in ihrem Büro«, erwiderte Roux.

»Einen Laptop«, wiederholte Edmond.

»Ich dachte, ich würde mich an einen Strohhalm klammern, als ich sie danach gefragt habe, aber sie meinte, sie hätte schon länger einen, auch wenn die Spendenden keine Ahnung davon haben.«

»Und sie weiß, wie man ihn benutzt?«, fragte Edmond.

»Nicht wirklich.«

Dann hatte sie sich also doch nicht so sehr verändert.

Im Erdgeschoss angekommen, führte Roux sie durch eine Tür zu ihrer Rechten, dann nach links und einen steinernen Korridor hinunter.

»Wirst du uns irgendwann noch verraten, was eigentlich los ist?«, drängte Edmond sie.

»Es ist Etienne«, antwortete Roux, was überhaupt nichts erklärte.

Schon als er den Namen dieses Mistkerls hörte, ballte sich Edmonds freie Hand zu einer verkrampften Faust. Nachdem Renie Etienne entkommen war, hatte sie ihnen von ihrem Verdacht erzählt, Etienne hätte mit seinen Machenschaften auch die Ereignisse herbeigeführt, die dazu geführt hatten, dass Edmond mit Silber ausgepeitscht worden war, um ihn außer Gefecht zu setzen, wenn Etienne June freiließ. Renie war überzeugt, Etienne hätte das Risiko nicht eingehen wollen, Edmond in einem fairen Kampf beggenen zu müssen. Doch in dieser Hinsicht hatte Etienne versagt, denn eines Tages *würde* er sich

Edmond stellen müssen, und wenn dieser Tag kam, würde er Etienne die Wirbelsäule herausreißen.

»Was hat er getan?«, wollte Renie wissen.

»Es ist besser, wenn ich es euch zeige«, antwortete Roux.

Sie blieben vor einer mit Messing besetzten Holztür stehen und Roux klopfte an. »Wir sind's«, rief sie.

Caoimhe öffnete die Tür und winkte sie herein. Es hatte etwas Verstohlenes an sich, so als gehörte der Besitz eines Laptops zu den illegalen Aktivitäten, die man vor der Welt verstecken musste. Unter anderen Umständen hätte Edmond es als amüsant empfunden.

Caoimhes Büro war nicht mit Ysannes zu vergleichen. Die Möbel waren aus schwerem Eichenholz, und in den Ecken standen Kerzenständer aus Eisen, genau wie in Renies und Edmonds Zimmer. Jason saß, auf seinem Daumennagel kauend, auf einem Stuhl nahe der Tür. Ein breiter Schreibtisch dominierte den Raum. Darauf stand ein flacher, silberner Laptop, der zwischen all dem Eichenholz und Eisen völlig fehl am Platz wirkte.

»Ha, ich hatte beinahe einen Computer aus der Steinzeit erwartet«, gestand Renie.

Roux setzte sich hinter den Schreibtisch, aber Caoimhe blieb stehen und betrachtete den Laptop mit vagem Misstrauen.

»Werde ich eines Tages auch so enden?«, flüsterte Renie und sah Edmond an. »Die Technologie wird sich weiterentwickeln – werde ich mit ihr Schritt halten können, oder wird es mir so ergehen wie euch?«

Edmond küsste sie auf die Nasenspitze. »Du wirst vielleicht feststellen, dass du gar nicht mit ihr Schritt halten *willst*.«

Renie wirkte nicht überzeugt.

Plötzlich beschlich Edmond das Gefühl, in Belle Morte hätte sich auch einiges verändert, wenn Etienne und Jemima das Haus nicht übernommen hätten. Renie war nicht wie die anderen Vampire. Sie stammte aus dem 21. Jahrhundert, und so, wie er sie kannte, würde sie Belle Morte in die moderne Welt holen wollen, ob es Ysanne nun gefiel oder nicht. Aber vielleicht war es ja genau das, was sie alle brauchten.

»Ich wusste nicht, ob es Etienne gelungen war, alles unter Verschluss zu halten, oder ob uns in dem Pub oder irgendwo sonst jemand erkannt hatte«, begann Roux und tippte auf der Laptoptastatur.

Edmond hatte keine Ahnung, was sie tat, aber ihre Finger bewegten sich mit beeindruckender Geschwindigkeit.

Jason erhob sich und gesellte sich mit grimmiger Miene zu Roux an den Schreibtisch.

»Dann haben wir das hier gefunden«, fuhr Roux fort und rückte ein wenig zur Seite, um Platz für Edmond und Renie zu machen.

Edmond wollte es sich am liebsten gar nicht ansehen. Was auch immer sich auf diesem Bildschirm befand, würde alles nur noch schlimmer machen. Aber ihm blieb keine andere Wahl.

Roux tippte auf eine weitere Taste, und das Bild auf dem Bildschirm fing an, sich zu bewegen.

Etiennes Gesicht erfüllte das kleine Fenster, und Edmond widerstand dem Drang, die Faust in den Bildschirm zu rammen.

»Ich kann überhaupt nicht mit Worten ausdrücken, von welch ungläubigem Schock Belle Morte erfasst ist«, sagte

Etienne. Er blickte mit trauriger Miene in die Kamera, seine Stimme gedämpft, so als wäre er auf einer Beerdigung. »Aber wir werden die Wahrheit nicht vor der Welt verstecken. Ysanne Moreau, die Lady von Belle Morte, hat heimlich Menschen getötet und in Vampire verwandelt. Sie hat sie halb verhungern lassen, um sie leichter bändigen zu können, aber ihr Plan ging nach hinten los, als sie die Vampire in Belle Morte aufnehmen wollte und sie außer Kontrolle gerieten.

Unser Sicherheitschef ist bei dem Versuch ums Leben gekommen, sie aufzuhalten, ebenso wie zwei weitere Wachen, zwei Angestellte und drei Spendende. Außerdem wurden zwei weitere Spendende illegalerweise in Vampire verwandelt – mit Ysannes Zustimmung. Renie Mayfield wurde von Edmond Dantès verwandelt, ihre Schwester June Mayfield von Ysanne selbst, wie ich vermute.

Als die anderen Mitglieder des Vampirrats in Belle Morte eintrafen, um diese Verbrechen zu untersuchen, hat Ysanne versucht, auch sie umzubringen – teilweise mit Erfolg. Lord Henry von Lamia und Lord Charles von Midnight wurden getötet. Lady Caoimhe von Fiaigh konnte aus der Villa fliehen, was mich zu dem Verdacht verleitet, sie könnte in die Sache involviert sein. Als Ysanne von ihren eigenen Vampiren mit ihren Taten konfrontiert wurde, griff sie uns an und floh aus Belle Morte, zusammen mit Edmond Dantès, Ludovic de Vauban und Renie Mayfield. Sie haben außerdem zwei Menschen als Geiseln genommen: Roux Hayes und Jason Grant. Wir können nur annehmen, dass ihnen diese Geiseln als Spendende dienen sollen, freiwillig oder nicht, aber ich fürchte, ihr Leben ist ernsthaft in Gefahr.

Falls irgendjemand weiß, wo Ysanne sich aufhält – falls

irgendjemand sie gesehen hat –, dann melden Sie sich bitte bei der Polizei, aber nähern Sie sich ihr unter *keinen* Umständen. Jemima Sutton, die einzige andere Überlebende des Massakers an den Ratsmitgliedern, hat mich interimsmäßig zum Lord von Belle Morte ernannt. Ich verspreche Ihnen hiermit, dass wir diese Morde nicht ungesühnt lassen werden.«

An dieser Stelle endete das Video abrupt. Im Raum war es still, abgesehen von Roux' und Jasons Atmung.

»Gibt's davon noch mehr?«, wollte Edmond wissen.

»Das ist das Video der offiziellen Stellungnahme, die Etienne vor zwei Stunden veröffentlicht hat. Es wurde inzwischen bereits eine Million Mal angesehen und die Zahl steigt stetig. In den sozialen Medien ist deswegen die Hölle los«, antwortete Jason.

Zum allerersten Mal wünschte Edmond sich, er hätte den Entwicklungen der modernen Welt mehr Beachtung geschenkt. Etienne hatte es ganz offensichtlich getan, und nun verwendete er diese Tatsache gegen die Vampire, die es versäumt hatten.

Renie lehnte sich an die Wand und schlang die Arme um sich selbst. »Scheiße«, murmelte sie leise. »Etienne wusste, wie schwer es sein würde, uns aufzuspüren, nachdem ich entkommen bin, deshalb hetzt er jetzt das ganze Land gegen uns auf, um uns aus unserem Versteck zu locken.«

»Können wir nicht einfach eine eigene Pressemitteilung veröffentlichen und diesem ganzen Mist widersprechen?«, schlug Jason vor.

»Nein«, antwortete Edmond. »Im Augenblick hat Etienne in jeder Hinsicht die Oberhand. Er und Jemima regieren über Belle Morte, Nox, Lamia und Midnight. Sie haben unsere

Freunde davon überzeugt, dass wir ihre Feinde sind. Außerdem haben sie immer noch June, um sie notfalls als Waffe gegen uns einzusetzen.«

Renie zuckte zusammen.

»Der einzige handfeste Beweis für unsere Unschuld und Etiennes Schuld ist Susan Harcourts Video. Aber wenn wir damit an die Öffentlichkeit gehen, wird Etienne Susan töten und auch diesen Beweis vernichten«, fuhr Edmond fort.

»Dann erwähnen wir das Video einfach nicht«, erwiderte Jason. »Caoimhe und Ysanne können bezeugen, dass Etienne und Jemima hinter dem Attentat auf den Vampirrat stecken. Renie kann bezeugen, dass Etienne June getötet und dann versucht hat, sie selbst zu ermorden.«

»Aber ohne Beweise steht unser Wort gegen seins, und Etienne sieht im Augenblick glaubwürdiger aus. Wir sind alle aus Belle Morte geflohen, als er uns beschuldigt hat, und es ist ihm gelungen, es so darzustellen, als würde Ysanne June kontrollieren. Seine Anschuldigungen wirken fundiert. Unsere würden nur wie leere Worte klingen«, gab Caoimhe zu bedenken.

»Und was zur Hölle sollen wir dann tun?«

Für einen langen Moment sagte niemand ein Wort.

»Ich schätze, wir können uns von der Idee verabschieden, uns nach Belle Morte zu schleichen und uns dieses Video zu holen«, murmelte Roux schließlich finster.

»Nein«, widersprach Renie ihr und hob den Kopf. In ihren Augen loderte das Feuer, das sich durch Edmonds Mauern gebrannt und sein Herz gestohlen hatte. »Wir *müssen* wieder zurück. Es ist das Einzige, was Etienne nicht erwarten und worauf er nicht vorbereitet sein wird, vor allem angesichts seiner Pressemitteilung.«

»Aber wie zur Hölle sollen wir bitte ins Haus kommen?«, fragte Roux.

»Das weiß ich noch nicht, aber wir werden einen Weg finden. Dieses Stück Scheiße wird *nicht* damit durchkommen.« Renies Augen blitzten rot.

Edmond spürte wilden Stolz in seinem Innersten aufflammen. Etienne hatte Renie mehr genommen als jedem anderen von ihnen. Sie war noch immer dabei, zu verarbeiten, dass sie nun eine Vampirin war und gestern ein Leben ausgelöscht hatte. Sie hatte sich noch nie zuvor in einer Situation wie dieser befunden. Andere hätten einfach aufgegeben oder wären komplett zusammengebrochen, aber nicht Renie. Sie hatte schon einmal mit aller Kraft gekämpft, um sich aus Etiennes Fängen zu befreien, und jetzt würde sie weiterkämpfen, um ihn davon abzuhalten, erneut jemandem wehzutun.

Roux nickte und richtete die Schultern auf. »Wo fangen wir an?«

»Wir müssen Ysanne finden«, antwortete Renie. »Belle Morte ist immer noch ihr Haus.«

»Weißt du, wo sie sein könnte?«, fragte Roux Caoimhe.

Sie schüttelte den Kopf.

»Sie wird doch nicht losgezogen sein, um es allein mit Etienne aufzunehmen, oder?«, fragte Jason, seine Augen weit aufgerissen.

Caoimhe blickte zu Edmond. Er musste noch nicht einmal darüber nachdenken.

»Nein«, antwortete er bestimmt. Ysanne war verletzt und in verletzlichem Zustand, aber Edmond hatte sie schon in düstereren, schmerzhafteren Situationen erlebt und wusste, sie würde nichts Dummes tun. Sie befand sich immer noch irgendwo in Fiaigh.

Er reiste in Gedanken mehrere Hundert Jahre in die Vergangenheit zurück, zu einer Nacht, in der er und Ysanne ebenfalls zur Flucht aus ihrem Zuhause gezwungen gewesen waren, und ihm wurde klar, wo sie sich wahrscheinlich aufhielt.

»Wartet hier«, sagte er.

Das Anwesen von Fiaigh erstreckte sich in einem rechteckigen Gelände hinter der Burg, in vier große, durch Steinpfade voneinander getrennte Rasenflächen geteilt – ganz anders als die Gärten von Belle Morte, die sich rings um die Villa schlossen. Die Grünflächen waren von einer Mauer gesäumt, die hinter den dicht wachsenden Tannen jedoch kaum zu erkennen war.

Edmond fand Ysanne unter einem der Bäume sitzend, ihr Kopf geneigt, ihr Haar wie Silber im Mondlicht. Er setzte sich neben sie, und für einen flüchtigen Moment war er nicht mehr in Irland im 21. Jahrhundert, sondern wieder in Frankreich und ließ sich vor den Toren von Paris auf den Boden fallen, der blutige Gestank der Guillotine-Opfer an seiner Kleidung klebend.

»Aus Belle Morte fliehen zu müssen, fühlte sich an wie in jener Nacht, nicht wahr?«, fragte Ysanne leise.

»Ja.«

»Ich habe Giovannis Porträt in Belle Morte zurückgelassen«, fügte sie hinzu. »Das Einzige, was ich vor der Revolution retten konnte – und jetzt ist es fort.«

Edmond nahm ihre Hand. »Es ist nicht fort. Das hier ist noch nicht vorbei.«

Ysanne blickte zu ihm hinauf, ihre Augen voller Schatten der Erschöpfung. »Mein lieber Winterjunge«, flüsterte sie. »Ist das alles meine Schuld?«

»*Nein*«, antwortete Edmond bestimmt. »Du hast stets nur versucht, das zu tun, was das Beste für dein Haus ist ...«

»Und ich habe versagt. Vielleicht wäre es besser gewesen, wenn ich der Welt niemals von uns erzählt hätte.«

»Wenn du es nicht getan hättest, dann jemand anders. Wir hätten uns nicht ewig verstecken können, nicht in dieser modernen Welt. Du hast die richtige Entscheidung getroffen«, versicherte Edmond ihr.

»Aber sieh nur, wohin sie uns gebracht hat.«

»*Du* hast das nicht getan, sondern Etienne und Jemima.«

Ysanne schüttelte den Kopf. »Ich habe dabei geholfen, ein Umfeld zu erschaffen, in dem sie es tun *konnten*. Ich bin nicht schuldlos.«

»Du wusstest nicht, dass es passieren würde.«

Ysanne blickte auf ihre gefalteten Hände hinunter. »Hast du je einen Groll gegen mich gehegt, weil ich es dir und Renie nicht erlaubt habe, zusammen zu sein, als sie noch ein Mensch war?«

»Ich weiß nicht, ob ich dazu überhaupt je Gelegenheit hatte«, erwiderte Edmond.

»Aber was wäre geschehen, wenn sie Belle Morte verlassen hätte und du sie wegen der Regeln, die ich aufrechterhalten musste, nie wiedergesehen hättest? Hättest du es mir dann übel genommen?«

»Ich weiß es nicht. Vielleicht«, gab Edmond zu.

»Du kannst nicht abstreiten, dass Jason mit seinen Argumenten in gewisser Hinsicht recht hatte. Ich habe die ganze Zeit geglaubt, ich würde dafür sorgen, dass die Meinen in Sicherheit sind, aber stattdessen habe ich sie in einen goldenen Käfig gesperrt. Ich habe uns aus den Schatten geführt und damit allen die Freiheit genommen.«

»Wir sind Vampire. Wir können niemals ein wirklich normales Leben führen. Daran hätte sich niemals etwas ändern können, nur weil die Menschen über uns Bescheid wussten.«

Ysanne neigte erneut das Kinn auf die Brust, und ihr Haar, das sich normalerweise glatt über ihren Rücken ergoss, hing wie ein Vorhang um ihr Gesicht. Für Ysannes Verhältnisse war sie damit praktisch völlig zerzaust.

»Ich weiß nicht, was ich tun soll«, gestand sie, ihre Stimme zart und leise und verletzlicher, als Edmond sie seit Langem gehört hatte.

»Du hilfst uns dabei, uns Belle Morte zurückzuholen«, sagte Renie, und Edmond und Ysanne blickten beide erschrocken auf. Sie waren so aufeinander fokussiert gewesen, dass sie Renie gar nicht hatten kommen hören. Sie stand auf dem Rasenstück gegenüber, durch einen der Steinpfade von ihnen getrennt. Die Schatten einer formgeschnittenen Hecke verdunkelten ihr rotbraunes Haar und warfen seltsame Formen auf ihr Gesicht, durch die sie mehr wie eine Vampirin aussah als je zuvor.

Ysanne versteifte sich. Die Momente der Verletzlichkeit, die sie Edmond offenbarte, hatte er sich in den vielen Jahrhunderten verdient, die sie sich nun schon kannten, und er war sich nicht sicher, wie sie darauf reagieren würde, dass Renie sie so sah.

Renie überquerte den Pfad und blieb zwei Schritte von Ysanne und Edmond entfernt stehen. Abseits der Schatten glänzte ihre Haut wie Porzellan, ihr Haar leuchtend über ihre Schultern wallend. Sie war so wunderschön, dass Edmond den Blick gar nicht von ihr abwenden konnte. Er wünschte sich, sie unter den Sternen zu lieben.

»Okay, du hast Fehler gemacht. Genau wie alle anderen.

Aber Belle Morte ist *dein* Haus – und die Ysanne Moreau, die ich kenne, würde nicht einfach hier rumsitzen und schmollen, während es ihr jemand anders vor der Nase wegschnappt«, sagte Renie

Stille folgte. Ysanne erwiderte nichts.

»Was Jemima und Etienne tun, stellt eine größere Bedrohung für das Mensch-Vampir-Gleichgewicht dar als alles andere. Die Welt, die sie erschaffen wollen, wird für niemanden gut sein«, fuhr Renie fort, unbeirrt von Ysannes Schweigen.

Ein kalter Wind wehte über das Gelände, rauschte durch die Tannen und ließ Renies Haar wie eine Fahne flattern.

Edmonds Herz krampfte sich vor Stolz und Liebe zusammen. Er hätte niemals geglaubt, dass er eines Tages erleben würde, wie Renie Ysanne leidenschaftliche Vorträge über die Sicherheit der Vampirwelt hielt. Aber ihre Worte zeigten tatsächlich Wirkung, auch wenn es ihr selbst vielleicht nicht bewusst war. Ysanne setzte sich ein wenig gerader auf, ihre Augen heller leuchtend. Der stählerne Wille, der sie auszeichnete, hatte vielleicht ein wenig gelitten, aber er war nicht gebrochen.

»Dein Haus braucht dich immer noch, Ysanne, und ich weiß, du würdest es niemals im Stich lassen. Denk einfach darüber nach, in Ordnung? Wir sind in Caoimhes Büro, wenn du so weit bist«, sagte Renie.

Sie ging wieder in Richtung Burg zurück. Edmond folgte ihr.

»Warum bist du mir nachgegangen? Ich habe doch gesagt, dass du im Büro warten sollst«, fragte er, eher neugierig als verärgert.

Renie steckte die Hände in die Hosentaschen. »Ich hatte Angst.«

»Wovor?«

»Ich wusste nicht, in welcher Stimmung Ysanne war. Ich dachte, sie könnte dir vielleicht wehtun.«

Renies Ängste waren nicht vollkommen unbegründet. Als sie noch ein Mensch gewesen war, hatte Edmond ihr dabei geholfen, im Garten von Belle Morte Junes vermeintliches Grab aufzudecken. Als Ysanne davon erfahren hatte, hatte sie Edmond wutentbrannt angegriffen. Dasselbe hatte sie schon einmal getan, viele Jahrhunderte zuvor, getrieben von Wut und Verzweiflung. Edmond hatte ihr deswegen nie Vorwürfe gemacht. Isabeau mochte vielleicht die Frau sein, der Ysannes Herz gehörte, aber Edmond war trotzdem ihr ältester Freund, derjenige, der sie auf der Welt am besten kannte.

Er nahm Renies Hände und küsste sie auf die Knöchel. »Dann bist du also gekommen, um mich zu retten?«

Renie zuckte kaum merklich mit den Schultern.

»Wie lange standest du schon dort?«, fragte er.

Ein neckisches Lächeln verzog ihre Lippen. »Ich hab's endlich mal geschafft, mich an dich ranzuschleichen, was?«

Edmond tippte sie auf die Nasenspitze. »Gewöhn dich lieber nicht daran.«

»Zu spät.«

»Wie viel hast du gehört?«

Renie wandte den Blick ab. »Ysanne hat gesagt, aus Belle Morte zu fliehen, war wie in ›jener Nacht‹. Wovon hat sie gesprochen?«

»Von der Französischen Revolution«, antwortete Edmond. Erneut tauchten die schrecklichen Erinnerungen in seinem Kopf auf – die nach oben fahrende und dann wieder und wieder herabsausende Klinge, bis die Straßen von Paris vor Blut trieften und die Leichen sich hundertfach stapelten.

Er hatte im Lauf seines Lebens so viel Tod und Schrecken gesehen, aber manche Erinnerungen brannten sich tiefer ein als andere.

»Hat sie von der Nacht gesprochen, als ihr beide aus Paris geflüchtet seid?«, hakte Renie nach.

Edmond nickte. »Wir waren nicht allein. Ysanne hatte sich in einen Mann namens Giovanni verliebt, sie lebten zusammen in der Stadt. Wir flohen alle gemeinsam vor einem blutrünstigen Mob, aber nur Ysanne und ich schafften es aus Paris. Giovanni opferte sich freiwillig, damit wir fliehen konnten.«

»Scheiße«, murmelte Renie.

»Manch eine Liebe hinterlässt tiefere Narben als andere. Als ich Ysanne zum ersten Mal begegnete, trauerte sie noch immer um zwei Ehemänner, die sie verloren hatte, aber Giovanni zu verlieren ...« Edmond verstummte und erinnerte sich wieder daran, wie Ysanne ihn vor den Toren der Stadt angegriffen hatte, tobend vor Wut, und dann schluchzend in seinen Armen zusammengebrochen war. Es hätte ihn nicht überrascht, wenn selbst Isabeau Ysanne noch nie hatte weinen sehen.

»Liebt sie ihn immer noch?«

»Ich glaube, sie liebt Isabeau, auch wenn sie es nie offen zugegeben hat. Aber die Erinnerungen an all jene, die wir geliebt und verloren haben, begleiten uns für immer. Man wird sie nicht so einfach los, vor allem, wenn diese Person ihr Leben für dich geopfert hat.«

»Sie hat immer noch ein Bild von ihm in ihrem Büro.«

»Du hast es gesehen?« Das überraschte Edmond. Er hatte geglaubt, er wäre der Einzige, der davon wusste.

»Es stand auf ihrem Schreibtisch. Ich habe nur einen Blick darauf erhascht.«

»Bevor wir aus Paris flüchteten, brannte der Mob Ysannes Zuhause nieder. All ihre Erinnerungen – alles, was sie hatte, um sich an all die anderen zu erinnern, die sie je geliebt hat, ging in Rauch auf. Giovannis Porträt war das Einzige, was sie retten konnte.«

»Und nun hat Etienne es.« Renie schüttelte den Kopf. »Kein Wunder, dass sie so aufgewühlt ist.«

Edmond blieb abrupt stehen und zog Renie in seine Arme, um sie zu küssen. Es sollte nur ein kurzer Moment sein – sie hatten wirklich Wichtigeres zu tun –, doch als Renie ihre Finger in sein Haar krallte und ihren weichen Körper an ihn presste, verschwanden alle anderen Gedanken aus seinem Kopf. Er küsste sie, bis ihre Augen rot glühten und ihre Knie weich wurden.

»Danke«, hauchte er.

»Wofür?« Renie blinzelte ein wenig benommen zu ihm hinauf.

Edmond fuhr mit dem Daumen über ihre Wange. »Dafür, dass du dich so um Ysanne sorgst, obwohl ihr beide in der Vergangenheit so heftig aneinandergeraten seid. Dafür, dass du versuchst, ihr wieder auf die Beine zu helfen, und bereit dazu bist, um Belle Morte zu kämpfen, obwohl es dir so viel genommen hat.«

»Die Sache ist größer als ich oder das, was ich für Ysanne oder ihr Haus empfinde«, erwiderte Renie und streichelte Edmonds Wange.

»Ich liebe dich, *mon ange*«, sagte er und küsste sie erneut.

KAPITEL 23

Renie

Ich war mir nicht sicher, ob meine Rede irgendeine Wirkung auf Ysanne gehabt hatte, bis Edmond und ich in Caoimhes Büro zurückkehrten und feststellen mussten, dass sie schneller gewesen war als wir. In dem Moment, als wir durch die Tür traten, wusste ich, dass die alte Ysanne wieder zurück war. Sie stand hinter Caoimhes Schreibtisch, den Kopf hocherhoben, ein frisches Feuer in ihren Augen lodernd.

Früher hatte ich ihre Überheblichkeit gehasst. Jetzt brachte sie mich zum Lächeln.

Ludovic und Seamus hatten sich inzwischen ebenfalls zu uns gesellt. Ludovic lehnte in einer Ecke an der Wand, während Seamus in der Nähe des Schreibtischs saß und seine grüne Mütze in den Händen verdrehte.

»Ich komme direkt zur Sache«, begann Ysanne, die Stimme scharf und klar. »Ich will mein Haus zurück. Ich will, dass alle die Wahrheit darüber erfahren, was passiert ist, und all jene rächen, die sterben mussten, weil Etienne und Jemima ihre kranke Vision verwirklichen wollten.«

Aus dem Augenwinkel sah ich, wie Jason kurz eine Faust in die Luft reckte.

»Roux hat mir Etiennes Videobotschaft gezeigt und mich über alles in Kenntnis gesetzt, worüber ihr in meiner Abwesenheit diskutiert habt. Ich stimme Edmond zu, dass es im besten Fall sinnlos wäre, eine eigene Erklärung zu veröffentlichen, im schlimmsten Fall sogar gefährlich. Darüber hinaus bin ich mit Renie einer Meinung, dass Etienne am wenigsten erwarten wird, dass wir nach Belle Morte zurückkehren, weshalb wir genau das tun müssen.« Sie hob die Hände. »Jetzt müssen wir nur noch besprechen, wie wir es tun wollen.«

Vielleicht war die alte Ysanne doch noch nicht wieder ganz zurück. Denn die alte Ysanne hätte sich nicht für die Meinung irgendwelcher Spendender oder neuer Vampirinnen interessiert. Sie hätte die Entscheidung getroffen, die sie für die beste hielt, und erwartet, dass alle ihr folgten. Das hier konnte der Beginn einer brandneuen Ysanne sein.

»Ich könnte uns ein wenig Verstärkung organisieren und veranlassen, dass uns einige meiner Vampire und Sicherheitsleute nach England begleiten, auch wenn ich Fiaigh nicht völlig ungeschützt zurücklassen kann«, sagte Caoimhe.

»Wir wissen jeden zu schätzen, den du erübrigen kannst«, erwiderte Ysanne. »Dürfte ich vorschlagen, dass du deine Spenderinnen und Spender fürs Erste nach Hause schickst? Keiner von uns weiß, wie diese Sache enden wird, und falls irgendetwas schiefläuft – falls Etiennes Vampire tatsächlich nach Fiaigh kommen, – wäre es besser für die Spendenden, wenn sie nicht hier wären.«

»Etienne wird Fiaigh niemals einnehmen«, versicherte Caoimhe ihr.

»Trotzdem sind deine Spendenden in ihrem eigenen Zuhause am sichersten.«

Caoimhe neigte den Kopf zur Seite. »Ich werde die nötigen Vorkehrungen für ihre Abreise treffen, sobald diese Besprechung zu Ende ist.«

»Wird das nicht verdächtig aussehen? Selbst wenn du es den Spendenden untersagst, über all das zu sprechen, wird es nicht lange dauern, bis die Presse herausfindet, dass sie alle nach Hause geschickt wurden. Was, wenn Etienne den Braten dann riecht?«, gab Roux zu bedenken.

»Ich gedenke, bereits in England zu sein, wenn die Presse von irgendetwas Wind bekommt«, erwiderte Ysanne.

»Außerdem könnte ein Vertreter von Fiaigh auch einfach behaupten, es wäre als Antwort auf Etiennes Anschuldigungen geschehen, falls irgendjemand danach fragt«, warf ich ein.

»Gute Idee«, fand Roux.

»Es könnte sich sogar zu unserem Vorteil auswirken«, fügte ich nachdenklich hinzu. »Wenn Fiaigh all seine Spendenden nach Hause schickt, könnten Etienne und Jemima sich vielleicht dem Druck der Öffentlichkeit ausgesetzt sehen, mit den Spendenden in Nox, Midnight, Lamia und Belle Morte dasselbe zu tun. Und wenn sie sich weigern, werden die Leute anfangen, Fragen zu stellen, vor allem, weil es so aussehen wird, als würde Fiaigh unabhängig von gemeinschaftlichen Entscheidungen handeln.

Außerdem wird interessant, wie Etiennes und Jemimas Unterstützer reagieren werden, wenn man ihnen die Spendenden plötzlich wegnimmt. Niemand will das Spendersystem abschaffen, sie wollen es nur verändern. Jemima hat mir unter anderem erklärt, Vampire wollten Blut trinken können, wann immer ihnen der Sinn danach stand, statt sich auf ein paar Schlucke am Tag beschränken zu müssen. Falls dies zu den

Gründen gehört, aus dem sie und Etienne so viele Unterstützer gefunden haben, dann werden diese Unterstützer gar nicht glücklich darüber sein, wenn ihnen der Spendenhahn komplett zugedreht wird. Alles, was diese beiden Arschlöcher untergräbt, ist gut. Außerdem brauchen frisch verwandelte Vampire mehr Blut als ältere, und ohne Spendende wird es Etienne schwerfallen, seine Lakaien ausreichend zu füttern.«

»Angenommen, Etienne *wird* die Spendenden gehen lassen«, warf Edmond ein.

Er hatte recht – wir hatten keinerlei Garantie.

Roux zog besorgt die Stirn in Falten. »Falls er es nicht tut, dann sind diese Spendenden in Gefahr, nicht wahr? Es sind nicht mehr genügend von ihnen übrig, um die verbliebenen Belle-Morte-Vampire zu füttern, ganz zu schweigen von all den Neuankömmlingen. Und was ist eigentlich mit June passiert?«

Beim Klang ihres Namens schnürte sich mir die Kehle zu. Ich würde niemals aufhören, meine Schwester zu lieben oder darüber zu trauern, was mit ihr geschehen war, aber ich war auch so *wütend* auf sie.

»Falls Etienne sie in eine Waffe verwandelt hat, dann wird er sie in seiner Nähe wissen wollen, richtig?« Roux blickte uns alle der Reihe nach an.

»Glaubst du, sie ist immer noch in Belle Morte?«, fragte Edmond.

»Ich habe keine Ahnung, was mit ihr passiert ist, nachdem wir aus der Villa geflohen sind, aber Etienne wird sie nicht einfach freigelassen haben. Dafür braucht er sie zu sehr.«

»Sicher kann er sie nicht in Belle Morte verstecken, ohne dass irgendjemand es mitkriegt, oder?«, fragte ich.

»Das hat Ysanne auch getan.«

Ich blickte zu Ysanne. »Nein, als Ysanne June im Westflügel versteckt hat, wussten alle, dass irgendwas Seltsames vor sich ging, es war ihnen nur verboten worden, danach zu fragen, und sie haben Ysanne gehorcht. Etienne verfügt nicht über dieselbe Autorität. Zumindest noch nicht.«

»Jemima vielleicht schon«, bemerkte Jason.

»Alle Vampire in Belle Morte, die nicht mit Etienne zusammenarbeiten – und ich muss annehmen, dass seine Unterstützer noch immer in der Unterzahl sind, – wissen, dass Rasende an Ort und Stelle getötet werden sollten. June hat bewiesen, wie gefährlich sie ist. Ich kann mir überhaupt nicht vorstellen, was für einen Unfug sich Jemima aus den Fingern saugen müsste, um alle davon zu überzeugen, dass sie June am Leben lassen sollen.

Trotzdem haben sie June sicherlich nicht getötet. Wie Roux bereits sagte: June ist zu wertvoll. Aber falls sie sich noch immer in der Villa befindet, sind alle dort in Gefahr. Niemand hat je zuvor eine Rasende abgerichtet, was bedeutet, dass niemand weiß, wie viel Kontrolle Etienne wirklich über sie hat oder ob sie von Dauer sein wird. Falls er die Kontrolle über June verliert, könnte sie in Belle Morte ein Blutbad anrichten. Aber selbst wenn sie gezähmt ist: Tadhg glaubt, Etienne hätte seinen Lakaien bislang Tierblut gefüttert, und das ist nicht dasselbe wie Menschenblut, richtig? Wie werden all diese Vampire reagieren, nun, da sie in einem Haus voller menschlicher Nahrungsquellen leben? Wird Etienne sie wirklich weiter kontrollieren können? Wir müssen uns nicht nur dieses Beweisvideo von Susan Harcourt beschaffen. Wir müssen auch die restlichen Spendenden aus Belle Morte rausholen.«

»Und wie sollen wir das anstellen?«, fragte Seamus und verdrehte weiter seine Mütze.

»Keine Ahnung. Aber wir müssen die Spendenden aus Belle Morte rausschaffen, selbst wenn June nicht mehr dort ist. Ich glaube, die meisten Vampire in der Villa werden Ysanne die Treue halten, wenn sie erst die Wahrheit kennen. Allerdings wissen wir auch nicht, wie viele Unterstützer Etienne und Jemima tatsächlich haben oder wie viele Menschen Etienne genau verwandelt hat. Außerdem haben wir keine Ahnung, ob er noch mehr verwandelt hat, seit wir hier sind.«

»Darüber hinaus hat er zahlreiche Unterstützer unter den Menschen, schon vergessen? All diese Leute haben sich von ihm anlocken lassen, weil sie dasselbe wollen, was Vampire haben, und sie werden es nicht einfach kampflos aufgeben. Selbst wenn sich jeder der Belle-Morte-Vampire wieder auf unsere Seite schlägt, kriegen wir das Haus trotzdem nicht zurück, ohne dass es blutig wird. Und wenn das passiert, dürfen die Spendenden nicht mehr dort sein. Wir können nicht zulassen, dass noch jemand im Kreuzfeuer getötet wird – nicht nur, weil sie vollkommen unschuldig sind, sondern auch, weil es für die Vampire nur umso schwerer sein wird, ihre momentane Lebensweise aufrechtzuerhalten, je höher die Zahl der menschlichen Todesopfer ist. Wir müssen Etienne und Jemima nicht nur aufhalten, um uns Belle Morte zurückzuholen. Wir müssen sie aufhalten, um zu schützen, was die Vampire in den letzten zehn Jahren aufgebaut haben.«

Vielleicht *musste* sich einiges verändern, aber nicht, indem alles niedergerissen wurde.

Roux seufzte schwer. Sie fuhr sich mit den Fingern durchs Haar, und ihre kurzen Strähnen standen nach oben ab. »Also, wir müssen uns irgendwie heimlich nach Belle Morte schleichen, unsere verräterische Wachfrau finden, uns ihr Handy mit dem Beweisvideo schnappen *und* vierundzwanzig Spender nach draußen schmuggeln – und das alles, ohne dass irgendjemand was davon mitkriegt.«

Es klang vollkommen hoffnungslos, wenn sie es so formulierte.

»Uns in die Villa zu schleichen, ist nicht das Problem«, versicherte Ysanne.

»Wie das?«

»Weil ich für den Notfall Schlüssel auf dem Anwesen versteckt habe.«

»Wirklich?«, fragte Edmond. Er klang genauso überrascht, wie wir anderen aussahen.

»Es erschien mir klug«, bekräftige Ysanne.

»Das hast du mir nie erzählt.«

»Ich habe es niemandem erzählt.«

»Dann können Etienne und Jemima also unmöglich davon wissen?«, fragte ich.

»Nein«, bestätigte Ysanne. »Es bleibt allerdings immer noch das Problem, dass wir auf das Gelände gelangen müssen, um uns die Schlüssel zu holen.«

»Warum hast du nicht auch irgendwo einen Notfallschlüssel deponiert, um das Tor aufzuschließen?«, fragte ich.

»Als wir das Spendersystem ins Leben riefen, schlug Charles vor, alle Lords und Ladys sollten die Schlüssel für sämtliche anderen Häuser bekommen, nur für den Fall, dass irgendetwas schieflief. Ich glaube, er hatte immer noch Angst, die Welt der Menschen könnte sich plötzlich gegen uns verschwören«, sagte Caoimhe.

»Und warum habt ihr es nicht so gemacht?«

»Weil ich dagegen gestimmt habe«, antwortete Ysanne. »Es

bestand immer die Möglichkeit, einer von uns könnte zu einem Machtkampf herausgefordert werden, und mir war nicht wohl bei dem Gedanken, jeder könnte einfach so ohne Erlaubnis nach Belle Morte spazieren.«

»Aber sie wären nicht sehr weit gekommen, oder? Nicht, wenn die Wachleute auf dem Gelände patrouillierten«, bemerkte Roux.

»Als wir diese Entscheidungen getroffen haben, waren unsere Sicherheitsteams noch sehr klein. Wir waren noch dabei, ein paar kleine Unebenheiten des Spendersystems auszubügeln. Ich glaube immer noch, dass meine Wahl damals richtig war. Vielleicht hätten wir noch einmal darüber nachdenken sollen, nachdem das Spendersystem etabliert war, aber es erschien nie wirklich wichtig. Ich hatte die Schlüssel bereits auf dem Gelände versteckt – und gehofft, sie niemals benutzen zu müssen.«

»Aber wenn du keinen Schlüssel für das Tor hattest, wie wolltest du denn dann auf das Anwesen gelangen, um dir den Schlüssel fürs Haus zu holen?«, fragte ich.

»Indem ich über die Mauer klettere. Ich kenne das Rotationsmuster der Wachen und weiß, wo sie am seltensten patrouillieren.«

»Und warum machen wir das dann nicht auch?«

»Es ist ein großer Unterschied, ob eine Vampirin allein heimlich über die Mauer klettert oder wir alle. Selbst wenn Etienne nicht daran gedacht hat, die Rotation der Patrouillen zu ändern, hat Jemima es ganz sicher.«

»Okay, wir kommen später noch mal darauf zurück«, schlug Roux vor.

»Wie sollen wir überhaupt alle nach England zurückkommen? Dank Etienne werden wir inzwischen als Verbrecher gesucht«, bemerkte Jason.

Caoimhe tat seinen Einwand mit einem Winken ab. »Lass das mal meine Sorge sein. Ich verfüge in diesem Land über gewisse Kontakte, die uns helfen werden, egal, ob wir noch mal ein Flugzeug chartern oder die Fähre nehmen wollen.«

»Okay, sagen wir, wir kriegen das tatsächlich alles hin. Was dann? Was machen wir mit Susans Beweisen?«, wollte Jason wissen.

»Gute Frage«, fand Seamus und sah Caoimhe an. »Selbst wenn wir das Video veröffentlichen können, gibt's in einem Vampirhaus kaum Internetzugang. Es wäre ein Leichtes für Etienne und Jemima, zu verhindern, dass die Leute in der Villa mitkriegen, was los ist.«

»Aber wie lange könnten sie das durchziehen?«, erwiderte Roux.

»Ich weiß es nicht.«

»Das wäre alles viel einfacher, wenn ihr den Leuten in den Häusern einfach Smartphones erlauben würdet«, grummelte Jason und lehnte sich auf seinem Stuhl zurück.

Ysanne und Caoimhe funkelten ihn an.

»Wie wär's mit einer großen Projektionsleinwand?«, schlug er vor, unbeeindruckt von ihrem eiskalten Starren. »Wir könnten sie auf der Straße vor Belle Morte aufbauen und Susans Video in Endlosschleife laufen lassen.«

»Die Fenster von Belle Morte sind alle mit Fensterläden verschlossen. Niemand könnte nach draußen sehen«, entgegnete Ysanne.

»Ist das Haus schalldicht?«

»Nein.«

»Dann würden die Patrouillen draußen die Leinwand *sehen* und die Wachen drinnen könnten den Ton hören.«

»Ein paar von ihnen werden von Etienne bezahlt, vergiss das nicht«, warf ich ein.

»Ja, aber nicht alle. Wenn wir Susans Video in die ganze Welt senden, dann werden irgendwann auch die Wachen, die Belle Morte gegenüber noch loyal sind, davon hören. Das müssen sie. Etienne kann sie nicht ewig in der Villa festhalten. Irgendwann müssen sie nach Hause gehen«, sagte Jason.

»Aber so bald wird er sie nicht rauslassen«, widersprach Ysanne ihm.

»Ich frage noch mal: Wie lange kann er das durchziehen?«, beharrte Roux.

»Möglicherweise lange genug, um einen Weg zu finden, etwas gegen unsere Beweise zu unternehmen«, murmelte Ysanne finster. »Was wir nicht wollen, ist, dass sich das Ganze zu einem Krieg auswächst. Ich will keinem meiner eigenen Vampire wehtun, nur weil sie getäuscht wurden und glauben, ich wäre ihre Feindin. Und ich will auch nicht, dass noch weitere meiner Wachen sterben, weil sie versuchen, Belle Morte vor der falschen Person zu schützen.«

»Was ist mit den Geheimgängen?«, meldete Ludovic sich zu Wort. »Etienne und Jemima wissen nicht, dass sie existieren, oder?«

»Nein. Bis gestern wussten nur Isabeau, Dexter und ich, wo sie sich befinden, und diese Information war ausschließlich in unseren Köpfen gespeichert. Was immer Etienne auch sonst noch in meinem Büro findet, er wird nicht entdecken, wo die Geheimgänge sind, ebenso wenig wie die Zugangscodes für sie. Leider macht das jedoch keinen großen Unterschied, da sie sich alle in der Villa befinden. Keiner der Gänge führt nach draußen.«

»Warum nicht?«, fragte Roux.

»Sie wurden als reine Vorsichtsmaßnahme erbaut. Ich hätte niemals geglaubt, dass ich sie irgendwann tatsächlich benutzen muss. Ich habe es als zu gefährlich betrachtet, irgendwo dort draußen einen unbewachten Eingang zu installieren, der direkt nach Belle Morte führte. Ironischerweise war ich stets der Ansicht, falls Belle Morte tatsächlich von Feinden angegriffen wird, wäre es unvorsichtig, einen Geheimgang *ins* Haus zu haben, den unsere Feinde nutzen könnten, um uns zu überraschen.«

Roux verzog das Gesicht. »Das ging wohl ziemlich nach hinten los, was?«

Nun war sie diejenige, die in den zweifelhaften Genuss von Ysannes eiskaltem Starren kam.

Wir brainstormten noch eine Stunde lang weiter, aber keiner von uns hatte eine zündende Idee. Schließlich erreichten wir einen Punkt, an dem wir alle so gereizt waren, dass wir uns nur noch zankten. Caoimhe beschloss, uns eine Auszeit zu gönnen.

»Streiten hilft uns auch nicht weiter«, sagte sie.

»Wir haben keine Zeit für eine Pause«, fauchte Ysanne sie an.

»Wir müssen alle erst mal wieder den Kopf freikriegen, weil wir im Moment definitiv nichts zustande bringen«, beharrte Caoimhe.

Ysanne erhob keine weiteren Einwände, obwohl die dünn gespannte Linie ihrer Lippen vermuten ließ, dass sie nicht glücklich darüber war. Doch Caoimhe hatte recht: Wir brauchten alle eine Pause, um den Kopf freizukriegen und uns in besserer Stimmung wiederzutreffen.

Außerdem krampfte sich mir vor Hunger nach Blut schon der Magen zusammen. Ich musste etwas trinken.

Wie in der Nacht zuvor wurden uns Spendende aufs Zimmer geschickt, auch wenn diesmal nur eine zu uns kam. Edmond blieb bei mir, sah mir beim Trinken zu und sagte mir, wann ich genug ausgesaugt hatte. Ich fragte mich, wie lange es noch dauern würde, bis ich lernte, es selbst zu erkennen.

Nachdem die Spenderin wieder gegangen war, ließ ich mich auf das Bett zurückfallen und starrte an die Decke hinauf. Ich hatte keine Ahnung, wie spät es war, und trotz der frischen Energie, die meinen Körper flutete, fühlte ich mich müde und ausgelaugt. Die Leidenschaft, die ich empfunden hatte, weil wir uns Belle Morte zurückholen würden, war angesichts der zahlreichen Hindernisse, die sich uns dabei in den Weg stellen würden, ziemlich verpufft.

»Wie alt ist Jemima eigentlich?«, fragte ich Edmond.

»Sie wurde 1682 verwandelt, aber sie hat nie jemandem erzählt, wie alt sie war, als sie starb«, antwortete er und setzte sich neben mich aufs Bett.

»Moment mal, dann ist sie auch jünger als du, wie Etienne?« Ich stützte mich auf den Ellenbogen auf.

»Nur elf Jahre, nach Vampirrechnung.«

»Ja, aber trotzdem jünger. Ich dachte aus irgendeinem Grund, sie wäre mindestens so alt wie Ysanne.«

»Ysanne ist das älteste Mitglied des Vampirrats.«

Vor allem jetzt, da zwei von ihnen tot sind, dachte ich. »Gibt's da draußen denn keine wirklich antiken Vampire? Wikinger oder alte Römer oder so?«

Edmond fuhr mit den Fingerspitzen an meiner Kehle hinunter. »Es gab sie mal, aber jetzt nicht mehr.«

»Was ist mit ihnen passiert?«

Er zuckte anmutig mit den Schultern. »Die römischen Vampire sind als Soldaten oder Gladiatoren gestorben, die Wikingervampire während der Invasionen umgekommen. Wir sind nicht unverwundbar. Die Geschichte der Menschheit ist eine einzige Litanei des Gemetzels: Vampire sind bei den Kreuzzügen gestorben, in den Römisch-Persischen Kriegen, in den Napoleonischen Kriegen, in den Krimkriegen, in den Weltkriegen, in Vietnam und in jedem anderen Krieg dazwischen. Wir sind der Spanischen Inquisition zum Opfer gefallen. Wir wurden als Hexen gejagt. Wir haben unsere Köpfe an die Guillotine verloren.« Seine Hand wanderte von meinem Hals zu meinem Bauch hinunter. Seine Augen wirkten einen Hauch dunkler, aber eher vor Traurigkeit als vor Erregung. »Ewig zu leben, ist härter, als es den meisten bewusst ist. Das war es vor allem in jenen Zeiten, in denen die Menschen uns einfach töteten, wenn sie wussten, was wir waren. Für ein paar von uns wurde die Einsamkeit schlichtweg unerträglich. Ich bin bei Weitem nicht der einzige Vampir, der schon mal mit dem Gedanken gespielt hat, sich das Leben zu nehmen.«

Schweigend saugte ich alles auf, was er mir erzählte.

»Warum hast du mich das gefragt?«, wollte er dann wissen.

»Ich versuche, abzuschätzen, eine wie große Bedrohung Jemima darstellt.«

Edmond lächelte, scharf und kalt. »Ysanne wird genauso mit ihr fertig wie ich mit Etienne.«

Ich nahm seine Hand und drückte sie ganz fest. Ich hatte mir schon früher mit grimmiger Befriedigung ausgemalt, was passieren würde, falls Edmond Etienne jemals in die Finger bekam, aber nun jagte mir der Gedanke richtig Angst ein. Wer wusste schließlich, welche fiesen Tricks Etienne noch aus dem Ärmel schütteln würde?

»*Mon ange*? Was ist denn los?« Etienne küsste die Falte zwischen meinen Augenbrauen.

»Gar nichts.« Ich verdrängte meine Ängste. Ich musste zumindest positiv denken.

Er stützte sich auf einem Ellenbogen ab und schaute zu mir herunter. Obwohl ich nicht mehr atmen *musste*, hatte ich das Gefühl, ich *könnte* es gar nicht, so als hätten mir pure Emotionen die Brust und die Lunge zugeschnürt. Es war beinahe Furcht einflößend. Wie konnte eine Person allein dafür sorgen, dass ich dieses Gefühl der absoluten Erfüllung empfand? Wie konnte ich Edmond so sehr lieben? Aber das tat ich. Ich spürte meine Liebe für ihn in meinem Herzen, in meiner Seele, tief in meinen Knochen. Er ging mir unter die Haut, und ich wollte, dass er für den Rest unseres Lebens dort blieb, wie lange es auch immer dauern würde.

»Was glaubst du, wie viel Zeit wir noch haben, bevor wir wieder zurück ins Büro müssen?«, flüsterte ich.

Edmonds Augen funkelten rot. »Was hattest du denn im Sinn?«

»Was glaubst du wohl?« Ich knabberte an seiner Unterlippe.

Das Rot in seinen Augen loderte noch heller. »Ich glaube, wir haben noch Zeit.«

Vierzig Minuten später gingen wir wieder nach unten. Ich fühlte mich so träge wie eine Katze, während Edmond besonders selbstzufrieden wirkte.

»Wir sollten öfter so eine Pause einlegen«, sagte ich.

»Ich bin allzeit bereit.«

Wir bogen auf den Korridor ab, der zu Caoimhes Büro führte, und prallten beinahe mit Roux zusammen, die aus der entgegengesetzten Richtung kam.

»Da seid ihr ja«, sagte sie. Sie sah aus, als wollte sie noch etwas hinzufügen, überlegte es sich dann jedoch anders und betrachtete mein Haar.

»Was?«, fragte ich.

Ihre Mundwinkel zuckten. »Du siehst aus, als hättest du dich bestens amüsiert.«

Hastig strich ich mein Haar glatt, das sich tatsächlich ein wenig wild anfühlte. Ich schaute Edmond an, aber er sah genauso geschniegelt und perfekt aus wie immer. Natürlich.

»Wie dem auch sei …« Roux faltete die Hände. »Da ist noch was, das ihr euch ansehen solltet.«

Edmond und ich wechselten einen Blick und mein Nach-dem-Sex-Glühen verblasste. »Was Schlimmes?«, fragte ich.

»Nicht direkt. Kommt mit.«

Wir folgten ihr ins Büro, wo die anderen bereits warteten. Jason saß auf dem Stuhl am Schreibtisch, während Caoimhe und Ysanne hinter ihm standen und misstrauisch auf den Laptop starrten.

»Jason hatte die Idee, mal auf den üblichen Vladdict-Seiten nachzusehen, um abschätzen zu können, was das Stimmungsbarometer nach Etiennes Stellungnahme so sagt. Und dabei hat er das hier gefunden.«

Roux drehte den Laptop zu uns um.

Ein pausiertes Video erfüllte den Bildschirm: Ein junges Mädchen saß, mit dem Rücken an ein Bett gelehnt, auf dem Boden. Ich hatte sie noch nie zuvor gesehen, aber den Benutzernamen unter dem Video kannte ich.

Nikki Flynn.

»Oh«, sagte ich, weil ich keine anderen Worte fand.

Nun, da ich wusste, wer sie war, konnte ich ein wenig von Dexter in ihren Gesichtszügen erkennen. Sie hatten das gleiche Kinn und die gleichen warmen Augen. Doch während Dexters Kopf kahl rasiert gewesen war, hatte seine Tochter eine dichte dunkle Lockenmähne, wie die Frau in dem Medaillon. Sie war erst dreizehn, aber in ihrem angespannten Kiefer lag etwas absolut Entschlossenes. Ich erinnerte mich wieder daran, dass Dexter mir erzählt hatte, wenn Nikki sich erst mal was in den Kopf gesetzt hatte, würde sie sich nicht mehr davon abbringen lassen.

Roux drückte auf Play.

»Inzwischen habt ihr wahrscheinlich alle das Video gesehen, das Etienne heute Morgen veröffentlicht hat«, sagte Nikki. »Ich bin hier, um euch zu sagen, dass er nur Scheiße erzählt. Ysanne hat heimlich Vampire erschaffen und sie beinahe verhungern lassen? Was für ein Bullshit. Ysanne war diejenige, die die Vampire der Welt enthüllt und die dabei geholfen hat, die Regeln aufzustellen, nach denen alle Vampire heute leben – einschließlich der sehr offensichtlichen Regel, dass sie *keine Menschen verwandeln dürfen*. Warum sollte sie nach zehn Jahren urplötzlich anfangen, gegen ihre eigenen Regeln zu verstoßen? Und was zur Hölle hätte sie davon, den Vampirrat auszulöschen?«

Nikki rückte näher an die Kamera heran, Wut blitzte in ihren Augen. »Mein Dad war Sicherheitschef in Belle Morte, und er hat mir immer erklärt, er würde Ysanne sein Leben anvertrauen. Und sie vertraut ihm genauso. Sie arbeiten zusammen, seit die Vampirhäuser gegründet wurden, und Ysanne würde ihm niemals wehtun. *Niemals.* Ich habe keine Ahnung, was in Belle Morte los ist, aber es ist sicher nicht das, was Etienne behauptet. Er lügt. Hört nicht auf ihn. Verlangt die Wahrheit.«

Das Video endete.

»Sie spricht immer noch in der Gegenwartsform von Dexter«, sagte ich.

»Das ist mir auch aufgefallen. Wenn sie glaubt, Etienne hätte bei allem anderen gelogen, glaubt sie wahrscheinlich auch, er hätte gelogen, was den Tod ihres Dads betrifft«, erwiderte Roux.

»Das ist das Einzige, wobei er *nicht* gelogen hat.«

»Ich weiß.« Roux' Stimme klang furchtbar traurig.

»Wie viele Leute haben das gesehen?«, wollte Edmond wissen.

»Nikki hat nur ein paar Follower in den sozialen Medien, deshalb hat es anfangs fast niemand gesehen. Aber vor einer halben Stunde wurde das Video auf ein paar der größeren Vladdict-Seiten gepostet, und es verbreitet sich immer weiter. Es hat zwar nicht so viel Aufmerksamkeit erregt wie Etiennes, aber es ist auch noch nicht so lange online.«

»Und was bedeutet das?«

»Es bedeutet, dass Etienne nicht mit dieser Variablen gerechnet hat«, antwortete Roux. »Er ist nicht so dumm, zu glauben, er könnte Belle Morte ewig einem Lockdown unterziehen, deshalb hat er euch ja öffentlich beschuldigt. Obwohl er nicht weiß, dass Beweise gegen ihn existieren, wird er es nicht riskieren, irgendeinen von uns am Leben zu lassen. Ich vermute, er wird Jason und mich umbringen, um es euch in die Schuhe schieben zu können – und euch dann zur Strafe töten. Alternativ könnte er uns aber auch alle auf einmal umbringen und behaupten, wir wären bei dem Versuch gestorben, uns unserer gerechten Strafe zu entziehen. Der Punkt ist, er hofft, uns in den nächsten paar Tagen aus unserem Versteck zu locken. Solange könnte er Belle Morte auf jeden Fall von der Außenwelt abschirmen und das Haus erst wieder öffnen, wenn er sich sicher ist, dass die Wahrheit mit uns gestorben ist. Aber Nikki hat ihm vielleicht gerade einen Strich durch die Rechnung gemacht. Wenn die Leute jetzt anfangen, Etienne infrage zu stellen, wird sich sein Aktionsfenster ziemlich schnell schließen.«

»Angenommen, irgendjemand *nimmt* sie ernst. Sie ist schließlich noch ein Kind«, bemerkte Ysanne.

»Die Vladdict-Seiten, auf denen das Video gepostet wurde, haben Millionen Follower. Selbst wenn nur ein Bruchteil von ihnen Nikki glaubt, genügt das, um Zweifel an Etiennes Anschuldigungen zu streuen und ihn unter Druck zu setzen, auf Nikkis Behauptungen zu reagieren.«

»Aber wie soll Etienne überhaupt wissen, dass Nikki es gesagt hat? Ich kann mir irgendwie nicht vorstellen, dass er Social Media nutzt«, warf ich ein.

»Wenn er will, dass die Leute melden, wenn sie uns sichten, dann muss er auf dem Laufenden bleiben, was außerhalb von Belle Morte passiert. Susan oder eine der anderen korrupten Wachen hilft ihm wahrscheinlich dabei. Und sie werden auch von diesem Video hören«, versicherte Roux.

»Ist Nikki dann nicht in Gefahr?«, fragte Jason stirnrunzelnd. »Kann Etienne nicht herausfinden, wo sie wohnt?«

»Dexters Adresse befindet sich in meinem Büro«, räumte Ysanne ein.

»Scheiße.« Ich betrachtete erneut das Mädchen auf dem Bildschirm und musste an den Stolz und die Liebe in Dexters Augen denken, als er von seiner Tochter gesprochen hatte. Wir konnten nicht zulassen, dass Etienne sie sich schnappte. »Wir müssen sie warnen.«

»Wir könnten ihr eine Nachricht schicken, aber ich hab das Gefühl, sie würde uns nicht glauben.« Roux tippte mit dem Finger auf die Schreibtischplatte. »Ich weiß, es ist riskant, aber ich glaube, wir müssen persönlich mit ihr sprechen.«

»Es wird noch Stunden dauern, bevor wir wieder in England sind. Was, wenn es dann bereits zu spät ist?«, fragte Caoimhe.

»Ich dachte eher an einen Videoanruf«, erklärte Roux.

»Wir können durch diese Maschine mit ihr sprechen?«, meldete sich Ludovic zu Wort. Er klang nicht überzeugt.

»O Süßer, natürlich können wir das.« Roux zeigte auf den oberen Rand des Bildschirms. »Siehst du diesen winzig kleinen Kreis? Das ist eine Webcam.«

»Ich habe keine Ahnung, wovon du sprichst«, gab Ludovic zu.

»Ich weiß, und das ist total entzückend.« Roux drehte sich zu mir um. »Wenn das alles hier erst mal vorbei ist, musst du diesen Vampiren dringend einen Crashkurs in moderner Technik geben.«

Ich salutierte gehorsam.

Roux' Finger flogen über die Tastatur, und ihre Nägel klapperten leise. »Okay, ich hab Nikki eine Nachricht geschickt. Jetzt können wir nur noch abwarten. Wahrscheinlich kriegt sie gerade haufenweise Nachrichten von allen möglichen Leuten, deshalb könnte es eine Weile dauern, bis wir von ihr hören.«

»Vielleicht schreibt sie uns auch gar nicht zurück«, fürchtete Jason.

»Doch, das wird sie«, erwiderte ich, steckte die Hand in die Hosentasche und schloss die Finger um Dexters Medaillon. »Sie will die Wahrheit genauso herausfinden wie alle anderen auch, vor allem in Bezug auf das, was Etienne über ihren Dad gesagt hat.«

»Und wir dürfen ihr erzählen, dass Dexter wirklich tot ist, wir Glückspilze«, grummelte Jason düster und ließ sich auf seinem Stuhl zurücksinken.

»Ich werde es ihr sagen«, beschloss ich.

Ich war die Letzte gewesen, mit der Dexter gesprochen hatte. Ich war diejenige, der er das Medaillon gegeben hatte, und ich hatte ihm versprochen, es Nikki zu geben. Auch wenn ich es mir anders vorgestellt hatte, es ihr zu sagen, lag es trotzdem in meiner Verantwortung.

Wir mussten nicht lange warten. Nach einer halben Stunde erhielt Roux eine Antwort.

»Okay«, sagte sie, während sie die Zeilen überflog. »Die schlechte Nachricht ist: Sie ist nicht davon überzeugt, uns vertrauen zu können. Die gute Nachricht ist: Sie ist bereit für einen Videochat.«

»Ich nehme an, du weißt, wie das geht?«, fragte Caoimhe.

Roux bedachte sie mit einem *Oh, bitte*-Blick.

Trotz der Entschlossenheit, die ich in dem Video auf Nikkis Gesicht erkannt hatte, erwartete ich, ein nervöses, vielleicht sogar verängstigtes Mädchen zu sehen. Ich hätte es besser wissen müssen.

Nikki Flynn funkelte uns auf dem Bildschirm entgegen. Sie hatte die Arme verschränkt, und ihr Haar stand in alle Richtungen ab, wie bei einem wütenden Pudel.

»Hi, Nikki«, begann ich. »Weißt du, wer ich bin?«

Sie funkelte nur noch finsterer. »Sollte ich das?«

Da ihr Vater so tief in die Welt der Vampire verstrickt gewesen war, hatte ich angenommen, sie hätte zumindest ein gewisses Interesse an ihnen und ihren Spendenden, aber vielleicht irrte ich mich auch.

»Ich bin Renie Mayfield, die Spenderin, die illegalerweise in eine Vampirin verwandelt wurde.«

»Beweise es«, zischte Nikki.

»Würde dir mein Wort genügen?«, fragte Ysanne und trat vor die Webcam.

Nikki entgleisten für einen Moment die Gesichtszüge, doch dann kehrte das Funkeln wieder zurück.

»Wo seid ihr?«, fragte sie.

»Es ist sicherer, wenn du das nicht weißt«, antwortete ich.

Nikki akzeptierte es mit einem Nicken.

»Aber du bist vielleicht auch nicht mehr in Sicherheit«, mischte Roux sich ein und schob ihr Gesicht ganz nah an meines, damit Nikki sie sehen konnte. »Etienne weiß, wo du wohnst, und es wird ihm definitiv nicht gefallen, dass du dieses Video gepostet hast.«

Nikki schnaubte verächtlich. »Ich habe keine Angst vor ihm.«

Ich ballte die Faust unter dem Schreibtisch und erinnerte mich wieder an die grauenvollen Schmerzen meiner splitternden Knochen. »Du solltest ihn nicht unterschätzen.«

»Seid ihr alle da? Alle, die laut Etienne geflohen sind?«

»Ja, aber nicht, weil wir ...«

»Wo ist mein Dad?«, unterbrach Nikki mich.

Während wir auf Nikkis Nachricht gewartet hatten, hatte ich versucht, mir zurechtzulegen, was ich zu ihr sagen würde, aber jetzt fand ich überhaupt keine Worte mehr.

Aber ich hatte es Dexter versprochen, und Nikki hatte es verdient, die Wahrheit zu erfahren. Ich wusste nur allzu gut, was es für ein Gefühl war, über das Schicksal von jemandem, den man liebte, im Dunkeln gelassen zu werden. Ich würde dieses arme Mädchen nicht durch dieselbe Hölle schicken.

»Es tut mir so leid, Nikki, aber in dieser Sache hat Etienne nicht gelogen. Dein Dad hat es nicht geschafft«, sagte ich.

Meine Worte hallten furchtbar laut durch das Büro. Ich hatte erwartet, dass Nikki zusammenbrechen würde, aber sie hielt ihre steinerne Miene aufrecht.

»Ich glaube dir nicht«, sagte sie.

Beinahe wünschte ich mir, ich könnte es ihr nicht beweisen. Ich hielt das Medaillon hoch.

Nikkis toughe Fassade bekam erste Risse. »Warum hast du das Medaillon von meinem Dad?« Ihre Stimme zitterte ein wenig, und zum ersten Mal klang sie tatsächlich so alt, wie sie war.

Sie mochte vielleicht bereits mit dem Training begonnen haben, um in die Fußstapfen ihres Vaters als Sicherheitschefin zu treten, aber sie war trotzdem noch ein Kind, das seinen einzigen Elternteil verloren hatte.

»Er hat mich gebeten, es dir zu geben«, sagte ich. »Ich war bei ihm, als er gestorben ist. Er war ein echter Held. Er ist gestorben, weil er die Leute beschützt hat, die sich auf ihn verlassen haben.«

»Natürlich ist er das«, fauchte Nikki mich an. Tränen schimmerten in ihren Augen. »Er war mein Dad, so war er nun mal.«

»Ich hätte alles gegeben, um ihn zu retten, aber ich konnte nichts tun. Und jetzt bist du auch in Gefahr.«

Nikki wischte sich mit zitternder Hand die Tränen weg. »Ich will wissen, was wirklich passiert ist.«

Ich erzählte es ihr.

»Dieses verlogene Stück Scheiße«, spuckte sie aus, als ich fertig war.

»Wo sie recht hat ...«, murmelte Jason.

»Wenn ihr euch wieder nach Belle Morte schleichen könnt, dann könnt ihr beweisen, dass Etienne und Jemima für all das verantwortlich sind?«, fragte Nikki.

»Das hoffen wir.« Ich konnte ihr nichts versprechen.

»Werden sie dann bestraft werden?«

»Ich gebe dir mein Wort darauf«, sagte Ysanne.

»Nur, dass ihr nicht wisst, wie ihr nach Belle Morte reinkommen sollt, richtig?« Nikki kaute auf ihrem Daumennagel herum.

»Noch nicht, aber darüber musst du dir keine Gedanken machen«, erwiderte Ysanne.

»Mein Dad ist ihretwegen tot. Ich stecke in dieser Sache mit drin, ob es dir nun gefällt oder nicht«, entgegnete Nikki.

»Du bist erst dreizehn.«

»Das ist mir scheißegal.«

Aus dem Augenwinkel konnte ich sehen, wie Edmond eine dunkle Augenbraue hochzog. Ich versuchte, nicht zu lächeln. Wie es aussah, war ich nicht die Einzige, die bereit war, Ysanne energisch Paroli zu bieten.

»Dad hat immer gesagt, du wärst die stärkste Vampirin, die er jemals getroffen hat. Kannst du das Schloss am Tor nicht einfach aufbrechen?«, fragte Nikki.

»Doch, aber der Sinn der ganzen Übung ist, die Spendenden nach draußen zu schaffen und Susan zu finden, *bevor* irgendjemand mitkriegt, dass wir überhaupt da sind. Wenn wir das Tor aufbrechen, werden uns die Patrouillen entdecken. Etienne wird wissen, dass wir kommen, bevor wir die Villa überhaupt erreichen«, erklärte Ysanne.

»Was ihr braucht, ist ein Ablenkungsmanöver«, verkündete Nikki. Ihre Augenbrauen verzogen sich zu einem dunklen V und sie schürzte nachdenklich die Lippen. »Ich hab eine Idee. Unternehmt nichts, bis ich mich wieder bei euch melde.«

»Nikki, warte«, rief ich, aber sie hatte bereits aufgelegt.

»Ich glaube nicht, dass ich wirklich glücklich damit bin, das Schicksal meines Hauses in die Hände eines Kindes zu legen«, sagte Ysanne und starrte wütend auf den Laptop, als hätte er Schuld daran.

Das war ich auch nicht. Nicht nur, weil Nikki erst dreizehn war und nichts mit all diesem Blut und Tod zu tun haben sollte, sondern auch, weil wir es Dexter schuldig waren, dafür zu sorgen, dass ihr nichts passierte.

»Wir müssen ihr vertrauen. Sie ist Dexters Tochter, sie wird schon nichts Dummes tun«, sagte ich.

Ysanne wirkte nicht überzeugt.

Ich steckte das Medaillon wieder in meine Hosentasche. Wir konnten Nikki nicht davon abhalten, zu tun, was immer sie auch vorhatte. Vielleicht konnte sie uns ja wirklich helfen.

Als ich damals nach Belle Morte gekommen war, hatte ich das Haus mit einem riesigen, schillernden Spinnennetz verglichen, das ahnungslose Spendende anlockte. Nun lauerten Jemima und Etienne als böse Spinnen am äußersten Rand dieses Netzes.

Jemand musste sie aufhalten.

Jemand musste sie zerstören.

KAPITEL 24

Renie

Es war beinahe Mitternacht, bevor wir wieder von Nikki hörten. Meine Nerven waren zum Zerreißen gespannt. Alles, woran ich denken konnte, war, dass Etienne sie finden oder ein paar seiner Handlanger schicken würde, um sie zu verschleppen, wie er es mit mir getan hatte. Meine Verletzungen waren nach der Folter schnell wieder geheilt – Nikkis würden es nicht.

Wieder einmal versammelten wir uns um Caoimhes Schreibtisch, während Roux Nikkis Nachricht las.

»Oh, wow«, stieß sie leise aus.

Nikki hatte alles, was wir ihr über Etienne und Jemima erzählt hatten, an die Vladdict-Seiten weitergegeben, die ihr Video geteilt hatten. Sie hatte zwar keinerlei Beweise, aber das hatte schließlich noch nie verhindert, dass die Gerüchteküche zu brodeln begann. Nikki hatte die Namen der Toten nicht genannt, sondern nur erklärt, in der Villa wären mehrere Personen getötet worden und dass bislang noch niemand wusste, wer sie waren, noch nicht einmal ihre Familien. Sie rief die Familien und Freunde der Spendenden, Angestellten und Wachleute sowie alle anderen, die an Etienne zweifelten, nachdrücklich dazu auf, nach Antworten zu verlangen, indem sie sich morgen Nacht vor Belle Morte versammelten und vor dem Tor demonstrierten, bis ihnen jemand erklärte, was wirklich los war.

In den sozialen Medien kam es zu hitzigen Diskussionen über den Wahrheitsgehalt von Nikkis Anschuldigungen. Wenig überraschend, taten viele ihre Aussagen als kompletten Unsinn ab, doch zahlreiche andere Nutzer nahmen ihre Worte ernst.

»War das wirklich eine gute Idee?«, fragte Jason.

»Ja«, befand ich, als mir klar wurde, was Nikki getan hatte. »Das ist genau die Ablenkung, die wir brauchen. Wenn sich vor Belle Morte genügend Demonstranten versammeln, können wir uns in der Menge verstecken.«

»Trotzdem fürchte ich, wir können davon ausgehen, dass diese Demonstranten eine Handvoll weltberühmter Vampire erkennen werden«, gab Jason zu bedenken.

»Dann müssen wir unsere Berühmtheiten eben irgendwie verkleiden. Wenn wir durch dieses Tor wollen, ist es trotzdem die perfekte Lösung. Wir können uns in der Menge verstecken, und es wird so viel Trubel herrschen, dass niemand mitkriegen wird, wer das Torschloss aufbricht.«

»Und das ist noch nicht alles«, ergänzte Edmond. »Wenn die Menge groß genug ist, werden die Wachen ihre reguläre Patrouille vernachlässigen und nachsehen, was am Tor los ist. Außerdem werden die Demonstranten wahrscheinlich mit uns aufs Gelände stürmen, wenn wir das Tor aufbrechen. Falls Etienne die Rotation der Wachen verändert hat, wissen wir nicht, mit wie vielen wir rechnen müssen oder wo sie sich befinden werden. Aber wenn wir sie alle ans Tor locken können, wird das restliche Anwesen mehr oder weniger unbewacht sein. Dann können wir uns die Notfallschlüssel schnappen und ungestört durch eine der Hintertüren eindringen. Ganz gleich, was für Lügen Etienne ihnen aufgetischt hat, die Sicherheitskräfte von Belle Morte werden keine Zivilisten angreifen.«

»Noch nicht mal, wenn sie eingebrochen sind?«, fragte Roux.

»Nicht in diesem Fall. Die Leute, die Nikki zum Protest aufgerufen hat, werden nach Belle Morte kommen, weil sie Antworten wollen. Sie stellen keine Bedrohung für das Haus dar.«

»Was, wenn die Wachen auf Patrouille diejenigen sind, die für Etienne arbeiten?«, fragte Jason.

»Sie werden es trotzdem nicht riskieren, unschuldige Zivilisten zu töten. Jemima und Etienne verfügen nicht über die nötige Unterstützung, um die Häuser allein durch Gewalt zu halten – deshalb müssen sie uns auch töten und die Wahrheit für immer begraben. Im Augenblick stilisieren sie sich selbst als Überlebende von Ysannes dunklen Machenschaften, aber dieses Kartenhaus wird sofort einstürzen, sobald sie anfangen, Leute umzubringen. Das können sie nicht riskieren«, bekräftigte Edmond.

»Außerdem muss die Presse inzwischen Wind von der Sache bekommen haben. Sie werden genau wie alle anderen am Tor sein, und es wird sicher niemand vor laufenden Kameras einen Mord begehen«, fügte Caoimhe hinzu.

»Aber Jemima *will* den Menschen die dunklere Seite der Vampire zeigen«, widersprach ich ihr.

»Aber nicht so«, entgegnete Ysanne. »Sie ist auf die Unterstützung der meisten Vampire im Haus angewiesen, aber sie werden ihr diese Unterstützung verweigern, wenn sie anfängt, die Familien der Spendenden zu töten.«

Roux wirkte aufgewühlt. »Das erscheint mir alles trotzdem noch ziemlich riskant.«

»Hast du eine bessere Idee? Vor allem, nachdem Nikki alles in Bewegung gesetzt hat?«, fragte Ysanne.

»Nein«, murmelte Roux.

»Wir können nicht mit Gewalt einbrechen. Belle Morte ist zu gut geschützt, um einfach so eingenommen zu werden.«

»Aber es wurde bereits eingenommen.«

»Aber das war nicht die Schuld des Hauses«, fauchte Ysanne. »Es war meine Schuld. Ich war zu selbstgefällig mit all den Bällen und Fernsehübertragungen und angesichts der bewundernden Massen. Ich war vollkommen davon überzeugt, dass niemand einen Schlag gegen mich wagen würde. Ich habe geglaubt, alle im Vampirrat wollten dasselbe und dass wir gemeinsam dafür arbeiten würden, es zu erreichen. Ich hätte niemals erwartet, dass uns jemand so hintergehen würde.« Ihre Stimme nahm einen harscheren, rauen Unterton an. »Meine Arroganz hat den Untergang meines Hauses herbeigeführt.«

Niemand erwiderte etwas. Roux und Jason starrten Ysanne mit offenem Mund an, als hätten sie sie noch nie zuvor gesehen. Für sie war sie die Eiskönigin von Belle Morte, die kalte, stahlharte Frau, die über Spendende und Vampire gleichermaßen regiert. Es hatte etwas sehr Verstörendes an sich, sie so aufgelöst zu erleben, sei es auch nur für einen Moment.

Wenn Ysanne nicht Ysanne gewesen wäre, hätte ich sie getröstet, aber ich kannte sie inzwischen gut genug, um zu verstehen, dass es nicht das war, was sie brauchte.

Für Ysanne gehörten Trauer und Trost zu den Dingen, die man nur im Privaten zeigte, nicht vor allen anderen.

»Wie sieht der Plan aus, wenn wir erst mal drin sind?«, griff ich die Diskussion wieder auf, als hätte Ysanne gar nicht gesprochen.

»Zuerst muss ich euch zeigen, wo sich die Geheimgänge befinden«, erwiderte sie.

Sie musste es uns verraten, weil wir ihr sonst nicht helfen konnten, aber ihr Unbehagen darüber war in ihrer steifen Haltung und ihren angespannten Lippen offensichtlich. Ysanne war eine sehr private Frau, die ihre Geheimnisse so gut wie niemandem anvertraute, vor allem nicht, wenn sie etwas mit der Sicherheit ihres Hauses zu tun hatten. Wenn wir erst einmal Bescheid wussten, konnte sie diese Informationen nicht einfach wieder zurücknehmen. Sie konnte vielleicht die Zugangscodes für die Gänge ändern, aber nicht, wo sie sich befanden.

Ysanne skizzierte mehrere grobe Grundrisse, einen für jede Etage von Belle Morte, und markierte mit einem roten X die Ein- und Ausgänge jeder Geheimpassage.

»Seamus wird sich mit einem Team draußen postieren, um zu verhindern, dass die Wachen von Belle Morte mitkriegen, was los ist, oder die Demonstranten zu weit auf das Gelände vordringen. Außerdem wird das Team die Spendenden in Sicherheit bringen, sobald wir sie nach draußen geschafft haben«, erklärte sie.

»Bringen wir sie auch zur Hintertür raus?«, fragte Roux.

»*Du* wirst überhaupt nichts tun. Du kommst nicht mit«, verkündete Ysanne.

»Wie bitte?« Roux richtete sich auf.

»Du und Jason seid Menschen.«

»Genau wie Andrew und Seamus, und die lasst ihr auch nicht zurück«, konterte Roux.

»Sie sind in Vampirsicherheit ausgebildete Mitglieder des

Wachpersonals. Du und Jason nicht. Es ist zu gefährlich«, bestimmte Ysanne.

Roux verschränkte die Arme, ein stählerner Glanz in ihren Augen. »Etienne hat allen erzählt, du hättest Jason und mich entführt, um uns als Spender zu benutzen. Wenn du ohne uns in Belle Morte auftauchst, verleiht das seinen Anschuldigungen neues Gewicht. Wenn wir bei dir sind, können wir sie zurückweisen. Und überhaupt, kannst du dir vorstellen, wie verwirrt und verängstigt sich diese Spendenden im Augenblick fühlen? Jason und ich *sind* Spender, genau wie sie, deshalb werden sie uns auch eher vertrauen als dir.«

Ysannes Nasenflügel bebten leicht.

»Sie hat nicht ganz unrecht«, bemerkte Caoimhe.

»Ich habe schon so viele Spendende im Stich gelassen. Bittet mich nicht, zwei weitere in Gefahr zu bringen«, flüsterte Ysanne und starrte auf die Skizzen hinunter.

»Wir werden dich nicht darum bitten«, warf Jason ein. »Wir sind zu weit gekommen, um jetzt einfach zurückgelassen zu werden. Roux und ich sind uns der Risiken bewusst und du bist nicht für uns verantwortlich.«

Ysanne verzog straff den Mund, und ich war mir sicher, sie würde ihn abweisen. Ich war mir jedoch genauso sicher, dass Roux und Jason ein Nein als Antwort nicht akzeptieren würden.

»Nun gut«, lenkte Ysanne mit knappem Tonfall ein. »Sobald wir in Belle Morte sind, werden wir uns in drei Teams aufteilen. Eines wird dafür verantwortlich sein, die Spendenden nach draußen zu bringen. Die anderen beiden werden Susan Harcourt finden und sich dieses Video beschaffen.«

»Warum drei Teams und nicht zwei?«, fragte ich.

»Die Geheimgänge verschaffen uns einen Vorteil gegenüber Etienne und Jemima, aber wir dürfen deshalb nicht zu selbstgefällig werden. Diesen Fehler werde ich nicht noch einmal begehen. Falls die Sache schiefläuft und wir geschnappt werden, ist es klug, wenn wir nicht alle zusammen sind«, erklärte Ysanne.

Mir fiel auf, dass meine Frage sie nicht zu verärgern schien, obwohl sie sich früher garantiert darüber echauffiert hätte. Hatte ich mir mehr Respekt von ihr verdient, weil ich jetzt eine Vampirin war oder weil ich mich inzwischen als würdig erwiesen hatte?

»Was, wenn Susan zu den Wachen gehört, die draußen patrouillieren?«, fragte ich.

»Das glaube ich nicht. Wenn sie bei dieser Sache wirklich eine so große Rolle gespielt hat, wie Tadhg behauptet, dann wird Etienne sie in seiner Nähe wissen wollen.« Ysanne blickte uns nacheinander an. »Ich will ehrlich zu euch sein. Die Chancen stehen gut, dass es nicht funktionieren wird. Morgen Nacht versammeln sich vielleicht nicht genügend Demonstranten, um uns die nötige Ablenkung zu verschaffen. Wir werden vielleicht gar nicht bis zu Spendenden oder Susan Harcourt vordringen können, ohne erwischt zu werden. Und selbst wenn wir Susan finden, hat sie ihre Zweifel an Etienne inzwischen womöglich überwunden und die Beweise gegen ihn längst vernichtet. Oder vielleicht werden ihre Beweise nicht ausreichen, um alle davon zu überzeugen, dass er lügt. Ich weiß es schlichtweg nicht.«

»Es gibt noch etwas, das wir bedenken müssen«, meldete sich Edmond zu Wort. »Die Spendenden sollten unter dem Schutz des Hauses stehen, dem sie zugeteilt wurden. Bis jetzt ist noch nie einem der Spendenden etwas Böses widerfahren.

Selbst wenn wir beweisen können, dass Etienne und Jemima für all diese Toten verantwortlich sind – selbst wenn wir den beiden das Handwerk legen und uns unser Haus zurückholen können –, ist es vielleicht zu spät, um das Spendersystem noch zu retten. Auch wenn wir Etienne und Jemima besiegen, könnten wir unsere Lebensweise trotzdem verlieren. Darauf müssen wir vorbereitet sein.«

Darüber hatte ich noch gar nicht nachgedacht, und ein Angstschauer huschte über meine Haut. Ysanne hatte mir einst auseinandergesetzt, was mit den Vampiren passieren würde, falls sich die Welt der Menschen gegen sie wenden sollte. Erst jetzt wurde mir bewusst, dass ich damals nicht wirklich verinnerlicht hatte, was sie zu mir gesagt hatte. Es war mir völlig abstrakt erschienen, weil es auf mich selbst keine direkten Auswirkungen gehabt hätte. Jetzt hingegen schon. Wenn das Spendersystem zusammenbrach und die Vampire ihre Häuser verloren, konnten sie nirgendwo mehr hin.

Ich konnte nirgendwo mehr hin.

»Wir dürfen die Hoffnung nicht aufgeben«, sagte Roux leise.

Plötzlich hatte ich einen bitteren Geschmack im Mund. Hoffnung würde uns nicht vor der Sonne schützen oder uns Blut zu trinken geben. Aber nichts von alldem war Roux' Schuld, und sie anzublaffen, würde auch nichts nützen. Sie versuchte nur, zu helfen.

»Bis morgen Nacht zu warten, wird mir ewig vorkommen«, murmelte Jason und legte den Kopf auf Caoimhes Schreibtisch.

»Zumindest gibt es uns genügend Zeit, alles Nötige zu veranlassen, um meine Spendenden nach Hause zu schicken und unsere Reise zurück nach England vorzubereiten«, erwiderte Caoimhe.

»Bist du sicher, dass dabei nichts passieren kann? Keiner deiner Kontakte würde uns der Polizei melden, wie Etienne es will?«, vergewisserte sich Roux.

»Ich vertraue ihnen.«

»Ja, aber Ysanne hat Etienne, Susan und Jemima auch vertraut, und du siehst ja, wohin uns das geführt hat«, konterte Roux.

Ysanne schoss ihr einen vernichtenden Blick zu.

»Das sollte keine Beleidigung sein«, fügte Roux hastig hinzu.

»Sofern du keine bessere Idee hast, sind meine Kontakte die einzige Möglichkeit«, beharrte Caoimhe.

»Auch wieder wahr. Wie können wir helfen?«

»Gar nicht. Aber ich weiß das Angebot zu schätzen«, erwiderte die Lady von Fiaigh.

»Ihr zwei solltet ein bisschen schlafen«, sagte ich zu Roux und Jason. Menschen benötigten mehr Schlaf als Vampire, und vor allem Jason sah aus, als würde er jede Sekunde auf seinem Stuhl einnicken.

»Ja, gute Idee«, fand Roux.

Es lag ein verängstigter Ausdruck in ihren Augen, und ich ahnte, warum. Keiner von uns wusste, wie das Ganze morgen laufen würde, aber Ysanne hatte recht. Wir konnten verlieren und Etienne gewinnen. Wenn das passierte, wären wir erneut auf der Flucht, und ich war mir nicht sicher, ob wir dann nach Fiaigh zurückkehren konnten. Wer konnte schon sagen, ob dies heute Nacht unsere letzte Gelegenheit war, in einem richtigen Bett zu schlafen. Ich wollte positiv denken, genau wie Roux es gesagt hatte, aber ich musste auch auf die harte Realität vorbereitet sein.

Edmond und ich kehrten auf unser Zimmer zurück. Er brauchte dringend Schlaf, nachdem er fast die ganze Nacht wach gewesen war, und vor morgen konnten wir ohnehin nichts weiter tun.

Doch als ich das Zimmer betrat, schloss sich plötzlich eine eisige Faust der Angst um meine Kehle. Ich hatte darauf gedrängt, dass wir nach Belle Morte zurückkehrten, aber Etienne wollte uns alle tot sehen, und wir würden direkt in sein Netz tappen.

Die Menschen und Vampire, mit denen ich mich nach Fiaigh geflüchtet hatte, waren nun ein Teil meines Lebens – sogar Ysanne, – und der Gedanke, einen von ihnen zu verlieren, war beinahe mehr, als ich ertragen konnte.

Aber die Vorstellung, Edmond zu verlieren?

Meine Hände begannen zu zittern.

»Ist alles in Ordnung, *ma chérie*?«, fragte er und schloss die Tür.

Ich fand keine Worte. Ich hatte das Gefühl, mein Blut würde zu Eis gefrieren.

»Renie?« Edmond legte beide Hände auf meine Schultern.

»Ich habe Angst«, flüsterte ich. »Ich habe so eine Scheißangst, Edmond.«

Er raunte mir keine bedeutungslosen Plattitüden zu, wofür ich ihm wirklich dankbar war. Stattdessen schlang er die Arme um mich und drückte mich ganz fest an seine Brust. Ich machte die Augen zu und legte den Kopf auf sein nicht mehr schlagendes Herz.

»Hast du denn keine Angst?«, wisperte ich.

»Um mich selbst? Nein. Um dich?« Er fuhr sanft mit den Fingern durch mein Haar. »Immer.«

Natürlich hatte er keine Angst um sich selbst, nicht nach seinen Erfahrungen im Krieg. Ich berührte den in seiner Seite verwachsenen Schrapnellsplitter und malte mit den Fingerspitzen die Kanten nach.

»Ich werde Etienne umbringen, falls er versucht, dir noch einmal wehzutun«, sagte Edmond, seine Stimme tief und hart, beinahe ein Knurren.

»Was, wenn er dir wehtut?«

»Damit werde ich fertig.«

Ich blickte zu ihm hinauf, mein Herz verkrampft vor Liebe und Furcht. »Schlaf mit mir, Edmond«, flüsterte ich.

Wir liebten uns mit der herrlichen Langsamkeit eines Paares, das noch immer dabei war, den Körper des anderen kennenzulernen. Unser letztes Mal war beinahe manisch gewesen, wir beide überwältigt von Leidenschaft und Verlangen und der tiefen Sehnsucht, zusammen zu sein. Jetzt kosteten wir jede Sekunde aus, zogen jede Berührung, jeden Kuss, jede Bewegung in die Länge, bis sich die in mir aufstauende Erregung schließlich Bahn brach und Lichter hinter meinen Augenlidern explodierten.

»O mein Gott«, keuchte ich, als ich wieder sprechen konnte. »Können wir das bitte jeden Tag machen, für den Rest unseres Lebens?«

Edmond lächelte, und die Spitzen seiner Reißzähne blitzten auf. Seine Augen glänzten rot vor nachhallender Leidenschaft. »Das wäre ganz schön viel Sex, *mon ange*.«

Ich grinste neckisch. »Ich weiß.«

Er stützte sich auf dem Ellenbogen ab, fuhr mit dem Finger von meinen Lippen über meinen Hals hinunter und zwischen meine Brüste. »Vampire haben mehr Ausdauer als Menschen.«

»Ist mir schon aufgefallen.«

Edmonds Zunge folgte der Spur seines Fingers und verharrte kurz über meinem Bauchnabel. Ich wollte, dass er noch tiefer ging, aber dann wäre ich garantiert nicht mehr in der Lage gewesen, geradeaus zu denken.

»Ich hab mich früher immer gefragt, ob die Menschen auch hübscher werden, wenn sie sich in Vampire verwandeln«, murmelte ich.

»So funktioniert das nicht«, erwiderte Edmond und küsste mich auf den Bauch.

»Aber ihr seid alle so verflucht heiß – das ist nicht normal«, neckte ich ihn.

Edmond ließ seine Fingerspitzen wieder an meinem Körper hinaufwandern, hielt jedoch inne, um mit der Hand über jede meiner Brüste zu streicheln. »Traditionell haben Vampire stets nur schöne Menschen verwandelt.«

»Ernsthaft?« Ich setzte mich halb auf und Edmonds Hand fiel von meinem Busen.

»Ich weiß, das klingt oberflächlich, aber in der Vergangenheit war es eine Überlebensstrategie. Uns standen keine Spendenden zur Verfügung. Wir mussten uns das Blut erjagen, und es ist nun mal eine harte Tatsache, dass sich ein hübsches Gesicht besser dazu eignet, mögliche Beute anzulocken.«

Es lag eine gewisse Logik darin, aber ich spürte bei seiner Erklärung dennoch eine gewisse Gereiztheit.

»Ich habe nicht gesagt, dass es *richtig* war, ich habe gesagt, es war notwendig«, fügte Edmond hinzu, als er meinen Gesichtsausdruck sah. »Und Protesterklärungen werden daran auch nichts ändern. Es ist außerdem der Grund, warum die meisten Vampire zum Zeitpunkt ihrer Verwandlung noch relativ jung waren. Wir haben Jugend als Köder benutzt, genau wie Schönheit.«

Ich musste wieder an Jemima denken, die noch jünger aussah als ich. In der Geschichte der Vampire gab es noch so vieles, das ich lernen musste – vorausgesetzt, morgen verlief alles nach Plan.

Ich legte mich wieder hin und kuschelte mich in Edmonds Arme.

»Ich weiß, du machst dir Sorgen, aber ich glaube wirklich, dass wir gewinnen werden«, raunte er mir zu.

»Das hoffe ich. Etienne und Jemima sind schon zu weit gekommen, um sich kampflos geschlagen zu geben.«

»Vielleicht, aber sie *werden* verlieren.« Edmonds Stimme klang hart wie Stahl, und erneut flammte Rot in seinen Augen auf. Ich fragte mich, wie er im Krieg damit umgegangen war. Hatte denn niemand bemerkt, dass ein Feuer in seinen Augen loderte, wenn er wütend wurde? Oder vielleicht hatte es im Eifer des Gefechts auch niemanden interessiert.

»Was ist mit June?«, fragte ich.

Edmond blickte mich für einen langen Moment an, sein Gesicht schattig vor Traurigkeit. »Schlaf jetzt, *mon ange*«, sagte er schließlich und küsste mich auf die Stirn.

Ich wusste, warum er meine Frage nicht beantwortete. Ebenso, wie ich wusste, wie seine Antwort gelautet hätte. Ich war nur noch nicht bereit, sie zu hören.

Am nächsten Morgen fütterten uns die Spendenden zum letzten Mal. Später an diesem Nachmittag würden sie alle von einigen nicht gekennzeichneten Fahrzeugen von Fiaigh nach Hause gebracht werden. Man hatte ihnen versichert, ihre Verträge behielten weiterhin ihre Gültigkeit, und sie könnten in einigen Tagen möglicherweise wieder zurückkehren, solange sie Schweigen darüber bewahrten, was sie gesehen hatten. Sollten sie hingegen irgendwelche Informationen weitergeben, würde ihr Vertrag mit sofortiger Wirkung aufgelöst werden. Den Spendenden von Belle Morte wäre dies vielleicht egal gewesen, nach all den Kämpfen und dem Töten, das sie erlebt hatten, aber die Spendenden von Fiaigh wussten immer noch nicht wirklich, was eigentlich vor sich ging.

Ich machte mir dennoch Sorgen, wenn sie erst wieder zu Hause und über die jüngsten Nachrichten, wir wären flüchtige Verbrecher, auf dem Laufenden waren, könnten sie doch bereit sein, gegen ihre Vertragsauflagen zu verstoßen, und aller Welt erzählen, wo wir waren. Caoimhe versicherte mir jedoch, sie hätte auch darüber nachgedacht. Wir würden Fiaigh schon kurz nach den Spendenden verlassen. Wenn alles nach Plan verlief, konnten wir unsere Namen reinwaschen und sofort damit anfangen, alles wieder aufzubauen. Falls unsere Mission hingegen fehlschlug, würden wir die Flucht ergreifen müssen und konnten nicht mehr nach Fiaigh zurückkehren.

Ich verbrachte den Tag in einem Dauerzustand der Angst. Roux und Jason wechselten sich damit ab, die verschiedenen Social-Media-Kanäle im Auge zu behalten, die Nikkis Video als Erste geteilt hatten. Obwohl sie berichteten, wie viel Aufmerksamkeit das Video erregt hatte und wie viele Leute davon sprachen, sich an diesem Abend vor Belle Morte zu versammeln, war mir durchaus bewusst, dass Worte manchmal nur Schall und Rauch waren. Es gab keine Garantie, dass auch nur einer von ihnen tatsächlich auftauchen würde, und falls sie es nicht taten, würden wir nicht weiter kommen als bis zu Belle Mortes Tor.

Ich wollte diese ganze Sache einfach nur hinter mich bringen, doch als der späte Nachmittag näher rückte und wir Fiaigh verlassen mussten, wünschte ich mir plötzlich mehr Zeit. Mein Magen fühlte sich an, als hätte ich einen Klumpen Blei verschluckt, und mein Geist war ein einziger Knoten aus Furcht und Emotionen. Ich hatte Angst, nach Belle Morte zurückzukehren. Angst, die Wahrheit ans Licht zu zerren. Angst, Etienne und Jemima wiederzusehen. Angst vor June. Aber ich würde verflucht noch mal auf keinen Fall hier sitzen bleiben, während meine Freunde ohne mich loszogen.

Caoimhe hatte einen Flieger organisiert, der uns zurück nach England bringen würde. Allerdings würden wir nicht vom selben Flughafen abfliegen, an dem wir in Irland angekommen waren, nur um ganz sicherzugehen. Stattdessen teilten wir uns in kleine Gruppen auf und fuhren in einem versetzten Konvoi zu einem Privatflughafen mehrere Kilometer nördlich von Fiaigh. Acht von Caoimhes Vampiren und sechs Mitglieder ihres Sicherheitsteams begleiteten uns. Ich hatte auf mehr gehofft. Wir gingen nicht nach Belle Morte, um einen Kampf anzuzetteln, aber das bedeutete nicht, dass es nicht dazu kommen würde. Und dank all der Vampire, die Etienne erschaffen hatte, waren er und Jemima uns zahlenmäßig trotzdem überlegen.

Drei Minivans mit getönten Fensterscheiben warteten in England am Flughafen auf uns. Ich hatte keine Ahnung, wie Caoimhe das alles arrangiert hatte, aber ich war auch nicht so dumm, sie danach zu fragen. Es war bereits so dunkel, dass ich einige schützende Hüllen fallen lassen konnte, was ich auch tat, bevor wir in den Wagen stiegen. Falls wir rennen mussten, wollte ich nicht, dass mich irgendetwas aufhielt.

Kaum jemand hatte auf dem Flug etwas gesagt, und die angespannte Atmosphäre wurde nur noch schlimmer, als die Minivans ihre Fahrt nach Belle Morte begannen. Uns allen war sehr bewusst, auf wie viele verschiedene Arten diese ganze Sache schiefgehen konnte.

Ich musste daran denken, wie ich zum ersten Mal meine Reise zu diesem Ziel angetreten hatte, als ganz normales Mädchen, wild entschlossen, herauszufinden, was mit meiner Schwester passiert war. So vieles war seither geschehen. Einiges davon schrecklich. Aber – ich griff nach Edmonds Hand – anderes auch wunderschön. Vielleicht konnte das eine nie ohne das andere existieren.

Wir parkten nicht allzu weit von Belle Morte entfernt. Wenn Nikkis Plan nicht funktionierte, mussten wir schnell wieder verschwinden, bevor die Wachen entdeckten, dass wir da waren.

Unterwegs hatte es leicht zu nieseln begonnen, und nun breitete sich ein Nebel um uns herum aus, als wäre die ganze Welt in einen gräulichen Schleier gehüllt. Doch auch dieser Schleier reichte nicht aus, um zu verbergen, was vor Belle Morte passierte.

Edmond stieß leise etwas auf Französisch aus.

»Heilige Scheiße«, flüsterte ich.

Hunderte Menschen hatten sich vor dem Tor versammelt, drängten sich auf der Straße und dem Gehweg. Es waren weit mehr, als ich es mir je vorgestellt hatte.

Nikki hatte wirklich Sensationelles geleistet.

Der zweite Minivan hielt hinter unserem, dicht gefolgt von dem dritten Wagen. Andrew stieg aus, zwei große Taschen in der Hand. »Schnappt euch alle eine Mütze und einen Schal«, forderte er uns auf.

Roux zog eine schwarze Baseballkappe aus der Tasche und setzte sie sich auf den Kopf. »Es darf uns schließlich niemand erkennen«, sagte sie und zwinkerte mir zu.

Die Erinnerung an jenen ersten Abend, als ich sie kennengelernt hatte – als brandneue Spenderinnen, in einer Limousine sitzend –, traf mich mit solcher Wucht, dass Tränen in meinen Augen brannten. Es kam mir vor, als läge es ein ganzes Leben zurück.

Edmond zog eine weitere schwarze Mütze heraus und hielt sie vorsichtig fest, als könnte sie ihn beißen.

»Nicht ganz dein üblicher Stil, was?«, bemerkte ich. Ich nahm ihm die Kappe ab, setzte sie ihm auf den Kopf und zog sie so tief nach unten, dass das Schild sein Gesicht verdeckte. Dann nahm ich Roux den Schal ab, den sie mir reichte, und wickelte ihn um seinen Hals.

Vampire bewegten sich nicht wie Menschen. Sie zeichneten sich durch eine geschmeidige Anmut aus, die sich manchmal in Raubtierhaftigkeit verwandelte und die kein Mensch wirklich zu kopieren vermochte. Ich bezweifelte jedoch, dass dies in der Menge irgendjemandem auffallen würde.

Ysanne kam zu uns. Um inkognito zu bleiben, hatte sie ihre übliche maßgeschneiderte Kleidung gegen eine Jeans und flache Stiefel eingetauscht, während eine Mütze und ein Schal den Großteil ihres Gesichts verbargen. Wenn ich es nicht besser gewusst hätte, hätte ich niemals geglaubt, dass ich neben der Lady von Belle Morte stand.

»Ganz gleich, was auch passiert, ich will nicht, dass irgendjemand sein Leben riskiert«, warnte sie uns, ihre Stimme durch den Schal ein wenig gedämpft. »Falls irgendetwas schiefläuft, verschwindet ihr aus dem Haus. Verstanden?«

Wir murmelten alle zustimmend.

Edmond nahm meine Hand. »Bist du bereit?«, fragte er.

Das war ich nicht, aber ich nickte trotzdem.

Als wir uns der Menge näherten, teilten wir uns in Paare und kleine Gruppen auf, um uns besser unter die Demonstranten mischen zu können, ohne Aufmerksamkeit zu erregen. Edmond blieb bei mir, hielt meine Hand. Ich war mir nicht sicher, ob er es tat, um mich zu beruhigen oder um sich selbst zu versichern, dass Etienne mich ihm nie wieder wegnehmen würde.

Dutzende Kameras blitzten ringsum auf, und ich wich instinktiv zurück. Edmond zog mich noch näher zu sich heran. »Es ist alles gut«, flüsterte er mir zu.

Die Kameras waren nicht auf uns gerichtet, wurde mir bewusst. Als ich zum ersten Mal hierhergekommen war, hatten sämtliche Paparazzi durcheinandergerufen, um meine Aufmerksamkeit zu erregen und wie wild Schnappschüsse davon zu knipsen, wie ich Belle Morte betrat. Diesmal würdigte mich niemand eines zweiten Blickes.

Die wogende Menge verschob sich um uns, als wir uns einen Weg hindurchbahnten, und die Anspannung hing so schwer in der Luft, dass ich sie praktisch spüren konnte, zäh wie Teer an meiner Haut ziehend. Hunderte Stimmen brüllten Fragen, verlangten Antworten, und mir kam der Gedanke, dass diese ganze Situation sehr schnell sehr hässlich werden konnte.

Ich erhaschte einen Blick auf das gusseiserne Tor von Belle Morte. Fünf Männer in den schwarzen Uniformen des Sicherheitspersonals standen auf beiden Seiten und wirkten unbehaglich. Normalerweise gab es zwei verschiedene Gruppen, die hin und wieder zu den Toren eines Vampirhauses pilgerten:

einerseits Vladdicts und andere Fans, die sich verzweifelt danach sehnten, einen Blick auf die Vampire zu erhaschen, die sie förmlich anbeteten, andererseits die Anhänger einiger Randbewegungen, die Vampire hassten und Beleidigungen skandierten. Die Menge, die Nikki hier versammelt hatte, passte in keine dieser Kategorien, und dem Ausdruck auf ihren Gesichtern nach zu urteilen, wussten die Wachen nicht, wie sie damit umgehen sollten. Wäre Dexter noch am Leben gewesen, er hätte auch in dieser Situation das Kommando übernommen. Aber Etienne hatte offensichtlich noch keine Zeit gehabt, einen neuen Sicherheitschef zu ernennen.

»Hast du auch jemanden da drin?«, fragte mich ein Mann im mittleren Alter zu meiner Rechten.

»Meine Schwester«, antwortete ich.

»Ja, meine Nichte ist auch Spenderin. Wir sind mit der kompletten Familie hergekommen, als wir dieses ganze Zeug im Internet entdeckt haben. Glaubst du, es ist wahr?«

»Jedes Wort.«

Er nickte, sein Gesicht zu düsteren Linien verzogen. Ich rückte von ihm weg und schob mich tiefer in die Menge, versuchte, mich nach vorne zu drängen, ohne Aufmerksamkeit auf mich selbst oder Edmond zu lenken.

Jemand packte mich am Arm. Ich drehte mich um und sah eine kleine Gestalt neben mir stehen, in einen dicken Mantel eingepackt und eine Strickmütze tief über den Kopf gezogen, sodass ihr Gesicht nur schwer zu erkennen war. Dann hob die Gestalt den Blick, und ich schnappte erschrocken nach Luft.

»Nikki? Was *machst* du hier?«

»Helfen, was sonst?«, antwortete sie.

»Du solltest nicht hier sein«, zischte ich ihr zu.

Wir befanden uns in einer potenziell hochexplosiven Situation, und Nikki war noch ein Kind. Warum war ich überhaupt nicht auf die Idee gekommen, sie könnte hier auftauchen? Aber wahrscheinlich hätte es gar keinen Unterschied gemacht, wenn ich daran gedacht hätte, weil ich sie ohnehin nicht hätte aufhalten können. Dadurch fühlte ich mich jedoch kein bisschen besser.

»Pech. Ich gehe nämlich nirgendwo hin«, erklärte Nikki mir.

Ich warf Edmond einen panischen Blick zu. Er neigte den Kopf, um mir ins Ohr flüstern zu können.

»Wir werden sie einfach abschütteln müssen, sobald wir durchs Tor sind«, raunte er mir zu.

Nikki kniff die Augen zusammen. »Was hat er gesagt?«

»Gar nichts«, antwortete ich.

Sie sah nicht aus, als würde sie mir glauben.

Bevor ich es vergaß, zog ich Dexters Medaillon aus meiner Hosentasche und reichte es ihr. Nikkis toughe Fassade bekam erneut einen Riss, durch den die Trauer eines Kindes aufblitzte, das seinen Vater verloren hatte. Dann hängte sie sich das Medaillon um den Hals und steckte es unter ihr T-Shirt. Ihre Miene verhärtete sich zu reiner Entschlossenheit.

»Na, dann wollen wir mal loslegen«, sagte sie.

KAPITEL 25

Edmond

Niemand in der Menge erkannte ihn. Niemand wollte ihm etwas Böses. Und doch war Edmond furchtbar angespannt, jeder Muskel in seinem Körper bereit, zu kämpfen oder zu fliehen.

Der Vampir, der ihn erschaffen hatte – François –, war in seinem eigenen Zuhause von einem wütenden Mob in blutige, zerstörte Fetzen verwandelt worden. Charlotte, die Edmond einst geliebt hatte, hatte einen Lynchmob versammelt, um ihn zu töten, als sie herausgefunden hatte, dass er ein Vampir war. Ein blutrünstiger Mob hatte versucht, ihn und Ysanne zu töten, nachdem Edmond der Guillotine entkommen war.

Das Raubtier in ihm fühlte sich in eine Ecke gedrängt, und zum ersten Mal seit Langem musste er all seine Willenskraft aufbringen, um zu verhindern, dass seine Reißzähne ausfuhren.

Jemand prallte gegen Renie, und sie klammerte sich noch fester an seine Hand, um das Gleichgewicht nicht zu verlieren. Edmond zog sie näher zu sich heran, schirmte sie vor den ausgestreckten Ellenbogen und den scharrenden Füßen ringsum ab. Ganz gleich, wie unbehaglich er sich auch fühlte, er würde es ihr nicht zeigen. Sie war schon verängstigt genug, vor allem jetzt, da Nikki in die Sache mit hineingezogen werden würde.

Er fing Ludovics Blick ein, ein paar Meter entfernt. Sein Freund nickte ihm kaum merklich zu. Roux und Jason drängten sich dicht an ihn, aber Edmond konnte nicht sehen, wo die anderen waren.

»Was jetzt?«, fragte Roux, als sie es fast bis an den vordersten Rand der Menge geschafft hatten.

Edmond warf einen Blick auf die fünf Wachen auf der anderen Seite des Tors. Er kannte sie alle, und keiner von ihnen gehörte zu denen, die Tadhg ihnen genannt hatte. Normalerweise patrouillierten zehn bis fünfzehn Wachen auf dem Gelände, Tag und Nacht. Etienne hatte die Patrouillen also entweder reduziert, oder ihr Ablenkungsmanöver war noch nicht groß genug, um auch die restlichen Wachen von ihren Posten zu locken.

»Es reicht noch nicht, oder?«, fragte Renie, als sie den Ausdruck auf seinem Gesicht las.

Edmond bekam nicht die Chance, ihr zu antworten.

Als Nikki Renies Frage hörte, wirbelte sie herum und drängte sich zurück in die Menge.

Renie rief ihr nach, aber Edmond schüttelte warnend den Kopf. Wenn Etienne und Jemima Wind davon bekamen, dass sie hier waren, konnte die ganze Sache vorbei sein, bevor sie überhaupt durch das Tor waren.

»Sie ist erst dreizehn«, zischte Renie.

»Mir gefällt das genauso wenig wie dir, aber wir müssen darauf vertrauen, dass sie nichts Dummes anstellt«, sagte Edmond.

Dennoch spürte er ein besorgtes Stechen in der Brust, als Nikki von der wogenden Masse verschluckt wurde.

Ein oder zwei Minuten lang passierte gar nichts. Dann entdeckte Edmond Nikkis kleine Gestalt, die sich aus der Menge löste. Sie rannte auf das nächstbeste parkende Auto zu und kletterte aufs Dach.

»Was *tut* sie denn da?«, fragte Renie.

»Genau das, wozu sie hergekommen ist – sie sorgt für die Ablenkung, die wir brauchen«, sagte Edmond.

Er war nicht glücklich darüber, dass Nikki hier war, aber er konnte den Mut und die Entschlossenheit dieses Mädchens nur bewundern. Dexter wäre stolz auf sie gewesen.

»Warum erzählen sie uns nicht die Wahrheit?«, schrie Nikki. »Wer hat diese Spendenden wirklich getötet?«

Zahlreiche Gesichter drehten sich zu ihr um, und Edmond knuffte Renie in die Seite, damit sie dasselbe tat. Sie mussten so tun, als wären sie aus demselben Grund hier wie alle anderen auch.

»Warum sagen sie uns nicht, wer gestorben ist? Was, wenn sie lügen? Was, wenn sie *alle* Spendenden umgebracht haben und jetzt versuchen, das Ganze zu vertuschen?«, brüllte Nikki.

Da ihre Lockenmähne verdeckt war und sie sich die Strickmütze bis über die Augen gezogen hatte, bezweifelte Edmond, dass irgendjemand sie als das Mädchen aus dem Video erkannte. Aber es zählte nur, dass sie ihr trotzdem zuhörten.

Zwar nicht alle, aber genügend.

»Unsere Familien sind da drin. Sie müssen uns die *Wahrheit* sagen«, forderte Nikki weiter.

Mehrere Stimmen brüllten zustimmend. Edmond blickte über die Schulter. Inzwischen standen sieben Wachen am Tor und sprachen nervös miteinander. Einer von ihnen gestikulierte in Richtung der Villa und Edmond spürte ein alarmiertes Kribbeln. Sie hatten geglaubt, Etienne gegenüber endlich einen Vorteil zu haben, wenn sie eine Situation schufen, auf die er nicht vorbereitet war – aber was, wenn er darauf vorbereitet *war*? Was, wenn er neue Lügen zur Hand hatte, die er diesen Leuten auftischen konnte?

»Wenn sie uns keine Antworten geben wollen, müssen wir sie uns eben *holen*«, schrie Nikki und reckte eine Faust in den Himmel.

Renie klammerte sich mit beiden Händen ans Tor und rüttelte daran. »Lasst uns rein«, brüllte sie.

Die Energie der Menge veränderte sich erneut, wurde düsterer, gewaltbereiter, als sich die Demonstranten von Nikki ab- und wieder dem Tor zuwandten, drängend und grölend. Das nervöse Kribbeln auf Edmonds Haut wurde noch stärker. Diese Leute waren nur ein brennendes Streichholz davon entfernt, zu explodieren. Sosehr sie diese Ablenkung auch brauchten, um nach Belle Morte zu gelangen, es sollte dabei niemand verletzt werden.

Andere fingen an, mit Renie am Tor zu rütteln, und zwei weitere Wachen rannten von der linken Hausseite herbei. Einer von ihnen legte eine Hand auf das in einer Scheide an seiner Hüfte steckende silberne Messer und Edmond verzerrte die Lippen. Kenneth Foster – eine der Wachen, die laut Tadhg für Etienne arbeiteten.

Edmond würde sich um ihn kümmern, sobald sie durch das Tor waren.

Renie schaute zu ihm herauf, noch immer mit Schatten der Angst in den Augen, aber es lag auch so viel Vertrauen in ihrem Blick. Er wünschte, er hätte Zeit, sie zu küssen. Stattdessen schwor er sich, sich von nichts und niemandem davon abhalten zu lassen, die Wahrheit über Etiennes Lügen ans Licht zu bringen und dafür zu sorgen, dass Renie nichts passierte. Sie würde ihr Leben nicht auf der Flucht zubringen. Ysanne hatte sie gewarnt, ihr Leben nicht zu riskieren, und Edmond hatte ihr zugestimmt, genau wie die anderen. Aber er hätte alles für die Frau riskiert, die hier an seiner Seite stand.

Er packte das Tor mit beiden Händen und testete die Stärke des Schlosses. Ein jüngerer Vampir hätte es nicht aufbrechen können, aber Edmond schon. Es würde allerdings nicht leicht werden – dieses Tor war speziell entworfen worden, um Vampire fernzuhalten, auch die ältesten und stärksten unter ihnen. Ein blasses Paar Hände schloss sich neben seinen um die Gitterstäbe des Tors, und er drehte sich um und sah Ludovic neben sich, vorsichtig unter seiner schwarzen Kappe lächelnd.

»Auf ein Neues ins Gefecht«, murmelte Ludovic.

Ein Soldat in den Schützengräben hatte dies einst zu ihnen gesagt, kurz bevor er im Kugelhagel in einen blutigen Haufen Fleisch verwandelt worden war. Doch gegen Etienne und Jemima zu kämpfen, war nicht dasselbe. Diesmal befanden sie sich nicht im Krieg. Dennoch hatten Edmond und Ludovic so viel gesehen und gemeinsam überlebt, dass es richtig schien, nun erneut gemeinsam hier zu stehen und einem neuen Feind gegenüberzutreten.

Edmond wappnete sich innerlich, stand Schulter an Schulter mit Ludovic, die Menge brüllend und rempelnd um sie herum – und dann *drückten* sie zu.

Das Tor knarrte, ächzte, widersetzte sich den beiden Vampiren. Edmond biss die Zähne zusammen und drückte noch fester, bis das laute Krachen von Metall zu hören war, das Schloss zerbrach und das Tor aufschwang.

Die Woge der vorwärtsströmenden Menge prallte gegen Edmond und hätte ihn von den Füßen gerissen, wenn er ein Mensch gewesen wäre. Er schlang einen Arm um Renies Taille und riss sie aus der Flut aus Körpern, die sich auf das Anwesen von Belle Morte ergoss.

»Scheiße, glaubst du, wir haben es zu weit getrieben?«, fragte sie, als die Menge zum Haus schwärmte und begann, gegen die Türen und verschlossenen Fenster zu hämmern. Edmond fiel auf, dass das Fenster im Speisesaal, durch das Caoimhe geflohen war, noch immer zertrümmert war. Er spielte kurz mit dem Gedanken, das Haus auf diesem Weg zu betreten, verwarf die Idee dann jedoch wieder.

Jeder, der ihn bei diesem Sprung beobachtete, würde wissen, dass er ein Vampir war, und wenn die Wachen erfuhren, dass sich noch andere Vampire in Belle Morte befanden, würden sie Etienne über Funk warnen. Das konnte Edmond nicht riskieren.

»Sie werden nicht ins Haus gelangen. Sobald wir die Spendenden rausbringen, wird sich die Menge wieder beruhigen«, versicherte er ihr.

Roux rannte zu ihnen, ihre Kappe schief auf dem Kopf. »Ich wär' beinahe nicht mehr da rausgekommen«, keuchte sie atemlos.

Ludovic, Jason und Ysanne folgten dicht hinter ihr. Ysannes Augen hatten die Farbe von Feuer und Blut.

Einen Moment später schloss auch Caoimhe zu ihnen auf, zusammen mit den anderen aus Fiaigh. »Ihr drei bleibt hier draußen und helft dabei, die Menge unter Kontrolle zu halten«, befahl sie und zeigte auf ihre Wachen. »Es hat keinen Sinn, die Spendenden in Sicherheit zu bringen, wenn ihre Familien dabei niedergetrampelt werden.«

Edmond war sich nicht sicher, wie viele in der Menge tatsächlich Familienangehörige der Spender waren, aber Caoimhe hatte trotzdem recht. Sie waren hier, um zu *verhindern*, dass noch jemand verletzt wurde.

»Lasst uns gehen«, sagte er.

Die Menge war zu sehr auf die Villa konzentriert, um die Gruppe mit den dunklen Kappen und Schals zu bemerken, die sich zur linken Seite des Anwesens schlich. Edmond sah, wie Ysanne zusammenzuckte, als ihre Blumenbeete und Rosenbüsche niedergetrampelt wurden. Aber lieber die Blumen als die Menschen.

Kenneth Foster hatte sich von den anderen Wachen gelöst und sprach aufgeregt in sein Funkgerät. Er sah Edmond gar nicht kommen. Edmond verpasste dem Mann einen schnellen, harten Schlag auf den Hinterkopf, und Kenneth brach ohnmächtig auf dem taubedeckten Gras zusammen. Edmond zerquetschte sein Walkie-Talkie mit einer Hand, nahm ihm dann die silbernen Messer ab und reichte sie Seamus und Andrew.

Ysanne stieg über den erledigten Wachmann hinweg, als wäre er gar nicht da.

Ihre Miene glich einer unergründlichen marmornen Maske.

Sie ging ihnen durch die Gärten voraus, vorbei an den winterkahlen, die Steinmauer säumenden Bäumen, den liebevoll angelegten Blumenbeeten und der großen Eiche, unter der Renie einst Junes Grab vermutet hatte. Renie blieb davor stehen und blickte zu dem Baum hinauf, bis Edmond eine Hand um ihren Ellenbogen schloss.

»*Mon ange?*«, sagte er.

Renie wandte die Augen wieder von dem Baum ab. Zum ersten Mal seit Fiaigh loderte echte Wut darin – diese feurige Entschlossenheit, die Edmond von Anfang an fasziniert hatte.

»Ganz gleich, was passiert, Etienne wird dafür bezahlen«, sagte sie.

»Ich will ja nicht die Pferde scheu machen, aber hätte uns nicht längst jemand begegnen sollen?«, fragte Caoimhe und ließ den Blick über die dunklen Rasenflächen und Hecken schweifen. »Weitere Wachleute?«

Ysanne steuerte direkt auf die steinerne Bank zu, die im Schatten des Hauses stand, dicht vor der hoch aufragenden Mauer. Bei Caoimhes Worten hielt sie inne, neigte den Kopf zur Seite und lauschte.

»Ich kann niemanden hören, abgesehen von der Menge vor dem Haus«, sagte sie.

Auch Edmond hörte nichts, und es meldete sich auch keiner seiner kriegserprobten Instinkte, um ihn mit einem Kribbeln vor Gefahr zu warnen.

»Ich vermute, Etienne hat den Großteil des Wachpersonals ins Innere des Hauses verlegt, um sicherzugehen, dass seine kleine Armee nicht außer Kontrolle gerät«, sagte Ysanne.

»Großartig. Noch mehr Leute, vor denen wir uns verstecken müssen, wenn wir erst mal drin sind«, brummte Renie.

Ysanne stolzierte zu der Steinbank hinüber und kippte sie mit einer Hand um. Sie landete mit einem leisen, dumpfen Schlag auf dem winterharten Boden. An der Unterseite des linken Beins, durch die an dem Stein klebende Erde und das Gras kaum zu erkennen, befand sich ein kleiner Lederbeutel. Ysanne öffnete ihn und zog einen Schlüsselbund heraus.

»Was, wenn irgendwann mal jemand diese Bank verschoben und die Schlüssel gefunden hätte?«, fragte Roux.

Ysanne warf ihr einen vernichtenden Blick zu. »Niemand in Belle Morte darf ohne meine Erlaubnis Möbel verrücken.«

»Es darf auch niemand illegal Leute verwandeln, und du siehst ja, wie gut das funktioniert hat«, grummelte Roux.

Ysannes Lippen wurden sehr dünn.

Sie nahm einen Schlüssel von dem kleinen Ring und reichte ihn Edmond. »An dieser Stelle teilen wir uns auf. Du, Renie, Roux und Jason übernehmt das Erdgeschoss und kümmert euch um die Spendenden. Tut, was immer ihr tun müsst, um sie sicher nach draußen zu bringen. Der Rest von uns geht durch die zweite Hintertür rein, an der wir uns ebenfalls in zwei Gruppen aufteilen werden, angeführt von Caoimhe und mir. Falls sich die Rotation der Wachen geändert hat, haben wir keine Ahnung, wo Susan sich aufhält, und müssen uns auf die Geheimgänge verlassen, um die Villa zu durchsuchen, bis wir sie finden – und dieses Video.«

Ysanne drehte sich zu Seamus und den drei anderen Sicherheitsleuten aus Fiaigh um. »Ich will, dass ihr an der Tür Wache steht und helft, die Spendenden in Sicherheit zu bringen, wenn es so weit ist. Wir wissen noch nicht, durch welchen Ausgang sie rauskommen werden. Das hängt ganz davon ab, was in der Villa passiert, deshalb müssen an jeder Tür zwei von euch Posten beziehen.«

Seamus salutierte ihr knapp.

»Viel Glück, euch allen«, wünschte Caoimhe.

Sie, Ysanne, Ludovic, Andrew und die acht Vampire aus Fiaigh drangen weiter auf das Anwesen vor, zur zweiten Hintertür auf der rechten Seite der Villa, nicht weit von Ysannes Büro entfernt.

»Seid ihr bereit?«, fragte Edmond seine eigene kleine Gruppe.

Roux und Jason nickten. Renie ließ sich ein wenig länger Zeit, bevor sie reagierte. Sie starrte an Belle Morte hinauf, die rotbraunen Strähnen vom Wind um ihr Gesicht gepeitscht, ihre Augen hart und traurig.

Edmond fragte sie nicht, was sie dachte oder fühlte. Er nahm einfach nur ihre Hand, um sie wissen zu lassen: Was immer ihr auch durch den Kopf ging, er war hier.

»Bringen wir die Sache zu Ende«, sagte sie schließlich. Sie lächelte ihn an, aber es wirkte nervös und angespannt.

Edmond ging zur Hintertür.

»Sind wir uns überhaupt sicher, dass sie abgeschlossen ist?«, fragte Jason. »Ich kann mich nicht daran erinnern, dass die Wachen sie je aufgeschlossen hätten, um uns rauszulassen.«

»Etienne hat die Hälfte der Wachen von ihren üblichen Patrouillen abgezogen. Er hält alle anderen im Haus fest, während er, vermutlich, seinen nächsten Schritt plant. Er hat garantiert sämtliche Türen abschließen lassen«, erwiderte Edmond.

»Und werden sie trotzdem noch von innen bewacht?«, fragte Renie.

»Es gibt nur eine Möglichkeit, das herauszufinden.«

Renie

Ich hatte das Gefühl, mir wäre das Herz im Hals stecken geblieben, als Edmond den Schlüssel im Schloss drehte. Würde unser Plan wirklich funktionieren? Oder würden wir gleich feststellen müssen, dass Etienne uns noch immer einen Schritt voraus war?

In der Sekunde, in der sich die Tür öffnete, bewegte Edmond sich blitzschnell. Ich hatte noch nicht mal bemerkt, dass eine Wache auf der anderen Seite der Tür stand, bevor Edmond einen Arm um die Kehle des Mannes schlang und ihm die Luft abdrückte, bis er völlig erschlaffte.

»Er ist nicht tot«, versicherte er mir, als ich durch die Tür trat. Er legte den Mann auf dem Boden ab und nahm sein Funkgerät und die silberbeschichteten Messer an sich.

»Das hab ich auch gar nicht angenommen«, erwiderte ich.

Edmond hatte mir einst gestanden, dass Fehler in seiner Vergangenheit mehrere Leute das Leben gekostet hatten, aber er würde niemals jemanden umbringen, nur weil er ihm im Weg war. Ein Fütterungszimmer befand sich direkt zu unserer Rechten. Edmond öffnete die Tür, zerrte den bewusstlosen Wachmann hinein und schloss die Tür wieder.

Der Geheimgang, den Ysanne uns zugewiesen hatte, befand sich im hinteren Bereich von Belle Mortes kleinem Theater – ein weiterer Teil des Hauses, den zu erkunden ich noch keine Gelegenheit gehabt hatte. Edmond machte die Tür auf und winkte uns hinein. Das Theater verfügte über einen hochglanzpolierten Boden und Wandvertäfelungen aus Holz, gepolsterte Sitze und eine Bühne, die größtenteils von einem roten Samtvorhang verborgen war.

Ich fragte mich, ob June etwas mit dem Theater zu tun gehabt hatte, ob sie und Melissa je in den Aufführungen mitgewirkt hatten, die die Spendenden manchmal auf die Bühne brachten, oder ob sie einfach nur im Publikum gesessen hatte.

Wir stiegen die kleine Treppe zur Bühne hinauf und schlüpften hinter den Vorhang.

»Das ist irgendwie komisch«, flüsterte Roux. »Unser ganzes

Leben hat sich durch Belle Morte verändert, und es gibt hier trotzdem so vieles, das wir noch nie gesehen haben.«

»Eines Tages werden wir uns alles anschauen können«, versprach ich ihr, auch wenn ich mir nicht sicher war, ob ich mir selbst glaubte.

Edmond huschte hinter die Kulissen zu unserer Linken, wo sich laut Ysanne das Bedienfeld versteckte. Einen Moment später schwang lautlos ein Teil der Wandvertäfelung im hinteren Bereich der Bühne auf.

»Lasst mich vorausgehen, nur für den Fall, dass wir auf der anderen Seite jemandem begegnen«, sagte er.

»Haltet euch an mir fest, damit ihr nicht stolpert«, wies ich Roux und Jason an, als ich mich wieder daran erinnerte, dass die Geheimgänge unbeleuchtet waren. Sie waren für Vampire gebaut worden, nicht für Menschen.

Wir betraten den Gang und Jason schob die Wandverkleidung wieder hinter uns zu. Dann legte Roux die Hände auf meine Schultern, Jason die seinen auf ihre, und wir setzten unseren Weg fort. Nach ein paar Metern erreichten wir die Treppe, die in den ersten Stock hinaufführte.

Ysanne hatte uns versichert, dass uns im Inneren der Gänge niemand hören würde, solange wir keinen Riesenlärm veranstalteten, aber meine Haut fühlte sich vor Unbehagen trotzdem völlig überspannt an, weil uns jeder Schritt tiefer in ein Gebäude führte, das sich in feindlichen Händen befand. Hier drin mochten wir vielleicht in Sicherheit sein, aber schon bald würden wir den Südflügel betreten und wären wieder vollkommen ungeschützt.

Als Etiennes Lakaien Belle Morte zum ersten Mal angegriffen hatten, waren die Spendenden zu ihrer eigenen Sicherheit auf ihre Zimmer geschickt worden. Da diese Lakaien nun ebenfalls in Belle Morte lebten, war es nur logisch, anzunehmen, dass dieselben Sicherheitsmaßnahmen ergriffen worden waren. Etienne hatte Ysanne öffentlich die Schuld am Tod mehrerer Spendender gegeben, aber das konnte er nicht länger tun, wenn seine Vampire noch weitere von ihnen töteten, solange er das Sagen in der Villa hatte.

Am Kopfende der Treppe streckte Edmond eine Hand aus, um uns aufzuhalten. »Ich gehe wieder als Erster und sehe nach, ob die Luft rein ist. Falls irgendetwas schiefläuft oder falls Etienne den Südflügel von Wachen im Auge behalten lässt und ich gefangen genommen werde, müsst ihr drei auf demselben Weg, auf dem ihr gekommen seid, wieder aus der Villa verschwinden«, sagte er.

Seine Stimme war flüsternd, aber ich wich zurück, als hätte er mich angebrüllt.

»Ich lasse dich nicht im Stich.«

»Falls es nötig ist, schon, doch.«

»Auf gar keinen Fall.«

»Renie«, entgegnete Edmond sanft. »Roux und Jason sind viel verletzlicher als ich. Sie verlassen sich auf dich. Falls wir in Schwierigkeiten geraten, müssen sie deine oberste Priorität sein.«

Ich konnte nicht sprechen und nickte nur.

Edmond tippte den Code in die winzige Tastatur an der Wand ein und ein Teil der Mauer öffnete sich einen Spalt und ließ Licht in den Geheimgang strömen. Edmond hielt das Ohr ganz dicht an den Spalt und lauschte. »Wartet hier«, flüsterte er.

Er schlüpfte aus dem Gang in den Südflügel, schnell und

lautlos wie eine Katze. Er blieb nicht mal eine Minute weg, aber es kam mir wie die längste Minute meines Lebens vor. Meine Nerven waren bist zum Zerreißen gespannt, und ich ertappte mich dabei, wie ich den Atem anhielt, den ich überhaupt nicht brauchte.

»Wir sollten als Erstes zu Melissa gehen«, flüsterte Roux. »Ich glaube, sie würde uns zuhören.«

»Sie gibt mir die Schuld an Aidens Tod«, erwiderte ich.

»Sie wird garantiert die Wahrheit wissen wollen – und sie wird wollen, dass sein wahrer Mörder seiner gerechten Strafe zugeführt wird«, beharrte sie.

Aidens wahrer Mörder war June, aber Etienne traf genauso viel Schuld. Er hatte sie erschaffen und sie auf das Haus losgelassen.

Die Wandverkleidung vor uns öffnete sich wieder, und Edmond tauchte im Türspalt auf. »Die Luft ist rein«, raunte er uns zu.

Wir traten aus dem Geheimgang. Die Vertrautheit des Spenderflügels schlug mir förmlich entgegen – war es wirklich erst zwei Tage her, seit wir von hier geflüchtet waren? Vor meiner Zeit in Belle Morte hätte ich mir niemals vorstellen können, irgendetwas anderes als Misstrauen und Verachtung für diesen Ort zu empfinden, aber als ich mich nun so umschaute, bekam ich beinahe Heimweh.

Bis jetzt hatte Edmond die Führung übernommen, aber als wir uns zu Melissas Zimmer schlichen, ging uns Roux voraus. »Renie, du und Edmond sollltet für eine Minute außer Sicht bleiben. Etienne hat allen erzählt, Jason und ich wären hilflose Opfer, deshalb ist die Wahrscheinlichkeit, sie könnte in Panik verfallen, geringer, wenn Melissa nur uns sieht.«

Gehorsam blieben wir zurück, während Roux bei Melissa anklopfte. Ich hörte, wie sich die Tür öffnete, konnte Melissas Gesicht jedoch nicht sehen.

»Roux?«, stieß sie flüsternd aus. »Was zur Hölle? Was machst du hier?«

»Du musst mir jetzt ganz genau zuhören. Ysanne hat uns nicht entführt. Sie hat June nicht getötet. Sie hat niemanden verwandelt. Etienne und Jemima stecken in Wahrheit hinter allem.«

»Was redest du denn da?«, fragte Melissa.

»Etienne hat June verwandelt. Ysanne und Renie haben versucht, ihr zu helfen, aber sie konnten es dem Vampirrat nicht sagen, weil sie June sonst getötet hätten. Darum konnte Renie dir auch nicht erzählen, was los war. Sie hat nie versucht, dir wehzutun. Sie hat nur versucht, dafür zu sorgen, dass niemandem etwas passiert.«

»Wie Aiden?« Melissas Stimme klang rau und verbittert.

»June ist im Prinzip nichts anderes als ein tollwütiges Tier. Sie weiß nicht, was sie tut. Aber Etienne schon. Er wusste, wie gefährlich sie war, und hat sie absichtlich freigelassen. Das gehörte alles zu seinem Plan, Ysanne die Schuld in die Schuhe zu schieben und sie aus dem Weg zu schaffen, damit er Belle Morte übernehmen konnte.«

»Warum sollte ich dir glauben?«

Roux blickte sich zu mir und Edmond um. Ich trat vor, damit Melissa mich sehen konnte. Ihre Augen weiteten sich. Sie versuchte, die Tür zuzuknallen, aber Edmond hielt sie mit einer Hand fest.

»Bitte, hör mir einfach zu«, flehte ich.

Melissa wich rückwärts ins Zimmer zurück und wir folgten

ihr alle. Es war sicherer, wenn wir nicht draußen im Korridor standen. Sie stellte sich vor ihr Bett, die Arme verschränkt, ihre Miene verhärtet.

»Ich hätte dich nicht anlügen sollen«, begann ich. »Ich habe von dir verlangt, mir dabei zu helfen, mehr über June herauszufinden, dir im Gegenzug aber nicht geholfen, als du mich darum gebeten hast. Ich hatte Angst und habe nur versucht, meine Schwester zu retten. Und vielleicht ist das ja eine total beschissene Ausrede, aber ich wusste einfach nicht, was ich sonst tun sollte. Ich wollte nie, dass irgendjemandem was passiert.«

Melissa schluckte schwer, ihre Augen glänzend vor Tränen. »Und trotzdem ist mein Freund jetzt tot.«

»Ja. Ich wünschte, ich könnte es ungeschehen machen, aber das kann ich nicht. Aber das ist alles nur wegen Etienne passiert. Aidens Blut klebt an seinen Händen, und wenn du uns nicht hilfst, dann wird er ungestraft damit durchkommen.«

Melissa zuckte zusammen.

Die Melissa, die ich vor mehreren Wochen kennengelernt hatte, war fröhlich, wunderschön und stilvoll gewesen: ein echtes Spenderinnensupermodel. Das Mädchen, das nun vor mir stand, war völlig erschöpft und kaputt, die Augen ganz rot vom vielen Weinen. Schuldgefühle krampften mein Innerstes zusammen, weil ich bei alldem auch eine Rolle gespielt hatte, obwohl ich es nie gewollt hatte.

»Bitte, Melissa. Wir sagen die Wahrheit. Ysanne ist unschuldig«, flehte Roux.

Melissas Gesicht fiel in sich zusammen. »Ich will einfach nur nach Hause.«

»Darum sind wir hier. Wir wissen nicht, was Etienne mit

June getan hat oder wie gut er all die von ihm verwandelten Vampire wirklich unter Kontrolle hat, aber wir glauben nicht, dass ihr hier noch sicher seid. Es sind schon zu viele Leute gestorben. Deshalb schaffen wir alle Spendenden hier raus«, verkündete ich ihr.

Melissa blickte sich in ihrem Zimmer um, als würde sie es zum letzten Mal sehen – was wahrscheinlich auch der Fall war, wurde mir bewusst. Ysanne wollte das Spendersystem aufrechterhalten, aber Melissa würde nie wieder hierher zurückkehren. Belle Morte war nicht länger der schillernde Traum, der die Villa bei ihrer Ankunft hier gewesen war. Es hatte sich in einen schrecklichen Albtraum verwandelt und Melissa war ganz eindeutig fertig damit.

»Okay«, erwiderte sie. »Ich helfe euch, alle zusammenzutrommeln – und dann verschwinden wir verdammt noch mal von hier.«

Es war nicht so schwierig, wie ich geglaubt hatte. Melissa war nicht die einzige Spenderin, die die Nase gestrichen voll hatte. Selbst diejenigen, die das Glück gehabt hatten, das von June verursachte Massaker nicht miterleben zu müssen, waren verängstigt, wütend und müde. Ihre Freunde waren tot, die Vampire, die das Haus überfallen hatten, lebten nun dort, und Etienne und Jemima erzählten niemandem, was los war.

Als Melissa den anderen Spendenden erklärte, was wir ihr erzählt hatten, ergriffen sie bereitwillig ihre Chance, aus der Villa zu verschwinden.

»Bleibt dicht bei uns, und tut genau das, was wir euch sagen«, wies Edmond sie an.

Als wir die Spendenden wieder zurück in Richtung Geheimgang führten, schwoll ein mächtiges Gefühl der Hoffnung in meiner Brust an. Bislang hatte alles perfekt geklappt, und auch wenn mir bewusst war, dass immer noch etwas schiefgehen konnte, würde – nur dieses eine Mal – vielleicht tatsächlich alles nach Plan verlaufen.

Dann bogen wir um die Ecke und sahen uns zwei Vampiren gegenüber.

KAPITEL 26

Renie

Gideon und Phillip starrten uns an. Ein Gefühl der Kälte huschte über meine Haut, während ich wieder daran denken musste, was Ysanne uns über Phillips gemeinsame Vergangenheit mit Jemima erzählt hatte. Es musste zwar nicht bedeuten, dass er jetzt auch mit ihr zusammenarbeitete, aber ich vertraute ihm nicht so sehr wie Gideon. Außerdem war er derjenige gewesen, der Edmond mit Silber ausgepeitscht hatte, deshalb hätte ich mich auch ohne seine Verbindung zu Jemima in seiner Nähe nicht wohlgefühlt.

»Was ist hier los?«, fragte Gideon, und seine Miene verfinsterte sich.

Vielleicht war ja doch er derjenige, in dessen Nähe ich mich unwohl fühlen sollte.

Plötzlich war ich mir der Tatsache sehr bewusst, was für eine imposante Erscheinung Gideon war. Er war ungefähr so groß wie Edmond, im Schulter- und Brustbereich jedoch kräftiger gebaut – und er war viel einschüchternder als Phillip.

Ich blickte mich zu den sich hinter uns drängenden Spendenden um. Viele von ihnen waren älter als ich, aber nun, da ich ewig leben würde, kamen sie mir unfassbar jung vor – zu jung, um in einer Situation wie dieser gefangen zu sein. Wir waren schon einmal gezwungen gewesen, sie zurückzulassen. Das würde nicht noch mal passieren.

»Wir schaffen die Spendenden hier raus, bevor Etienne und Jemima sie auch umbringen«, sagte ich.

Phillips Augenbrauen schossen bis zu seinem Haaransatz nach oben. »Jemima und Etienne sind diejenigen, die dafür sorgen, dass uns nichts passiert«, entgegnete er.

»Bullshit«, blaffte ich ihn an, bevor ich überhaupt darüber nachdenken konnte.

Edmond legte eine Hand auf meine Schulter und ich schluckte meine Wut hinunter.

»Ysanne würde uns niemals verraten – das solltest du wissen«, sagte Edmond.

»Und wo ist sie dann?«, konterte Phillip. »Wenn wir ihr so wichtig sind, warum ist sie dann nicht hier? Wenn sie glaubt, wir befänden uns in Gefahr, warum versucht sie dann nicht, uns zu retten?«

Keiner von uns würde irgendjemandem verraten, dass Ysanne sich ebenfalls in der Villa befand.

»Ysanne hat uns nicht entführt. Wir haben uns entschieden, mit ihr aus Belle Morte zu fliehen. Genauso, wie wir uns entschieden haben, wieder zurückzukommen«, meldete sich Jason zu Wort und drängte sich an mir vorbei, um sich Gideon direkt gegenüberzustellen.

Der Blick des blonden Vampirs glitt über Jason hinweg, und ich hätte schwören können, dass seine Miene weicher wurde. Die Zweifel verschwanden dennoch nicht aus seinen Augen.

»Du weißt, dass Ysanne, Edmond und Ludovic keine Verräter sind«, fuhr Jason fort.

»Etienne hat June verwandelt. Er steckt hinter allem«, warf ich ein.

Phillip gab ein verächtliches Schnauben von sich.

»Er und Jemima haben alles kaputtgemacht, und wir versuchen, es wieder in Ordnung zu bringen. Bitte, ihr müsst uns vertrauen. Wir können *beweisen*, dass sie lügen«, flehte Jason.

»Du willst dir das doch nicht ernsthaft weiter anhören, oder?«, fragte Phillip Gideon.

Gideon zögerte, Unentschlossenheit huschte über sein Gesicht. Er hatte die Augen noch immer nicht von Jason abgewandt.

»Gideon, hör mir zu. Jemima versucht, uns zu helfen. Das ist alles, was sie jemals wollte«, beharrte Phillip.

»Sie und Etienne haben Isabeau die Schuld in die Schuhe geschoben und sie eingesperrt«, versuchte ich es weiter. Ysanne hatte erwähnt, dass Gideon und Isabeau sich nahestanden, also vielleicht würde ihn das ja dazu bringen, uns zu glauben.

Gideon zuckte ein wenig zusammen.

»Sie werden sie *töten*«, fügte ich hinzu. »Genauso, wie sie June und mich getötet haben, und Rosa und Aiden und Ranesh und Abigail und all die neuen Vampire, die sich im Moment hier verkriechen. Komm schon, Gideon, riechst du wirklich nicht, dass die ganze Sache zum Himmel stinkt? Ysanne hat die Vampire vor der Welt enthüllt, weil sie glaubte, es wäre das Beste für alle. Warum sollte sie alles aufs Spiel setzen, indem sie einen so irrsinnigen Serienmord begeht? Isabeau vertraut Ysanne mit ihrem Leben und das weißt du auch. Was würde Isabeau tun, wenn sie jetzt hier wäre?«

»Sie würde mir sagen, dass ich euch zuhören soll«, antwortete Gideon, seine Stimme leise und hart.

»Sie würde sich irren«, konterte Phillip. »Sobald wir uns den Menschen offenbart haben, haben sie uns in Ketten gelegt. Bist du wirklich glücklich damit, nach ihrer Pfeife zu tanzen? Bist du glücklich damit, jeden verdammten Tag in diesem Haus zu verbringen und dich nur von Spendenden füttern zu lassen, wenn es dir erlaubt ist?«

»*Ja*«, knurrte Gideon, und seine Augen begannen rot zu glühen.

»Dann bist du ein Narr. Jemima kann uns mehr bieten als nur das.«

»Zu welchem Preis?«, fragte ich.

Phillip antwortete nicht. Vielleicht war es einfacher für ihn, nicht darüber nachzudenken, wie viele Menschen und Vampire wegen Jemimas Machtgier hatten sterben müssen.

Gideons Schultern waren zu einer straffen Linie gespannt, seine Hände zu Fäusten geballt. »Du hast uns verraten. Du hast unser Haus verraten.«

Eine Androhung von Gewalt schwang in seiner Stimme mit, zischte durch den Korridor wie eine Schlange, die nur darauf wartete, zuzuschlagen.

Phillip bewegte sich als Erster. Ich hatte keine Ahnung, dass er wie die Wachen über ein Silbermesser verfügte, bis er es in einem glänzenden Bogen durch die Luft sausen ließ, direkt auf Gideons Kehle zu. Ich riss den Mund auf, um einen Schrei auszustoßen, und hörte im selben Moment Jasons ersticktes Nachluftschnappen.

Gideons Unterarm schoss nach oben, um den Schlag abzuwehren, und brachte Phillip damit aus dem Gleichgewicht. Während der andere Vampir ins Stolpern geriet, versetzte Gideon ihm einen verheerenden Schlag ins Gesicht. Ein schreckliches Krachen erklang, dann brach Phillip auf dem Boden zusammen, sein Kiefer komplett verschoben, die Augen geschlossen.

»Ist er tot?«, fragte Melissa und blickte über meine Schulter zu ihm.

»Nein, nur bewusstlos«, antwortete Gideon und starrte wütend funkelnd auf den ausgeknockten Vampir hinunter.

»Danke, dass du zugehört hast«, sagte Jason.

Gideon schaute uns an. »Geht es Isabeau gut?«

»Das wissen wir noch nicht. Wir hatten noch keine Zeit, uns um sie zu kümmern – und wir haben jetzt auch keine Zeit, um dir alles zu erklären. Wir müssen die Spendenden nach draußen schaffen«, sagte Edmond.

»Was kann ich tun?«, fragte Gideon.

»Weißt du, wie viele neue Vampire Etienne und Jemima hierhergebracht haben?«

Gideon zuckte erneut zusammen, als er Jemimas Namen hörte, und ich erinnerte mich wieder daran, dass er sie schon lange vor Belle Morte gekannt hatte. Ihr Verrat musste ihn genauso tief treffen, wie Etiennes mich getroffen hatte. Ich empfand tiefes Mitgefühl für ihn.

»Etienne hat sie in den Westflügel gebracht. Wir haben sie kaum zu Gesicht gekriegt, aber ich habe vierunddreißig gezählt«, antwortete er.

Das klang mir nach höllisch viel, aber als ich Edmond ansah, konnte ich keinerlei Anzeichen von Besorgnis auf seinem Gesicht erkennen. Wenn man bedachte, was Gideon gerade mit Phillip angestellt hatte, konnte er sie wahrscheinlich alle im Alleingang ausschalten.

Wenn wir die Spendenden hier rausschafften, gab es allerdings niemanden mehr, von dem Gideon trinken konnte, um die Verletzungen zu heilen, die er sich dabei womöglich zuzog.

»Behalten die Wachen sie im Auge?«, wollte Edmond wissen.

»So gut es eben geht.«

Edmond schaute mich an, und obwohl er kein Wort sagte, wusste ich, was er mich fragen wollte: ob wir Gideon die Geheimgänge zeigen sollten oder nicht. Ich nickte. Wir brauchten jede Hilfe, die wir kriegen konnten, und falls wir Etienne und Jemima heute Nacht nicht zur Strecke bringen konnten, wäre Belle Morte auch für Gideon nicht mehr sicher.

»Folgt mir«, sagte Edmond.

Als wir die Tür erreichten, die wieder hinaus in den Garten führte, bohrte sich ein stechender Schmerz in meine Brust. Dexter würde diese Tür nie wieder bewachen. Er würde mich nie wieder anlächeln, während er die Tür für mich öffnete, um mich hinauszulassen, oder gutmütig Roux' betrunkene Flirtversuche ignorieren. Er würde nie wieder mit mir sprechen, nie wieder auf dem Fundament der Freundschaft aufbauen, die zwischen uns hätte entstehen können.

Edmond stieß die Tür auf und lugte hinaus.

Die Spendenden zitterten hinter mir, als plötzlich ein eisiger Windhauch hereinwehte, und ich betrachtete fasziniert die Gänsehaut, die sich auf ihren Armen bildete. Das würde mir nie wieder passieren, es sei denn, ich reise in die Arktis.

»Die Luft ist rein«, verkündete Edmond.

Seamus tauchte aus der Dunkelheit auf, sein Atem frostig weiß in der Luft.

»Das ist der Sicherheitschef von Fiaigh. Er wird euch hier raus- und zu euren Familien bringen«, erklärte Edmond.

»Kommt, Leute«, forderte Seamus sie mit einem Winken auf.

Einer nach dem anderen eilten die Spendenden davon. Melissa bildete die Nachhut und blieb auf der Schwelle noch einmal stehen.

»Danke, dass ihr uns rausgeholt habt«, sagte sie.

Aus einem Impuls heraus umarmte ich sie, und sie versteifte sich für einen Sekundenbruchteil, bevor sie mich ebenfalls an sich drückte.

»Ich kann nicht ändern, was passiert ist, und ich kann Aiden nicht zurückbringen, aber ich verspreche dir, Etienne wird nicht davonkommen«, flüsterte ich ihr zu.

Melissa nickte, und ihr Afro kitzelte über meine Wange, bevor sie sich wieder von mir löste.

Ich sah zu, wie sie Belle Morte verließ. Ich hatte keine Ahnung, ob ich sie je wiedersehen würde, aber ich hatte jedes Wort so gemeint. Ich konnte nichts daran ändern, dass auch ich eine Rolle bei Aidens Tod gespielt hatte, aber der Mann, der ihn herbeigeführt hatte, würde für seine Taten leiden. Dafür würde ich sorgen.

Während die dunklen Gärten Melissa allmählich verschluckten, spürte ich, wie sich ein gewaltiges Gewicht von meinem Herzen hob. Was immer auch sonst noch passierte, wenigstens waren die Spendenden in Sicherheit. Das war zwar kaum ein Trost für die Familien, die ihre Kinder verloren hatten, aber wir hatten alles in unserer Macht Stehende getan, um zu verhindern, dass noch jemandem etwas passierte.

»Was jetzt?«, fragte Gideon, als wir uns an der Tür versammelten und in die Nacht hinausblickten.

Wir hatten unseren Teil erfüllt und sollten eigentlich ebenfalls verschwinden, während Ysanne, Caoimhe und die anderen nach Susan suchten. Wir verfügten jedoch über einen Vorteil, den sie nicht hatten: Gideon war auch während der Machtübernahme in Belle Morte gewesen. Er wusste vielleicht, in welchem Teil des Hauses Susan Wache schob und wo wir sie finden konnten. Seamus hätte uns mitgeteilt, wenn die anderen sie bereits aufgespürt hätten, also befanden sie sich offensichtlich noch immer in der Villa.

»Weißt du, wo Susan Harcourt ist?«, fragte ich ihn.

Meine Stimme klang so kalt, dass Gideon mich überrascht anblickte.

»Warum?«, fragte er.

Edmond hob eine Hand, um mich von einer Antwort abzuhalten. »Lasst uns nebenan darüber sprechen«, sagte er und zeigte auf das Fütterungszimmer gegenüber dem Theater, in dem er den Wachmann abgelegt hatte.

Wir eilten hinein, Roux und Jason in der Mitte unserer kleinen Gruppe. Auch in diesem Zimmer war ich vorher noch nie gewesen. Ich blickte mich hastig um und nahm flüchtig die weißen Wände, das antik aussehende Grammofon auf dem ebenso antik wirkenden, cremeweiß und golden angestrichenen Schränkchen und den weichen grauen Sessel daneben wahr. Der bewusstlose Wachmann lag noch immer als Häuflein auf dem Boden.

»Gut«, begann Edmond, schloss die Tür hinter sich und drehte sich zu Gideon um. »Wir haben jetzt keine Zeit, dir alles genauer zu erklären, deshalb wirst du uns einfach vertrauen müssen. Wir können beweisen, dass Etienne all diese Vampire verwandelt hat, nicht Ysanne, und Susan ist die diejenige, die im Besitz dieser Beweise ist. Wenn wir sie finden, können wir Etienne das Handwerk legen.«

Gideon senkte den Blick. »Und ihr seid sicher, dass Jemima auch in der Sache mit drinsteckt?«

Ich hörte eine leise Hoffnung in seiner Stimme, weil er unbedingt glauben wollte, Jemima hätte ihn nicht genauso hintergangen wie Etienne mich. Ich wünschte, wir müssten sie nicht zerstören. Aber tröstliche Lügen halfen niemanden.

»Es tut mir leid, aber es ist wahr. Du wirst dich für die Möglichkeit wappnen müssen, dass Jemima nicht kampflos aufgeben wird.« Ich ließ ihm eine Sekunde Zeit, um es zu verarbeiten, bevor ich fortfuhr: »Mit oder ohne Beweise – es könnte blutig werden.«

Gideon hob den Kopf und wandte den Blick ab. »Verstanden«, sagte er, und seine Stimme klang gleichzeitig hart und verletzlich.

Mir wurde bewusst, ganz egal, wie hart Etiennes Verrat für mich gewesen war, das hier war für Gideon wahrscheinlich noch viel härter. Ich wusste nicht, wie tief seine Beziehung zu Jemima einmal gewesen war, aber er kannte sie schon sehr lange und musste nun der bitteren Wahrheit ins Auge sehen, dass jemand, der ihm etwas bedeutete, bei diesem Kampf auf der anderen Seite stand.

Ich konnte mir überhaupt nicht vorstellen, dass Roux oder Jason sich jemals in meine Feinde verwandelten. Ich hatte vor Belle Morte nicht viele enge Freunde gehabt, aber das selbstbewusste Mädchen mit dem rubinroten Stecker in der Nase und den kurzen Haaren und der wundervolle Junge, der sich mit mir betrank und spontane Modenschauen veranstaltete, hatten bereits einen festen Platz ganz tief in meinem Herzen. Einen von ihnen zu verlieren, hätte eine Wunde in mir aufgerissen, von der ich mir nicht vorstellen konnte, dass sie je wieder heilen würde. Und dass sich einer von ihnen in meinen Feind verwandeln würde, war ein Szenario, das mir überhaupt nicht in den Kopf wollte.

»Jemima hat Susan für die Wache an der Eingangstür eingeteilt. Sie sollte jetzt auch dort sein«, sagte Gideon.

Nachdem wir ein paar Minuten diskutiert hatten, beschlossen wir, den direkten Weg einzuschlagen, anstatt uns durch die Geheimgänge zu schleichen: Wir würden den langen Korridor hinunterstürmen, der ins Foyer führte. Wenn wir erst einmal dort waren, konnten wir Susan schnappen und sie zur Vordertür hinauszerren. Wenn sich die neuen Vampire wirklich alle im Westflügel befanden, würden sie es wahrscheinlich nicht rechtzeitig nach unten ins Foyer schaffen, um uns aufzuhalten. Außerdem hingen die älteren Belle-Morte-Vampire sicher nicht alle am selben Ort rum und warteten darauf, dass irgendwas passierte. Es war zwar ein verflucht großes Risiko, aber es war die Sache wert, wenn wir dadurch verhindern konnten, dass die Vampirwelt Etiennes und Jemimas kranker Vision zum Opfer fiel.

Ich wollte Roux und Jason zurücklassen, aber sie weigerten sich standhaft, und uns blieb schlicht keine Zeit, darüber zu streiten. Die Uhr tickte. Falls irgendjemand Phillip oder den bewusstlosen Wachmann entdeckte oder bemerkte, dass die Spendenden verschwunden waren, würden wir die Flucht ergreifen müssen und keine weitere Gelegenheit bekommen, uns nach Belle Morte zu schleichen. Wir hatten nur diese eine Chance und wir mussten sie nutzen.

Edmond öffnete die Tür und lugte in den Korridor hinaus. »Gehen wir«, sagte er.

Er fing mich mit seinem Blick ein, und aus seinem Gesicht

sprach so vieles, was er mir sagen wollte, das wusste ich – weil ich dasselbe sagen wollte. Ich wollte ihm sagen, wie sehr ich ihn liebte und dass wir das alles überstehen würden, ganz gleich, was passierte. Aber keiner von uns sagte ein Wort.

Auf halbem Weg zum Foyer, in der Nähe des Gangs zu den Kunsträumen, tauchte Caoimhe am Ende des Korridors auf. Das Licht der Kronleuchter glänzte auf ihrem lockigen Haar und ließ sie wie einen Engel aussehen, aber ihr Gesicht war eine Maske geübter Leere – keine Wärme, keine Vertrautheit, nichts.

Mein Verstand begriff sofort, dass hier irgendetwas ganz und gar nicht stimmte. Die Botschaft erreichte meine Füße jedoch nicht schnell genug, und ich wäre einfach weitergerannt, wenn Edmond mich nicht zurückgerissen hätte.

Er stieß ein leises Knurren aus, bei dem sich mir die Nackenhaare aufstellten.

Jemima trat neben Caoimhe, ein boshaftes Grinsen auf den Lippen. Ein kleiner Trupp von Etiennes Lakaien fächerte hinter ihr auf und versperrte uns den Weg ins Foyer. Voller Entsetzen, so als hätte mir jemand einen Schlag in die Magengrube verpasst, wurde mir bewusst, dass wir richtig in der Scheiße saßen.

»Es tut mir leid«, sagte Caoimhe.

KAPITEL 27

Renie

Ich wusste, dass ich nicht mehr atmen musste, aber trotzdem hatte ich das Gefühl, sämtliche Luft wäre aus meiner Lunge gesaugt worden.

Das. Hier. Konnte. Nicht. Passieren.

Caoimhe hatte uns geholfen. Sie hatte uns bei sich aufgenommen und mit uns zusammen einen Plan ausgearbeitet, und mein Hirn konnte schlicht nicht begreifen, dass sie die ganze Zeit eine Verräterin gewesen sein sollte.

Erneut hatte ich jemandem vertraut, der sich als hinterhältige Schlange erwiesen hatte.

»Ich war nicht vorsichtig genug«, sagte Caoimhe, und ihr irischer Akzent klang harscher als gewöhnlich, so als müsste sie jedes Wort förmlich hervorpressen.

Moment mal, was? Ich starrte sie blinzelnd an. *Was war hier los?*

Caoimhe verlagerte ihr Gewicht und mehrere Paar Hände packten sie und hielten sie fest. Ein silbernes Messer tauchte an ihrer Kehle auf, und als es ihre Haut berührte, hinterließ es eine rot verbrannte Linie.

»Catherine«, knurrte Gideon.

Ich schluckte das Stechen des Verrats hinunter, als mir bewusst wurde, was hier wirklich vor sich ging. Caoimhe hatte uns nicht hintergangen. Irgendwie hatte Jemima sie erwischt und jetzt hielt Catherine ihr ein Messer an die Kehle. Ysanne hatte recht gehabt – mit Catherine und Phillip.

Caoimhes Miene war ausdruckslos, selbst als Catherine mit dem Messer noch ein wenig fester zudrückte und ein Blutstropfen an Caoimhes blassem Hals hinunterrann. Caoimhe war älter und stärker als Catherine, aber ich machte ihr keine Vorwürfe, weil sie sich nicht wehrte, schließlich konnte ihr jede Sekunde ein Silbermesser die Kehle aufschlitzen.

Dann neigte Caoimhe den Kopf so weit, wie die Klinge es erlaubte, und fixierte Catherine mit eiskaltem Lächeln. Ihre Augen brannten rot. »Du verräterische kleine Schlampe«, zischte sie. »Ich werde dich umbringen, bevor diese Nacht vorüber ist.«

Catherine lachte, aber es klang falsch und hohl. Ihre Furcht war berechtigt. Caoimhe war aus gutem Grund die Lady von Fiaigh, und falls es wirklich zum Kampf zwischen den beiden kommen sollte, hatte Catherine nicht die geringste Chance. Caoimhe starrte sie an, bis Catherines Lachen erstarb. Sie blickte zu Jemima, die lächelnd den Kopf schüttelte.

»Leere Drohungen«, sagte sie.

Der tödliche Blick auf Caoimhes Gesicht versprach etwas anderes.

Jemima schnipste mit den Fingern. »Gehen wir in den Ballsaal und unterhalten uns ein bisschen.«

»Auf gar keinen Fall«, erwiderte ich.

Gideon gab ein wütendes Geräusch von sich, das ich als Zustimmung verstand.

Mein Verstand ratterte wie wild, während ich unsere Chancen abwägte. Edmond würde locker mit Jemima fertigwerden, und ich konnte nur zehn Lakaien hinter ihr erkennen – nicht so viele, dass Caoimhe und Gideon sie nicht hätten erledigen können. Allerdings war keiner von uns schnell genug, um Caoimhe zu erreichen, bevor Catherine ihr die Kehle durchschnitt. Sie konnte zwar möglicherweise auch das überleben, aber wollten wir dieses Risiko wirklich eingehen?

Und wie sahen unsere anderen Optionen aus?

Aufzugeben stand außer Frage. Wenn wir uns zur Flucht entschieden, würden wir es wahrscheinlich zur Hintertür hinausschaffen, bevor Jemima uns schnappte. Aber das würde bedeuten, Caoimhe im Stich zu lassen.

Was war mit Andrew und den vier anderen Fiaigh-Vampiren passiert, die bei ihr gewesen waren?

»Ich weiß, dass ihr mit dem Gedanken spielt, abzuhauen – aber das würde ich an eurer Stelle lieber nicht tun«, warnte Jemima uns.

»Warum nicht?«, fragte ich, bevor ich darüber nachdenken konnte.

»Weil«, antwortete Jemima, der Ausdruck auf ihrem Gesicht mit einem Mal kalt und distanziert, ohne irgendetwas Menschliches, »du vielleicht in Kauf nehmen könntest, Caoimhe ihrem Schicksal zu überlassen – aber würdest du auch *sie* im Stich lassen?«

Sie fasste in die Traube ihrer Lakaien und riss mit einer Hand eine kleine Gestalt nach vorne.

Ich unterdrückte ein entsetztes, ungläubiges Fluchen.

Nikki Flynn stand vor mir. Sie sah so winzig aus, so zerbrechlich, verglichen mit den Vampiren um sie herum. Aber sie hielt den Kopf hoch erhoben, und in ihren Augen blitzte Wut, keine Angst.

Jemima schloss eine Hand um Nikkis Kehle und Nikki versteifte sich.

»Ich verspüre keinen besonderen Wunsch, ein Kind zu töten, aber Sentimentalität wird mich nicht davon abhalten«, sagte Jemima, ihre Stimme so winterkalt wie ihre Miene. »Ballsaal, sofort, oder ich breche ihr das Genick.«

Ich wusste, was auf dem Spiel stand. Ysanne hatte mir einmal erklärt, das Gleichgewicht zwischen Menschen und Vampiren wäre mehr wert als das Leben eines einzigen Mädchens – aber ich *konnte nicht* hier stehen und zusehen, wie Dexters Tochter starb.

Solange wir noch am Leben waren, konnten wir kämpfen.

Wenn Caoimhe die Einzige war, die sie erwischt hatten, dann befanden sich Andrew und die anderen aus ihrer Gruppe noch immer irgendwo in Belle Morte. Aber selbst wenn auch *sie* geschnappt worden waren, hatten wir immer noch Ysanne, Ludovic und die restlichen Fiaigh-Vampire.

»Okay«, sagte ich und hob die Hände.

Sie zerrten uns in den Ballsaal, und mir wurde schwerer ums Herz, als ich Andrew und die vier anderen Fiaigh-Vampire dort sah, ebenfalls von Lakaien umringt und mit silbernen Messern an der Kehle. Adrian – der Vampir, der mich vor ein paar Tagen begrapscht hatte – war ebenfalls dort und lehnte betont lässig an der Wand. Er zwinkerte mir zu, als ich den Raum betrat. Ich zeigte ihm den Stinkefinger.

Phillip war nirgends zu sehen, deshalb vermutete ich, dass ihn noch niemand gefunden hatte.

Aber wo war der Rest der Belle-Morte-Vampire.

Was zur Hölle machte Nikki hier?

Eine Wachfrau, die mir vage bekannt vorkam, betrat den Saal. »Der Aufstand draußen scheint sich zu beruhigen«, berichtete sie. Eine Hand ruhte auf ihrem Walkie-Talkie, daher nahm ich an, dass sie ihre Informationen von den Wachen am Tor erhielt. War es Seamus und seinem Team gelungen, die Demonstranten davon zu überzeugen, dass man sie getäuscht hatte? Oder packten jetzt, da die Spendenden frei waren, einfach alle zusammen und gingen wieder nach Hause? Ich konnte nur hoffen, dass Ersteres der Fall war, denn sonst hätten die Wachen draußen bestimmt erwähnt, dass die Spendenden entkommen waren.

Jemima nickte knapp. »Das ist für den Moment alles«, sagte sie.

Die Wachfrau zögerte, und ihr Blick glitt über Edmond, Andrew und mich. »Was ist hier eigentlich los?«, fragte sie.

»Das hat dich nicht zu interessieren. Du hast deine Anweisungen«, erwiderte Jemima.

Ich versuchte, den Blick der Wache erneut einzufangen und sie wortlos anzuflehen, zu erkennen, dass hier etwas nicht stimmte, aber sie zog sich bereits zurück. Ich blickte mich im Ballsaal um, zu den neuen Vampiren, die Etienne verwandelt hatte. Sie wirkten alle so stolz, so als hätte man ihnen das ultimative Geschenk gemacht. Sie hatten definitiv keine Ahnung, dass Etienne und Jemima sie nur benutzten. Erst jetzt verstand ich wirklich, warum es Vampiren verboten war, Menschen ohne ausdrückliche Erlaubnis des Vampirrats zu verwandeln: weil es *viel* zu einfach für sie wäre, eine eigene Armee zu erschaffen, wenn sie ungehindert Leute verwandeln könnten.

»Fangen wir erst mal vorne an«, begann Jemima. Sie ließ

Nikkis Kehle los, blieb jedoch vor ihr stehen und betrachtete sie, als wäre Nikki ein Insekt und Jemima könnte sie jede Sekunde zerquetschen. »Wer bist du?«

Jemima war eine zierliche Frau, aber sie war trotzdem größer als Nikki und sehr viel stärker. Trotzdem begegnete Nikki ihr, als wären sie einander körperlich ebenbürtig. Aber sie war ein kluges Mädchen und erwiderte nichts.

Jemima packte Nikki am Kinn und drückte zu, bis Nikkis Lippen ein leiser Schmerzenslaut entwich, aber sie zuckte noch immer nicht zusammen.

»Wer bist du?«, knurrte Jemima.

»Ich bin niemand«, zischte Nikki, als Jemima sie wieder losließ. »Ich habe nur mit den anderen demonstriert und mich hinter denen da reingeschlichen, als sie in die Villa eingebrochen sind. Verklag mich doch! Ich wollte nur mal sehen, wie es in einem echten Vampirhaus so aussieht.«

Ich warf Caoimhe einen Blick zu, aber ihre Augen waren auf Jemima gerichtet. Der Schnitt an ihrer Kehle hatte aufgehört zu bluten und einen Blutfleck hinterlassen, der auf ihrer blassen Haut und neben ihrem goldenen Haar grell hervorstach.

Aus Jemimas Miene sprach noch immer Misstrauen, aber ganz offensichtlich hatte sie Dexter nicht gut genug gekannt, um seine Tochter zu erkennen.

»Okay, ich weiß ja nicht, was zur Hölle hier los ist, aber ich wollte hier nur ein paar Fotos schießen.« Nikki tätschelte ihr Smartphone, das sich in ihrer Hosentasche abzeichnete. »Ich könnte ein verfluchtes Vermögen verdienen, indem ich mich in all die Ecken und Nischen schleiche, an die die Medien normalerweise nicht kommen.«

Jemima gab ein leises, bedrohliches Geräusch von sich.

»Und hast du jetzt genug gesehen? Bist du den Vampiren nahe genug gekommen? Wir sind keine Tiere im Zoo.«

Eine große Frau in schwarzer Sicherheitsuniform betrat den Ballsaal. »Entschuldige bitte, Jemima?«, sagte sie.

»Ich hab dir doch gesagt, dass du das Foyer bewachen sollst«, schnauzte Jemima sie an und machte sich noch nicht mal die Mühe, sie anzusehen.

Meine Augen weiteten sich. War das Susan Harcourt? Ich sah Edmond an, und dem tödlichen Funkeln in seinen Augen nach zu urteilen, lag ich mit meiner Vermutung richtig.

»Ich weiß, wer dieses Mädchen ist«, sagte Susan.

Nun hatte sie Jemimas Aufmerksamkeit.

»Sie ist die Kleine aus dem Video, von dem ich dir erzählt hab. Sie hat alle dazu aufgestachelt, Fragen zu stellen und sich heute Nacht hier zu versammeln. Sie ist Dexter Flynns Tochter«, erklärte Susan.

Jemima drehte sich wieder zu Nikki um und betrachtete sie mit neuem Interesse. »Warum ist sie hier?«

»Keine Ahnung. Frag am besten den, der diesen Haufen da anführt.«

»*Ysanne* führt sie an«, fauchte Jemima.

»Ich habe alle darauf angesetzt, die Zimmer zu durchsuchen, aber es gibt nirgendwo eine Spur von ihr.«

»Sie muss hier irgendwo sein, das weiß ich. Sie würde nicht zulassen, dass irgendjemand loszieht und ohne sie um ihr geliebtes Haus kämpft.«

Ein erbärmlicher Funken Hoffnung keimte in meiner Brust. Jemima wusste noch immer nichts von den Geheimgängen. Ysanne und die anderen waren in Sicherheit, für den Moment.

Jemimas Blick wanderte über uns hinweg, und ich widerstand dem Drang, zurückzuweichen. Wie hatte ich diese Frau jemals *mögen* können?

»Würde mir einer von euch vielleicht verraten, wo Ysanne ist, oder muss ich andere Verhörmethoden anwenden?«, fragte sie.

Meine Haut juckte unbehaglich bei der Erinnerung an die hindurchschneidende Messerklinge.

»Du glaubst doch wohl nicht ernsthaft, wir wüssten über alles Bescheid, was Ysanne plant, oder?«, versuchte ich, Jemimas Aufmerksamkeit von Nikki abzulenken.

»Ich glaube, dass ihr hier seid, weil sie es so will. Ysanne Moreau tut nichts ohne Plan, und ich würde gern wissen, wie dieser Plan aussieht«, erwiderte sie.

Es bestand tatsächlich die Chance, dass sich Ysanne nicht mehr in Belle Morte aufhielt. Falls sie erkannt hatte, dass unser Plan zu scheitern drohte, war sie vielleicht aus der Villa geflohen und bereits wieder auf dem Weg zurück nach Fiaigh. Aber das glaubte ich nicht. Ysanne und ich waren in der Vergangenheit hin und wieder aneinandergeraten und würden es in Zukunft wahrscheinlich noch öfter tun, aber ihr Haus und die Ihren bedeuteten ihr wirklich viel. Sie würde sie jetzt nicht einfach im Stich lassen. Sie würde *uns* nicht im Stich lassen.

Ich zuckte mit den Schultern.

Jemimas Augen wurden zu Schlitzen aus rotem Eis. »Mir geht allmählich die Geduld aus. Einer von euch wird mir sagen, wo Ysanne ist und was ihr alle hier macht, sonst breche ich der kleinen Flynn hier das Genick. Habt ihr mich verstanden?«

Nikki spuckte sie an.

Mir gefror das Blut in den Adern. Wir hätten Nikki niemals

in diese Sache mit hineinziehen dürfen. Ich hatte mein Versprechen an Dexter erfüllt, und jetzt würde ich dabei zusehen müssen, wie seine Tochter starb, ohne die geringste Ahnung, wie ich es verhindern sollte. Ich könnte Jemima verraten, warum wir hier waren, aber wie viele weitere Leben würde das kosten?

Das hier war das größere Ganze, von dem Ysanne gesprochen hatte.

Hier ging es nicht um mich oder Nikki.

Jemima wollte, dass sich die Menschen wieder daran erinnerten, dass Vampire mehr waren als hübsche Spielzeuge – dass wir Jäger waren, Raubtiere, *gefährlich*. Aber noch nicht einmal Jemima wollte, dass sich die Menschen gegen uns wandten. Es hätte eine Katastrophe für die Lebensweise der Vampire bedeutet. Wenn die Vampire nicht länger mit den Menschen zusammenleben konnten, könnten sie in die Schatten zurückgetrieben werden, zurück in das einsame, blutige Leben, das sie hinter sich gelassen hatten, als sie sich der Welt offenbart hatten.

Wir, erinnerte ich mich selbst. Ich war jetzt eine Vampirin – ich würde auch in die Schatten getrieben. Es sei denn, Jemima brachte uns alle um.

Ich reckte den Hals und blickte zur Tür des Ballsaals, aber sie war leer. Etiennes Abwesenheit ließ Alarmglocken in meinem Kopf schrillen.

»Wie's aussieht, müssen wir uns den Weg hier raus freikämpfen«, flüsterte Edmond mir zu.

Ich schaute zu ihm hinauf – seine Augen funkelten rot vor Rage.

»Wir sind in der Unterzahl«, flüsterte ich zurück.

»Entweder kämpfen wir, oder wir sehen zu, wie sie ein hilfloses Kind abschlachtet.«

Es war nicht wirklich eine Wahl. Wenn wir unsere Fänger angriffen, würden wir mit ziemlicher Sicherheit verlieren, aber wenn wir es nicht taten, würde Jemima uns sowieso töten. Wenn wir schon untergingen, dann sicher nicht kampflos.

»Werft das Leben dieses Kindes nicht weg«, warnte Jemima uns und ließ den Blick durch den Raum schweifen.

Nikki flehte nicht um ihr Leben. Sie zitterte nicht und weinte nicht. Sie starrte Jemima einfach nur mit einer stählernen Ruhe an, die die meisten Erwachsenen wenige Sekunden vor ihrem sicheren Tod niemals bewahrt hätten.

»Irgendjemand?«, fragte Jemima.

Ich machte den Mund auf, ohne die geringste Ahnung, was ich sagen würde – was eben nötig war, um Nikki noch ein paar Sekunden länger am Leben zu halten –, aber der Schrei, der den Ballsaal erfüllte, kam nicht von mir.

»Aufhören!«

Ysanne Moreau stand in der Tür, ihre Augen glühend.

»Falls hier noch mehr Blut vergossen wird, dann nur deines, Jemima«, drohte sie.

Jemima funkelte sie genauso an, und ich bildete mir ein, neben all der Wut auch einen Anflug von Bedauern auf ihrem Gesicht zu erkennen. Ysanne und sie hatten einst zusammengearbeitet, um gefährliche Vampire aufzuhalten – wie konnte Jemima nicht erkennen, dass sie sich selbst in genau das verwandelt hatte, wogegen sie einst gekämpft hatte?

Nur dass sie sich selbst völlig anders wahrnahm, wurde mir bewusst. Damals hatte Jemima getan, was sie für das Beste für die Vampirwelt gehalten hatte, und genau das tat sie noch immer. Mit dem Unterschied, dass sie mehrere Todesopfer inzwischen als akzeptablen Preis für ihre Vision betrachtete. Ysanne hingegen nicht.

»Ich wollte nicht, dass es so endet«, sagte Jemima und klang tatsächlich aufrichtig. »Aber es ist nun mal das Beste für unseresgleichen. Und es ist das Beste für dieses Haus.«

»Nur dass es nicht dein Haus ist und du nicht darüber entscheiden kannst, was hier passiert«, sagte Míriam und tauchte neben Ysanne auf.

Mein erschöpftes Herz machte einen winzigen Satz.

Hinter Míriam stand Ludovic, und hinter ihnen fächerten sich die anderen Vampire von Belle Morte auf. Ich konnte nicht erkennen, ob sie alle da waren, entdeckte jedoch Phoebe und Fadime, Benjamin und Alexandra. Das kleine Hüpfen in meiner Brust wuchs sich zu einer rauschenden Woge wilder Freude aus.

Einige der Vampire hatten sich freiwillig auf Jemimas Seite geschlagen, aber weit mehr waren Ysanne gegenüber noch immer loyal und versammelten sich nun hinter ihr, bereit, für sie und Belle Morte zu kämpfen.

Aber wie hatte Ysanne es geschafft, sie davon zu überzeugen, dass sie die Gute war? Susan Harcourt war mit uns im Ballsaal und wirkte genauso überrascht wie alle anderen, Ysanne zu sehen, was bedeutete, dass Ysanne das Video noch nicht gefunden hatte.

Die Freude in meinem Herzen verblasste. Ohne diesen Beweis stand noch immer Ysannes Wort gegen Jemimas.

Míriam bewegte sich weiter in den Raum hinein. »Wir haben deine Version der Ereignisse gehört, aber Ysanne und Ludovic zeichnen ein ganz anderes Bild und haben eine Menge Fragen aufgeworfen, auf die wir Antworten brauchen.«

»Und die wichtigste Frage ist im Augenblick: Warum bedrohst du ein Kind?«, meldete sich Ludovic zu Wort, und seine Stimme klang harscher, als ich sie jemals gehört hatte.

Jemima lachte, und ich hasste, wie natürlich es klang. »Gewiss bist du intelligent genug, eine falsche Drohung zu erkennen, wenn du eine hörst? Ich will niemandem wehtun, aber mögliche Gefahren von einem unserer Häuser abzuwenden, muss stets oberste Priorität für uns haben. Wenn ich ein Kind bedrohen muss, um eine Verräterin aus ihrem Versteck zu locken, dann tue ich genau das.«

»Nur dass Ysanne behauptet, *du* wärst die Verräterin«, erwiderte Míriam.

»Wirklich? Dann lasst es mich noch einmal zusammenzufassen: Ysanne wusste, dass June Mayfield illegal in eine Rasende verwandelt wurde. Aber anstatt dieses Problem aus der Welt zu schaffen und den Vampirrat zu informieren, hat sie June im Westflügel versteckt und ihrem gesamten Haus verboten, darüber zu sprechen. Hat Ysanne irgendetwas davon abgestritten?«

Míriam erwiderte nichts.

»Kommt euch das nicht verdächtig vor? Kommt es euch nicht verdächtig vor, dass sie dem Treffen des Vampirrats hier in Belle Morte zugestimmt hat, nur um die anderen Mitglieder hinzurichten? Ich war dabei, ich weiß, was ich gesehen habe«, fügte Jemima hinzu.

»Ich war auch dabei, und du bist eine verdammte Lügnerin«, zischte Caoimhe.

»Du wirst sicher verstehen, warum wir dieser Sache auf den Grund gehen müssen, anstatt deine Version blind zu akzeptieren?«, sagte Míriam zu Jemima.

Als die Vampire von Belle Morte den Ballsaal betreten hatten, hatte ich angenommen, sie hätten Ysanne die Treue gehalten, aber vielleicht war das naiv gewesen. Trotzdem, sie waren bereit, Ysanne zuzuhören, und auch das passte Jemima ganz und gar nicht.

»Eines vergesst ihr bei der ganzen Sache«, meldete sich eine Stimme zu Wort, die ich nicht erkannte, und zwei Männer drängten sich durch die Traube aus Vampiren, die den Eingang versperrten.

Meine Hände ballten sich zu Fäusten, als mächtiger schwarzer Zorn durch meinen Körper strömte und mich komplett erfüllte.

Etienne wirkte völlig verstört und ein leuchtender Blutfleck prangte auf seiner Stirn. Er stützte sich schwer auf Sanjay, einen der Belle-Morte-Vampire, den ich vom Sehen kannte. Er musste derjenige gewesen sein, der gesprochen hatte.

Sanjay half Etienne in den Ballsaal. »Ysanne kontrolliert die Rasende. Wir haben es alle gesehen«, fuhr Sanjay fort und warf Ysanne einen dreckigen Blick zu. »Ich wollte es selbst nicht glauben, aber ich vertraue darauf, was ich gesehen habe – und ihr solltet dasselbe tun.«

Ich konnte nicht sagen, ob er sich auf Jemimas Seite geschlagen hatte, weil er an ihre Version glaubte, genau wie Catherine und Phillip, oder ob er einfach nur glaubte, dass Ysanne in dieser ganzen Geschichte der Bösewicht war.

»Das ist nicht wahr. *Etienne* kontrolliert sie, er hat es nur so *aussehen* lassen, als täte Ysanne es«, schrie ich.

»Und warum ist die Rasende dann zurück?«, blaffte Sanjay mich an?

Eis jagte an meiner Wirbelsäule hinunter.

»Die Rasende ist *hier*?« Míriam klang verängstigt.

»Die Bestie ist zusammen mit Ysanne aus der Villa geflohen, und jetzt, wo sie wieder zurück ist, ist dieses Ding auch wieder hier. Erwartet ihr wirklich, dass ich glaube, das wäre nur ein Zufall?«, fragte Sanjay.

Etienne legte eine Hand auf Sanjays Schulter und richtete sich dramatisch auf. »Ich bin der Kreatur nur mit knapper Not entkommen«, behauptete er und berührte seine blutende Stirn. »Ysanne, bitte, ruf das Biest zurück, bevor noch jemand anders verletzt wird.«

Ysanne funkelte ihn an, als würde sie mit dem Gedanken spielen, ihn mit seinen eigenen Eingeweiden zu erdrosseln. »Ich kontrolliere June Mayfield nicht«, erwiderte sie.

»Sie ist *hier im Haus*«, fauchte Sanjay, und es lag echte Furcht in seiner Stimme.

Ein heiseres Knurren erfüllte die Luft und die Vampire am Eingang wichen zur Seite.

Das Ding, das einst meine Schwester gewesen war, streunte in den Ballsaal. Niemand hatte sie sauber gemacht seit der Nacht, in der sie aus dem Westflügel freigelassen worden war, und getrocknetes Blut verfilzte ihr Haar zu seildicken Strähnen, die um ihr Gesicht hingen. Ihr Gesicht war noch immer von Blut verschmiert, getrocknet zu einer schuppigen braunen Kruste. Darunter war ihre Haut praktisch reinweiß, so bleich, dass sie beinahe durchsichtig wirkte. Ihre Augen waren wie Feuer. Der Gestank von Tod und Verwesung umhüllte sie.

Nikki stieß ein leises Quieken aus und June drehte sich zu ihr um. Mir hüpfte das Herz in den Hals, aber June starrte Nikki nur mit diesen schrecklichen Augen an. Sie versuchte nicht, sie anzugreifen.

»Seht ihr?«, schrie Sanjay. »Die Kreatur hat Etienne angegriffen, aber sie verschont jeden, der mit Ysanne hierhergekommen ist.«

Míriam zog die Stirn in Falten und blickte von Edmond zu June zu Ysanne. Vielleicht wollte sie uns glauben, aber Etienne hatte dafür gesorgt, dass die Beweise gegen uns sehr überzeugend waren. *Der Mistkerl.*

»Bitte, Ysanne«, flehte Etienne erneut, ohne den Blick von June abzuwenden, die langsam hin und her streifte, leise knurrend. »Tu das nicht.«

Wir hatten Susans Beweise nicht.

Wir hatten überhaupt keine Beweise.

Etienne hatte sich diese Verletzung entweder selbst zugefügt oder June befohlen, es zu tun, aber ich wäre jede Wette eingegangen, dass sie schlimmer aussah, als sie tatsächlich war. Plötzlich wuchs eine verzweifelte Idee in mir heran. Als ich June zum ersten Mal im Westflügel gesehen hatte, hatte ich mir den Fuß an einer Glasscherbe aufgeschnitten, und der Geruch von frischem Blut hatte June ganz wild gemacht.

Es war Zeit, herauszufinden, wie viel Kontrolle Etienne wirklich über sie hatte.

Seit Junes Eintreffen waren die Lakaien ein wenig zurückgewichen. Sie umzingelten uns zwar immer noch, aber die silbernen Messer, die sie uns an die Kehle hielten, waren ein wenig gesenkt. Es war immer noch ein Risiko, aber eines, das ich eingehen musste.

Ich verpasste dem nächstbesten Lakaien einen kräftigen Schubs, und bevor ich auch nur über die Schmerzen nachdenken konnte, hatte ich mir mit meinen eigenen Reißzähnen den Unterarm aufgeschlitzt. Blut quoll hervor, spritzte auf den

Marmorfußboden. June blickte sich zu mir um, die Lippen über die gefletschten Reißzähne hochgezogen.

»Renie«, brüllte Edmond.

Ich stürzte nach vorne, goss Blut über den Boden. June wirbelte herum, ihre Augen glühten noch greller. Sanjay taumelte aus dem Weg, aber das war in Ordnung, schließlich hatte ich es nicht auf ihn abgesehen. Ich machte einen Satz vor Etienne und schmierte mit meinem blutenden Arm über sein Gesicht. Sein verdutzter Ausdruck verriet mir, dass er noch immer nicht verstand, was ich tat, aber das würde er noch. Es sei denn, ich hatte zu hoch gepokert – dann würde June mich in Stücke reißen.

June setzte zum Sprung an, und Etiennes Augen weiteten sich, als ihm endlich klar wurde, was ich getan hatte.

»Stopp!«, brüllte er und vollführte eine schneidende Bewegung mit der Hand.

June kauerte sich abrupt auf dem Boden zusammen, noch immer knurrend wie ein in die Ecke gedrängter Hund.

Im Rest des Ballsaals war es totenstill.

Edmond war der Erste, der das Wort ergriff. »Versteht ihr es jetzt?«, fragte er. »Ysanne kontrolliert June nicht, sondern *Etienne*. So konnte er uns die Schuld in die Schuhe schieben. Er und Jemima stecken hinter allem.«

Etienne war wie erstarrt, und ich hätte eine ungeheure Befriedigung bei dem Ausdruck auf seinem Gesicht empfunden, wenn die grauenvolle, erstickende Anspannung im Saal nicht gewesen wäre, dieses Gefühl, dass wir nur ein einziges Wort von einem schrecklichen, blutigen Ende entfernt waren.

Ich hatte vergessen, dass Etienne keine Worte brauchte, um seine grauenvollste Waffe einzusetzen.

Er vollführte erneut eine scharfe Geste mit der Hand, und June riss den Kopf nach oben, ihre Augen auf ihn gerichtet. Er wiederholte die Geste und zeigte dann mit einem Finger auf Edmond.

June wirbelte herum und stürzte sich mit kehligem Gebrüll auf den Mann, den ich liebte.

KAPITEL 28

Renie

June krallte mit ihren Nägeln nach Edmonds Gesicht, wie wild mit den Reißzähnen schnappend, und er stieß sie mit solcher Kraft von sich, dass sie auf den Boden knallte. Einen Herzschlag später war sie wieder auf den Beinen. Doch Edmond packte ihre Handgelenke und verhinderte, dass sie ihn mit ihren spitzen Nägeln aufschlitzte. June knurrte und schnappte nach ihm, und die Sehnen in ihrem Hals zeichneten sich wie straffe Seile unter ihrer Haut ab, so verzweifelt wehrte sie sich gegen seinen Griff.

Wieder stieß Edmond sie von sich, und wieder landete sie unsanft auf dem Boden, doch als sie sich diesmal aufrappelte, stand sie Nikki gegenüber. Nikkis Gesicht war kreideweiß, und sie zitterte am ganzen Körper, aber entweder war sie zu starr vor Panik, um sich zu rühren, oder sie hatte Angst, eine plötzliche Bewegung könnte einen Angriff auslösen.

Edmond stürzte vorwärts, packte eine Faustvoll von Junes blutverklebtem Haar und riss sie nach hinten. June drehte sich um und versenkte ihre Reißzähne in Edmonds Arm.

Ludovic eilte ihm sofort zu Hilfe, doch ein Schwarm von Etiennes Lakaien fing ihn ab – und dann brach die Hölle los.

Die loyalen Belle-Morte-Vampire stürmten los, um den Ihren zu helfen, und zum zweiten Mal innerhalb weniger Tage verwandelte sich der Ballsaal der Villa in ein Schlachtfeld.

Auf der anderen Seite des Raumes erhaschte ich einen Blick auf Susan, die panisch in ihr Funkgerät sprach, zweifellos, um die bestochenen Wachen zur Verstärkung zu rufen. Ich wollte gerade zu ihr stürmen, als mich jemand urplötzlich von den Beinen hob und mit voller Wucht gegen die Wand schleuderte. Wenn ich noch ein Mensch gewesen wäre, hätte ich mir den Rücken gebrochen. Als Vampirin konnte ich den Schmerz mit einem erstickten Wimmern ertragen. Ich hob den Blick.

Catherine stand über mir. Hass glühte in meinen Knochen. Dass auch einige Menschen Jemima geholfen hatten, war ein wenig leichter zu verdauen gewesen, schließlich waren sie nicht die Ersten, die ihre Seele für Ruhm und Reichtum verkauft hatten. Aber Vampire wie Catherine hatten alles – Wohlstand, Schönheit, Ansehen –, und es war ihnen trotzdem nicht genug. Sie war bereit gewesen, ihre Freunde zu verraten – sie *sterben* zu sehen, – um noch mehr zu bekommen.

Ich warf mich wutentbrannt auf sie.

Catherine war älter als ich und damit deutlich stärker, aber die Wut meines Angriffs traf sie offenbar unvorbereitet, und sie taumelte rückwärts. Ich verpasste ihr eine saftige Ohrfeige, in die ich meine ganze Vampirkraft legte, und ihr Kopf flog förmlich auf ihren Schultern hin und her. Als ich jedoch versuchte, den nächsten Hieb zu landen, schlug sie meine Hand weg und packte mich am Hals. Sie hob mich von den Füßen, schleuderte mich mit aller Kraft von sich, und ich konnte nur noch *O Scheiße* denken – doch anstatt erneut gegen die Wand oder auf den Boden zu knallen, fing mich ein Paar starker Arme auf.

Zuerst glaubte ich, Edmond wäre zu meiner Rettung geeilt, doch dann erkannte ich, dass die Arme dünner waren als seine, die Brust, die sich an meinen Rücken presste, weich und weiblich, nicht hart und vertraut wie Edmonds.

Caoimhe setzte mich wieder auf dem Boden ab. Sie sah mich nicht an, fixierte mit ihren tiefroten Augen Catherine.

»Ich habe dir doch gesagt, dass ich dich töten werde«, fauchte sie.

Alle Selbstgefälligkeit verschwand aus Catherines Augen, ersetzt durch nackte Angst. Sie wich einen Schritt zurück, aber Caoimhe war zu schnell. In einer verschwommenen Bewegung packte sie Catherines Kopf mit beiden Händen, ihre Finger um den Kiefer der jüngeren Vampirin gekrallt. Ihre Arme bebten vor übermenschlicher Stärke, als sie Catherines Schädel mit einem wilden Ruck zur Seite riss und immer weiter herumdrehte, bis ihre Haut aufplatzte, die Sehnen fetzten und Blut über den Boden sprühte. Catherines Leiche kippte vornüber und knallte auf den Marmor. Ihr Kopf klemmte noch immer in Caoimhes Händen, die Zunge zwischen ihren blutigen Lippen baumelnd. Caoimhe warf den Kopf weg, und er landete mit einem nassen *Klatsch* auf dem Boden.

Auf der anderen Seite des Saals rettete sich Jason stolpernd vor einem weiteren feindlichen Angriff. Ich musste ihn, Roux und Nikki hier rausschaffen, bevor einer von ihnen verletzt wurde – oder Schlimmeres.

Aber jemand kam mir zuvor.

Gideon sauste wie ein blonder Blitz vor Jason, um ihn zu schützen. Als eine feindliche Vampirin auf die beiden zurannte, schleuderte er sie mit solcher Wucht gegen die Wand, dass ich tatsächlich Knochen brechen hörte.

Ein bekanntes Gesicht starrte mich aus der Masse der Kämpfenden an. Adrian grinste, zeigte mir seine Reißzähne, und für einen Sekundenbruchteil spürte ich dieselbe Angst und Wut wie damals, als er mich begrapscht und mich gegen meinen ausdrücklichen Wunsch in den Hals gebissen hatte.

Aber ich war nun keine Spenderin mehr. Nun hatte ich selbst Reißzähne – und ich war bereit, sie zu benutzen.

Doch ich bekam keine Gelegenheit dazu.

Adrian hatte sich noch keine zwei Schritte auf mich zubewegt, als Ludovic hinter ihm auftauchte, sein Gesicht und Haar blutüberströmt. Adrian blieb noch nicht einmal Zeit, sich umzudrehen. Ludovic stieß ihn zu Boden und trat ihm gnadenlos auf die Brust, bis seine Rippen zertrümmert waren. Blutblasen quollen zwischen Adrians Lippen hervor. Er war der Grund dafür gewesen, dass Edmond blutig gepeitscht worden war, und Ludovic wollte sich dafür genauso an dem Nox-Vampir rächen wie ich.

Dann hörte ich plötzlich Edmonds Schmerzensschrei und vergaß alles andere.

Sein Hemd wies mehrere blutige Risse auf, und eine tiefe Wunde klaffte in seinem Arm, wo June ihn gebissen hatte. Sie umkreiste ihn, ihr Mund blutverschmiert, ihre Augen weit aufgerissen.

Ich hatte das Gefühl, man hätte mir das Herz aus der Brust gerissen und durch einen Eisblock ersetzt.

Ich hatte Edmond inzwischen schon öfter kämpfen sehen und normalerweise wäre er mit einer Rasenden problemlos fertiggeworden. Aber das hier war nicht irgendeine Rasende. Das hier war meine Schwester. Edmond wusste, wie viel June mir bedeutete und wie sehr ich dafür gekämpft hatte, sie zu retten. Auch als er ihr das letzte Mal gegenübergestanden hatte – als er June von mir heruntergezogen hatte, nachdem sie mich im Westflügel angegriffen hatte, – hatte er sich zurückgehalten und versucht, sie zu überwältigen, ohne ihr wehzutun. Und genau das tat er nun auch. Er *wusste*, June konnte nicht gerettet werden, aber er tat ihr trotzdem nicht ernsthaft weh. Meinetwegen.

Die bittere, kalte Wahrheit bohrte sich wie eine Klinge in meinen Verstand. Eigentlich hatte ich es bereits gewusst, als Edmond das Thema in Fiaigh noch vorsichtig umschifft hatte, aber erst jetzt verstand ich es wirklich.

June konnte nicht gerettet werden.

Ich hatte so sehr versucht, meine Schwester zurückzubringen und von diesem Monster zu befreien, in das sie sich verwandelt hatte, aber es war unmöglich. June war fort, dieses *Ding* nur in ihre Haut geschlüpft.

Blut floss aus der Wunde an Edmonds Arm, und wenn er nicht bald anfing, sich richtig zu wehren, würde er noch ernster verletzt werden.

June musste aufgehalten werden.

Ich musste sie aufhalten.

Und ich glaubte auch zu wissen, wie.

Ich rannte aus dem Ballsaal und hatte den Speiseraum bereits halb durchquert, als ich eine Bewegung hinter mir spürte, mich umblickte und einen großen Vampir mit kurz geschorenem Haar entdeckte, der mir nachjagte.

Wir waren beide neue Vampire und einander in Sachen Stärke ebenbürtig, aber er war trotzdem doppelt so groß wie ich, deshalb rechnete ich mir keine allzu großen Chancen gegen ihn aus.

Er kam mir immer näher, und ich schnappte mir einen der um den Esstisch stehenden Stühle und rammte ihn ihm ins Gesicht. Seine Nase explodierte in einer Gischt aus Rot. Ich schlug erneut zu und diesmal zwang ich ihn zu Boden.

Es war ein furchtbar befriedigendes Gefühl, aber ich verlor keine Zeit damit, mir anzusehen, wie viel Schaden ich tatsächlich angerichtet hatte.

Ich rannte durch den Speiseraum und den Salon ins Foyer. Vier Wachen in schwarzen Uniformen kamen gerade zur Haustür herein. Sie starrten mich mit offenem Mund an, aber ich wurde nicht langsamer. Ich raste die Treppe hinauf und in den Nordflügel, als stünden meine Füße in Flammen. Die Wachen verfolgten mich nicht.

Ich rauschte ein wenig zu schnell um eine Ecke und geriet ins Schlittern.

Ich prallte aus vollem Lauf auf den weichen Teppich, rutschte mit den Handflächen über den Boden und schürfte mir die Haut auf.

Ich ignorierte die Schmerzen und rappelte mich wieder auf. Jede Sekunde zählte.

Türen blitzten im Vorbeirennen neben mir auf – welche war Edmonds? Ich war erst zweimal in seinem Zimmer gewesen: an dem Tag, als er ausgepeitscht worden war, und dann, als ich als Vampirin aufgewacht war. Beide Male hatte ich meiner Umgebung nicht allzu viel Aufmerksamkeit geschenkt.

Da – das war die richtige Tür, ich war mir ganz sicher. Ich riss sie auf.

Der Geruch von Blut hing noch immer schwach in der Luft, aber jemand hatte die Laken gewechselt und das Bett gemacht, seit ich zum letzten Mal hier gewesen war. Es kam mir vor, als wäre es Wochen her, seit ich hier aufgewacht war, und sogar noch länger, dass ich ein Mensch gewesen war.

Mein Blick fiel auf die beiden auf einer Holztafel an der Wand hängenden Schwerter. Wenn Edmond sie in Fiaigh nicht erwähnt hätte, hätte ich mich wahrscheinlich gar nicht an sie erinnert, denn wann immer ich mich in diesem Zimmer befunden hatte, hatte entweder Edmond oder ich blutüberströmt auf dem Bett gelegen.

Ich nahm beide Schwerter von der Wand. Sie wirkten vergleichsweise schlicht: lange Klingen mit lederumwickelten Griffen, ihre Kanten von Schlachten gezeichnet und eingekerbt. Eine einzige Berührung mit dem Daumen bestätigte mir jedoch, wie scharf sie noch immer waren.

Ich verstand, warum Edmond sich in der Burg geweigert hatte, mich im Schwertkampf zu unterrichten, aber ich war mir trotzdem nicht sicher, ob ich June mit bloßen Händen erledigen konnte. Die Frage war nicht, ob ich körperlich stark genug dafür war – ich konnte nur den Gedanken nicht ertragen, meine Hände vom Blut meiner Schwester getränkt zu sehen.

Trotz allem, was sie getan hatte – sie hatte nie darum gebeten, sich in dieses Monster zu verwandeln. Ich wollte, dass sie einen schnellen, schmerzlosen Tod fand.

Und diese Schwerter konnten ihr diesen Tod geben.

Ich rannte zurück in den Ballsaal.

Die Schlacht war noch immer in vollem Gange, aber ich hatte nur Augen für Edmond und June. Edmond blutete aus zwei tiefen Schnittwunden an seiner linken Wange, schien June jedoch noch immer keinen Schaden zugefügt zu haben. Wenn sie nicht rasend gewesen wäre, hätte er sie ohne größere Probleme überwältigen oder unter Kontrolle bringen können, aber

Rasende schienen von endloser Rage und Energie angetrieben zu werden. Edmond würde bei diesem Kampf schneller ermüden als June und das könnte sich als tödlich für ihn erweisen.

Einen Moment lang zögerte ich, starrte auf das Ding, in das meine Schwester sich verwandelt hatte, und erinnerte mich noch einmal an das Mädchen, das sie einst gewesen war: das Mädchen, das ich geliebt hatte und für das ich so viel durchgemacht hatte, um es zu retten.

Aber nun war Edmond meine erste Priorität, und ich konnte einfach nicht zulassen, dass June noch jemanden verletzte.

Ich stürmte los, überrannte jeden, der sich mir in den Weg stellte, und tauchte eines der Schwerter tief in Junes Rücken. Leider war ich nicht darauf vorbereitet, wie viel Kraft nötig war, um selbst diese scharfe Klinge durch Fleisch und Knochen zu rammen. June schrie auf, riss sich los und zog ihren Körper von dem Schwert. Blut strömte aus der tiefen Wunde an ihrem Rücken, aber sie hielt sich auf den Beinen, bewegte sich immer noch.

Ich stach auf ihre Brust ein, und June taumelte rückwärts.

Jemand prallte von hinten gegen mich. Ich stolperte, ließ eins der Schwerter fallen und es ging in dem Durcheinander aus Füßen verloren. Ich wagte nicht, zu versuchen, es mir wiederzuholen – dafür hätte ich den Blick von June abwenden müssen.

Ungeschickt schwang ich mit meinem verbliebenen Schwert nach Junes Kopf, aber durch den Schwung vollführte die Klinge einen Bogen, der gefährlich nah an meinem Knie endete. Wenn ich nicht aufpasste, würde ich genau das tun, wovor Edmond mich gewarnt hatte, und mir selbst ein Bein abhacken.

June krümmte sich zusammen, wich weiter vor mir zurück und rutschte beinahe in ihrem eigenen Blut aus.

Die meisten hielten Rasende für hirnlose Monster, einzig getrieben von Hunger und Gier, aber Etienne hatte bewiesen, dass man sie abrichten *konnte*. In der Nacht, in der ich gestorben war, war June vor Ludovic geflohen, nachdem er sie in den Bauch gestochen hatte. Sie hatte damit bewiesen, dass der letzte Funke des Selbsterhaltungstriebs in ihrem rasenden Hirn noch nicht erloschen war. Dieser Funke musste nun erneut entfacht sein, denn als ich erneut unbeholfen mit dem Schwert nach ihr schwang, drehte June sich um und ergriff die Flucht.

Ich hatte mich schon einmal in dieser Situation befunden. Beim letzten Mal hatte ich June verfolgt und sie hatte mich getötet.

Diesmal würde es nicht so enden.

Ich rannte zurück durch den Speiseraum, aber June war unnatürlich schnell und bereits nicht mehr zu sehen. Ich folgte der Blutspritzerspur auf dem Parkettboden durchs Foyer und die Treppe hinauf. Dann hielt ich inne. An der Wand zu meiner Rechten klebte ein verschmierter blutiger Handabdruck. June war an den Ort zurückgekehrt, den sie seit ihrer Verwandlung zur Rasenden am besten kannte: in den Westflügel.

Ich hatte nie wieder dorthin zurückkehren wollen. Die Erinnerungen an Aidens letzten Schrei und an das grauenvolle Geräusch, das June beim Fressen aus seinem zerstörten Hals von sich gegeben hatte, fluteten sofort meinen Kopf, und das Schwert fühlte sich mit einem Mal furchtbar schwer in meiner Hand an.

Aber ich musste das hier tun.

Ysanne hatte einmal davon gesprochen, June aus ihrem

Elend erlösen zu wollen, aber ich hatte mich damals geweigert, auch nur darüber nachzudenken. Ich hatte mich geirrt. Ysanne hätte June einen schmerzfreien, mitfühlenden Tod beschert. Das Mindeste, was ich nun tun konnte, war, zu versuchen, meiner Schwester genau das zu geben.

Ich umklammerte das Schwert noch fester und marschierte entschlossen in den Westflügel.

Überall waren Blutstropfen, und ich ertappte mich bei dem bizarren Gedanken, dass Ysanne hier gründlich renovieren musste, wenn das alles endlich vorbei war.

Ich hielt inne, als ich die kurze Treppe erreichte, an der Aiden gestorben war. Jemand hatte das Blut aufgewischt, aber ich konnte immer noch *sehen*, wie er dort lag, seine Kehle zerfetzt, meine Schwester über ihn gebeugt.

Nun war June jedoch nirgends zu entdecken. Die Anspannung schlang sich wie eine eiserne Kette um meinen Hals. War sie in das Zimmer zurückgekehrt, in dem Ysanne sie eingesperrt hatte? Langsam stieg ich die Stufen hinauf, und obwohl mein Herz nicht mehr schlagen konnte, hätte ich schwören können, dass ich ein Phantomhämmern an meinen Rippen spürte.

Ich hatte das Kopfende der Treppe gerade erreicht, als ein kehliges Knurren in den Schatten hinter mir dröhnte. Bevor ich Zeit hatte, mich umzudrehen, rauschte June wie eine Abrissbirne in mich hinein. Wir stürzten gemeinsam zu Boden, und June biss mir in die Schulter, ihre scharfen Zähne durch Fleisch und Muskeln schlitzend. Ich schrie auf und krabbelte rückwärts, hievte mich auf die Beine und schleuderte mich und June gegen die nächstbeste Wand. Die Wucht unseres Aufpralls ließ die ringsum hängenden Gemälde erzittern.

Ich rammte June erneut gegen die Wand, und sie verlor den Halt. Ihre Nägel krallten nach meinem Rücken, als sie nach unten glitt, und ich drehte mich von ihr weg. June stieß ein Knurren aus und funkelte mit wahnsinnigen roten Augen zu mir herauf. Das Mädchen, das sie einst gewesen war, gab es längst nicht mehr, und auch die Hülle, in die dieses Ding geschlüpft war, ähnelte meiner Schwester kaum noch. June war tot, und ich musste verhindern, dass diese Bestie ihr Andenken weiter besudelte.

Mit einem Schrei puren Zorns hob ich das Schwert und tauchte es in Junes Brust, kräftig genug, um es durch ihre Rippen zu bohren, durch Fleisch, Muskeln und Organe – mit solcher Wucht, dass die Klingenspitze in der Wand hinter ihr stecken blieb und June festpinnte.

Sie brüllte und tobte, Blut schäumte aus ihrem zerstörten Mund.

Der mächtige Hieb hätte sie töten sollen, aber ich hatte ihr Herz verfehlt. June war noch immer am Leben, zappelte und wand sich, gepfählt von der Klinge.

Mir wurde übel. June hatte schon genug gelitten – konnte sie nicht wenigstens einen schnellen Tod finden?

Ihre Schreie waren so laut, dass ich das Geräusch sich nähernder Schritte kaum registrierte – und dann rammte sich plötzlich eine Faust von der Seite gegen mein Gesicht, und die Welt verschwamm für einen Moment vor meinen Augen.

Ich fiel zu Boden, rollte mich jedoch sofort herum, gerade noch rechtzeitig, um dem Fuß auszuweichen, der auf meinen Kopf zuflog. Etienne stand über mir. Seine Augen brannten wie Feuer und seine Reißzähne ragten wie kleine Messer über seine Unterlippe. Ein Tropfenmuster aus Blut – wahrscheinlich nicht sein eigenes – zierte eine Seite seines Gesichts und klebte in dunklen Klumpen in seinem roten Haar. In einer Hand hielt er das Schwert, das ich hatte fallen lassen.

»Du hast alles kaputtgemacht«, knurrte er mich an und trat erneut nach mir.

Diesmal war ich nicht schnell genug und sein Stiefel streifte meine Rippen. Er krallte eine Hand in mein Haar und knallte meinen Kopf gegen die Wand.

Ich hoffte inständig, Vampire konnten keinen Hirnschaden erleiden, denn ich hatte das Gefühl, mein Gehirn würde lose in meinem Schädel scheppern. Etienne knallte meinen Kopf ein zweites Mal gegen die Wand, meine Reißzähne schlitzten durch meine Lippe und mein Mund füllte sich mit dem Kupfergeschmack von Blut. Allem Anschein nach wollte er mich zu Tode prügeln, anstatt mich zu erstechen.

»Etienne!«

Die wunderschöne, vertraute Stimme durchdrang das Dröhnen in meinem Schädel, und Etienne ließ mich los, als Edmond die Stufen heraufstürmte. Er blieb neben June stehen, die, noch immer knurrend und zappelnd, versuchte, sich von dem Schwert zu befreien, schnappte sich den Griff der Waffe und drehte ihn scharf herum. June gab einen grauenvollen Laut von sich und verstummte.

Edmond riss das Schwert aus ihrem Körper und sie fiel in einem blutigen, stillen Häuflein zu Boden. Mir schnürte sich die Kehle zu. War sie endlich tot?

Edmond schwang sein Schwert mit einer geübten Bewegung seines Handgelenks, und es sah aus, als wäre die Waffe federleicht. »Normalerweise ersteche ich niemanden von hinten, aber wenn du dich mir nicht stellst, sondern wie der verräterische Feigling fliehst, der du bist, dann werde ich genau das tun«, warnte er Etienne.

Der grinste höhnisch. »Ein Duell? In welchem Jahrhundert lebst du denn?«

Edmond starrte ihn nur weiter an, seine Augen kalt und glühend rot. Etiennes Grinsen erstarb.

Mein Herz schien in meiner Kehle festzustecken, ein schmerzhafter Klumpen, den ich nicht hinunterschlucken konnte. Edmond hatte mir erzählt, der Vampir, der ihn verwandelt hatte, hätte ihm das Kämpfen beigebracht und wäre ein wahrer Meister mit dem Schwert gewesen. Er hatte mir jedoch auch erklärt, er hätte schon lange kein Schwert mehr in der Hand gehabt. Und wie gut war Etienne?

Ich hatte Etienne verhöhnt, er würde es nicht wagen, sich Edmond in einem fairen Kampf zu stellen – aber auch dieser Kampf war nicht fair. Etienne hatte eine kleine Platzwunde an der Stirn, die er sich mit ziemlicher Sicherheit selbst zugefügt hatte, während Edmond nach Junes Angriff an mehreren Stellen blutete.

Plötzlich stürzte sich Etienne mit einem Brüllen auf Edmond. Der wehrte den Schlag ab und das laute Scheppern von Metall auf Metall hallte durch den Korridor.

Etienne setzte seinen Angriff fort, schlug und stach mit aller Kraft zu.

Während ich ihnen zusah, verstand ich immer besser, warum Edmond sich geweigert hatte, mir das Schwertkämpfen beizubringen. Es war eine brutale, tödliche Kunst – nichts, was man ohne die geringste Erfahrung in ein oder zwei Stunden erlernen konnte. Etienne hätte mich wahrscheinlich nach spätestens zwei Sekunden in zwei Hälften zerteilt.

Edmond durchbrach Etiennes Abwehr und schlug nach seinem Kopf, aber Etienne wich zur Seite, und die Kante von Edmonds Schwert streifte nur seine Wange. Weißer Knochen wurde in dem klaffenden Schnitt sichtbar, aber Etienne grinste nur.

»Der erste Treffer«, sagte er. »Meinen Glückwunsch.«

Ich hasste die Tatsache, dass ich nichts weiter tun konnte, als auf dem Boden zu kauern und ihnen zuzusehen. Doch wenn ich versucht hätte, mich einzumischen, wäre ich wahrscheinlich von Etiennes Schwert durchbohrt worden.

Etiennes Klinge sauste durch die Luft, durchschnitt Edmonds Parade und rammte sich in seine Seite. Edmond geriet ins Taumeln, und ich klatschte die Hände auf den Mund und erstickte einen Schrei. Etienne stach erneut zu, aber Edmond parierte, und die aufeinanderprallenden Schwertkanten gaben ein schrecklich kreischendes Klirren von sich. Edmond ließ seine Klinge in einer hackenden Bewegung abwärtssausen, aber Etienne schwang sein Schwert unter Edmonds Handgelenk nach oben und schlitzte ihm den Arm bis zum Knochen auf.

Ich zuckte zusammen.

Edmond kämpfte weiter, ungeachtet der Verletzung, aber das Blut strömte aus seinen Wunden und spritzte an die Wände ringsum, während er und Etienne ihren tödlichen Tanz vollführten.

Etiennes Verletzungen waren so geringfügig, dass sie ihn nicht beeinträchtigten – ganz im Gegensatz zu Edmonds. Etienne wich einem weiteren Hieb aus und tauchte sein Schwert tief in Edmonds Schulter. Er drehte die Klinge herum, und Edmond brach auf den Knien zusammen.

»Du hättest mich von hinten erstechen sollen, als du die Chance dazu hattest«, verhöhnte Etienne ihn.

Edmond blickte zu ihm hinauf und trotz des aus seinen Wunden quellenden Bluts hatte er ein wildes Grinsen im Gesicht. »Niemals«, sagte er. »Ich wollte dir in die Augen schauen, wenn ich dich töte.«

Er bäumte sich auf und zog sich an Etiennes Schwert zu ihm heran, während er sein eigenes in blitzschnellem Bogen schwang. Die Klinge sank tief in Etiennes Seite ein und zertrümmerte seine Rippen. Blut schoss aus seinem Mund. Edmond riss sein Schwert wieder heraus, und Etienne taumelte rückwärts, bevor er auf dem Boden zusammenklappte. Blut floss aus der Wunde, die ihn beinahe in zwei Teile zerschnitten hatte.

Edmond zog Etiennes Schwert aus seiner Schulter und warf es auf den Boden. Dann hielt er mir sein eigenes Schwert hin, mit dem Griff voraus. »Er hat deine Schwester getötet, *mon ange*«, sagte er. »Die Ehre gebührt dir, wenn du willst.«

Ich stützte mich mit einer Hand an der Wand ab und rappelte mich auf. Edmond wirkte furchtbar erschöpft, die Kleider blutdurchtränkt, aber seine Miene wirkte vollkommen ruhig, während er mich betrachtete. Er hatte Etienne für alles, was er getan hatte, unbedingt töten wollen. Nun überließ er mir jedoch in der letzten Sekunde seinen Sieg, weil er glaubte, ich bräuchte ihn dringender.

Ich nahm Edmond das Schwert ab und blickte auf die lange, blutverklebte Klinge hinunter.

Konnte ich es tun? Konnte ich kaltblütig einen Mann erschlagen, der bereits im Sterben lag?

Ich starrte auf den vor Schmerzen keuchenden Etienne

hinunter. Blut hatte sich in einer dicken Lache unter ihm gesammelt, und irgendetwas Dickeres, Nasseres quoll aus seiner Wunde.

Konnte ich ihn töten?

Ja, verdammt noch mal.

Ich umfasste das Schwert mit beiden Händen, ließ die Klinge auf Etiennes Hals herabsausen und hackte ihm den Kopf ab.

Dann ließ ich das Schwert fallen, meine Arme kribbelnd vom Nachhall des Schlags. »O Gott, *Edmond*«, stieß ich aus und rannte zu ihm.

Ich blieb schlitternd vor ihm stehen und hielt mich selbst davon ab, meine Arme um ihn zu schlingen, um ihm neben all den Verletzungen nicht noch mehr wehzutun. Sein Gesicht war kreideweiß vor Schmerzen, aber er brachte ein Lächeln zustande.

»Hab ich schon erwähnt, dass du mit einem Schwert in der Hand auch ziemlich sexy aussiehst, *ma chérie*?«, fragte er.

Seine Worte klangen gequält. Ich wollte seinen Arm um meine Schultern legen, um ihn zu stützen, aber ich wusste nicht, welchen Arm ich nehmen sollte: den mit dem knochentiefen Schnitt oder den mit der Wunde in der Schulter.

Als ich das volle Ausmaß der Verletzungen sah, die Etienne ihm zugefügt hatte, hätte ich den verfluchten Mistkerl am liebsten noch mal umgebracht.

»Er hatte recht, du hättest ihn von hinten erstechen sollen«, sagte ich.

Edmond lachte gequält. »Ist nicht mein Stil.«

»Ja, aber schau dich doch nur mal an.«

Er versuchte, meine Worte mit einem Winken abzutun, zuckte jedoch bei der Bewegung zusammen. »Es ist nichts, das nicht wieder heilen wird«, beharrte er.

Es waren keine Spendenden mehr in der Villa, was bedeutete, wir würden uns darauf verlassen müssen, dass jemand vom Wachpersonal Edmond fütterte. Es gehörte streng genommen zwar nicht zu ihrem Job, aber sie würden sich sicher nicht weigern.

Edmond rappelte sich auf, lehnte sich an meine Schulter – und versteifte sich dann plötzlich, einen leisen Fluch auf den Lippen. Ich folgte seinem Blick und mir krampfte sich der Magen zusammen.

»Nein«, flüsterte ich.

June war weg. Ich war mir sicher gewesen, Edmond hätte sie getötet, aber dort, wo sie zu Boden gestürzt war, unter der Kerbe in der Wand, in die ich das Schwert hineingerammt hatte, lag nichts als eine Pfütze aus Blut.

Ich war so erschöpft, dass ich mich am liebsten auf dem Boden zusammengerollt hätte. Ich hatte das Gefühl, diese Sache würde niemals enden. Aber ich konnte mir den Luxus nicht leisten, zusammenzubrechen.

June lief immer noch frei in der Villa herum.

»Sie kann noch nicht weit gekommen sein«, sagte ich und hob Etiennes Schwert auf.

Ich wollte Edmond sagen, er sollte hier auf mich warten – er war nicht in der Verfassung, mir zu helfen, – aber ich wusste, er würde nicht auf mich hören. Genauso wenig, wie ich auf ihn gehört hätte, wenn unsere Rollen vertauscht gewesen wären.

Wir folgten Junes Blutspur aus dem Westflügel. Ich hatte angenommen, sie wäre die Treppe wieder hinuntergerannt, um einen Weg aus der Villa zu finden, aber stattdessen zierten frische Blutsflecken den Korridor, der in den Nordflügel führte.

»Sie ist ausgezehrt, verletzt und verzweifelt – und damit gefährlicher denn je«, warnte Edmond mich.

»Ich weiß, aber es sind schon genügend Leute gestorben. Wir müssen dieser Sache ein Ende bereiten.«

Und das nicht zuletzt um Junes willen. Sie mochte vielleicht einst davon geträumt haben, sich in eine Vampirin zu verwandeln – aber eine Rasende war keine Vampirin. Sie war eine perverse, blutrünstige Verhöhnung all dessen, was June geliebt hatte. Wenn auch nur noch ein winziger Teil meiner Schwester übrig gewesen wäre, hätte sie mich angefleht, sie aus ihrem Elend zu erlösen.

»Edmond! Renie! Da seid ihr ja.« Roux eilte die Stufen zu uns herauf.

Im selben Moment durchschnitt ein ausgehungertes Brüllen die Luft, und June raste herbei, von der Aussicht auf frisches Fleisch aus ihrem Versteck gelockt. Sie hatte die Reißzähne gefletscht und die Hände zu Klauen gekrümmt, als sie einen gewaltigen Satz machte – und direkt auf Roux zuflog.

KAPITEL 29

Edmond

Alles schien in Zeitlupe zu passieren – June flog bei ihrem Sprung durch die Luft, und es kam Edmond vor, als würde sie sich durch zähen Sirup bewegen. Roux blieb wie hypnotisiert auf der Treppe stehen und blickte zu June hinauf, ihre Miene starr vor Schreck.

Doch Renie – seine mutige, wunderschöne Renie – reagierte schneller als er. Im selben Moment, in dem sie Junes Knurren hörten, rannte Renie los, setzte am Kopfende der Treppe zum Sprung an und stürzte sich auf ihre rasende Schwester.

Hätte Edmond gewusst, wie das alles enden würde, hätte er June schon beim ersten Mal getötet, als Ysanne ihn zu ihr in den Westflügel mitgenommen hatte. Denn wenn June Roux tötete, bevor Renie sie aufhalten konnte, würde Renie sich das niemals verzeihen.

Dann verstrich die Zeit plötzlich wieder in normalem Tempo, als Renie mitten in der Luft mit June zusammenprallte. Die beiden segelten über Roux' Kopf hinweg und knallten in einem Durcheinander aus Armen und Beinen und schnappenden Zähnen auf die Stufen.

Blut ergoss sich aus der Wunde in Junes Brust wie Farbe

über Renie, und sie krallte mit ihren zerstörten Fingernägeln wie wild nach Renies Gesicht.

Edmond stürzte zur Treppe, viel zu langsam dank seiner Wunden, aber auch diesmal war Renie schneller.

Sie und June rollten die Treppe hinunter, das Schwert neben ihnen die Stufen hinabrutschend. Schließlich landeten sie im Foyer auf dem Boden und Renie löste sich von June und schnappte sich die Waffe.

June drehte sich auf alle viere. Blut und Speichel hingen in schleimigen Fäden von ihrem Mund und trieften auf den Boden. Sie hatte Edmond auf der Treppe hinter ihr noch nicht bemerkt, und wenn er sofort handelte, konnte er June töten, bevor sie Renie auch nur ein weiteres Haar krümmte.

Aber er rührte sich nicht.

Renie musste das hier selbst tun, genauso, wie sie Etienne hatte töten müssen. Edmond würde ihr das nicht wegnehmen.

June krabbelte auf Renie zu wie eine monströse Spinne. Renie zog das Schwert zurück, den Griff nahe an ihrem Körper, und ließ dann mit einem zitternden Schrei den Arm vorwärtsschnellen.

Das Schwert bohrte sich in Junes Brust, direkt durch ihr Herz, und stach aus ihrem Rücken wieder heraus. Blut und Gewebe spritzten.

Edmond war nun schon seit vielen Hundert Jahren ein Vampir, aber er würde trotzdem niemals verstehen, warum sie starben, wenn man ihr Herz durchbohrte, obwohl sie es gar nicht wirklich brauchten. Aber June war definitiv tot.

Sie starrte auf das aus ihrer Brust ragende Schwert hinunter, ihre Kinnlade schlaff heruntergeklappt. Noch mehr Blut floss zwischen ihren Reißzähnen hervor.

Sie kippte vornüber, und ihr Kopf knallte mit grauenvoller Endgültigkeit auf den Boden, während das letzte matte Licht in ihren Augen erlosch und nichts als glasig schimmernde Murmeln zurückließ. Renie streckte zögernd eine Hand aus, um Junes zu berühren, die krallenartigen Finger der Rasenden im Tod entspannt, schien sich dann aber doch nicht dazu überwinden zu können. Stattdessen sank sie erschöpft auf ihre Fersen nieder und starrte auf den zerstörten, blutigen Körper ihrer Schwester.

Sie hob den Kopf, als Edmond die letzten Stufen zu ihr hinuntereilte. Eine rote Träne rann über ihre Wange, bevor sie zusammensackte, sich selbst umarmend, und nach der Schwester schrie, die sie nicht hatte retten können.

Edmond kniete sich neben sie, zog sie in seine Arme, und Renie klammerte sich an ihn wie an einen Anker im Sturm, ihr Gesicht in seiner Brust vergraben.

»So sollte es nicht enden«, flüsterte sie.

Edmond ignorierte die brennenden Schmerzen seiner Verletzungen, streichelte über Renies blutnasses, verfilztes Haar und flüsterte ihr tröstend auf Französisch zu, genauso, wie er es in dem feuchtkalten Zimmer im Westflügel getan hatte, als Renie versucht hatte, June vom Abgrund des Wahnsinns zurückzuholen.

Er wusste, welche Schmerzen sie litt – er hatte sie selbst gespürt, als er noch ein Mensch gewesen war, und hatte zusehen müssen, wie seine komplette Familie der Pest zum Opfer fiel, am Rand des Massengrabs stehend, in das man ihre Leichen geworfen hatte. Doch er hatte inzwischen mehrere Jahrhunderte Zeit gehabt, um diesen Schmerz zu verarbeiten, und das scharfe Stechen des Verlusts war mit der Zeit immer mehr abgeklungen. Renies Trauer glich hingegen einer frischen, offenen Wunde, die sehr lange brauchen würde, um zu heilen.

»Ich bin hier, *mon ange*«, raunte er ihr zu.

Als Edmonds Familie gestorben war, war er allein gewesen. Aber Renie würde nicht allein sein.

Roux ließ sich neben ihnen auf der untersten Stufe nieder, Tränen glänzten in ihren Augen.

Edmond konnte nicht sagen, wie lange sie so verharrten und einander festhielten, ihre blutige Kleidung mit der der anderen verschmelzend, während sich um die Insel ihrer Knie ein Meer aus Rot unter Junes Leiche ausbreitete.

Schließlich rappelte Renie sich wieder auf und stützte sich mit einer Hand auf Edmonds Schulter ab. Blutige Tränen klebten auf ihrem Gesicht, doch als sie über ihre Wangen wischte, verschmierte sie sie nur noch mehr, da auch ihre Hände von Blut getränkt waren.

Edmond erhob sich ebenfalls und biss die Zähne gegen die Woge der Schmerzen zusammen. Er musste sich ausruhen und brauchte dringend Blut, aber er würde sich noch so lange auf den Beinen halten, wie Renie ihn brauchte, ganz gleich, wie sehr es wehtat.

»Haben wir gewonnen?«, fragte Renie Roux.

Das mussten sie, denn sonst wäre Roux nicht mehr bei ihnen, unversehrt. Aber Renie musste es ganz offensichtlich hören – sie musste hören, dass es endlich vorbei war. Genau wie Edmond.

»Komm mit und sieh selbst«, antwortete Roux.

Sie schleppten sich zurück in den Ballsaal, quälend langsam dank ihrer schmerzenden Wunden. Die Luft in dem wunderschönen Raum war schwer vom Gestank von Blut und Fleisch.

Irgendetwas baumelte tropfend vom Kronleuchter in der Mitte des Saals.

»Ich habe kein Problem damit, nicht zu wissen, was das ist«, sagte Renie und starrte darauf.

Edmond ließ den Blick durch den Ballsaal schweifen. Der Kampf war vorbei, und wie es aussah, waren ihre Feinde allesamt tot oder gefangen. Edmond war sich trotzdem nicht sicher, ob er diesen Raum je wieder auf dieselbe Weise betrachten konnte wie früher. Der Saal war nun ein Schlachtfeld, genau wie die blutgetränkten Schützengräben, in denen er Ludovic kennengelernt hatte.

Nikki Flynn eilte zu ihnen. »Hey, du lebst noch«, sagte sie zu Renie.

»Meine Süße ist hart im Nehmen«, erwiderte Roux und blickte Renie liebevoll an.

»Das ist sie definitiv«, murmelte Edmond und schlang seinen Arm noch enger um Renies Schultern.

»Ein paar von Jemimas Lakaien haben es geschafft, zu fliehen, als ihnen klar wurde, dass sie auf der Verliererseite standen. Aber Seamus stellt bereits ein Team zusammen, um die Verfolgung aufzunehmen. Sie können davonlaufen, aber sie können sich nicht verstecken«, fügte Nikki hinzu.

Edmond kniff die Augen zusammen. Die Kleider der Kleinen waren zerfetzt, und – offenbar fremde – Blutspritzer klebten unter einem leuchtenden blauen Auge auf ihren Wangen.

»Hat dir jemand eine verpasst?«, fragte Edmond.

»Ja, eine der Arschlochwachen, die Ysanne verraten haben.«

»Wer zur Hölle könnte einem Kind nur so etwas antun?«, brummte Renie.

»Keine Sorge, ich hab ihm so fest in die Eier getreten, dass er wahrscheinlich daran ersticken wird«, versicherte Nikki ihr.

Edmonds Augenbrauen schossen nach oben und Roux unterdrückte ein Lachen.

»Was passiert jetzt?«, wollte Renie wissen.

Nikki zeigte zur Mitte des Saals, wo Ysanne stand, erhaben und schön wie ein blutüberströmter Engel.

»Sie entscheiden über Jemimas Schicksal«, antwortete Nikki.

»Läuft das immer so?«, fragte Renie. »Warum sperren sie sie nicht einfach ins Verlies?«

Edmond ließ den Blick erneut durch den Ballsaal schweifen. Ringsum stützten sich verletzte Menschen und Vampire gegenseitig oder lehnten sich an die Wand, um sich aufrecht zu halten. Einige von ihnen weinten ungehemmt, andere starrten mit steinernen Mienen auf das Blutbad. Die Schlacht war erst seit ein paar Minuten vorbei, und wahrscheinlich war noch nicht bei allen wirklich durchgesickert, dass sie gewonnen hatten.

»Wir waren vorher noch nie in einer Situation wie dieser«, antwortete Edmond. »Aber niemand wird riskieren wollen, dass Jemima entkommt.«

Renie schob sich vorwärts, noch immer an Edmond gelehnt. Etienne hatte June getötet, aber Jemima war genauso schuldig, wenn auch auf andere Weise. Es war keine Überraschung, dass Renie wissen wollte, wie ihre Strafe aussehen würde.

Jemima stand vor Ysanne, ihre Hände mit silbernen Schellen auf dem Rücken gefesselt. Wenn sie keine Leute in der Luft zerfetzte, wirkte sie wieder wie ein Teenager: ein dünnes, rehäugiges Mädchen, das aussah, als könnte es keiner Fliege etwas zuleide tun.

Doch niemand kaufte ihr das mehr ab.

»Jemima Sutton, du bist angeklagt, dich des Verrats, des Mordes, der unrechtmäßigen Übernahme anderer Vampirhäuser, der Mithilfe zur illegalen Verwandlung zahlreicher Menschen sowie der ernsten Gefährdung des Systems schuldig gemacht zu haben, das es Menschen und Vampiren in den vergangenen zehn Jahren erlaubte, in Frieden miteinander zu leben«, verkündete Ysanne ihr. Ihre Stimme war scharf und kalt wie ein Eispickel. »Unter gewöhnlichen Umständen würdest du dem Vampirrat vorgeführt, aber dank deines Verrats sind nur noch zwei von uns übrig, deshalb werden wir allein über dein Schicksal entscheiden. Caoimhe?«

Die irische Vampirin glitt an Ysannes Seite. Ihre Hände und Arme waren blutüberströmt, als trüge sie makabre Galahandschuhe, während rote Klumpen in ihrer Lockenmähne hingen.

»Tod«, sagte Caoimhe. Keine Diskussion, keine Verteidigung – nur ein einziges, kaltes Wort.

Stille legte sich über den Ballsaal und aller Augen richteten sich auf Ysanne.

Jemimas Zukunft lag allein in ihren Händen.

Edmond betrachtete seine alte Freundin und wusste genau, was Ysanne damit tun würde.

»Tod«, sagte sie.

Jemima nickte. Edmond vermutete, dass sie nichts anderes erwartet hatte.

»Das erscheint doch passend, nicht wahr? Unsere erste und letzte Begegnung, beide von Blut und Tod gezeichnet.« Sie lächelte leise. »Ich bin froh, dass du es sein wirst.«

Ysanne erwiderte ihr Lächeln nicht, aber ihre steinerne Miene wurde ein winziges bisschen weicher – ein Echo der Freundschaft, die die beiden Frauen einst miteinander verbunden hatte.

Dann rammte Ysanne eine Faust in Jemimas Brust und riss ihr das Herz heraus.

Renie

Ich hatte reichlich Gewalt erlebt, seit ich nach Belle Morte gekommen war, aber die beiläufige Art, mit der Ysanne einer anderen Frau das Herz herausriss, bohrte sich mit eisiger Kälte bis tief in meine Knochen. Jemima kippte nach hinten und ihr Schädel knallte krachend und blutspritzend auf den Marmorboden. Ysanne starrte einen Moment auf das Herz in ihrer Hand, während das Blut von ihren glitschig roten Fingern tropfte. Dann warf sie es auf die Leiche. Jemimas Herz prallte von ihrer Hüfte ab und schlitterte über den Boden.

»Euch allen hier – allen, die in unserer düstersten Stunde für Belle Morte gekämpft haben – gehört mein tief empfundener Dank«, sagte Ysanne und blickte sich im Saal um.

Trotz der Schmerzen und der Erschöpfung, die mich geplagt haben, trotz der Tatsache, dass Edmond sich fast mit seinem kompletten Gewicht auf mich stützte, trotz all des Tods und des Schreckens, von denen der Raum gezeichnet war, entflammte ein warmer Funken Stolz in meiner Brust. Wir hatten Jemima und Etienne aufgehalten. Wir hatten Belle Morte seiner rechtmäßigen Regentin zurückgegeben, so viele Leben gerettet, wie wir konnten, und allen, die wir nicht hatten retten können, Gerechtigkeit widerfahren lassen.

Die feindlichen Wachen und Vampire, die nicht gestorben oder aus der Villa geflohen waren, drängten sich in einer kleinen Gruppe eng aneinander, von den überlebenden Belle-

Morte-Vampiren umringt. Ich war unsagbar erleichtert, Ludovic und Gideon gesund und munter unter ihnen zu sehen.

Ysanne näherte sich ihren Gefangenen. »Diejenigen von euch, die das Glück haben, noch am Leben zu sein, werden aus diesem Haus fortgeschafft und eingesperrt werden. Falls ich meinen Willen bekomme, werdet ihr das Licht der Sonne nie wieder erblicken.«

»Das kannst du nicht machen«, schrie eine junge Frau – eine neue Vampirin.

»Habt ihr das alles für ein Spiel gehalten?« Ysannes Stimme klang ebenso sanft wie tödlich. »Begreift ihr nicht, dass ihr dabei geholfen habt, Leute zu töten – *meine Leute* zu töten? Ihr könnt doch nicht ernsthaft geglaubt haben, ihr würdet ungestraft davonkommen.«

»Aber du kannst uns nicht einfach einsperren. Wir haben auch Rechte«, protestierte die Frau.

Ysanne stolzierte zu ihr und die Frau wich sichtlich eingeschüchtert zurück. »Ihr wolltet Vampire sein und ihr habt euren Willen bekommen. Nun müsst ihr euch unseren Gesetzen unterwerfen. Ihr könnt von Glück sagen, dass ihr mit euren Herzen in der Brust davonkommt.« Sie hob ihre blutige Hand. »Ich kann meine Meinung diesbezüglich aber auch noch ändern.«

Die Frau war klug genug, die Klappe zu halten.

»Schafft sie weg«, befahl Ysanne.

Während die Gefangenen fortgebracht wurden, ging Ysanne auf Nikki zu, die noch immer neben mir stand.

»Dein Vater wäre sehr stolz auf dich«, sagte sie.

»Danke«, erwiderte Nikki und richtete sich ein wenig gerader auf.

»Wissen wir, wie viele von Jemimas Leuten entkommen sind?«, fragte Ysanne.

Nikki straffte die Schultern. Ysanne hätte die Frage auch Seamus stellen können – die Art, wie er die überlebenden Sicherheitsleute herumkommandierte, ließ darauf schließen, dass er fürs Erste Dexters Posten übernommen hatte. Aber sie fragte Nikki und machte damit mehr als deutlich, wie sehr sie Nikkis Hilfe zu schätzen wusste – und dass sie sie nicht mehr als Kind betrachtete, sondern als jemanden, den sie respektierte.

»Wir sind uns noch nicht sicher, aber es waren nicht viele«, antwortete Nikki. »Seamus hat diese Schlampe Susan gefasst. Sobald sie uns verraten hat, wie viele Vampire genau verwandelt wurden, und wir sämtliche Leichen identifizieren konnten, werden wir wissen, wer abgehauen ist.«

»Auch sie werden nicht ungeschoren davonkommen«, versicherte Ysanne ihr.

»Nein, verdammt. Wir werden ihnen ein Team auf die Fersen hetzen und dafür sorgen, dass diese Arschlöcher ihre gerechte Strafe bekommen.«

Ysanne lächelte beinahe. »Selbst wenn es die nächsten zehn Jahre dauert.«

»Susan wird uns auch die Namen sämtlicher Menschen außerhalb von Belle Morte verraten, die ihnen geholfen haben. Aber ich schätze, es ist Sache der Polizei, sich um sie zu kümmern«, fügte Nikki hinzu.

»Was passiert mit Lamia, Midnight und Nox?«, fragte ich.

Vermutlich befanden sich alle drei noch immer unter der Kontrolle von Jemimas Anhängern und hatten keinen Lord und keine Lady mehr, die ihr Haus zurückfordern konnten.

»Ich werde Abgesandte in jedes der Häuser schicken. Jemimas

und Etiennes Unterstützer werden darüber in Kenntnis gesetzt werden, dass die beiden Verräter tot sind. Sollten sich ihre Anhänger freiwillig ergeben, wird ein faires Urteil über sie gesprochen werden.«

»Falls sie sich widersetzen, werden wir jedes Haus gewaltsam befreien«, fügte Caoimhe hinzu und tauchte an Ysannes Seite auf. »Außerdem werden wir die Medien darüber informieren müssen, was hier passiert ist – die Öffentlichkeit weiß bereits zu viel, als dass wir irgendetwas unter den Teppich kehren könnten. Darüber hinaus sollten wir unsere Verbündeten in Übersee kontaktieren und sie vor dem Schatten warnen, der uns beinahe verschlungen hätte.«

»Euch ist klar, dass das hier noch nicht vorbei ist?«, fragte Ysanne und blickte uns ernst an. »Der Schaden, den Jemima und Etienne dem Gleichgewicht zwischen Menschen und Vampiren zugefügt haben, könnte womöglich zu verheerend sein, um ihn reparieren zu können.«

In diesem Moment eilte Jason zu uns und schlang so schwungvoll die Arme um meinen Hals, dass er mich beinahe umwarf. Weil er sich nicht mehr an mich lehnen konnte, geriet Edmond mächtig ins Wanken, aber Ysanne griff reaktionsschnell nach seinem Arm und hielt ihn aufrecht.

»Gott sei Dank geht's dir gut«, sagte Jason.

Als er mich wieder losließ, fiel mir ein Blutfleck auf, der sich rund um einen Riss in seinem T-Shirt ausbreitete.

»Du bist verletzt!«, stieß ich aus.

»Ist nichts Ernstes.« Jason schob sein Shirt hoch. Ein langer Schnitt spannte sich über seinen Brustkorb, schien jedoch nicht sehr tief zu sein. Wahrscheinlich musste die Wunde noch nicht mal genäht werden.

»Bestimmt hab ich eine total sexy Narbe, wenn das alles vorbei ist. Vielleicht sollte ich schon mal anfangen, mein Bad-Boy-Image zu pflegen«, scherzte Jason.

Er erwähnte Gideon nicht, aber mir fiel auf, wie sein Blick in Richtung des blonden Vampirs hinüberwanderte. Gideon hatte auf Jason gehört, als wir versucht hatten, die Spendenden nach draußen zu bringen, und ihn auch während des finalen Kampfs beschützt. Trotzdem hatte ich im Stillen gehofft, Jason würde nicht zu viel in Gideons Verhalten hineininterpretieren. Selbst wenn der Vampir etwas für ihn empfand, konnte das mit ihnen nicht funktionieren.

Doch dann musste ich über meine eigenen Gedanken stutzen, als mein Blick zu Edmond wanderte. Bei uns *hatte* es funktioniert, richtig? Zugegeben, es war keine traditionelle Romanze – schließlich hatte ich sterben müssen, damit wir zusammen sein konnten. Trotzdem war ich mir sicher, dass wir auch sonst einen Weg gefunden hätten. Deshalb war es ziemlich heuchlerisch von mir, zu denken, bei Gideon und Jason könnte es nicht genauso funktionieren. Vorausgesetzt, *ich* interpretierte nicht zu viel in Gideons Verhalten hinein.

Ich legte Edmonds Arm um meine Schulter und löste Ysanne wieder als seine Stütze ab. Im Augenblick war ich zu müde, um darüber nachzudenken, was die Zukunft womöglich für andere bereithielt. Ich wollte mich einfach nur auf meine eigene Zukunft konzentrieren – und darauf, wie ich sie mit dem wunderschönen Vampir an meiner Seite teilen wollte.

Eine Stunde später saß ich mit Edmond im Speiseraum, unsere Stühle dicht nebeneinander. Edmonds Kleider waren noch immer klebrig vor Blut, die Falten des Stoffs ganz steif, wo das

Blut bereits zu trocknen anfing. Aber unsere Verletzungen hatten inzwischen zu heilen begonnen. Jason und die noch verbliebenen Mitglieder des Sicherheitspersonals hatten bereitwillig ihre Ärmel für die Belle-Morte-Vampire hochgekrempelt und Edmond war als Erster dran gewesen. Auch Nikki hatte angeboten, Blut zu spenden, doch Ysanne hatte es ihr nicht erlaubt.

»Was glaubst du, wie schwer es sein wird, alle aufzuspüren, die geflohen sind?«, fragte ich Edmond.

»Ich weiß es nicht. Aber es wird noch Jahre dauern, bis sie sich länger als ein paar Minuten der direkten Sonne aussetzen können. Ich kann mir nicht vorstellen, dass sie weit kommen werden.«

Die Lady von Belle Morte näherte sich uns. Sie hatte sich den Großteil des Bluts von den Händen gewaschen, aber ihr Gesicht und ihr Haar waren noch immer davon gesprenkelt. »Alle Spendenden, Angestellten und Wachen, die getötet wurden, werden zu ihren Familien zurückgebracht werden. Ich habe mich gefragt, was du mit June tun möchtest«, sagte sie.

»Ich brauche ein wenig Zeit, um darüber nachzudenken«, erwiderte ich.

Ich würde mich so bald wie möglich bei Mum melden müssen. Ob sie die Nachrichten nun gesehen hatte oder nicht, ich musste ihr ganz genau erklären, was mit uns passiert war.

Ysanne nickte. »Es gibt da noch etwas, das ich mit euch besprechen muss.« Ihr Blick huschte zu Edmond. »Lamia, Midnight und Nox sind führungslos. Es müssen neue Lords und Ladys ernannt werden, und ich möchte, dass du über eine dieser Positionen nachdenkst.«

Ich starrte Edmond mit offenem Mund an. Ich war stolz

darauf, dass Ysanne ihm diese Rolle anbot, aber gleichzeitig wünschte ich mir auch verzweifelt, er würde sie nicht annehmen. Ich wollte ein neues Leben mit ihm beginnen, aber in meiner Vorstellung war er dabei nicht auch für ein ganzes Haus verantwortlich. Ich wollte nicht, dass er dieselben harten Entscheidungen treffen musste wie Ysanne oder sich jemals in einer Situation befand, in der er einen Freund bestrafen oder einsperren musste. Aber wie immer er sich auch entschied, ich würde ihn unterstützen.

»Danke, aber ich muss dein Angebot ablehnen. Ein Haus zu regieren, ist nicht das, was ich will.« Edmond legte den Arm um meine Schultern. »Alles, was ich will, habe ich hier.«

Ysanne rollte tatsächlich mit den Augen – etwas, von dem ich nie geglaubt hätte, es jemals zu sehen, – aber es lag Gutmütigkeit darin.

»Was wird mit Isabeau passieren?«, fragte ich.

»Caoimhe weiß, wohin sie gebracht wurde. Wir stellen bereits ein Team zusammen, das sie zurückbringen wird«, antwortete Ysanne.

»Vielleicht solltest du mit ihnen gehen«, schlug ich vor.

»Hier gibt es zu viel zu tun. Das Team wird sie nach Hause bringen«, sagte Ysanne.

Sie wandte sich ab und ging, die blutverklebten Spitzen ihres Haars bei jedem Schritt hin und her schwingend.

»Ich glaube nicht, dass ich sie jemals wirklich verstehen werde«, sagte ich.

»Du hast noch jede Menge Zeit, sie besser kennenzulernen. Du bist jetzt unsterblich, und wenn wir in Belle Morte bleiben, werdet du und Ysanne euch andauernd sehen«, erwiderte Edmond.

Diese Aussicht erfüllte mich nicht mehr mit demselben Schrecken wie einst. Die Herausforderung, die Lady von Belle Morte wirklich kennenzulernen, war beinahe faszinierend.

»Es sei denn, du willst nicht hierbleiben«, fügte Edmond hinzu und klang dabei ungewöhnlich zögerlich.

»Wenn ich gehen wollte, würdest du dann mit mir kommen?«, fragte ich.

»Ich gehe mit dir, wohin du willst«, antwortete er.

Belle Morte war kein schlechter Ort zum Leben und Ysanne nicht die grausame Eiskönigin, für die ich sie anfangs gehalten hatte.

Vielleicht würden wir es uns eines Tages ja anders überlegen – ich war mir immer noch nicht sicher, ob ich für den Rest meines Lebens hier eingesperrt sein konnte, – aber für den Moment war ich genau dort, wo ich sein wollte.

Ich blickte in die diamanthellen Augen meines wunderschönen Vampirs. »Mein Zuhause ist da, wo du bist«, sagte ich.

Er lächelte und küsste mich.

Edmond

»Was *willst* du mit June tun?«, fragte Edmond Renie, während sie langsam die Treppe hinaufstiegen.

»Ich weiß, das klingt seltsam, aber ich glaube, ich würde sie gern hier begraben. Wenn Mum einverstanden ist, natürlich«, antwortete sie.

Edmond blieb stehen, eine Augenbraue hochgezogen. »Hier? Aber hier ist sie gestorben.« Sein Taktgefühl verbot es ihm, hinzuzufügen, dass sie hier außerdem in ein Monster verwandelt worden war und den Rest ihres kurzen Lebens leidend verbracht hatte.

Renie lehnte sich ans Geländer, ihr Blick nachdenklich. »June war eine Vladdict«, sagte sie. »Sie war wie besessen von Vampiren und ihrer ganzen Kultur. Ihre Bewerbung als Spenderin hier war das reißzahnförmige Sahnehäubchen für sie. Wochen-, ach was, monatelang war es das Einzige, wovon sie gesprochen und woran sie gedacht hat. Die Zeit, die sie vor ihrem Tod hier verbracht hat, muss die glücklichste in ihrem Leben gewesen sein, und wenn sie selbst irgendetwas dazu sagen könnte, dann würde sie hier begraben sein wollen, das weiß ich.« Renie neigte den Kopf zur Seite. »Vorausgesetzt, Ysanne erlaubt es.«

»Da bin ich mir ganz sicher«, erwiderte Edmond.

Genau wie er wusste Ysanne nur allzu gut, was es für ein Gefühl war, jemanden zu verlieren, den man liebte.

»Ja, das glaube ich auch«, stimmte Renie ihm zu.

Als sie Edmonds Zimmer erreichten, steuerte Renie direkt auf die Dusche zu. Edmond blieb vor seinem Bett stehen und blickte auf die Stelle an der Wand, an der die beiden Schwerter gehangen hatten. Diese Klingen waren schon sehr lange in seinem Besitz, aber er würde sie nie wieder so zur Schau stellen, nicht nachdem, wozu sie in dieser Nacht benutzt worden waren.

Ein Stöhnen der Erleichterung war aus dem Badezimmer zu hören, kaum zu unterscheiden vom Geräusch des rauschenden Wassers. Hitze wallte durch Edmonds Körper. Plötzlich war er gar nicht mehr so müde.

Er schälte sich aus seinen ruinierten Kleidern und ging ins Bad.

Renie stand in der Dusche, herrlich nackt, den Kopf in den Nacken gelegt, ihr Haar ein langer, vom Wasser dunkler Strang auf ihrem Rücken.

Sie war so wunderschön, dass Edmond einen Moment lang nichts anderes tun konnte, als sie zu beobachten, fasziniert von der Art, wie das Wasser über ihre Kurven strömte und ihre blasse Haut zum Glitzern brachte. Dann blickte sie ihn über ihre Schulter hinweg an und das Feuer in ihren Augen ließ sämtliches Blut in seinem Körper südwärts rauschen.

Er schlang die Arme um Renies Taille und hauchte ihr mehrere zarte Küsse auf den Nacken. Sie wölbte sich gegen ihn, heißes Wasser glitt über ihre nackten Körper.

»Ich hätte niemals geglaubt, dass meine Reise nach Belle Morte so enden würde«, flüsterte sie. »Das Leben ist plötzlich aus dem Nichts aufgetaucht und hat mich total von den Füßen gerissen.«

»Bist du froh darüber?«, fragte Edmond.

Renie lehnte den Kopf zurück, bis er auf Edmonds Schulter ruhte. Winzige Tropfen funkelten wie Diamanten auf ihren Wimpern.

»Ich habe viel verloren, als ich mich in eine Vampirin verwandelt habe. Ich werde niemals alt werden oder Kinder bekommen. Ich werde nie wieder richtig zu den gewöhnlichen Menschen gehören und mit all den verschiedenen Arten leben müssen, auf die sich die Welt in Zukunft verändern wird. Ich werde nie wieder richtiges Essen zu mir nehmen, und wann immer ich Belle Morte verlassen will, wird es mir schwerfallen, ein wenig Privatsphäre zu finden«, sagte sie.

Dann lächelte sie, leuchtend wie ein Stern.

»Aber ich habe auch so viel gewonnen. Ich habe Freundschaften geschlossen, die ein Leben lang halten werden. Ich habe mich selbst auf eine Weise herausgefordert, wie ich es niemals für möglich gehalten hätte. Und ich habe erlebt, wie tief ich fallen und wie hoch ich aufsteigen kann«, fuhr sie fort.

Sie hob eine Hand, strich mit den Fingerspitzen über Edmonds Wange und fing das Wasser auf, das wie Tränen darüberströmte.

»Aber das Beste ist, ich habe dich gefunden. Und du erfüllst mich auf eine Weise, die ich genauso wenig für möglich gehalten hätte«, sagte sie. »Du bist der Mann, dem ich wirklich und wahrhaftig mein Herz geschenkt habe. Der Mann, mit dem ich mir vorstellen kann, jede Sekunde meines restlichen Lebens zu verbringen – ganz gleich, wie viele Jahrhunderte es auch dauern mag.« Sie lächelte wieder. »Ich liebe dich. So einfach ist das.«

Renie drehte sich in seiner Umarmung, legte die Arme um seinen Hals und schlang ein Bein um seine Hüften, um ihn näher zu sich heranzuziehen. Edmond schaute ihr direkt in die Augen, während er in sie hineinglitt, seinen Mund um ihren schloss und das Keuchen auffing, das ihren Lippen entwich.

Die Dusche bot zwar Platz genug für zwei, aber die Fliesen waren rutschig vom Wasser, und Renies Rücken glitt immer wieder an der Wand hinunter, was es ihnen erschwerte, im Rhythmus zu bleiben. Schließlich hob Edmond sie mit einem frustrierten Knurren in seine Arme, ohne dass sein Körper den ihren auch nur für eine Sekunde verließ, stieß die Badezimmertür mit einem Tritt auf, trug Renie durchs Schlafzimmer und legte sie auf dem Bett ab.

Der Seidenhimmel erschuf eine private Zuflucht für sie, eine kleine Oase, die allein ihnen gehörte. Ohne die Störung der rutschigen Duschwand fand Edmond schnell einen wilden, beinahe verzweifelten Rhythmus und bewegte seine Hüften auf Renies, bis das Bett gegen die Wand zu donnern begann und er den perfekten Moment erlebte, als sie förmlich explodierte und den Rücken durchbog, ihr Körper um ihn geklammert, ihr Kopf in den Nacken gelegt, sein Name ein heiserer Schrei auf ihren Lippen.

Edmond stürzte nur einen Moment nach ihr in den Abgrund der Glückseligkeit.

Sie wussten noch immer nicht, was die Zukunft für sie bereithielt oder welche Folgen Jemimas und Etiennes Coup nach sich ziehen würde. Aber ganz gleich, was auch passierte, Edmond wusste, sie würden einen Weg finden, es zu überstehen.

KAPITEL 30

Renie

Wir beerdigten June zwei Tage später.
Ich stand im Garten von Belle Morte, Edmond auf meiner einen Seite, Mum auf der anderen. Auch Roux und Jason waren ganz in der Nähe, zusammen mit Ysanne, Ludovic, Gideon, Caoimhe und Isabeau. Niemand war schwarz gekleidet, auf meinen speziellen Wunsch hin. June hätte das nicht gewollt.

Meine Mum anzurufen und ihr zu bestätigen, dass alles, was sie im Fernsehen gesehen hatte, der Wahrheit entsprach – dass ich gestorben und zurückgekommen war und dass auch June gestorben, aber *nicht* zurückgekommen war, – war mit das Schwerste, was ich je hatte tun müssen. Und sie dann auch noch davon zu überzeugen, in das Haus zu kommen, in dem wir beide den Tod gefunden hatten, war beinahe genauso hart gewesen. Zuerst hatte Mum nicht gewollt, dass wir June dort beerdigten. Sie hatte sich nie für Belle Morte interessiert, bevor June hierhergekommen war, aber nun hasste sie das Haus, was natürlich nicht wirklich überraschte. Doch abgesehen davon, dass ich *wusste*, June hätte ihr Lieblingsvampirhaus als letzte Ruhestätte gewählt, wenn sie selbst hätte entscheiden können, hatte ich auch schreckliche Angst davor, sie auf einem öffentlichen Friedhof zu begraben. Die Familien ihrer Opfer hätten womöglich beschlossen, ihrer Trauer Ausdruck zu verleihen, indem sie Junes Grab schändeten. Hier war es sicherer für sie.

Ich wusste noch immer nicht, wie sich das Spendersystem von nun an verändern musste – im Augenblick waren Roux und Jason die letzten offiziellen Spender im ganzen Land. Alle anderen waren nach Hause geschickt worden, und ich wusste nicht, ob sie je wieder zurückgeholt werden würden oder überhaupt zurückkehren *wollten*. Eines hatte ich Ysanne gegenüber jedoch absolut klargestellt: Ich konnte nicht nach denselben strengen Regeln leben, denen sich die Vampirwelt bisher unterworfen hatte. Viele dieser Regeln waren zwar sinnvoll, aber Vampire verließen ihr Haus für gewöhnlich nur, um ihre Freunde oder Partner in anderen Häusern zu besuchen. Sie waren alle so alt, dass sie keine menschliche Familie mehr hatten, ich aber schon. Ich würde die Freiheit nicht aufgeben, in Belle Morte ein und aus zu gehen, wie es mir beliebte – ohne Ysannes ausdrückliche Erlaubnis dafür zu benötigen. Außerdem musste ich wissen, dass meine Mum das Recht hatte, mich in der Villa zu besuchen, wann immer sie wollte.

Wahrscheinlich würde ich in Zukunft auch noch weitere Bitten äußern, und vielleicht würde Ysanne sie mir nicht alle gewähren, aber irgendwie würden wir uns schon einig werden. Früher hatte ich Ysanne gehasst, aber nach allem, was wir gemeinsam durchgemacht hatten, hatten sich ein neues Verständnis und gegenseitiger Respekt zwischen uns entwickelt.

Andrew und Seamus hatten die Überlebenden ihrer jeweiligen Teams angewiesen, Junes Grab auszuheben. Als Ort ihrer letzten Ruhestätte hatte ich die große Eiche gewählt, die sich an die Gartenmauer schmiegte – denselben Baum, von dem ich einst fälschlicherweise angenommen hatte, er markierte die Stelle, an der Junes Leiche begraben lag. Es war ein wunderschöner alter Baum, und ich glaubte, June würde dort glücklich sein.

Einen Sarg gab es nicht, stattdessen war Junes Leiche in schwarze Seide gewickelt. Als die Wachen sie nach draußen trugen, stieß Mum ein ersticktes Schluchzen aus und umklammerte meine Hand. Ich drückte Mums ebenfalls, ganz vorsichtig. Ich musste mich immer noch an meine Vampirkräfte gewöhnen.

Ysanne hatte Mum und mich gefragt, ob wir dabei helfen wollten, June in ihr Grab hinabzulassen, aber wir konnten es beide nicht. Es war schwierig genug, zu wissen, dass meine Schwester in der kalten Erde liegen würde. Ich konnte nicht diejenige sein, die sie dort hineinlegte.

Stattdessen übernahmen Edmond und Ludovic diese Aufgabe. Sie nahmen den Wachen Junes Leiche ab, hoben sie so behutsam hoch, als würde sie nur schlafen, und trugen sie zu dem offenen Schlund des Grabs.

Roux nahm Edmonds Platz an meiner Seite ein und schlang ihre Finger um meine.

Edmond und Ludovic ließen June auf schwarzen Seidenläufern in das Grab hinabsinken. Die anderen Vampire, die gestorben waren, hatten kein solches Begräbnis bekommen. Anstatt sie zu beerdigen, waren ihre Leichen draußen in die Sonne gelegt worden, wo sie schließlich zu Asche verbrannt waren – allerdings außerhalb der Mauern von Belle Morte. Etienne und Jemima konnten niemandem mehr wehtun, aber keiner von uns wollte, dass auch nur ein Teil von ihnen hier verblieb, noch nicht mal ihre Asche.

Junes Beerdigung hatte jedoch mit einer – zumindest annähernd – menschlichen Zeremonie stattfinden müssen, weil sie nie wirklich eine Vampirin gewesen war. Sie hatte sich innerhalb eines Augenblicks von einem Menschen in eine Rasende verwandelt, und ich wollte, dass sie ein richtiges Grab bekam, damit Mum und ich zu ihr kommen und mit ihr reden konnten.

Als June in ihrer letzten Ruhestätte lag, trat Mum vor, um ein paar Worte zu sagen. Ich blickte in den Himmel hinauf, samtig schwarz und sternenfunkelnd, und dachte an die June, die ich gekannt hatte: an die Träumerin, die Vladdict, die große Schwester, die zu mir ins Bett gekrabbelt war, damit wir über Jungs reden konnten, und die mir immer das letzte bisschen Eiscreme übrig gelassen hatte. Das Mädchen, das ich in so vielerlei Hinsicht besser gekannt hatte als irgendjemand sonst, in anderer Hinsicht überhaupt nicht.

Mum beendete ihre Trauerrede und entfernte sich von dem Grab. Nun war ich an der Reihe. Ich hatte keine Rede vorbereitet. Es gab keine Worte für das, was ich fühlte. Stattdessen ging ich neben dem Grab in die Hocke, sammelte eine Handvoll Erde auf und streute sie sanft über den in Seide eingewickelten Körper, der im Schutz der dichten Baumkrone lag.

»Ich werde dich immer lieben«, flüsterte ich.

Es spielte keine Rolle mehr, dass June eine schreckliche Entscheidung getroffen und Etienne geholfen hatte. Es spielte keine Rolle mehr, dass ihre Gefühle für ihn sie blind gemacht hatten. Alles, was noch eine Rolle spielte, war, dass sie meine Schwester gewesen und gestorben war.

Ich ging wieder zurück zu Edmond. Er streckte einen Arm nach mir aus, und ich schmiegte mich an seine tröstliche Brust, mein Kopf an seiner Schulter.

Mum wollte nicht zusehen, wie das Grab gefüllt wurde. Als Seamus und Andrew die Schaufeln holten, ging sie schnell wieder zum Haus zurück. Roux und Jason folgten ihr, dann Gideon, Caoimhe und Ludovic. Ysanne machte einen Schritt auf Isabeau zu, aber sie wandte sich ab und folgte den anderen.

Nachdem Caoimhe uns erzählt hatte, wo Isabeau war, hatte das Sicherheitsteam nur wenige Stunden gebraucht, um sie zu befreien und wieder nach Hause zu bringen. Doch die Tatsache, dass sie Ysanne seither aus dem Weg ging, ließ vermuten, dass etwas Wichtiges zwischen den beiden zerbrochen war, als der Vampirrat Isabeau fortgebracht hatte.

Ich hoffte, dass sie ihre Differenzen irgendwann wieder aus der Welt schaffen konnten. Jeder hatte es verdient, glücklich zu sein.

Wie weit Jemimas und Etiennes Vermächtnis reichte, ließ sich noch nicht mit Sicherheit sagen. In gewisser Weise hatten sie erreicht, was sie gewollt hatten: Die Welt war sich der Tatsache nun schmerzlich bewusst, dass Vampire mehr waren als nur attraktive Berühmtheiten – und von dieser Erkenntnis mussten sich alle erst einmal wieder erholen.

Doch ich glaubte nicht, dass die Besessenheit der Welt bereits vorüber war. Der Weg vor uns mochte vielleicht steinig sein, aber er lag nicht völlig im Dunkeln. Vielleicht würden sich die Spendenden nicht mehr ganz so eifrig bewerben – vielleicht war in Zukunft ein größerer finanzieller Anreiz nötig. Die Sicherheitsüberprüfungen würden jedenfalls strikter werden müssen. Die Lords und Ladys der einzelnen Häuser – wer immer die Verstorbenen auch ersetzen würde – mussten mehr miteinander kommunizieren. Es durfte keine Geheimnisse mehr geben.

Die Vampire, die aus der Villa entkommen waren, befanden sich noch immer auf freiem Fuß, und vielleicht würde dies früher oder später zu Problemen führen, aber wir würden auch damit fertigwerden. Vielleicht würde für uns erst alles schlimmer werden, bevor es besser wurde – aber es *würde* besser werden. Daran musste ich glauben.

»Geht es dir gut, *mon ange*?«, fragte Edmond leise.

Ich schaute zu ihm hinauf, ließ den Blick über seine messerscharfen Wangenknochen wandern, über sein dunkles Haar im Kontrast zu der marmornen Blässe seiner Haut. Ein riesiger Teil meines Lebens hatte in diesem Haus sein Ende gefunden, aber ein ebenso riesiger Teil fing gerade erst an – und dies war der Mann, der mir dabei zur Seite stand.

»Noch nicht«, antwortete ich und nahm seine Hand. »Aber bald.«

Autorin

Bella Higgin verliebte sich in Vampirgeschichten, nachdem sie als Kind eine illustrierte Geschichte von »Dracula« gelesen hatte. Es war daher unvermeidlich, dass auch ihr Debütroman von Vampiren handeln würde. Zurzeit lebt sie in einer kleinen Stadt in England, nicht weit vom Meer entfernt, und arbeitet hauptberuflich als Schriftstellerin. Auf Wattpad wurden ihre Werke über zwölf Millionen Mal gelesen. Irgendwann möchte sie einmal so viel Geld verdienen, dass sie sich eine TARDIS im Garten bauen kann.

Übersetzerin

Doris Attwood ist Diplom-Übersetzerin. Nach ausgedehnten Reisen durch Neuseeland und Kanada arbeitet sie nun seit vielen Jahren als freiberufliche Übersetzerin. Am liebsten übersetzt sie Kinder- und Jugendbücher, aber auch Filmuntertitel und Drehbücher, Fantasy-Romane und Reiseführer. In ihrer Freizeit liest sie gerne, genießt auf Trekkingtouren mit ihrem Mann die Natur und testet mit Freunden neue Backrezepte.

Holly Black
COLDTOWN –
Stadt der Unsterblichkeit

480 Seiten, ISBN 978-3-570-16266-8

Tana wacht morgens nach einer Party auf und stellt fest, dass sie eine der wenigen Überlebenden in einem Haus voller Leichen ist. In einer Welt, in der Vampire ihr Unwesen treiben, ist Tana Schreckliches gewohnt, doch normalerweise halten sich Vampire in Quarantäne-Städten auf, in den sogenannten »Coldtowns«. Tanas Ex-Freund Aidan hat die Party zwar überlebt, doch er ist mit dem Vampir-Virus infiziert, und auch Tana könnte infiziert sein. Gemeinsam mit Aidan und dem einzigen anderen Überlebenden, dem geheimnisvollen Gavriel, macht sich Tana auf ins Herz der Gefahr – nach Coldtown, um sich und die anderen zu retten …

www.cbj-verlag.de